ハヤカワ・ミステリ

RAY CELESTIN

アックスマンのジャズ

THE AXEMAN'S JAZZ

レイ・セレスティン

北野寿美枝訳

TOKYO
HAYAKAWA
BOOKS

A HAYAKAWA
POCKET MYSTERY BOOK

THE AXEMAN'S JAZZ
by
RAY CELESTIN
Copyright © 2014 by
RAY CELESTIN
Translated by
SUMIE KITANO
First published in Great Britain in 2014 by
MANTLE
an imprint of PAN MACMILLAN
a division of MACMILLAN PUBLISHERS LIMITED
First published 2016 in Japan by
HAYAKAWA PUBLISHING, INC.
This book is published in Japan by
arrangement with
LUTYENS AND RUBINSTEIN
through JAPAN UNI AGENCY, INC., TOKYO.

装幀／水戸部 功

アレックス警部および代父母に

この物語は実際のできごとに基づいている。

一九一八年から一九一九年にかけて、〝ニューオーリンズの斧男《アックスマン》〟は六人を殺害した。

なお、作中に引用したアックスマンからの手紙は現物の複製を転載したものであり、作者による創作ではない。

〝トランペットを吹くときは、そのメロディーのイメージを与えてくれる過去の時代やものごとを頭に思い浮かべるんだ。目の前を映像が通りすぎていくみたいに。街や、遠くかなたに見える子どもや、どこだか覚えてない場所で出会った老人をね〟

ルイ・アームストロング

ニューオーリンズ　ルイジアナ州

アックスマンのジャズ

おもな登場人物

マイクル・タルボット……………ニューオーリンズ市警第一分署警部補
ケリー…………………………………同巡査
ジェイク・ヘイトナー………………同警部補
マクファースン………………………同刑事局長
ルカ・ダンドレア……………………同元刑事。元服役囚
アネット………………………………マイクルの妻
アイダ・デイヴィス…………………ピンカートン探偵社ニューオーリンズ支局の事務員
ルフェーヴル…………………………同支局長
ルイス・アームストロング…………コルネット奏者
コカイン・バディ……………………ルイスの友人
ジョン・ライリー……………………《タイムズ・ピカユーン》紙の記者
シモーン………………………………クレオールの女性
マーティン・ベールマン……………ニューオーリンズ市長
ジョセフ・マッジオ
ジョセフ・ロマーノ　}………………食料雑貨店主
ミリセント・ホークス………………ロマーノの妻の看護師
エドヴァルド・シュナイダー………弁護士
カルロ・マトランガ…………………マフィアの首領
シルヴェストロ・サム・カローラ…同アンダーボス
アレッサンドロ・サンドヴァル……カルロの顧問弁護士
エルマンノ・ロンバルディ…………自動車修理工
ロッコ…………………………………水産加工場の従業員
ピエトロ・アマンゾ…………………ナイトクラブのドアマン
ルル・ホワイト………………………売春宿の経営者
カルメリタ（リータ）・スミス……娼婦
ジョン・モーヴァル…………………毛皮商人。衣料品製造業者
エリオット・ハドスン………………モーヴァルの元共同経営者
サミュエル・クライン・ジュニア…退役軍人
ジェイコブ……………………………ベル・テール屋敷の元管理人
マリア・テネブル……………………テネブル・ホールディングス社の所有者

プロローグ

一九一九年五月　ニューオーリンズ

ジョン・ライリーは、本来の始業時刻から一時間半も遅れて、おぼつかない足どりでニューオーリンズの日刊紙《タイムズ・ピカユーン》のオフィスに入った。自席につき、ゆっくりと長い深呼吸をしたあと、目を上げて室内を見まわした。酩酊状態とはいえ、同僚たちがこっそり自分を見ているのはわかるし、さぞだらしなく見えることだろうと思った。ゆうべはエリジャン・フィールズ大通りの行きつけの店で夜明かししたのだ。片手で顔をなで、もう汗をかいていないのを確かめた。少なくとも二日は剃《そ》っていない不精ひげに指が触れ、出勤前に鏡も見なかったことを後悔した。

視線を落とすとデスクのタイプライターに目が留まる。金属製の黒い筐体《きょうたい》、弧状に並んだタイプバー、レバー、キー。そのすべてが、冷ややかで厳格で異世界のもののように、なぜか威圧感を放っているように見え、自分はまだ原稿を書きはじめられる状態ではないのだと思い知らされた。完璧に機能する頭を要する作業に取り組む前に、数杯のコーヒーとひと箱の煙草《たばこ》が必要だ。ひょっとすると、昼食時に一杯のブランデーも。というわけで、午前中の残りは仕事をしているふりをして時間をつぶすことにした。席を立ち、ふらつく足で、編集部宛ての手紙が保管されている未処理箱へ行った。できるだけたくさんの手紙をつかんで胸に抱え、自席に戻った。

例によって、怒れる市民や苦情を訴える人びと、知ったかぶり屋、投書を公開討論の場として利用している連中からの手紙ばかりだった。紙面を容易に埋めることができるので長めの批判の手紙を何通か選んだあと、アックスマンを目撃したという人びとの手紙をより分けた。殺人の始まった数ヵ月前から、殺害現場へ向かうアックスマンの目撃情報を綴《つづ》った憂慮する市民からの投書が殺到している。ライリーはため息をつきながら、この連中はなぜ警察ではなく新聞社に情報を寄せるのだろうかと考えた。煙草に火をつけ、手紙の山から最後の一通を手に取った。上質紙のように薄いめずらしい封筒で、差出人の住所氏名はなく、宛先である新聞社の住所は金釘《かなくぎ》流のばらばらな赤い字で記されている。ライリーはこの字を記した錆《さび》のような赤い液体がインクであることを願った。煙草を一服し、爪の先で封筒を開けた。

一九一九年五月六日　地獄より

敬愛する人間どもへ

　過去も未来も、私は絶対につかまらない。大地を包む輝く空気《エーテル》のごとく透明な私の姿はだれの目にも見えないからだ。私は人間ではなく霊であり、灼熱《しやくねつ》の地獄から来た悪魔である。私は、おまえたちニューオーリンズ市民および無能な警察が〝斧男《アックスマン》〟と呼ぶものである。

　気が向いたらまた新たな命を奪いに行く。犠牲者がだれであるかは私だけが知っている。血塗られた斧だけを証拠として残そう。私のそばに置くために地獄へ送った者の血と脳みそがべったりついた斧を。

　お望みなら、私を怒らせないように気をつけろと警察に伝えてもかまわない。むろん、私はものわかりのいい霊だ。警察のこれまでの捜査方法に対して気分を害してはいない。それどころか、あまりの無能ぶりは、私だけではなくフランツ・ヨーゼフ悪魔陛下などをも楽しませてくれた。だが、用心しろと伝えろ。私の正体をつきとめようとするな、アックスマンの怒りを招けば生まれたことを悔やむことになる、と。こうした警告が必要だとは思わないがね。これまでがそうであったように、警察はいつまでも私を避けると確信しているからだ。利口《りこう》な警察は危害を受けることを避けるすべを知っている。

きっと、おまえたちニューオーリンズ市民は私をもっともおそろしい殺人鬼だと思っているはずだ。現に私はもっともおそろしい殺人鬼だが、その気になればさらに残虐にもなれる。その気になれば、毎晩おまえたちの街を訪れることができる。死の天使と緊密な関係にある私は、気の向くままに何千何万ものニューオーリンズ市民を殺すことができる。

さて、正確に言うと、次の火曜日の零時十五分（現世の時間で）、私はニューオーリンズを通過する。無限の慈悲をもって、ささやかな提案をしよう。以下のとおりだ――

私はジャズが大いに気に入っているので、いま告げた時刻にジャズバンドが演奏中の家にいる人間全員を見逃すことを、地獄にいるすべての悪魔にかけて誓おう。みんながジャズバンドを演奏させれば、まあ、それは大歓迎だ。ひとつ確かなことは、火曜日の夜にジャズを奏でていない者は（ひとりでもいれば）斧をくらう、ということだ。

とにかく、こうも寒いと故郷である地獄の暖かさがなつかしくてたまらない。そろそろおまえたち人間の世界を離れることにして、この手紙を終えるとしよう。おまえがこの手紙を紙面に載せること、それがうまくいくことを願っている。私は、現実および空想の世界に存在したなかで、過去・現在・未来において最悪の霊である。

アックスマン

ライリーは煙草を吸いながら手紙を置き、これを書いたのは本物のアックスマンだろうか、それとも偽者だろうかと考えた。いったい本物以外のだれがこんな手紙を新聞社に送りつけるだろう。本物であろうがなかろうが、この手紙を掲載しないのは罪を犯すに等しい。ライリーがにんまりして立ち上がると、同僚たちは首《こうべ》をめぐらせて、威勢よく編集長室へ向かう彼に目を向けた。ライリーは、印刷にまわす前に上に相談するべきかどうか考える気はなかった。このような場合、事前に許可を得るよりも事後に謝罪するほうがいい。この手紙を掲載し、市民が読む。ニューオーリンズの街は大混乱に陥るにちがいなく、そのまま、かつて見たこともないほどすばらしい一夜へと落ちていくだろう。

第一部

1

一カ月前

フレンチ・クオーター地区の西部、ニューオーリンズ市民が〝バトルフィールド〟と呼んでいるアップタウンのスラム街で、ある黒人の葬列が明け方の濃い霧のなかを重々しく進んでいた。ダークスーツやベールを身につけて頭を垂れた葬送者たちは影と化し、霧のなかで見えつ隠れつしていた。そのせいで一行は幽霊のような雰囲気を帯び、なぜか葬列ごとそっくり冥界《めいかい》へ迷い込んでしまったかのようだった。

夜が明けてすぐ、喪家《そうか》から棺が運び出されて葬儀用の馬車に載せられ、葬送者たちが通りに集まりだすと、儀式が始まった。すべての準備が整い、葬儀進行役が甲高《かんだか》い笛の音を延々《えんえん》と響かせたあと、今日の葬儀のために雇われた五人組の吹奏楽団《ブラスバンド》が賛美歌の『主よ、御《み》許《もと》に近づかん』をゆっくりとしめやかに演奏した。

陰鬱な顔をした葬儀進行役――シルクハットにフロックコート、鮮黄色の手袋といういでたちの威厳ある老人――はまわれ右をして葬列の先頭に立ち、ひび割れた箇所から草の生えている通りを進んだ。彼のすぐうしろに、棺を載せた馬車が続く。棺にかけられたサテン布の黒い羽根飾りがそよ風に揺れている。そのうしろがハンカチを顔に押しあてて泣いている遺族、その次が五人組のブラスバンドだ。五人はシルクハットに燕尾服で、肩章と飾り房がついたコートを着ている。最後尾をぞろぞろとついていくのは善意の人びとや葬送者、ぼろをまとった路上生活児《ストリート・チルドレン》たちから成る参列者で、パレードのセカンド・ラインとして知られている。

〝アーチン〟と呼ばれる路上生活児たちは、海の魔物セイレーンの歌声に導き寄せられる船員たちのように音楽に引き寄せられ、ほかにやることもないので一日じゅうパレードのあとをついて歩く。たとえ、行き先が街にいくつもある墓地のひとつだとしても。

埋葬される男はいくつもの黒人組織――ズールー支援娯楽クラブ、オッド・フェローズ、ダイアモンド・スウェルズ、ヤングメン・トゥエンティーズ、メリーゴーラウンズ――に所属していたので、各組織《クラブ》のメンバーたちが仲間に最後の別れを告げることができるように、葬列は墓地へ向かう途中でそれぞれのクラブの集会場に立ち寄った。そのあと、いよいよ墓地へと進みだすと、奏でられる曲はしだいに悲しみを深めていった。馬車が墓地に入るとほかの楽器の音がやみ、軍隊のケトルドラムの音色をまねるためにドラムスティックをハンカチでくるんで音を鈍くしたスネアドラムだけがわびしいリズムを刻んだ。葬列がようやく墓石に達し、ドラムの音もやむと、つかのまの静寂が訪れた。

すぐに牧師が風の音に負けない声で祈禱《きとう》し、それが終わると遺族がひとりずつ棺に土をかけた。その作業自体が独特のリズムとビートを奏でている。最後の参列者がひと握りの土をかけ終えると、棺にたたきつけられた芝土が側面を転がり落ちた。葬送者たちが期待をこめた目で葬儀進行役に向き直った。彼らの二、三メートル後方のでこぼこした広い地面に立っている葬儀進行役は、ズボンの裾《すそ》の折り返しをはためかせる風のなかで震えていた。

老人は白濁した大きな目で彼らのまなざしを受け止め、風の音が聞こえるだけの静寂がしばし続いたのち、うなずいて片手を胸もとへ上げ、肩帯《サッシュ》を裏返してパレード用の面、目もくらむほど鮮やかな色彩の面に替えた。赤や金色、緑色の格子縞から成るアフリカの図柄が霧を通してきらきらと光って見えた。一瞬のうちに、いままで葬送者たちを支配していた死者の魂から解放されたとでもいうように、葬儀の様相が一変した。クラブのメンバーたちはメンバーピンを表に向け、ブラスバンドの面々はジャケットを裏返した。笑顔がはじけ、葬儀進行役が笛を吹き、いつのまにかブラスバンドがダンス音楽を奏でていた。下品でけたたましく、皮肉のきいた選曲は『オー、ディドゥント・ヒー・ランブル』だった。コルネット奏者が高々と吹き鳴らし、セカンド・ラインが墓石のあいだで踊り、クラブのメンバーたちはバーボンやビールの瓶を開けて故人に献杯した。葬列のあいだに浸透したカーニバルのような雰囲気は、ヘビが這《は》うように墓地を抜け、通りにまで広がった。さらに多くの人びとがこのお祭り騒ぎに加わり、増える一方の群衆が飲んで騒ぎながら帰路についたのだった。

先ほど葬列が重々しい足どりで市内を抜け、充分な予行練習を積んだ演奏と動きで儀式を執り行なうのを、赤パプリカ色のドレスを着た十九歳のほっそりした娘が熱心に見ていた。娘の名前はアイダ・デイヴィス。彼女がこの葬列を見つけるのはさほどむずかしくなかった——ニューオーリンズでは音の伝搬《でんぱん》をさえぎるものがあまりない。木造の低い建物ばかりの平坦な街並み、広々とした大地、いくつもの川と湖。自身も演奏家である彼女の父は、この現象について、音楽を広めるためにこの街自体が楽器として建設されたようなものだ、とよく言っている。バンド演奏が行なわれると——ニューオーリンズのバンドはとりわけ音が大きい——街のすみずみにまでその音楽が聞こえるのだ。

というわけで、アイダは自分の聴覚を頼りに葬列を見つけ、こうして非難めいたしかめ面で眺めているのだった。泥酔した葬送者たちやただで飲み食いしている連中、セカンド・ラインにまぎれ込んだ薄汚いストリート・チルドレンを見下しているわけではない。むしろ、こうした皮肉を嘆いているのだ。ルイジアナ州は黒人が自分たちの文化をおおっぴらに表現することがめったに許されない土地柄なので、葬儀はそれを公然と披露し、踏みにじられている黒人がものものしく扱われる貴重な機会だ。そして、男女を問わず黒人が威厳ある扱いを受けることを許されるとき、当の本人が生きてそれを享受することができないという現実が、アイダにしかめ面をさせている。

アイダは歩道から下りて葬送者の列に近づいた。バンドの面々に目を走らせて親友——ひょっとすると唯一の友人——を探した。名前の読みをまだフランス流の〝ルイ〟に変えておらず、アイダをはじめバトルフィールドのみんなからリル・ルイス・アームストロングとして知られているぽっちゃり顔の若き第二コルネット奏者を。

すぐに、列の先頭で『ハイ・ソサエティ』をアップテンポで合奏している彼を見つけた。ルイスは彼女に気づいて眉を吊り上げた。と、挨拶《あいさつ》代わりに、リズムもキーも乱すことなく複雑なファンファーレを奏でた。近くにいた群衆の一部が酔いにまかせた歓声を送り、ルイスはセカンド・ラインのひとり、すり切れた白いシャツを着たひょろりとした裸足の子どもにコルネットを預けた。

ルイスは列を離れてアイダのほうへ来た。タキシードパンツが小さすぎるせいで歩きにくそうだ。まもなく十九歳を迎えるルイスは太っちょで肌は黒く、独特の笑みをたたえる丸顔をしている。アイダはすべての点で彼とは正反対だ。細身の体、ゆったりした動作、ミルクよりも心持ち濃い色の肌、だれもが振り返るアーモンド型の顔。それに、いささか内向的——白人と言っても通りそうな薄い色の肌に生まれついたために内気で、そのせいでバトルフィールドに友だちはほとんどいない。

ルイスはシルクハットを傾けて挨拶し、笑みを送った。「やあ、アイダ。元気かい？」

　煙草と酒でしわがれた太く柔らかい声にわだかまりや好奇心がみじんも表われていないことにアイダは驚いた。もう何カ月もルイスに会いに来なかった彼女が、気まずく思いながらも、よりによってバトルフィールドにいきなり現われたというのに。

「元気よ」アイダは淡い笑みを返した。ここへ来たのは、彼に頼みごとがあるから、調査に手を貸してもらいたいからだ。でも、いざ本人を目の前にすると、どう切りだしたものかわからない。会うのがひさしぶりだということに加えて、ますます調子はずれになってきた『ハイ・ソサエティ』の騒々しいクライマックスに達したバンド演奏のなかで話をするのはむずかしかった。

　ルイスが怪訝《けげん》そうな顔で見つめているところを見ると、アイダの胸のうちを察したらしい。

「話があるんなら」と彼が言った。「喪家の裏で会おう」

　アイダは喪家には近寄りたくなかったのだが。

「いいわ」演奏に負けないようにはっきりと答えた。「それってどこ？」

　ルイスは目をきらきらさせて、にっと笑った。「バンドについておいでよ」と言って肩をすくめるので、いつのまにかアイダは彼といっしょになって小さな笑い声をあげていた。ルイスは挨拶代わりにシルクハットを傾けると、小走りでパレードの列に戻った。バンドが『ビア樽ポルカ』の演奏を始め、アイダが見ていると、さっきのセカンド・ラインの子どもがルイスにコルネットを返した。ルイスはすぐに持ち場につき、千鳥足で通りを進むダークスーツのパレードにまぎれた。熱を帯びた音楽と喧噪《けんそう》はふたたび霧のなかへと消えていった。

2

ランドーレット型の黒い警察車輛が霧の立ち込めたリトル・イタリーの通りを疾走していた。運転係は事故を避けるべくやたらとクラクションを鳴らした。ハンドルを切って屋台や農業用の荷車、驚いた歩行者たちをかわし、ときおり歩道の縁石や狭い通りの一段高い歩道に乗り上げた。アッパーライン通りとマグノリア通りの鋭角の交差点を曲がり、ある食料雑貨店から半ブロック手前でタイヤをきしらせて停まった。後部座席ではマイクル・タルボット警部補がシートに身を沈めて安堵《あんど》のため息を漏らしていた。

「みごとな運転だった、レス」

「ありがとうございます」運転係はマイクルの皮肉に気づかなかった。前部座席とのあいだにあるガラスの仕切りを通して、マイクルは彼が懐中時計を開いて時間を確かめるのを見た。

「七分二十五秒」運転係はペレスという名前の浅黒い肌の色をした太った巡査だ。「こりゃ新記録にちがいありません」と言い足して、バックミラーのなかでマイクルにちらりと笑みを見せた。マイクルはまだかすかに吐き気を覚えながらも淡い笑みを返した。

ペレスはダッシュボードから手帳を探し、要した時間を短くなった鉛筆で書き留めた。ニューオーリンズ市警察が史上初めて警察車輛を導入したのがほんの数カ月前のことで、各分署の運転係がさまざまなルートをいかに速い時間で運転できるかを賭け合っていることはマイクルも知っていた。結果、すでに三台の新車が大破している。うち一台はペレスによって。

マイクルはしばらく胃を落ち着かせたあとで背中を反《そ》らして後部の窓から外を眺めた。通りの少し先の角に立つ食料雑貨店に目を据えた。いかにもこの街のそこかしこで見られるイタリア系移民の店らしい——平屋で、表側が店舗で裏手が居住部分になっており、安《やす》普請《ぶしん》の建物の屋根には店主の名前を誇らしげに記した板金看板が掲げられている。マイクルはため息をついて顔をなで、頬にくぼみをもたらしている瘢痕《はんこん》に指を走らせた。

店の前には、警察や監察医事務所の馬車が停まっているだけではなく、見物人が集まっていた。この界隈《かいわい》に住むイタリア人どもを、熱意に欠ける巡査たちによる立入禁止の規制線が後方にとどめている。いまわしい犯罪の現場に決まって現われる普通のやじ馬——通行人や近所の住人、記者、ほかにこれといってやることのない路上生活者ども——とは明らかにちがう。ここにいる連中は怖いもの見たさで集まっているのではない。怖いから集まっているのだ。それがわかってマイクルは心臓が縮む思いだった。人間の摂理についていえば、彼の知るかぎり、恐怖を抱いている群衆はいとも簡単に暴力的になる。

「怒れる群衆のなかへ」ぼそりとひとりごちた。

「なんと言いました？」ペレスが手帳から怪訝《けげん》そうな顔を上げ、バックミラーに目を走らせた。だがすでに後部ドアを開けていたマイクルは、ホンブルグ帽をかぶって通りに降り立った。

遠まわりしていることに気づかれないようにと願いながら足早に規制線のなかに入ろうとするが、マイクルは体が左右に揺れる変わった歩きかたをするうえに、目につきやすい。たいていの人よりも頭ひとつ分ほど背が高く、持てあますほど長い手脚と、天然痘《とう》の後遺症で皮膚にでこぼこのある赤ら顔をしている。規制線に近づくとホンブルグ帽を目深にしたのだが、間の悪いことに、その瞬間、ひとりのめざとい記者がたまたま彼のほうを向いた。その記者が同僚のひとりを肘《ひじ》でつついて耳打ちするのが見えたと思うや、記者連中が騒然となった。カメラが向けられ、しきりに閃光電球《フラッシユバルブ》が光り、わずかに上がった煤《すす》が霧のなかでまだらに浮かび上がった。新聞記者たちがマイクルの名を呼び、どなるように質問をぶつけた。怒りのこもったイタリア語が飛んできた。マイクルは人だかりのあいだを進みつづけ、数秒ばかり押し合ったのちなんとか規制線にたどり着き、それをくぐった。見覚えのある数人の巡査にうなずいてみせたが、無表情でいらいらした様子の巡査たちはだれひとり挨拶を返さなかった。糊《のり》のきいた制服に身を包んだ若く熱意に満ちた巡査がマイクルを出迎えるべく玄関前の階段を駆け下りた。

「おはようございます。被害者夫婦はこちらです」ドースンという名前の青二才が言った。戦地から戻ったばかりで、自分の存在価値を証明したいらしい。片手を上げ、笑みを浮かべて店舗を指し示すので、まるでレストランの給仕長のような身ぶりだとマイクルは思った。礼のしるしにうなずくと、ドースンは先に立って入口前の階段を上がり、食料雑貨店の薄暗い店内へと案内した。

店内は四方の壁に松材の見場のいい棚が設けられ、魚肉や食肉の缶詰、マイクルがこれまで聞いたこともないような種々雑多なイタリアの珍味がぎっしりと並べられていた。オリーブオイルの大型缶が壁の前に高く積まれ、乾燥させたオレガノの束がいくつも垂木《たるき》から逆さにぶら下げられているのを見て、それらが店内に洞窟のような雰囲気をもたらしていると思った。

奥のガラス・カウンターにはパンやいやなにおいのするチーズがところ狭しと並べられ、オランダ製の食肉スライサーの柄《クランク》と回転刃が光り、トレーには豚の脚が載ったままだ。その横にレジが置かれているが、思ったとおりまったく無傷だった。その奥が、居住部分へ通じるドアだ。そのドアに近づくと、ドースンがまたしても片手を上げて指し示した。この若者の行為をどう解釈したものかよくわからず、マイクルは笑みを浮かべてうなずいた。ホンブルグ帽を脱いでドアを通り、居住部分へ入った。

てらてらした光に照らされた居間は窮屈で、黙々と仕事をしている連中のせいでいっそう狭く感じられた。ふたりの巡査が室内にあるものの目録を作り、監察医が死体にかがみ込み、ミルンバーグ地区で写真館を開いているフランス人の写真係がカメラに新しいニトルセルロースフィルムを入れた。

マイクルは室内を仔細《しさい》に見て取った――空間の大半を占めているダークウッドのテーブルとサイドボード、隣家の側面を望む窓、台所へと通じるドア。位置がずれたりひっくり返された家具はひとつもなく、テーブルの片端に福音書が置かれたままだ。壁を覆《おお》う花柄の壁紙は古くなって黄ばみ、点々とカビが生えている。その壁には、陰鬱な年老いたシチリア人夫婦の写真と同じぐらいの数の安っぽい信仰の証《あかし》――買い集めた十字架や聖母マリアの絵、大聖堂や巡礼地などの絵葉書――が飾られている。台所へと通じるスペースに被害者ふたりの死体があった。リノリウムの床の上、どす黒い樹脂のような血の池のなかで、ぶざまに手足を広げている。

マイクルは部屋を横切り、死体の脇に膝をついた。妻は短身で肉づきがよく、肌は老化し、髪は白い。乾いた血がナイトドレスを上腹部の脂肪の層に張りつけているせいで、丸々した体の線があらわになっている。顔の造作はわからない。鋭利なもので執拗《しつよう》に攻撃を受けたせいで、人間の顔というよりもまるで火山の噴火口《クレーター》のようだ。唇の周囲を何匹かのハエがうるさく飛びまわっている。

夫は窓のそばに倒れていた。死体を検案中の監察医にさえぎられてほとんど見えないものの、妻と同様の損傷を負っていることがわかった。伸ばされた右腕がサイドボードを指し示し、サイドボードの下のひきだしに指の幅の筋状の血痕が何本もついていた。

マイクルは首を振り、最後にもう一度、哀れな死体を見た。職務で目の当たりにする残虐行為については深く考えないのがいちばんだと経験から学んでいたので、十字を切って——この形ばかりのしぐさが、なぜかそうした残虐行為から気持ちを切り離す役に立つのだ——立ち上がり、膝を伸ばして張りをほぐした。背後で写真係がスナップを一枚撮ると、静まり返ったなかにフラッシュバルブの音が響いた。

マイクルはフローシャイムの靴の底についた血をすでに台なしにされているペルシャ絨毯《じゅうたん》でぬぐい取り、妻の死体をまたいで台所に入った。粗削《あらけず》りの柄を下にして食器棚のそばに残された一挺の斧。血で濡れた刃に点々とついた骨片。流しにもさらなる血とわずかな泥。裏庭へ通じるドアは外からこじ開けられ、木製のドア枠は錠の周囲がギザギザに裂けている。裏庭へ出ると、朝の冷気が顔に当たった。三方の視界をさえぎる高い板塀のおかげで不気味な静寂に包まれている。ドアの横手に薪《まき》がぞんざいに積まれ、その向こうは雑草が生え、錆《さび》の浮いた金属ごみが転がっているだけの殺風景な空間だ。マイクルはしばし裏庭を見まわしたあと、暖かくじめついた居間に戻った。

「ドースン？　これまでにわかったことは？」マイクルはテーブルの下から椅子を引き出して腰を下ろし、ドースンにも同様にするように合図した。ドースンも椅子に座り、つや出し加工を施された革表紙の手帳に書き留めたメモを読み上げた。「被害者はミスタ・ジョセフ・マッジオと奥さんです。年齢はそれぞれ五十八と五十一。シチリア移民。この店を構えたのが二年前。近所の住人の話によると、グレトナ地区から越してきたとか。電話で刑事局に問い合わせました——ふたりとも、これまでになんらかの有罪判決を受けたことはありません」

マイクルはうなずいた。マッジオ夫妻は被害者の特徴に合致する——犯罪とは無縁で、無作為に襲われたように見えるシチリア人店主。これまでの襲撃において、新聞が〝斧男《アックスマン》〟と呼ぶ殺人犯は、夜間に被害者の住居に侵入し、その呼び名が示すとおり斧を用いて住人を殺害している。その行為を大いに楽しみ、強盗や性的行為にはまったく関心がないらしい。マッジオ夫妻の前に三つの家庭を襲っており、被害者のなかには赤ん坊とその母親も含まれている。しかも、犯行を重ねるたびに暴力性が増し、ますます陰惨で常軌を逸したものとなっている。

「近所の住人は不審なものをなにも目撃していません」ドースンが続けた。「訪ねてきた人間も出ていく人間も見ていない。悲鳴や叫び声も聞いていない。乱入時の物音すら聞いていないんです」

「侵入時だろう?」

「なんであれ、どうやって入って出ていったのかに関して手がかりはひとつもありません。それに、意外なことがひとつ——死体が発見されたとき、この部屋はなかから施錠されていたそうです」

それがこの犯人の特徴だ。窓から出たあとでその窓を閉めるか、犯行を終えたあと外からドアを施錠しているのだろう。こうした説明では、アックスマンが壁を突き抜ける能力を持つ一種の超自然的な存在だと新聞が書き立てるのを封じることはできなかった。ニューオーリンズは平時でも迷信深い土地柄であり、いまは、なんらかの悪魔に襲われていると街の大半が信じ込んでいる。

「ドアを蹴破ったのはだれだ?」マイクルはたずねながら裏庭の光景を思い出した。

「それはたしか……」ドースンが手帳を繰った。「D・ハンコック巡査です。妻の姪《めい》が死体を発見しました。店を手伝っていたとかで。今朝《けさ》、店へ来ると、だれも出てこないので裏へまわったんだそうです。窓からおばの死体が見えた。現場に真っ先に到着したのがハンコックでした」

「タロットカードは?」マイクルはたずねた。

ドースンがうなずき、サイドボードに手を伸ばして、血痕のついた二枚のカードを差し出した。マイクルは二枚をあらためた。正義のカードと審判のカード。これまでの被害者宅で見つかったタロットカードと同じく、金のかかった手描きのカードは一般的なトランプカードよりも大きく、黒と金で輪郭《りんかく》を描いてどぎつい赤と紫に塗られている。正義のカードには、ローブをまとい、片手に剣を、もう片方の手に天秤を持って玉座についている人物が描かれている。審判のカードには、地獄を思わせる荒れた風景の上空を舞う天使と、地上でその天使に赦《ゆる》しを乞うている裸の罪人たちが描かれている。裏面はどんなトランプカードにも見られる白黒の複雑な図柄だが、このカードの図柄には小さな動物たちの絵が組み込まれている。動物たちは呼びかけ合い、幾何学模様の監獄に閉じ込められていることに抗議しているように見える。

「どこで見つかった?」タロットカードをドースンに返しながらたずねた。

「被害者の頭のなかです」ドースンがおずおずと答えた。「傷口に押し込んでありました」

マイクルはうなずいた。マフィアが処刑現場にタロットカードを残すことがあるのは知っている。掟を破った者がどういう目に遭うかを知らしめるためにタロットカードを名刺代わりに置いていくということを。とはいえ、マフィアが年老いた女と子どもを殺さないことも、マイクルは知っている。だいいち、この殺害が処刑なのだとしたら、信心深い五十代の夫婦がこんな報いを受けるようなどんなことをしたのだろう?

殺人は被害者のよく知る人物による犯行であることが多いうえ、ニューオーリンズでは各人種ごとに密接なコミュニティが形成されている。シチリア人が殺されたのであれば、まずまちがいなくシチリア人による犯行だ。これまでの被害者は全員、小売店主であり、シチリア人小売店主は決まってマフィアとかかわりを持っている。それらの事実が指し示す方向はただひとつ――〝ザ・ファミリー〟とも呼ばれるマフィアだ。だが、犯行の残虐性と、ブードゥー教に関連のあるタロットカードが現場に残されていたことにより、アックスマンは黒人だと、市民の半数は確信している。現実に犯人を目撃した者がひとりもいないという事実に反するにもかかわらず。市内各地で、群衆が黒人を自分たちのコミュニティじゅう追いかけまわすというできごとが起きている。黒人がリンチに遭うのも時間の問題だ。

ただでさえ疑心暗鬼が蔓延《まんえん》している街で、アックスマンが不信感をかきたてている。市内の各人種コミュニティはほかのコミュニティと一線を画している。イタリア人の居住するリトル・イタリーを中心として、北が黒人クレオール、南がアイルランド人、西が黒人のコミュニティだ。チェス盤に散らばったポーンのように、各コミュニティ内にほかの人種グループ――中国人、ギリシャ人、ドイツ人、ユダヤ人――の居留地が点在する。少しなりとも人種の混在が見られるのは、市の中心部、フレンチ・クオーター地区、売春地区であるストーリーヴィル、商業地区だけだ。人種の分離が不信感を引き起こし、不信感が人種の分離を深めた。そこにアックスマンが登場し、閉鎖的な市民のあいだにコミュニティ間の摩擦と火種をもたらした。そんな状況を終わらせることを街から託されたのがマイクルだった。

裏庭のどこかでキツツキが木をつついている音が室内に流れ込んだ。そのとき、監察医がうめき声をあげながら立ち上がった。赤茶けた顔で恰幅《かっぷく》のいい老人だ。入念に手入れをした白い口ひげをとかしつけて、ヴィクトリア時代に流行した形――セイウチの二本の太い牙のような形――に整えている。

「膝が昔のようには動かなくてな」葉巻を好む人間特

有のしわがれ声だ。監察医はおぼつかない足どりでテーブルのほうへ来てマイクルの隣の椅子にどさりと腰を下ろし、ポケットを探ってフォンセカの三本パックを取り出した。一本勧められたが、マイクルは手を振って断わった。

「自分のがあるので」マイクルはポケットから銀製の煙草ケースを出した。それを開けてバージニア・ブライトを一本取り出す。監察医がマッチをすり、ふたりはそれぞれ葉巻と煙草に火をつけた。

「いつもと同じだ」監察医はマッチを振って火を消し、テーブルに落とした。「被害者はいつもと同じ方法で殺された。死亡推定時刻は昨夜の十一時から午前一時。強姦された形跡はなし。いまのところ、それ以上のことはわからん」肩をすくめ、深々と葉巻を吸った。

「きみの意見は?」マイクルにたずね、眉を吊り上げた。一連の殺人が始まって以来、ますますよく目にするようになった期待に満ちた表情だ。マイクルは、監察医と話している位置から一メートルも離れていない床に倒れている死体を見やった。

「マッジオ夫妻は昨夜十一時か十二時ごろ、この居間で座っていたのでしょう。妻はそこで聖書を読んでいた」マイクルはテーブルの反対端に置かれた福音書を身ぶりで示しながら言った。「夫がなにをしていたのかはわかりません。妻が夫に読み聞かせていたのかもしれない。いずれにせよ、夫はそっち、サイドボードのそばに座っていた。殺人者は裏庭から侵入した。玄関は通りに面しているし、裏手なら板塀を乗り越えるだけですからね。そして台所のドアの錠を破った。裏庭の板塀がとても高いから、たっぷり時間をかけることができたはずです。薪《まき》の山に斧が見当たらなかったので、犯人はそれをつかみ取ったのでしょう。愚か者でもないかぎり、目的の家に斧があるとわかっているのに凶器を持ち歩いたりしませんよ。妻が物音を聞きつけた瞬間、殺人者が居間に踏み込んだ。妻は立ち上がった。台所にいちばん近い位置に倒れていますからね。ほら、あの倒れかたでわかるでしょう？」妻の死体を指さした。「殺人者はまず彼女を襲った。状況を見て取った夫はサイドボードからなにかつかみ取ろうとした。ひょっとすると、下から二段目のひきだしに銃があったのかもしれない。しかし、動きが遅すぎた。ひきだしを開けようとしているあいだに殺人者が彼を襲った。だからサイドボードに血がついた。殺人者は時間をかけて死体に損傷を加えた。そのあと台所へ行き、証拠を始末した。斧はその場に残して、手と着衣とブーツの血を洗い落としたんでしょう。流しに血と泥がついていますから。そして、裏庭へ出て、外から道具を用いて施錠した。むろん、たんなる推測です。室内に入ろうとしたD・ハンコック巡査が重要な証拠を損ねてしまったので。犯人はなにひとつ証拠品を身につけずにこの家を出た。ブーツの底に血痕ひとつついてないでしょう。以上が概要です」

マイクルは煙草を一服し、またしてもふたつの死体を見つめた。「わからないのは」彼は思案げに言った。「妻をかたづけて夫を襲うまで、犯人はどうやって悲鳴のひとつもあげさせないようにできたのか、ということです」

「ひょっとすると、犯人は妻を殺して」ドースンが意見を述べた。「そのあと、部屋の端から夫に斧を投げつけたのではないですか。ほら、先住民族がやるみたいに」彼は自分の考えたことを動作で説明しようと、いかにもアパッチ族がやりそうな上手投げで斧を放るまねをした。

マイクルと監察医は顔を見合わせた。「そうかもしれないな」とマイクルは言った。「なにをしたにせよ、すばやくやったんだろう」

目録を作っていたふたりの巡査に向き直ったが、ふたりはマイクルの仮説に耳を貸すのをとうにやめていた。

「サイドボードの確認はすんだのか？」マイクルはたずねた。

「いえ、まだです」一方が答えた。

「では、ミスタ・マッジオがなにをつかもうとしていたのか、見てみるとしよう」

マイクルがサイドボードに近づいて最下段のひきだしを開けると、きちんとたたんで重ねたリネンの山がふたつ現われた。怪訝《けげん》顔でその下を探ると、靴の箱がひとつあった。それを開けると、なかには大量の書類が入っていた——請求書、領収書、夫妻の帰化許可書、そして手が切れるような新札の五ドル紙幣の束がいくつか。

「殺人者を金で説得しようとしたらしいな」監察医が言った。

マイクルは札束のひとつを繰りながら眉根を寄せた。連邦準備紙幣にのみ用いられる財務省の標章が赤インクで印刷されてはいるが、もう五年近くも連邦準備紙幣は発行されていないのだ。

「この紙幣は未使用だ」マイクルは言った。「印刷から上がったままの新札です」

「だから？」監察医が肩をすくめた。

「だから、マッジオが五年前に銀行から引き出し、それ以来ずっとここに眠らせていたか、偽札だということです」

マイクルは引き出しから靴箱を引っぱり出してドースンに差し出した。

「製版印刷局の人間に連絡して、製造番号を確認してもらえ。これだけの金を五年もサイドボードで眠らせる人間などいるものか。ニューオーリンズではなおさら」

ドースンは靴箱を受け取ってうなずいた。マイクルがしばし考えに耽《ふけ》り、キツツキのたてる音が静まり返った室内をふたたび満たした。

「あの落書きはどうなんだ？」監察医がたずねた。

「落書きというのはなんですか？」

ドースンの案内で、マイクルは裏庭へ出て建物の横手へまわった。店舗の側壁に、高さ三十センチほどの細く茶色い文字で次のように記されていた——

私が入っていくときミセス・マッジオと同じくミセス・テネブルは起きていることだろう
マイクルはその落書きをまじまじと見て首を振った。アックスマンが足を止めてこのメッセージを書いたのだろうか？　次に狙う相手の名前を教えようとしているのか？　警察をからかって楽しんでいるのか、それとも次の犠牲者を怖がらせようというのか？

「あのフランス人を呼んで写真を撮らせてくれ」マイクルは落書きを指さしてドースンに指示した。「それがすんだら、表にいる阿呆《あほう》どもが目に留めないうちになにかで覆《おお》って隠せ。そのあと署に戻って、男女を問わず市内に住むテネブルをすべて探し出すんだ。昼までにそのリストを私のデスクに持ってきてもらいたい」

ドースンは了解したしるしに帽子を傾けると、急いで写真係を呼びに行った。マイクルは両手を腰にあててしばらくその場に立っていたが、そのうちにくるりと向き直り、改めて裏庭を見渡した。そこかしこにごみが散らばっている——ブリキ缶、新聞紙、梱包《こんぽう》用木箱の木片。一角には、変形し、使われていない錆《さ》びついた屋外グリル。庭一面に広がる雑草と低木は、伸びすぎて地面を覆い隠している。そんな光景のすべてが悲しみとわびしさを感じさせる。マッジオ夫妻はこの界隈《かいわい》の退廃から身を守ることができなかったのだ。マイクルは自分の家に、この店の前に集まっている連中に、自分の肩にのしかかる市民たちの期待の重みに、ふと思いを馳せた。またしてもふたりの人間が殺害されたうえに、被害者はまだ増えると三十センチほどの文字で伝える犯人からのメッセージ。マイクルは首を振り、また十字を切ってから室内に戻った。

3

ニューオーリンズのすぐ北、ブッテという農村の郊外に広がる低木地には、カミソリ鉄条網の柵に囲まれた黄土の敷地内に納屋のような建物がいくつか立っている。がっしりした木材で建てられ、窓を黒く塗られたその建物群は、ルイジアナ州の中間施設として――移送中の受刑者の立ち寄り場所として――用いられている。受刑者たちの収容小屋は敷地の中央にあるので、扉が開けられたとき、その鋭い音が迷路のように配された小屋と敷地、柵にまで響き渡った。

ふたりの男が朝の冷気のなかへ出てきて、縦並びになって敷地の端へと歩きだした。一定のリズムで砂利を踏む足音が響く。前を歩く男は、昨夜で刑を終えて釈放される受刑者。両手は体の前で手錠をかけられ、虫に食われた皺《しわ》だらけの空色の木綿のスーツを着ている。男は二百キロたらず北西にある〝アンゴラ〟と呼ばれるルイジアナ州立刑務所とここブッテとを結ぶ囚人輸送馬車で、昨日の日没ごろにここに着いた。

昨夜は凍えるほど寒い小屋で過ごした。長旅で疲れていたため、寒さも気にならずにぐっすり眠った。〝アンゴラ〟がある州北端、ミシシッピ川の湾曲部の辺鄙《へんぴ》な場所から一日以上も輸送馬車に揺られてきたのだ。日没後は受刑者の移送を行なわないと決まっているので、刑務所管理委員会は各地の中間施設を休憩所代わりに利用する。そしてここは、ニューオーリンズまでの道中にいくつかある鉄条網で囲まれた施設のうちの、最後のひとつだ。

夜が明けた数分後、男は警棒で腹を突かれて目が覚めた。いまは警棒の持ち主が作る影を歩かされている。群青色《ぐんじょういろ》の制服に身を包んだ威圧感のある看守は偏狭な目を受刑者に注いでいる。ふたりは中庭を進み、柵に設けられたゲートが監視員によって解錠されるのを待った。柵が四重に張りめぐらされているため、その手順を四回繰り返して、ようやく収容施設の表門に着いた。

「パタースン！」看守が呼ばわった。

散弾銃を肩からかけた歯のない男が監視小屋のドアロに現われ、ふたりに笑みを送った。監視員は悠然と小屋から出て表門に渡された横木に近づき、ふたりを敷地内にとどめている錠を解いた。そのあと重い横木を持ち上げて門扉を開けた。でこぼこの粘土質の道に門扉の下端がすれる音がした。

看守が警棒で軽く肩をたたき、受刑者がくるりと向き直った。ルカ・ダンドレアは五十代初めで黒髪の小柄な男だ。端整でありながらこけた顔、悲しみをたたえた柔らかい額の下できらめいている茶色の目。看守が鍵束を鳴らしながら手錠を解くと、ルカは手首をさすった。すぐに、自分をとらえていた相手に礼を言うようにうなずき、表門から外の道路へと出た。

ブッテは見所のない町だ。道路はわだちだらけで埃《ほこり》っぽく、両側にはずんぐりしたいびつな木が何本かあるだけの不毛の低木地が地平線のかなたまで広がっている。受刑者から自由の身への分岐点があるとすればこの場所だが、ルカは喜びも解放感もまったく感じなかった。ただ、重く心もとない不安――釈放までの数カ月間、悩まされつづけたのと同じ恐怖感――を覚えるだけだった。

服役中は、一日に二度のまともな食事と、頭を横たえる場所と、人生がみじめなものになった転機について思いわずらう暇もないほどの作業を与えられた。週に六日、夜明けから日没まで、刑務所管理委員会の利益のためにマンハッタンほどもの広さのある刑務所の敷地で農作業を行なった。〝アンゴラ〟という呼び名はかつてそこに築かれた大農園《プランテーション》の名残であり、そのプランテーションの名前は、そこで働く奴隷たちの母国から取られたものだった。手かせ足かせによる苛酷な管理体制を考えると、〝アンゴラ〟というのはたんに過去の奴隷制度の片影《へんえい》を現在にまでとどろかせる呼び名ではない。その事実を、受刑者たちはおもしろがっていた。

だが、受刑者の大半とちがって、ルカは農作業がいやではなかった。畑で彼はこれまで知らなかったやすらぎを感じた。この世界での自分の居場所を受け入れたことにより、平穏と安心がもたらされたのだ。だが、忘れたほうがいい思い出についてくよくよ考えないようにしてくれる農作業はもうなくなった。目の前に広がる低木地のように茫洋《ぼうよう》とした将来へと向かう日々があるだけだ。

道路の先に目を凝らすとニューオーリンズの街が見える気がした。地面に張りついて揺らめく朝靄《もや》を通して、かろうじて地平線上に見え隠れしている気がした。

かすんだ大気の向こうで揺らめく姿はどこか女性的で、バーのショーガールのようだと思った。

「ビッグ・イージーまでは遠いぞ」背後から皮肉っぽい鼻声が言った。

ルカは向き直って、褐色の肌をした痩《や》せた男を見た。向かい側の柵に寄りかかって腕を組み、安い銘柄の煙草《たばこ》をくゆらせている。よく知っているが歓迎すべからざる顔。ジョン・ライリーだ。ルカの公判中、ライリーの勤める新聞社は、一般大衆の怒りをかきたてるためにライリーが書いた社説を利用してルカに関する暴露を続けた。ライリーがほほ笑みかけて、ポケットに手を入れて変色した真鍮《しんちゅう》製の煙草ケースを取り出し、中身を勧めた。ルカが煙草を見て一本抜き取ると、ライリーがマッチで火をつけた。

ルカはライリーの顔をつくづく眺め、老けたことに気づいた。もともと目もとに隈《くま》があったが、色がしみ込んだようになってますます目立っているうえ、頬骨の周囲がくぼみ、顔全体がミイラのように干からびて青白い。ライリーからは活力の衰えがにじみ出ていると思った。

「あまりうれしくなさそうだな、ダンドレア」例によって金まわりがよさそうな歯切れのいい口調だ。「家族や友人による歓迎委員会の代わりにおれに会って、うれしそうな顔をしろよ」

ライリーが黄色い歯を見せてにっと笑うので、ルカは煙草を長々と吸った。ライリーはクリーム色のブレザーを着て、シルクの赤いリボンが巻かれたカンカン帽をかぶっている。このいでたちをしているのが別の人間なら、顎の角張った北東部の一族の出で、アイビーリーグでボート部に所属していた男だと思ったにちがいない。ところが、目の前のやつれた猫背の男の場合は、なぜか粗野でいかがわしくさえ見える。

「自動車を呼んである」ライリーが話を続けた。「よければ乗せてやるよ」

ルカは記者を横目で見た。ライリーのような連中は見返りが期待できなければ他人に便宜を図ることなどしないし、ルカは取引をして協定を結んだりできる立場ではない。

「歩くつもりだったんでね」ルカは、足かせや鉄条網の柵に邪魔をされることも、横を犯罪者どもが小走りについてくることもなく、好きなだけ一直線に歩くことを楽しみにしていた。

「ニューオーリンズまで三十キロ以上はあるぞ」ライリーが怪訝《けげん》そうな面持ちで言った。

ルカは肩をすくめた。「用件はなんだ?」とたずねると、記者は一瞬、返事を躊躇《ちゅうちょ》した。

「察しはつくだろう」愚痴《ぐち》っぽい口調だ。「べつにこんなところまで来て、あんたの大事な瞬間を台なしになんてしたくなかったんだが、編集長から取材を頼まれてね」と弁解し、運命の気まぐれを嘆くように両手を上げた。

「すると、まだ編集長に昇進してないんだな?」ルカがにべもなく言うと、ライリーは短くわざとらしい笑い声をあげた。

「煙草をありがとう」ルカは煙草をくわえたまま両手をポケットに突っ込み、ニューオーリンズに向かって道路を歩きだした。

「まいったな。はるばるこんなところまで来たのに」ライリーがあわてて追ってきた。「な、あんたはずっと格好の新聞ネタだったんだ」と泣きついた。

「おまえが裏切ったから、いい新聞ネタになった」ルカは言った。ライリーは表情をゆがめてルカの顔をうかがった。

「元気そうだと言わざるをえないな」ライリーは言った。「〝アンゴラ〟じゃあ、たいていの人間が二倍の速さで年をとる。あんたは判決を受けた日とまったく同じに見えるよ」

「地獄に堕《お》ちろ」ルカはまた煙草を一服した。

ニューオーリンズへ戻るのが容易だなどと期待してはいなかった。あの街が楽園にはほど遠いことは承知している。犯罪者があふれ、敵意と不信感をぶつけ合っている移民コミュニティがいくつもある暴力と非寛容の街だ。だが、刺激的なエネルギーと、きらびやかで豊かな魅力をそなえた街でもある。人種による分離と反目に満ち、通りはどこもみすぼらしく、栄光も過去のものになったとはいえ、ニューオーリンズの街にはいとも簡単に魅了される。だからこそルカは、〝アンゴラ〟にいるあいだじゅう、ニューオーリンズに戻るのはよりよく生まれ変わることだという気がしてならなかった。ニューオーリンズの街が胎児を保護する羊水のように彼を包んで刑務所暮らしの垢《あか》を洗い落としてくれる、と。だが、こうしてライリーを見ていると、別の垢にまみれることになるだけではないかと思えてくる。

「じゃあ、こうしよう」ライリーが言った。「再出発の日だし、心機一転してやり直すってのはどうだ？原点に立ち戻ってさ？」

ルカはまた悪態をつこうとしたが、思いとどまり、ため息をついた。再出発に対する期待のようなものが良心を刺激したからだ。望みのものをライリーに与えてやれば、そっとしておいてくれるかもしれない。

「なにを知りたいんだ？」ルカが言うと、ライリーの顔に笑みが戻った。

「お決まりのことさ。〝アンゴラ〟での刑期はどうだった？　囚人服を脱いだ感想は？　なかから見た州立刑務所に対する考えは？」

ルカはライリーをまじまじと見た。「そんなことを訊くためにここまで来たわけじゃないだろう。ルイジアナ州立刑務所管理委員会ですら刑務所の現状に興味を示さないんだ。読者が無関心なのは確かだ」

ライリーは顔をしかめた。「あいかわらず鋭いな、ルカ。ほら、外に出てきたときには頭の中身がマッシュポテトになってる連中もいるからな。だが、あんたはそうじゃない」ライリーは作り笑いを浮かべ、敬意を表するように帽子を軽く傾けた。「アックスマン事件に対するあんたの見解は？」とたずねた。

ルカは怪訝顔でライリーを見た。「アックスマン事件というのはなんだ？」とたずねると、ライリーがもっともらしくうなずいた。

「州税を使っての滞在中、噂は耳に入らなかったのか？　常軌を逸した黒人が街を跋扈《ばっこ》し、イタリア人食料雑貨店主を次々と殺している。最初の犯行から六週間も経つのに、あんたの旧《ふる》い友人タルボットは、捜査担当者としてなんの成果もあげてない。それどころか、捜査に失敗して、市民は当然ながら動揺を深めてるんだ」

ルカは、軽い風に巻き上げられた路上の土埃《つちぼこり》がニューオーリンズの方向へ流れていくのを目に留めた。時代は変わったのだと思った。いまやマイクルが自分の名を地に落とす番らしい。ルカは街の変化についていこうと努めてきた。〝アンゴラ〟に入ってくる受刑者が外界のニュースを携えてくるので、刑務所の中庭で彼らの話に熱心に耳を傾けた。大戦、大ハリケーン、スペイン風邪《かぜ》の大流行、売春地区ストーリーヴィルの閉鎖。新しいジャンルの音楽の噂まで聞いた。黒人受刑者に言わせれば、その音楽は街を席捲しているらしい。修正第十八条が議会を通過して禁酒法の適用が近づいていることも知っていたし、それが利害の衝突する危険地域ニューオーリンズにどんな影響を与えるだろうかと考えもした。だが、大変革と動乱のニュースのなかで、警察の動向やかつての弟子に関する噂話はなにひとつ耳にしなかった。

「それがおれになんの関係がある？」ルカは問い返した。

「いやまあ、あんたとおれは、タルボットの過去のいきさつを考えると、編集長とおれは、彼が苦境に立たされてるいま、あんたからざまあみろ《シャーデンフロイデ》という言葉を聞けることを期待してたんだ。だってほら、彼はあんたを売ったおかげで昇進しただろう。彼が捜査の仕事に向いてないとすれば、市民がそれに気づきはじめたタイミングであんたが釈放されたのはちょっとした皮肉だろう」ライリーが深々と息を吸い込んだ。ルカのきびきびした歩調に合わせながら話し、煙草を吸うのに苦労している。

「因果応報ってやつだ」息を切らしながら言った。「少なくとも、編集長はその切り口を狙ってる。運命の皮肉という切り口を」

彼はルカを見つめて返答を待ったが、ルカは無言のまま地平線に目を据えて、靄《もや》のかなたにニューオーリンズの姿を思い描いていた。かすんだ大気のなかにもう一度バーのショーガールの姿を思い浮かべようとしたが、いま見えるのは空中を舞う土埃と太陽光線と靄だけだった。


「おれがどう思ってるかなんて、だれも興味ないだろう」ルカは言った。「人間だれしも、自分の信じたいことを信じるものだ。公判中にそれが身にしみたよ」

ライリーがうなずき、ふたりはしばらく黙って歩を進めた。左右に広がる低木原では、一群のカラスが神経にさわる甲高《かんだか》い鳴き声をあげながら滑空したり舞い下りたりしている。

「言いたいことはなにもないのか？」しばらくしてライリーがたずねた。先ほどよりも穏やかで、懇願するような口調だ。「タルボットのせいで、あんたはこの六年を刑務所で過ごした。彼はあんたの弟子だったはずなのに」

ルカは気丈にも心が沈まないように努め、弟子の裏切り行為について考えまいとした。足を止めて正面から見すえると、ライリーが無意識に一歩後退した。

「五年だ」ルカは冷静を装って言った。「模範囚として一年短縮された」煙草を最後にもう一服したあと道路に放り捨て、ブーッでもみ消した。「マイクルは正しいことをしたんだ」と続けた。「彼に恨みはない。人生の再出発をしたいだけだ。報復はしないし、過去に生きることもしない。おれはただ、ニューオーリンズにたどり着き、腐りかけてもゴキブリまみれでもないものを食べて、一杯飲み、なんなら女を買いたいだけだ。記事にはそう書いてくれ」

ルカは向き直って道路をすたすたと歩きだし、ライリーはとまどった表情を浮かべて彼を見送った。

「ルカ、知らないのか？」とどなった。「もう女を買うことはできないぞ！　海軍が売春宿を非合法化したんだ！」

ルカは彼の言葉を聞き流し、土埃の立つ長い道をニューオーリンズへ向かって進みつづけた。

4

アイダの予想どおり喪家《そうけ》はにぎやかな宴席となり、酔っぱらって踊る連中の大声が家じゅうにあふれた。近隣住人の大半、各クラブのメンバーや五人組のバンド、ストリート・チルドレン、あとから参加した連中のほか、遺族も出席していた。音楽と騒音が家の薄い壁を突き抜けてサイレンのようにこの地区じゅうに響き渡り、お楽しみの時間だと宣伝することで、このパーティに参加したい連中をさらに募っていた。

正午には、参加者の大多数が、安酒やマリファナ、ヘロイン、コカインなどで酔っぱらっておぼつかない足どりで家じゅうを歩きまわるか、カップルになってひっそりした隅《すみ》や人目につかない場所で甘い言葉をささやくかしていた。庭ではふたつのバンドのあいだでカッティング・コンテストなる腕比べが行なわれ、どちらのバンドも相手に勝とうとしていた。騒がしく容赦ない観衆は判定を下すだけでは飽きたらず、演奏に参加までした。手拍子や合いの手を入れ、足を踏み鳴らすので、その震動が地面を揺らす打楽器となっていたのだ。

家のなかの大混乱を避けたい連中が通りにあふれ出していた。嘔吐物《おうとぶつ》の池のなかで気を失っている者もいれば、草地に寝ころんで酒を飲み煙草を吸っている者、さらには柵の支柱に寄りかかっておしゃべりしている者までいた。

向かいの家の玄関ポーチの階段では、アイダとルイスが並んで腰かけてその光景を眺めていた。アイダは日ごろからパーティの真っただ中にいると落ち着かず、どうふるまったものかわからないので、部屋の隅を見つけてそこに身を隠すのが常だった。彼女の気持ちを察したルイスが、外へ出て離れた場所からみんなの様子を眺めようと促すと、アイダはその誘いに乗ったのだった。向かいの家で起きていることに眺め入っているルイスを、アイダはちらりと見た。腫《は》れた目、疲れた顔、すぼめた肩。葬儀での演奏は重労働だ。バンドは葬列のパレード、葬儀、さらには明け方近くまで続くことのある葬儀後のパーティのあいだじゅう演奏を行なわなければならない。

ルイスが目を転じ、自分を観察している視線をとらえると、アイダはおずおずとほほ笑みかけた。

「とにかく、だれの葬儀なの?」彼女はたずねた。

「知らない」ルイスが答えた。「どこだかの年寄りだよ」

アイダがうなずき、ふたりはまたしても沈黙に陥った。ルイスと会うのは去年の夏以来だ。六年に及ぶつきあいのなかでこんなに長い期間会わなかったのは初めてだし、アイダはこのまま疎遠にならないことを願っていた。

「本当にビールもなにもいらないのか？」アイダが硬くなっていることに気づいたルイスがたずねた。

「うん、いらない。ありがとう」アイダは首を振りながら言った。

酔っぱらい男がふらふらとふたりの前を通りかかった。シャツの襟《えり》は破れ、目はうるんでいる。男はルイスに気づいて会釈したあと、足を止めてアイダを見つめ、とまどった様子で眉根を寄せた。通りがかりの人たちのこんな反応に、アイダは慣れている。人びとが彼女を見つめるのは、ひとつにはその美貌ゆえだが、主として彼女の人種がはっきりとわからないからだ。なにも言わずに立ち去ってくれることを願って地面を見つめていると、そのうちに酔っぱらい男はふらふらと離れていった。男を見送ったあと、ルイスが彼女を見つめた。

「きみにはどうにもできないことだよ」ルイスは温かく心強い言いかたを心がけた。アイダは遠慮がちにほほ笑み、通り向かいの家を、左右に揺れながらポーチの階段を上がっていく男を見やった。「ねえ、ルイス、このごろはろくに会いに来なくてごめんね」最近は忙しくて、とか、グレトナ地区まで足を延ばせなくて、というように、さらに弁解を続けたかった。彼と会っていないあいだに、たまたまピンカートン探偵社に事務の職を得た。そこからたたき上げで、いつか探偵になるのが夢だ。それを言いわけにしてもよかったが、ルイスに嘘はつけない。会いに来なかった理由はおたがい承知している。

「デイジーは元気？」アイダはたずねた。

「元気だよ」ルイスがその質問になんの支障もないかのように答えるので、嘘をついているのだとアイダにはわかった。アイダとルイスの母親マヤンは、デイジーがルイスに不釣り合いだということで意見が一致している。デイジーは彼よりふたつばかり年上で、不平がましく、かっとなるとすぐに暴力をふるう。川向こうの――堤防建設労働者や港湾労働者が多く荒っぽい地区だ――安酒場で売春婦として働いていて、昨春、ルイスが彼女と出会ったのもそんな安酒場のひとつ〈ザ・ブリックハウス〉だった。マヤンは売春婦として働く女を批判できた義理ではないのだが、マヤンもアイダも、デイジーはルイスにふさわしくない、もっと悪いことにあの女はルイスをみじめな気持ちにさせている、と思わずにはいられなかった。マヤンがしぶしぶ承諾したことで、ルイスは十八回目の誕生日を迎える数カ月前、出会いから五週間と経たないうちに、デイジーと市役所で結婚式を挙げた。彼は妻と暮らすために川向こうのグレトナ地区へ引っ越し、アイダも最初のうちはよく家を訪ねていた。だが、この一年のあいだに、デイジーがアイダをお高くとまった女だと思っていることが明らかになり、アイダのほうも彼女をぴりぴりした粗野な女だと思っていることをことあるごとににおわせるようになると、徐々に足が遠のき、ついには完全に足が止まっていたのだ。

「クラレンスは？」アイダは微妙な問題から話を変えようと、笑顔でたずねた。クラレンスはルイスの五歳になる従弟《いとこ》で、母親が産後に亡くなったためルイスが引き取っていた。ルイスは結婚した直後にクラレンスを正式に養子にし、デイジーと暮らすアパートメントへ連れていって、そこで十代の家長として家族三人の奇妙でぎこちない家庭を築いたのだった。

アイダがクラレンスの名前を出すとルイスは顔をゆがめ、一瞬だけ、つらそうな表情を浮かべた。

「聞いてないのか？」と問い返すので、アイダは彼の声音《こわね》に表われた動揺の色に不安を覚えながら首を振った。ルイスがアイダを見つめ、一瞬の間を置いて話しだした。

「転落したんだ。頭から地面に落ちた。知能に影響が出るだろうって医者は言ってる」

「なんてこと！」アイダは思わず大声をあげた。驚いて目を見開き、ルイスの腕をつかんだ。「気の毒に」声が震え、目に涙が込み上げた。

ルイスはやるせなく肩をすくめ、とぎれがちに事情を説明した。数カ月前のある雨の午後、デイジーといっしょにレコードを聴いているあいだ、クラレンスは裏手のバルコニーでおもちゃで遊んでいた。悲鳴が聞こえたのでバルコニーに飛び出すと、クラレンスが六メートルほど下の中庭に倒れていた。頭が血まみれで、苦痛に泣きわめいていた。

ルイスの顔を見つめて、アイダは彼が自責の念に苛《さいな》まれているのだと気づいた。さっき感じた彼の消沈ぶりは、たんなる疲労ではなく、もっと深刻な問題が原因だった。

「あなたのせいじゃないわ」アイダは首を振りながら言った。ルイスが見つめ返すので、アイダは彼を抱きしめ、ふたりは抱擁《ほうよう》を交わした。

「会いに来ればよかった」アイダはデイジーのせいでルイスと距離を置いていた自分をののしった。「そうと知ってれば会いに来たのに」

「気にするな。いまこうして会ってるんだ」ルイスの声は温かかった。

ふたりはなおもしばらく抱き合っていたが、そのうちルイスがポケットから瓶入りビールを引っぱり出した。階段の手すりに王冠を引っかけ、瓶を平手でたたいて栓を開けて差し出すので、アイダは軽くひと口だけ飲んだ。生ぬるくて泡だらけで気の抜けたビールは舌にぴりっと辛かった。瓶を返すとルイスが長々と飲み、ふたりはまたパーティの様子を眺めた。

「で、どうしたんだい？」ルイスがたずねた。「バック・オ・タウンまで来るんだから、大事な用なんだろう？」

アイダは、ここへ来た理由が彼の様子を見るためだけではないことに気が引けて彼を見つめた。「そんなに見え見え？」

ルイスは笑みを浮かべて首を振った。「長いつきあいだからね」

アイダはうなずき、唇を嚙《か》んだ。「どうしても、ある人に話を聞きたいの」と切りだした。「ただ、ひとりではやりたくない。いっしょに来てほしいと思って」

「いいよ」ルイスが言った。「でも、ルフェーヴルと行かないのか？」

ルフェーヴルというのはピンカートン探偵社のアイダのボスだ。肥満の白人クレオールの彼はなにごとにも悠長で無関心で、酒に溺《おぼ》れている。

「これは言うなれば……業務外の仕事だから。アックスマン事件のことを新聞で読んで、ちょっと気づいたことがあってね」

ルイスはポケットを探って煙草のパックを取り出し、アイダに一本勧めた。バック・オ・タウンで売られている安物の煙草、煙草の葉を摘む連中がくすねた葉で作った自家製の煙草だ。非正規品の煙草は喉の奥が焼けつくようになるのだが、アイダはかまわず一本もらった。

「うちの会社に〝非契約調査員〟のリストがあるの。うちの会社の用語でたれ込み屋のことよ」アイダは説明した。「二週間前のアックスマンの犠牲者ロマーノ夫妻だけど、奥さんは看護師を雇っててね。その看護師が夫妻の死体の発見者――ミリセント・ホークス。で、彼女の名前がうちのたれ込み屋のリストに載ってたってわけ。何年か前にうちを訪ねてきて、ロマーノ夫妻の情報を売ろうとしたみたい。夫妻がなにかくわだててるって。情報を売りたがる人はたくさん訪ねてくるのよ。うちは〝ブードゥー・クイーン〟のマリー・ラヴォーでもなんでもないのに。どの新聞も〝罪なき犠牲者〟だって書き立ててるけど、わたしはどうも被害者がなんの罪もない人間だったとは思えない」アイダは首を振った。「彼女が売り込もうとしたネタを知りたいの。だって、ヘスはそのネタを買わなかったくせに、彼女が訪ねてきたという記録は残してる。ヘスってそういう人よ。なんでも記録に残すの」

「ヘスって？」ルイスが怪訝《けげん》そうな顔でたずねた。

「ルフェーヴルの昔のパートナーよ。とにかく、警察から協力要請がないから正式な調査をするわけにいかないし、わたしひとりで調べるつもりだったの」

「いいよ、アイダ」ルイスが言った。「でも、どうしておれにいっしょに行ってほしいんだい？　おれは探偵でもないのに」

「一度もひとりで話を聞いた経験がないの。いきなり訪ねていったら、ばかにされそうな気がするし。ほら、女だからとかなんとかで。まじめに取り合ってくれないと思うの」

「ま、その気持ちはわかるよ」ルイスは急に真顔になった。「おれだってまじめに取り合ってないから」

にっと笑うので、アイダも頬をゆるめて首を振った。

「そんなことより、どうして警察のまねごとをしたがるんだ？」ルイスがたずねた。「もう仕事に飽きてるのか？」

アイダはまた唇を嚙《か》み、しばし考えた。「そんなところ」採用当初、ルフェーヴルは現場の仕事をさせると約束したが、それは空約束《からやくそく》だったとわかった。気がつくと、寄せられた手紙の返事を書いたり書類を綴じたりルフェーヴルの使いでライ・ウィスキーを買いに行ったりするうちに毎日が過ぎていた。いいかげん転機を、能力を証明する機会を与えられてもいいはずだ。学校はどの科目でもクラスでいちばんの成績で卒業したし、たいていの教師よりもよく本を読んでいるのに、性別と肌の色が障害になると他人が考えるせいで職場の序列のいちばん下に甘んじなければならない理由がわからない。

ルイスは彼女を見つめてうなずいた。「来週でよければ、体は空いてる」と言った。「昼間ならいつでもオーケーだ。石炭運びの仕事を辞《や》めたから」

アイダは彼の顔をまじまじと見て、眉根を寄せた。

「石炭運びの仕事を辞めたの？　いつ？」

「去年。休戦条約が締結された日に。戦争が終わったって聞いた約三十秒後にね」

アイダが怪訝顔になると、ルイスは、戦争が終わればナイトクラブが営業を再開するのでまた演奏の仕事が豊富になるからだ、と説明した。運命が好転し、あのキッド・オリーのバンドに雇われて毎週土曜日に〈ニューオーリンズ・カントリー・クラブ〉で演奏している、と言った。そして、そのわずか数カ月後には〈コーポレーターズ・ホール〉で行なわれた演奏会《ギグ》でフェイト・マラブルの耳に留まり、ストレックファス社の蒸気船でミシシッピ川を上下するムーンライト・クルーズで演奏する楽団員として採用された、と。

「ルイス、すごいわ」アイダは満面の笑みを浮かべた。「すぐに父さんに話さないと。当然、誇りに思うはずよ」

アイダの父ピーター・デイヴィスこそ、ふたりが出会った理由だった。彼がニューオーリンズ黒人浮浪児養護施設――ルイスが十二歳のときに送り込まれた矯正施設――でルイスに音楽を教えたのだ。デイヴィス先生はルイスに目をかけ、ときおり自宅へ招いてコルネットを吹かせた。その際、アイダがピアノで伴奏をした。アイダのピアノの腕前はそこそこだったものの、父の言いつけに従っているうちに孤独なふたりは親友になった。

「大切なのは、勉強になるってことだ」ルイスが言った。「キッド・オリーのバンドでステップアップできるし、マラブルのバンドに入るのはパリ音楽院《コンセルヴァトワール》に通うようなものだって言われてるからね」彼がコンセルヴァトワールという語を歌うような気どった調子で言い、ふたりはけらけら笑った。「メンバー全員が初見で演奏できるんだ」ルイスが続けた。「あれこれ教えてくれる。アップタウンの黒人《ダーキー》のみんながみんな、クレオール・バンドで演奏できるわけじゃない」

ルイスの笑みがぎこちないので、誇りと同時に照れくささもあるのだとわかった。昔から、音楽のこととなると、自分を磨き、腕を高め、可能なかぎり学ぼうとする姿勢がルイスにはあった。その資質が、アイダの父が施設で指導していた無表情で自信過剰の黒人の子どもたちの大半と一線を画すことになったのだ。

「で、きみはそのアックスマン事件とやらを解明できると思うんだね？」ルイスが首《こうべ》をめぐらせて彼女を見つめてたずねた。

アイダは彼を見つめ返し、眉を吊り上げて、まじめくさったふりをした。

「いかなるできごとの組み合わせも、人知で説明できないものはない」と言ったあと、にんまり笑った。出会って以来、アイダはシャーロック・ホームズ・シリーズを読んでいるか、その一節を彼に引用して聞かせるかするので、そのことがふたりのあいだのジョークになっている。

「それもホームズのせりふ？」ルイスがたずねると、アイダがうなずいた。

「ホームズなんて読むのはやめろよ、アイダ。あんなものを読んでるから現実の世界をまともに見られないんだ」

ルイスが指先で自分のこめかみを軽く打ち、アイダは首を振ってみせた。すぐにふたりは笑みを交わし、ふたたび黙り込んだ。煙草を吸い、生ぬるく泡だらけのビールを飲み、街灯に群がる蛾《が》のごとく向かいの家のまわりに集まっておぼつかない足どりで出入りする連中を眺めた。

5

喧噪《けんそう》と人間と調度類とを第一分署の二階に詰め込まれた刑事局は騒々しい活気に満ちている。長年のあいだに、膨《ふく》れあがった刑事局がほかの部署を追い出して、満足げにその領域を二階全体へと広げていた。場当たり的な拡張のせいで、デスクや木箱、仕切りが通行不可能なほどすきまなく置かれ、刑事があふれんばかりだった。デスクは通路にまではみ出し、書類キャビネットはドア口をふさぎ、だれも中身を見ようとも思わない箱の山は埃をかぶって、窓から入る光をさえぎっている。

マッジオの店から戻ったマイクルはこうしたさまざまな障害物のあいだを縫《ぬ》うように進み、刑事局内の別の捜査チームの横を通りすぎた――風俗取締課、青少年犯罪課、強盗捜査課、創設されたばかりの麻薬捜査課、そして彼が所属する殺人捜査課。この階の端と端とで大声で会話している者もいれば、電話中の者、タイプライターで報告書を作成している者もいる。現場見取り図がチョークで描かれ、被疑者の写真と銅版画のぼろぼろになった市街図が貼られた黒板の前にU字型に並んでミーティングをしている刑事たちの横を通った。さらに進むと、何人かが休憩区域に座ってコーヒーを飲みながらおしゃべりしていた。マイクルが通るのを見ておしゃべりがやんだ。彼が刑事局内に入ると、みんなが決まって沈黙する。ひとつには自衛のためだが、主として、おまえはここには必要ない人間だとマイクルに見せつけるためだ。ルカの不利になる証言をしてから五年にもなるのに、いまだマイクルに対する敵意は消えていない。だが最近は、足を重くさせる彼らの表情や沈黙が以前とは異なることにマイクルは気づいている。不信感に取って代わって哀れみの気持ちが見えるのだ。

自分のデスクに達して帽子と上着をコート掛けに吊し、席につこうとした瞬間、刑事局長室のドアが開き、マイクルの名前を呼ぶいかめしい声がこのフロアじゅうにとどろいた。

マイクルが局長室に入ると、マクファースン警部は、祈りを捧げるように顎の前で両の手のひらを合わせてデスクの奥に座っていた。警部の現実離れしたところのあるふるまいが、マイクルにはどうも理解できない。淡いブルーの瞳、骨張った顔。マクファースンは優秀な修道士になれるにちがいない――この風貌は、警察官にふさわしいのと同じぐらい、司祭にもふさわしい。

マイクルが腰を下ろすと、マクファースンがデスクに新聞を放った。

「それを読め」スコットランドなまりのある低く冷たい声で言った。マイクルは新聞を手に取り、一面を見た。

「昨夜、あるメキシコ人が自宅にアックスマンが入ってきたと思い込んだ」マクファースンがうんざりした口調でマイクルに記事の要約を聞かせた。「そこで、台所へ行き、侵入者だと信じる相手を撃ち殺した。明かりをつけ、自分が妻を殺したことに気づいた。なんなら、その妻を犠牲者リストに加えればいい」

マクファースンが席を立って窓ぎわへ行き、にぎやかな通りを見下ろした。マイクルは問題の記事に目を通した。一面に派手に取り上げられた記事には、事件を起こしたメキシコ人の顔の絵が添えられ、その下に〝不運〟という説明文《キャプション》がつけられていた。マイクルはその語の選択について考えた。

「犯行現場でなにがわかった？」マクファースンの口調には、マイクルがいままで気づかなかった個人的関心が表われていた。

「これまでと同じです。だれもなにも目撃していない。だれもなにも聞いていない。殺人犯はなにひとつ手がかりを残していない。むろん、タロットカードは別です。今回は、落書きも残していました」

「落書き？」マクファースンが窓から向き直って彼を見た。窓外に広がる空は幽霊を思わせるほど白く、それを背にしたマクファースンの姿がくっきりと描き出されて、マイクルを威嚇《いかく》しているように見えた。

「脅迫文のようでした。ミセス・テネブルなる人物を狙う、と」マイクルは、この説明がもたらす影響を無視しようとした。「制服警官に探させています」

「それで結構」マクファースンが言った。「この街にテネブルという名の人間はそう多くないはずだ。ほかには？」

「偽札を発見したかもしれません」マイクルは言った。「一両日中に確認が取れるでしょう」

マクファースンがうなずき、胸もとのネクタイピンを指でなでた。「最新の目撃情報ファイルは読んだか？」

「少しだけ」マイクルは不平をこらえて答えた。

目撃情報ファイルというのは、犯行の前後に不審人物を目撃したという市民の情報をすべて綴じた分厚く重いファイルのことだ。あのファイルを見ると不安になる。ニューオーリンズ市民、少なくとも、警察に目撃情報を投書してくる市民の心理をのぞき見たような気がするからだ。送られてきた手紙には、空を飛んで窓から入ってくる黒人や、身長二・五メートルものイタリア人、頭に角《つの》を生やしたスラヴ人、小びと、中国人、煙のなかに消えたクレオール、屋根のあいだを舞っているアイルランドの妖精などの目撃談が書きつづられている。とりわけマイクルの心に焼きついているのは、シルクハットに燕尾服といういでたちの悪魔が月明かりの下で杖をくるくるまわしながらエスプラネード大通りを散歩しているのを見たと、妙に明快な言葉で説明する手紙だった。目撃情報ファイルを持ち出して、路面電車で家へ帰るあいだに読んだのだ。ぞっとする気分転換にしかならなかった。

「あのファイルはでたらめな情報ばかりです。彼らの目撃談は信用できません。謝礼金を出すなど、まずい考えだったんですよ」

ただでさえファイルは分厚かったのに、謝礼金を出すと市長が発表したせいで、いまでは何百件もの情報が寄せられている。

「文句は市長に言ってくれ」マクファースンの声に疲労の色が戻った。マイクルはその言葉を宙に浮かせたまま黙っていた。

「きみのことを気にかけているんだ」マクファースンの口調が変わり、ますます父親めいてきたので、マイクルはいよいよ悪い知らせを告げられる前ぶれだと察した。

「きみはかつて、警察に対する忠誠を証明した。いくつもの犠牲を払った。その重い犠牲に、われわれは心底から感謝している。だが、この事件の解決が長引けば、ますます……」マクファースンは間を置いて次の言葉を慎重に選んだ。「きみの私生活が世間に知れる危険が増す」

私生活を知られるというつねに身近にある危険が、髪の毛一本で頭上に吊されたダモクレスの剣さながら目の端で一瞬光った気がして、マイクルは座ったまま身じろぎした。

「ベールマン市長が新聞社にコネがあることは知っている」刑事局長が言い足した。「ただ、その紐《ひも》はかなり長いんだが」

「マイクルは、これだけの年数が経ったいまになってマクファースンが脅しをかけようとする理由がまったくわからず、眉間に皺《しわ》を刻んだ。マクファースンはなにか警告を与えようとしているのだろうか？　そこで、刑事局長を見つめ、なんらかの手がかりを得ようとその目を見すえた。

「そのほうがよければ、この件の担当から降りますが」と言ってみた。

マクファースンはしばし考えていたが、やがて窓ぎわを離れ、デスクの端に腰を預けた。

「きみが担当を降りるという選択肢はない。それでは失敗のように思われると市長は言っていたし、それで新聞報道を食い止められるのはほんの一時的なことだ」

「では、私が担当を降りるという可能性について話し合ったんですね？」切り返すのがいささか早すぎた。

マクファースンは口をすべらせた気まずさで、一瞬、言葉に窮した。

「話し合ったさ」そっけない口調だった。その事実に茫然《ぼうぜん》となって、マイクルはうなずいた。捜査の失敗のせいで、各所からありがたくない注目を集めつつあるらしい。

「身を守るという点ではたいして力になれない」マクファースンが続けた。「だが、きみが知りたいだろうと思ったんだ。言ったとおり、きみのことを気にかけているのでね」

「ありがとうございます」マイクルは言った。

マクファースンが黙り込んだので、まだ話があるのだという気がした。マイクルは煙草を取ろうと胸ポケットを軽くたたいてから、銀製の煙草ケースは上着に入れたままだと気づいた。

「だからこそ、このことも知らせておくほうがいいと思った」マクファースンが切りだした。「〝アンゴラ〟から知らせを受けた。ルカ・ダンドレアが今日、釈放された」

マイクルは不正行為の現場を押さえられでもしたみたいに胸がうずいた。ルカがこの街に戻ってくることは地平線のかなたにぼんやり見える漠然としたできごととして予期していたが、それが実際に起きたとなると、その現実に不意打ちをくらったような気がして、自分がこんなにも動揺していることに驚きもした。

「刑期が短縮されたんですね？」

「模範囚として早期釈放になった」マクファースンがため息を漏らした。「〝ザ・ファミリー〟の手は仮保釈審査委員会にまで及んでいるらしい。当然、ルカに監視をつけることになるが、きみが知りたいだろうと思ったんだ」

マイクルは自分のデスクに戻って椅子にぐったりと身を沈めた。額に片手をあてて、ルカが自由の身になったという知らせについて考えをめぐらせた。彼が街じゅうの通りをこそこそと歩きまわるおぞましいイメージが、不協和音を奏でる耳ざわりな音楽の一節のように頭のなかを繰り返し駆けめぐる。ルカはどんな人間になっているだろう。〝アンゴラ〟に入ったことで柔和になり、気力も失せているだろうか。それとも、怒りを募らせて、かつての弟子に対する復讐をすぐにもくわだてるだろうか。公判以来この数年間、マイクルがルカの〝身内〟にわずらわされることはなかった。命を狙われることも、殴られたり脅迫を受けたりすることもなかった。妙だとは思うが、その現状に慣れきっていた。ルカの〝身内〟はおそらく、マイクルに手出しをするな、借りを返す権利はルカだけのものだ、と言い含められていたのではないだろうか？

マクファースンの脅しについても考えた。父親めかした助言を与えながらも、マクファースンは彼をさらし者にしようとしていた。殺人犯が野放しになっていることを刑事局全体が好機ととらえている。捜索令状が以前より簡単に取れるようになったし、市長は警察官を余分に市内に配置するよう指示を出した。つまり、超過勤務手当がもらえるということだ。警官隊が市内の賭博場や隠れ家、売春宿、アヘン窟、武器などの隠し場所を強制捜索した——そのつど、殺人事件を見えすいた口実に利用して一斉検挙を行なった。マイクルが失敗しつづけているかぎり、ほかの部署では検挙率をつねに高く保つために必要な口実を保持できる。だからこそ、上は彼が担当を降りることを受け入れる気がないのだ。上層部はとうにマイクルをスケープゴートとして狙い定めていた。彼の名が地に落ちたあと、肩たたきに遭い、残念だと言われて送り出されることになるのだろう。

マクファースンと上層部が彼を切り捨てる潮時だという判断を下す前に、なんとしても殺人犯をつきとめる必要がある。それができなければ、二十年に及ぶ警察勤めを屈辱と恥辱にまみれて終えることになる。そんな状況を抱えた人間が、警察を辞《や》めさせられたあと、ここニューオーリンズで職を見つけるのは至難の業《わざ》だ。事件を解決できなければ極貧生活へまっしぐらということになりかねないし、マクファースンがほのめかしたとおり私生活が公《おおやけ》にされようものなら、刑務所に放り込まれることになるだろう。これはルカの破滅に手を貸したことに対する罰かもしれない、因果はめぐるものだ、と考えずにはいられなかった。

椅子に背中を預けて上着から銀製の煙草ケースを取り出し、吸いたくてたまらなかった煙草に火をつけた。一服したところで、彼のデスクへ向かってくる若者に気づいた。十代後半のひょろりとした赤毛の見習い巡査だ。込み合ったフロアを抜けてくる若者にあてがわれたパトロール警官の制服はサイズが大きすぎ、そのせいで、みっともなく、いささか滑稽《こっけい》にすら見える。マイクルのデスクに達すると、若者は咳払いをひとつして、強いアイルランドなまりで話しだした。

「失礼します。あなたがアックスマン事件の捜査担当者ですよね」言葉がつっかえている。「記録保管室でこれを見つけました。捜査の役に立つのではないかと思いました」

若者はぼろぼろになった埃まみれの報告書を重ねて

差し出した。マイクルは渋い顔で彼の手から報告書を取り、デスクの向かい側の椅子を身ぶりで指し示した。彼が座ると、マイクルは報告書を繰った――カビだらけのページ、殺害現場の写真。

「きみの名前は？」マイクルは報告書に目を通しながらたずねた。

「ケリーです」

マイクルが煙草ケースを差し出して一本勧めると、若者は笑みを浮かべて首を振った。青白い顔をしている。マイクルがこれまで、到着したばかりの移民たちの顔に数えきれないほど目にしてきた船酔いによる顔色の悪さだ。原因はなんだろうかと、よく考える――移民船の食事、船倉の日光不足、あとにしてきた国の汚れた空気、それともたんに、果てしなく続く船の揺れのせいだろうか。

「アメリカに来て長いのか？」とたずねてみた。

「六週間です。ダブリンから来ました」

マイクルはうなずいた。「私の母はダブリンの出身だった」デスクの灰皿のなかで煙草をもみ消し、吸い殻をまわして火が消えていることを確かめたあと、足もとのごみ箱に灰皿の中身を空けた。

「では、アメリカへ来て警察官になろうと思ったのか？」

「正直、自分が警察官になるなど想像もしていなかったのですが……アイルランド人《パディ》を雇ってくれる仕事は警察官《パディ》だけだったので」

若者が自分のジョークに――あるいはアイルランド系移民の実状にかもしれないが――にんまりしたので、マイクルは笑みを返した。

「なぜこれを私に届けようと？」

「それは、一九一一年以後に起きた三件の未解決殺人事件の資料です。アックスマン事件と類似点があると思いました」

マイクルは各ページに目を通し、すばやく読み進んだ。被害者に関する説明、住所、殺害手段に注目し、今回の犯行までに八年もの空白がある理由について考えはじめていた。

「これを記録保管室で見つけたのか?」とたずねた。

「地下の?」

「はい」ケリーはぼそりと答えた。

「きみは地下でなにをしていた?」

「じつは……」ケリーの顔にばつの悪そうな表情が浮かんだ。「いまのところ、下宿先がなかなか見つからなくて」

マイクルはケリーを見た。同情に混じってとまどいも覚えていた。ケリーはなぜ、ほかの新人巡査といっしょに警察寮に入っていないのだろう? それに、なぜ空き時間に捜査資料に目を通しているのだろう?

「この資料に目を向けさせてくれたことに礼を言う」

マイクルは言った。

「ありがとうございます。担当はヘイトナー刑事です。考えたのですが——」

「ヘイトナー?」と聞き返して、マイクルは報告書のページを繰った。

「考えたのですが——」だが、ケリーが言い終えないうちにマイクルは席を立ち、刑事局内をすたすたと歩きだしていた。

6

真昼の日差しの下でルカ・ダンドレアはニューオーリンズ市内を走る大通り、カナル通りを歩いていた。通りの中央を走る路面電車や馬車、ときには自動車が彼を追い抜いていき、歩道では人びとが店や屋台をせわしく出入りしている。ルカは重い足どりで百貨店、レストランと食事客の前を過ぎ、キャラメル売りやコーヒーの屋台を通りすぎた。街なかに漂うさまざまなにおいを吸い込んだ――チコリ、スパイス、オーデコロン、馬糞、薬草系リキュールのシャトリューズ、ガンボ、排気ガス、汗。酒場の外で甲高《かんだか》い声で新聞を売っている若者たちの前を通りすぎる際、頭のなかでベルが鳴りはじめた。とぎれることのない人波、さまざまな光景と音のせいで吐き気がした。体が熱っぽいのは、長い道のりを歩いたせいだろうか、それとも空腹のせいだろうか、と考える。

手で頭を押さえ、歩速をゆるめた。なにもかももうたくさんだ、と思った――広告看板、照りつける日差し、足早に行き交う人びとの視線、どの通りにも密集して立ち並ぶビル。ありとあらゆる形をした世俗のものが頭に入り込んだせいで、体が熱ばんでけだるい。どこがどうとは言えないが、すべてに違和感を覚える。彼が投げ戻されたのは、悪意に満ちたなじみのない世界だ。息苦しさに襲われ、歩道が足の下で回転しだした。うしろへよろめいてオイスター・バーの店先に入り込み、板ガラスが割れるかと思うほどの勢いで窓にぶつかった。

呼吸が苦しく、心臓が激しく打って、胸に冷や汗が噴き出した。目を閉じることによって訪れた闇のなかで、あるイメージがかすかに光りながら頭に忍び込んだ――人里離れた〝アンゴラ〟の穏やかな原、風に揺れるガマの穂。

ルカはできるかぎり深く息を吸い込んでから、ぱっと目を開けた。視界がぼやけて焦点が揺れるうち、ようやくカナル通りに、目の前に立っている少女に視点が定まった。藍《あい》色の木綿のサマードレス。ミモザゴールドの髪をまとめているラインストーンの髪留めが日差しを受けてきらめいている。彼女は眉を凝らし、きらめく緑色の瞳でルカを見上げていた。

「大丈夫ですか?」好奇心と心配とが表われた声でたずねた。

ルカは肺に空気を取り込み、うなずいた。

「アナ!」男の鋭いどなり声がして、ルカが顔を上げると、通りの少し先に立ってふたりをにらみつけている胸の広いクレオールの男が見えた。少女は最後に思いやりに満ちた笑みをルカに見せると、つま先でくるりと向き直り、軽やかな足どりで離れていった。

ルカは身を折って呼吸を整えた。いったいどうしてしまったんだ。動悸《どうき》、日射病、それとも緊張のせいか? 心拍が少し収まると、体を押し上げるようにして店先を離れ、体のバランスを取り戻し、額から汗をしたたらせて、ふらつきながら歩を進めた。通りの先の貧困地区に入ると人込みが緩和され、息苦しさもいくぶん収まった。さらに歩きつづけるうち、立ち並ぶ店舗の汚れと荒廃の度合いが増した。上階のアパートメントには、赤いベルベットのカーテンと、〝ブードゥーの巫女《みこ》〟の治療室があることを宣伝する派手な看板がかけられている。

ルカは何年か前にこの手のアパートの一室でハイチ人の女を逮捕したことを思い出した。女は蹴り、わめき、ルカが率いるチームのひとりの首に嚙《か》みつきさえした。血が噴水のように空中に噴き上がった。取り押さえるため、携行していた警棒でやむなく殴ると、女はルカの顔に唾《つば》を吐きかけて呪文を唱えた。ブードゥーの呪いの呪文だと女は嗤《わら》った。当時は笑いとばしたルカだが、こうしてニューオーリンズに戻ってきたいま、呪いの力を信じそうになっていた。

カナル通りから左に折れると、しだいに平静を取り戻し、体の動揺も収まったので、そのまま南下してその先のさらに人通りの少ない裏通りへ向かった。日当たりの悪い狭い通りには、石張りの高層百貨店ではなく、低層の安アパートと薄暗い店舗が立錐《りっすい》の余地もなく並んでいる。しばらく進むと、リトル・イタリーの街並みとともに、切ない郷愁の念が胸に迫ってきた。思い出のもたらすなぐさめよりも、過去を失った悲しみのほうがまさるという寂寞《せきばく》たる思いが。

彼が戻ってきた街は、彼を面汚《つらよご》しだと思っている。残念ながら、自分を証明するものをもう何年も持たないまま老境へと突き進もうとしている、と気づいた。仕事も家族も、信頼できる友人もなく、銀行に一セントの金もない。四十年近く前に初めてカルロの屋敷を訪ねたときとまったく同じ境遇だ。減刑されて早期釈放になったことに不安を覚えたものの、深呼吸をひとつしてそんな心配を頭から追い払うと、自分でも意外なことにどうにか不安を抑えることができた。

さらに歩きつづけること数分で目的地に着いた。壁に囲まれた広い庭の奥に立つ三階建ての屋敷だ。ダークウッドの門をノックして待つと、数秒後に門扉ののぞき穴のふたが開き、だれかの顔が彼を見た。

「ルカ! ルカ、お帰り《セイ・トルナート》!」年老いた声が言い、門が開けられた。

ルカの人生がふりだしに戻った。

数分後、ルカは、最後に訪れたときから五年経ってもほとんど変わっていない飾り気のない応接間に座っていた。木製の古い家具類と白い漆喰《しっくい》塗りの壁は、祖先の肖像画か写真がところどころにある以外、なにも飾られていない。片側に並んだ窓から光がななめに差し込み、窓の外は丹念に手入れされた菜園だ。

静寂のなかで、ルカは初めてこの屋敷に足を踏み入れたときのことをぼんやりと思い出していた。シチリア島北西部の町モンレアーレで小作農をしていた両親とともにニューオーリンズへ渡ってきたのは十四歳のときだった。到着から数カ月のうちにコレラでふた親に死なれ、ルカは無一文で天涯孤独の身となった。そこで、困窮し、頼るあてのない移民がやることをやった――同郷の人間を探し出したのだ。それで、どうにかカルロ・マトランガ・ファミリーの使い走りの仕事を手に入れた。

十八歳の誕生日が近づくころ、〝ザ・ファミリー〟に雇われたなかで前科のない数少ないうちのひとりだったことから、警察に入れと命じられた。出世して刑事局に入り、合法的に犯罪を解決する一方で、カルロをはじめとするマトランガ・ファミリーに便宜を図った。捜査情報を漏らし、証拠物件を隠滅し、同僚刑事に無理やり賄賂《わいろ》を受け取らせ、なにより悪いことに、〝ザ・ファミリー〟の犯した罪を無実の人間に着せた。マイクルの提出した証拠により起訴されたとき、〝ザ・ファミリー〟は判事を買収し、できるかぎり寛大な判決が出るように手を打ってくれた。カルロに最後に会ったのは公判が始まる直前、この部屋で判事と三人で昼食をとったときだ。

ルカは立ち上がって室内を歩きまわった。窓ぎわの一角に置かれたマホガニー材のテーブルに気づき、そこへ近づいた。そのテーブルに蓄音機が置かれている。ボックス部分は真珠の埋め込まれたチェリー材、チューリップ型のホーン部は空色と金色の二色に塗られている。回転皿に載っているレコード盤を裏返してラベルを読んだ――〝ビクター・トーキング・マシン社プレゼンツ　ティッタ・ルッフォとエンリコ・カルーソが歌うヴェルディ作《オテロ》〟。

頬がゆるんだ。カルロがかけるこのレコードを何十回も聴いている。ゼンマイを巻き、オウムガイのような形をした銀色のサウンドボックスに取りつけられた針をレコードに載せて、甘く切ない音楽を聴こうかと考えた。〝アンゴラ〟でも音楽は聴いたが、受刑者たちの口ずさむ労働歌――ゴスペルソングに汗と鎖の音で色づけされたような耳ざわりな歌――ばかりで、ヴァイオリンやクラリネットの演奏で同胞が朗々と歌い上げる本物の音楽ではなかった。ゼンマイを巻こうとしたとき、ドアが開いて、カルロが足を引きずりながら入ってきた。

「ドン・カルロ」ルカは頭を垂れた。カルロが歩み寄り、ルカはマフィアのボス《ドン》の手にキスをしようと腰を折ったが、その間もなく老人が抱きしめた。カルロの服から洗剤のにおい、首からアフターシェーブローションの強いにおいがして、なぜか吐き気がぶり返した。ふたりは身を離して笑みを交わした。カルロ・マトランガは祖父を思わせるやさしい顔をしたほっそりした男で、短く刈った髪はクリームのように白くなっていた。かつては鋭かった褐色の瞳が、早くも死後の世界に合わせて調整したかのように白濁してどんよりとうるんでいるのを見て、ルカは胸がうずくほどの悲しみを覚えた。

ふたりが窓ぎわに置かれた一対の籐《とう》椅子に腰を下ろすと、小間使いが水とワイン、それにアンチョビとオリーブとチーズを載せた小皿を運んできたので、その濃厚な食べものを見てルカの胃はむかむかした。ルカの服役中の生活を話題にしたあと、これからどうするのかとカルロがたずねた。ルカは、かつての生活に戻りたがるのが当然だとカルロが思い込んでいるのかどうか推し量ろうとした。カルロはカルロで、例によって敏感にルカの逡巡《しゅんじゅん》を察知した。

「またおれたちのために働いてくれるなら歓迎するぞ」と言った。「おまえがそれを望むなら、だが」カルロは語尾を上げはしなかったが、ルカにはそれが質問だとわかったので、ためらいがちにほほ笑んだ。以前の生活に戻ることを考えるとぞっとする。〝アンゴラ〟で夜に監房の簡易ベッドに横になって自分が及ぼした害について考えるたび、不安で胃がきりきりし、腸が収縮して眠れなかった。〝失意の男〟という語が頭に浮かび、それがいまの自分を的確に言い表わしていることを否定できないと思った。むろん、親代わり《パドリーノ》のカルロにそう打ち明けるわけにはいかない。カルロに対して恩義と借りがあり、応えるべき期待を負っている。その状況から抜け出すには、細心の注意を払ってうまく立ちまわらなければならない。

「金はすべて例の銀行に預けていた」ルカは自分を哀れむ口調にならないように心がけ、カルロはわかっているというようにうなずいた。

　有罪判決を受ける前にルカは資産をすべて現金化し、この街の犯罪分子のための銀行家として暗躍している肥満の老ナポリ人チロ・ポイドマーニを信用して預けた。だが、釈放される数週間前に、刑務所内の情報網を通じて、チロがとうに逮捕されていたことを知った。チロが資金洗浄《マネーロンダリング》容疑を受けるや、ルカがこれまでに蓄えていた全財産は、ニューオーリンズの犯罪者の半数の金といっしょに警察に押収された。釈放されるのがあと数週間早ければ、かつての蓄えがまだ手もとにあったはずだ。少なくとも、それが半生の証《あかし》となっただろうに。

「金が欲しいのか？」カルロが鷹を思わせる鋭い目でルカを見た。

　ルカは首を振った。「仕事が欲しい。当面の仕事が。故郷のモンレアーレへ帰りたいんだ」

　カルロは一瞬、言葉に詰まってルカを見つめたが、すぐに低くおおらかな笑い声をあげた。

「ここがおまえの故郷だ、ルカ」と言った。「モンレアーレにはなにもない。戻ってなにをするつもりだ？」

ルカは肩をすくめた。「カフェでも開くか、なにかの店を経営するか……」口に出して言うと、急にばかげたことに思えてきた。

カルロはルカの顔を見つめ、本気で言っているのだとわかると、語調をやわらげた。

「世知に長《た》けたおまえが一介の商店主なんぞに収まっていられるものか」首を振りながら、それが議論の余地のない真実だといわんばかりに言い切った。

ルカはにっと笑った。「アメリカで死にたくないんだ。仕事をくれれば、モンレアーレへ帰る船代と向こうで開業するのに足るだけの金を貯める」

カルロがある表情を——おそらく失望だとルカは思った——浮かべた目を向けたので、断わられることを覚悟した。〝ザ・ファミリー〟に借りがあることを念押しされる、と。

「これまで便宜を図ってくれたことだし、必要な金はやる」とカルロが言った。「仕事をする必要はない」

ルカは、この老人は本気で言っているのだろうか、それともこれはなんらかの試験なのだろうか、と考えた。そこで、笑みを浮かべて首を振った。

「金をもらったら、ただの物乞いだ」

カルロはゆっくりとうなずいた。「あいかわらず誇り高い男だ」ぼそりと言ったあと、探るような顔でルカを見すえた。「では、やり終えてない仕事はどうする？」とたずねた。

ルカが〝アンゴラ〟に収監される前に、マイクルに対する報復の話が持ち上がった。どのみちルカの刑務所行きは免《まぬが》れないが、名誉のために報復するべきだというのがカルロの考えだった——裏切り者を処刑するのは当然だ。だがルカは、復讐は自分ひとりでやる、刑務所を出てからかたをつける、と言ってその考えに反対した。本心では、いまでもまだマイクルを気にかけている。

「それはあとまわしにしてもかまわない」と答えた。

カルロがため息をついてうなずくので、ルカはまたしても、この老人はおれに失望しているのだろうかと考えた。

「やってもらいたい仕事がある」カルロが身ぶりで庭を指し示した。

こうもあっさり受け入れられると思っていなかったルカは、自分の意図が誤解なく通じたのだろうかといぶかった。ふたりとも立ち上がり、カルロが老斑《ろうはん》の浮いた血色の悪い手をルカの肩に置いた。「出よう。外で話そう」カルロが言った。「なあ、ルカ、アックスマンの噂は聞いてるか？」

7

アイダは一時少し過ぎに喪家《そうけ》を出て、歩いて探偵社に戻るべく〝古き街《ビュー・カレ》〟とも呼ばれるフレンチ・クオーター地区を西へ向かった。この地区はニューオーリンズ市内でも絵葉書のような景観を誇り、古いビル、木かげの中庭、レースよりも繊細な模様を描く錬鉄《れんてつ》のバルコニーといったものを見るために観光客が訪れる。大都市の住人に特有の巧みさで、アイダは、ビルを見上げている観光客をよけ、毎日のようにニューオーリンズに流れ込む行商人どもをかわした。果物売りや宗教書売り、くず屋のほかにも、ありとあらゆるペテン師どもが自分で作った歌詞に乗せてどなるような歌うような調子で宣伝しながら路上で商品を売っている。

「おいらの馬は白い、おいらの顔は黒い、だから灰色の木炭をひと袋二十五セントで売ってんだ」

前方では、売りものをバケツに入れている牡蠣《かき》売りが歩道をふさいでいた。この地区の家庭の多くはふだんからバルコニーにバケツを置いている。そのバケツにロープを結わえて通りまで下ろすことができるので、女たちはアパートメントを一歩も出ることなく行商人からものを買うことができる。アイダが見ていると、牡蠣売りが三階の女に大きな声をかけ、バケツが揺れながら上がりだした。女が手をすべらせれば牡蠣の雨が降ることになりかねないと思って、アイダは通りを渡った。

角を折れてフレンチ・マーケットに入る。黒人の女たちが歩道の端に並んで座っていた。ティニョンと呼ばれる目もくらむ彩りのヘッドスカーフ、糊《のり》のきいた白いエプロン、青い更紗《さらさ》のスカートといういでたちで、手の込んだ刺繍《ししゆう》を施したフィシューと呼ばれるスカーフを肩にかけている。トレーに載せたパンやケーキ、キャラメルを目の前の路面に置いて売っているのだ。ヤシの葉で作ったうちわで売りものをあおぎながら、冗談を言い交わしている。昼食時のさなかとあって、市場の中央に陣取った農家の屋台は客で込み合い、はるか遠くでは家具セールの宣伝馬車が大通りを進んでいる。荷台に乗ったジャズアンサンブルが群衆を引きつけようと大きな音で音楽を奏でていた。

ジャズバンドの音楽に行商人の歌声が混じるのを聞きながら、アイダはほかの街もこんなふうに、うるさいほど近くからにせよ小さく遠くからにせよ絶えず音楽が通りに響いているのだろうか、と考えた。クレオールの使う〝ガンボ・ヤヤ〟という表現が頭に浮かんだ。ガンボは〝混ぜ合わせる〟という意味、ヤヤは〝話をする〟という意味で、そのふたつの語が合わさると〝みんながいっせいに話す〟という意味になる。

アイダは市場の最後の屋台を過ぎ、耳ざわりなバンドを荷台に乗せた宣伝馬車を迂回して、なんの特徴もない高層の事務所ビルの正面階段を駆け上がった。三階へ上がり、足音の響く長い通路を通って、黒い縁取りの金メッキ文字で〈ピンカートン探偵社〉と表示されたガラスのドアに近づいた。

そっとドアを開け、バレエシューズでステップを踏むように足音を忍ばせてロビーに入った。ブラインドが下ろされた室内はブルーインクで覆《おお》われたようで、ほのかな明かりが空中に浮かぶ小さな埃をとらえていた。床板を鳴らさないように忍び足で自分のデスクを過ぎ、受付区域とルフェーヴルのオフィスとを隔てているすりガラスの間仕切りに近づいた。すりガラスに顔を押しつけてボスのオフィスをのぞいた。ルフェーヴルは予想どおりのありさまだった。タンブラーがひとつと空《から》になったライ・ウィスキーのボトルが載ったデスクの前で椅子に座って居眠りしていた。

アイダは受付区域の板張りの書類キャビネットにそっと近づき、数冊のファイルを取り出して自席へ戻った。席につくと、暗いなかで目を凝らしてファイルを読み、情報を手帳に写し取った。数分ごとに顔を上げてすりガラスの奥に目を凝らし、ぼんやり見えるルフェーヴルの姿勢が変わっていないことを確かめた。会社が保管している情報を写し取るのは、馘《くび》になりかねない犯罪だ。もっとも、ルフェーヴルがアイダの解雇を考えるとは思わない。ピンカートン探偵社ニューオーリンズ支局の従業員はふたりだけなのだから。アイダを馘にすれば労働力は半減するし、後任を雇うためには時間と労力を要する。そのどちらもルフェーヴルの飲酒の妨げになる。仕事ですら飲酒の妨げにならないのに。そんなしだいなので、アイダが採用されたときには、ルフェーヴルのせいでニューオーリンズ支局は末期的な衰退に陥っていた。

そもそも、ここアメリカ南部ではピンカートン探偵社に仕事の依頼などたいしてなかった。内戦当時、リンカーン大統領の依頼で事実上の国の諜報機関として動いていたことが、いまだ社の評判に影を落としているのだ。仕事不足にもそれなりの利点があるとはいえ、アイダがときにもどかしさを覚えるのもしかたのないことだった。もともとピンカートン探偵社で働きたい気持ちなどこれっぽっちもなかった。アイダは警察に入りたかったのだが、二重に拒まれた。ひとつは女だという理由、もうひとつは一滴規定に照らして黒人だという理由で。したがって、希望に添う唯一の選択肢がピンカートン探偵社だった。人種に関しては、必要とあれば白人だという嘘が通ったはずだし、性別は問題なかった。ほかの探偵社とちがってピンカートン社では女を探偵として採用していたからだ。そのことは、熱心に集めた探偵物の廉価本で何年も前に読んで知っていた。

そこで、十七歳になるとピンカートン探偵社を訪ね、ニューオーリンズ支局を切り盛りしている高齢の太ったクレオールに、探偵を募集しているかとたずねた。ルフェーヴルは心底から気の毒そうに、探偵は募集していないと言った。ただし、数ヵ月後に受付係が退職するのでアイダがタイプ速度を上げることができれば受付係としての採用を考えてもいい、そのあと適性があるとわかれば探偵として現場に出てもらう可能性もある、と言ってくれた。探偵になるための足がかりを得て喜んだアイダはルフェーヴルの申し出に応じたのだが、現場の仕事はなかなかめぐってこないし、いざ依頼があっても小さな仕事ばかりなので、結局、つまらない事務仕事とルフェーヴルの使い走りばかりの毎日を送っていた。

そこでアイダは、自分の手でなんとかしようと思い立った。デスクで無為に過ごしているだけの日々、毎日同じ単調な雑用で身動きの取れない息の詰まりそうな状態とはおさらばしようと決めた。注目してもらい、探偵の仕事ができるということを上司に対しても自分自身に対しても証明するためには、大きな事件を解決するしかないと思いつめた。だが、大きな事件がピンカートン探偵社ニューオーリンズ支局に持ち込まれることなどめったにない。

　ルフェーヴルのオフィスから物音がしたので、アイダは身を起こして間仕切り越しに様子をうかがった。ルフェーヴルはまだ眠っているが、身じろぎをして寝言をつぶやいている。アイダはよく、ルフェーヴルが世間から忘れられるに至った原因はなんだったんだろうかと考える。彼が酒を飲むのは、たんに飲みたいからでもなにかを忘れたいからでもないということぐらいはアイダにもわかった。なにかに取り憑《つ》かれたような顔をしているし、死がスリ以上にぴったりと張りついている。

　自分も最後には彼みたいになるのだろうか、探偵の多くは時流に同調できずに孤独に陥っているのだろうか、という疑問に襲われた。ただでさえ、これまで社会ののけ者のように感じながら生きてきた。厄介な肌の色のせいで学校ではいじめを受けたし、男どものいやらしい目にさらされてもきた。ルイスが家へ来るようになるまではこの世にひとりの友だちもいなかったので、本や大衆小説雑誌を読みふけり、カウボーイや海賊、北極探検家、ゴーストハンター、奇術師などが描かれた世界にひたったが、なかでも探偵物に夢中だった。何年も前に、そうしたミステリ雑誌の一冊で、腕利きの探偵がさまざまな世界を自由に行き来する小説を読み、自分にもそれができると思った——わたしは黒人には立ち入ることが許されない場所にも白人が立ち入ろうと思わないような場所にも出入りできる。だからこそ、探偵になるのが自分の望みうる最善の道だと、早い段階で心得ていた。

　アイダは作業を再開した。ミリセント・ホークスについて関係がありそうだと思った情報をすべて書き写したあと、手帳をハンドバッグに、ファイルを書類キャビネットに、それぞれ戻した。出入口へ行ってドアを細く開け、しばらく静かに待ったあと、音をたててドアを閉めた。すりガラスの間仕切りの奥でルフェーヴルがはっと身を起こすのが見えた。

「おはようございます、ムッシュ・ルフェーヴル」アイダはなにくわぬ顔で挨拶《あいさつ》しながら窓ぎわへ歩いていき、ブラインドを引き上げて日差しを室内に取り入れた。

8

マイクルは怒りととまどいにまかせて刑事局のフロアをすたすたと横切り、ジェイク・ヘイトナー警部補の席へと向かった。ヘイトナーは刑事局の古株で、マイクルよりも十五も年長ででっぷり太っており、つねにいらだたしげな空気を放っている。ルカが刑事局を仕切っていた当時はルカの右腕だった。ルカとその一派を調べるなかで、マイクルはヘイトナーを何十年も刑務所にぶち込むに足る証拠を集めていた。だが、罪状認否手続が近づくと、検事局はヘイトナーの訴追を取りやめた。彼が被訴追者リストから削除されると、処罰を免《まぬが》れるためにいったいどんな曲芸まがいの策を講じたのだろうかと、マイクルを含む警察の全員が首をかしげた。以来もう何年もヘイトナーはマイクルにろくに見向きもせず、もの言わぬ敵同士という関係がふたりのあいだで常態化していた。マイクルが近づいていったとき、ヘイトナーはちょうど昼食を終えたところで、サンドイッチを包んでいた油紙がデスクに広げられていた。マイクルはそこに報告書を放った。

「なぜ教えてくれなかったんです?」とたずねた。

マイクルを見つめたヘイトナーは、皮膚のたるんだ浮かない顔に怪訝《けげん》そうな表情を浮かべた。彼はすぐに気を取り直して顎についたポーボーイ・サンドイッチの油をぬぐい、報告書を手に取った。

「なんの話だ?」低い声で言い、ページを繰った。

「アックスマンと同様の手口。あなたが捜査した事件だ」

ヘイトナーがしばらく報告書を読んでいるので、マイクルは彼の顔に表われる感情の移ろいを観察した。混乱、合点、そして不安。ヘイトナーがマイクルを見上げた。「こんなものをどこで見つけた?」

「教えてくれてもよかったでしょう」マイクルは、局内の全員が手を止めてふたりのやりとりを注視しているのを目の端でとらえた。

「忘れてたんだ」ヘイトナーが口の端に笑みらしきものをたたえて言った。「どのみち、この三件はアックスマン事件とはまったくちがう。ろくに考えもしない黒人どもの犯行だ」

「報告書を隠したじゃないですか!」

「いったいなにごとだ?」マイクルが振り向くと、マクファースンがすぐうしろに立っていた。それで初めて、室内の静けさに、このフロアの全員が自分たちを見つめていることに、気づいた。ヘイトナーの手から報告書を奪い取ってマクファースンに差し出した。

「ヘイトナーがアックスマン事件に関係のある情報を隠していたんです」

ヘイトナーが苦々しい顔でにらんだ。「例によって上司に告げ口か、マイクル？」

マクファースンはふたりをにらみつけた。

「局長室へ来い。いますぐだ」と吐き捨てた。

マクファースンはこれ見よがしに大きな音をたてて乱暴にドアを閉めたあと、席について報告書に目を通した。

「おい、阿呆みたいに突っ立っているんじゃない」目も上げずに言った。

マイクルとヘイトナーがデスクと向き合う椅子にそれぞれ腰を下ろし、しばらくするとマクファースンが報告書を置いて額をなでた。「当時の見立ては？」ヘイトナーに首《こうべ》をめぐらせてたずねた。

「偽札がらみです」ヘイトナーの返事に、マイクルとマクファースンは目配せを交わした。「マトランガ・ファミリーは食料雑貨店主を使って偽札をばらまいていた。三人の被害者は欲をかいたという噂でした」ヘイトナーが肩をすくめたので、マイクルとマクファースンはその意味を察した。三人の被害者は〝ザ・ファミリー〟に殺されたのだから捜査をしても無駄だ、というわけだ。ヘイトナーとそのパートナーは、三件の殺人を未解決のまま放置したのだ。

「たしかに三人とも食料雑貨店主で、斧で殺害されています」ヘイトナーが続けた。「しかし、アックスマンとは無関係です。タロットカードなど残されていなかった。女や子どもは殺されなかった」

「犯人だとたれ込まれた人間はいたのか？」マクファースンがたずねた。

「噂にあがった名前はいくつかありました」ヘイトナーがまた肩をすくめた。

「どんな相違点があろうと」マイクルは言った。「捜査する価値はあると思います。極秘裏に。新聞に嗅《か》ぎつけられたら公式発表をしなければなりません。仮に同一人物による犯行だったとしたら、八年間も沈黙していた理由は〝アンゴラ〟か州立精神科病院に入っていたことでしょうね」

マクファースンがうなずいた。

「制服警官数人に記録をあたらせて、収監された時期と、出所もしくは退院した時期とが八年の空白期間に一致する人間を探させよう」と言った。「ジェイク、改めて当時の証言者たちから話を聞いてくれ。アックスマン事件には触れずに、未解決事件について八年後に行なっている正規の確認だとかなんとか口実をでっちあげろ」

ヘイトナーはいらだった顔を警部に向けて首を振った。

「おまえの失敗だ、ジェイク。足で挽回《ばんかい》しろ」

マイクルは自席へ戻りながら、ヘイトナーの言ったことについてじっくり考えた。八年前の殺人がアックスマンによる犯行だったとしたら、ようやく、追うべき手がかりと、被疑者候補の無限のリストをひと握りにまで絞り込むための手段を手に入れたことになる。この困難な捜査に取りかかって以来初めて、トンネルの先に明かりが見えたのだ。道のりははるかに遠いとはいえ、勝利を手に入れたのだと考えると頰がゆるんだ。

デスクに戻るとケリーがまだ残っていたので驚いた。

「申しわけありません、タルボット刑事。いさかいを引き起こすつもりはなかったんです」

「あれはいさかいではないし、きみの責任でもない」マイクルは椅子に背を預けてにこやかな笑みを浮かべた。「あのファイルに目を向けさせてくれて礼を言う。きみの所属部隊長にかならず伝えよう」

ケリーも満面の笑みを返し、うなずいて謝意を示したものの、この場を立ち去ろうとしないので、まだほかに用があるのだろうかとマイクルはいぶかった。

「いいか」と切りだした。「きみはまだ新入りだったたりなんかで知らないかもしれないが、私はまずまちがいなく、この刑事局でいちばんの嫌われ者だ。ひょっとするとニューオーリンズ市警でいちばんかもしれない。私の席の近くにいるのを見られたら、きみの得にはならない。だから、私になにか訊きたいことがあるなら、さっさと質問したほうがいい」

ケリーがうなずき、笑みを浮かべようとしたが、その顔から信頼の色が消えていくのがマイクルにはわかった。ケリーの感情を傷つけたことにうしろめたさを覚えた。もう一度ケリーの顔を見て、彼がなんらかの頼みごとをしたくて勇気を奮い起こそうとしているのだと察した。

「あの、じつは、アックスマン事件の手助けをしたいんです。あなたが事件を解決する手伝いを」ケリーが言った。「一生懸命に働きますし、うぬぼれたことを言うつもりはありませんが、それなりに頭もあると思います。とにかく、チャンスを与えてほしいんです」

マイクルは煙草に火をつけ、紫煙を通して若者を見つめた。手伝ってくれる人間、教え導いてやる人間をそばに置くことについて検討し、実際にその考えが気に入っているとわかって驚いた。ルカとの関係が頭をよぎった。ルカがなにかと面倒を見てくれ、煩雑な刑事の仕事を身をもって教えてくれたことが。ひょっとすると、この若者に対して同じことをしてやるのが償《つぐな》いになるかもしれない。

「本気で言っているのか?」と確認した。「私と組めば、この署内で第二の署員共通の敵になるぞ」

ケリーは肩をすくめた。「母国でものけ者でした。嫌われることには慣れっこです」

マイクルが笑顔で手を差し出し、ケリーがその手を取って握手した。マイクルが思った以上に力のこもった握手だった。

9

カルロの屋敷の庭はむさ苦しいリトル・イタリーのなかの別世界で、広々とした開放的な空間には数えきれないほどの草花や低木、木々があふれている。ルカとカルロは庭のいちばん奥にある果樹園に入り、敷地を取り囲む白漆喰《しっくい》塗りの高い塀の長辺のそばを散策した。塀の外の通りを行き交う荷馬車の音、スティックボールで遊んでいる路上生活児《アーチン》たちのどなり声や叫び声がルカの耳に届いた。ふたりは異国の土壌になじめずに弱ったひと群れの蔓《つる》植物のそばを過ぎた。春も深いというのに新芽を出す気配はまったくない。木材と針金で作った蔓棚と同じで、宙に伸びた茶色い蔓にはどこにも緑色が見えない。

「故郷に帰りたい気持ちはわかる」カルロが言った。その目は、陽光降り注ぐ遠い母国の景色を見ているようだ。「モンレアーレのワインの味を覚えてるか？ブドウを自家栽培しようとしたが、土壌が……」カルロは残念そうに首を振った。「アメリカはワインに適した土地じゃないな」ぼそりと言った。まるで寛容さを欠くアメリカの土壌に消耗戦を挑んでいるというように、歩きながら手を伸ばしてブドウの枝に触れ、蔓棚を確かめた。

「で、アックスマンの噂は聞いてるだろう？」カルロは横目でルカを見ながらたずねた。

ルカはうなずいた。「少しは」

「アックスマンのせいで状況が厳しくてな。警察はアックスマン事件を口実に商売を停止させるし、もはやベールマン市長の保護も得られない。チロの銀行への手入れにしても、昔なら絶対になかったことだ」カルロは失われたよき時代を惜しむように、しばらく黙り

「気持ちはわかる」カルロが言った。「必要な援助はしよう」

従われることに慣れた男の表情を浮かべてルカを見つめている。その顔を見たルカは、彼がすでにこの仕事にルカを選んでおり、拒むことはできないのだと悟った。こんな仕事を頼まれるとは思ってもみなかった。希望していたのは単純な仕事——運転、封筒の受け取り、帳簿つけだった。暴力を伴う仕事、苦痛や悲しみを与える仕事はやりたくなかった。調査は単純な仕事ではないが、暴力を伴う仕事でもない。アメリカに渡ってきてから四十年、いま欲しいのは心のやすらぎと、故郷へ帰る自由、静かな余生を送ることのできる場所だ。最後にひとつだけ事件を解決することが心のやすらぎを得る手段なのであれば、引き受けよう。だが次の瞬間、マイクルのことが頭に浮かんだ。調査の過程で、避けたい相手と出くわすことになる。望むらくは、調査を行ない、警察につかまらず、カルロの満足がいく形でマイクルの件に片をつけ、よけいな人間を巻き込まずにすませることだが——

込んだ。

「むろん、問題は警察だけではない」カルロが続けた。「みんながおれに助けを求めている。保護料をもらってるのに、こいつからは守ってやれない」

悪魔でも指し示すように両手を高く上げた。「この人殺しのせいで、おれたちが無力に見える。なんとしても、やつを見つけ出したい。見せしめにしてやる」

カルロが自分になにを求めているのかを理解して、ルカはうなずいた。

「おまえは刑事だった」カルロの口調がやわらいだ。「アックスマンをおれたちの前に連れてこい。そうすれば、モンレアーレへ帰るのに必要な金をやろう」

ルカは苦い笑みを浮かべた。「刑事だったころは警察の組織的な協力が得られた。いまは体も頭もなまってる。年もとった」自分には特別な能力などない、その仕事には向いていない、といわんばかりに肩をすくめてみせた。

くような結果をもたらしたい。この仕事に失敗すればどうなるかはわかっている。手を切りたいとすでに表明したのだし、これまで、それを認められた者はひとりもいない。カルロが約束を破らないことを願うしかなかった。

ルカがカルロに向き直り、ふたりは笑顔で握手を交わした。ルカは男の世界に戻った。なすべき仕事と守るべき掟のある男たちの世界に。ふたりは方向を転換し、ぶらぶらと屋敷へ引き返した。

「おまえが戻ってきてうれしいよ」カルロはルカの復帰をいっさい強制していないかのように言ってのけた。「古顔のひとりだからな。若い連中は正しいやりかたを理解しない。シチリアで生まれたことを恥じろといわんばかりに、おれたちを〝ジップス〟などと呼びやがる」

ルカは厳粛な面持ちでうなずいた。「アメリカという国は妙な影響を与えるから」と応じた。

レモンの木立を通ると、その果樹の香りがルカの鼻孔に届いた。

「どこで寝泊まりするんだ?」カルロがたずねた。「保釈条件さえなければ屋敷のベッドを提供してやるんだが」

「あのホテルにはまだ顔がきくのか?」ルカはたずねた。「商業地区のあの古いホテルだ」

そのホテルはカルロの縄張りの外、幹線鉄道の駅に近い人通りの多い地区にある。だから、万一の事態が生じたときには、リトル・イタリーから逃げるよりもはるかに簡単に姿をくらますことができる。カルロが怪訝そうに見るので、あやしまれたと思った。

「ああ、きく」カルロの目がルカの顔に注がれた。そこをよぎるどんな感情もとらえるつもりらしい。「だが、もっと居心地のいい場所を選ぶといい」

「あのホテルがいい」ルカは表情を変えないように努めた。「何年も刑務所にいたから、まだくつろぐ気になれない。外の世界に慣れるにはホテルがいい」カルロの注視は続いていたが、そのうちにうなずいた。ルカの嘘を信じたか、嘘に目をつぶることにしたのだろう。いや、覚えておいてあとで利用することにしたという可能性がもっとも高い。ふたりは笑みを交わして歩きつづけた。屋敷のドアロに近づくころ、ルカは、すでにガス灯に火が入り、黄昏《たそがれ》の気配で空が暗くなってきたことに気づいた。屋敷は暖かそうに見え、ルカが一度も味わったことのない家庭の雰囲気を漂わせて誘いかけているようだった。

「とにかく、ゆっくりして食事でもどうだ？」カルロが誘った。「ジュリエッタがスパゲッティ・アッラ・カレッティエッラを作っている」

「喜んで」

だれかが蓄音機をかけたらしい。開け放たれたテラスのドアから、ヴェルディの歌曲を歌うカルーソの声が漏れ聞こえてきた。この『冷酷な蒼穹にかけて誓おう』で、《オテロ》の登場人物たちが裏切りを、交わし合った忠誠の契りを歌っていることはルカも知っている。弦楽器とホルンの音色が宙に浮かび、そこに、うっとりと夢見るような歌声が乗っているようだ。ふたりは黄昏のなかでしばし足を止めて音楽に聴き入っていたが、そのうちにカルロが首《こうべ》をめぐらせてルカを見た。ガス灯の明かりを受けて顔が光っている。

「なんとしても、警察よりも先に見つけ出したいんだ、ルカ。さもなければ見せしめにできないからな」

ルカはうなずいた。「だれよりも先におれがつかまえる」

カルロがルカの肩に手を置き、ふたりは暖かい屋敷に入った。

10

ジョン・ライリーはチューレーン大学ギブスン・ホールの講義室に座って、何列にも並んで笑みを浮かべている学生たちの顔を見まわした。その光景に口が渇き、吐き気が込み上げる。市長が講演を早く終えてくれることを祈った。だれにも声をかけられないうちにこのホールを出ていけること、路面電車が時刻表どおりにやって来て吐きはじめる前にエリジャン・フィールズ大通りまで行けることを。

バスでブッテまで行き、ダンドレアと話をして、またバスで戻ってくるという行動で今日一日を無駄にした。それなのに、チューレーン大学ロースクールの卒業を控えた学生たちに向けた市長の年次講演を取材するために、夜まで無駄にしている。自身も同ロースクールの卒業生である阿呆の編集長以外、こんな講演に報道価値があるとはこの街のだれも思っていない。

ライリーもチューレーン大学の卒業生だが、この大学にあまりいい思い出はない。セントチャールズ大通りに面したロマネスク様式の講義棟に近づくとかならず、くじかれた野心を思い出す。ハーバード大学の比較文学科と哲学科から入学を認められたのに、実家の資力が悪化したため地元の片田舎の大学へ進まざるをえなくなり、文学者としてニューヨークやボストンの社交集会《サロン》や出版社に出入りする人生を送るという夢はしぼみ、ついえたのだ。

講義室の前方のドアが開き、市長が数人の大学職員を従えて入ってきた。学生たちが如才なく拍手すると、市長は笑みを浮かべて手を振った。ベールマン市長はずんぐりした太鼓腹の男で、髪は薄く、口ひげはふさふさしている。ツイードのスーツに蝶ネクタイをして、それが得策だとでも思っているのか深南部の威厳ある民主党員に見せようという無駄な試みをしている。ライリーはポケットの速記帳と鉛筆を取り出した。鉛筆の芯《しん》を舐《な》め、口がひじょうに渇いていることに気づいた。ねばついた唾液はかすかに鉄のような味がする。メモをとる必要などないかもしれない。この四年、市長の講演の取材を担当しているが、講演内容はまったく変わらない。市長はこの街に関する退屈でつまらないことがらを並べ立てるしか能がないのだ。

「ここニューオーリンズは、〝おおらかで気楽に生きる街《ビッグイージー》〟とも〝ないがしろにされし街〟とも〝三日月の街《クレセントシティ》〟とも〝ミシシッピ河畔のパリ〟とも〝アメリカの都市のなかでもっともアメリカ的ではない街〟とも呼ばれています。私たちの住む街に、なぜこれほど多くの呼び名があるのでしょう?」市長がよく響く声で問いかけた。「沼沢地に築かれ、川と湖にはさまれた海抜マイナス二メートルの街ニューオーリンズの存在は、奇跡であると同時に市民の粘り強さの証《あかし》でもある。だからこそ、この街はこれほど多くのニックネームを持ち得たのです」

考えることをとくに必要とされないこの手の催しの取材中、ライリーの頭のなかは、目の前の仕事と、自分の野心が築いた文芸雑誌につける名前を考えることとに二分される。その文芸雑誌がこの街の文化の記録となること、そこに自分の書いた批評やほかの賢人たちの随筆を掲載することを頭に思い描く。だが、繁忙な仕事、資金不足、連夜のエリジャン・フィールズ大通り通いのせいで、文芸雑誌の発行は永遠に保留状態となっている。

「この街の短いながらも輝かしい歴史のなかで」市長が続けるので、ライリーは無意識のうちに速記で書き留めていた。「私たちは大洪水にもハリケーンにもそれぞれ五十回は直面してきました——現にハリケーンはおおよそ二年半に一度はこの街を直撃します。それほどの破壊力に定期的に直面するのだから、楽しい時間を謳歌《おうか》していると評されてもまったく不思議はないのではありませんか？」

市長が一瞬の間を置くと、学生たちは声をあげて笑い、ライリーはあくびをかみ殺した。もともと、文芸雑誌の名前はあこがれのエドガー・アラン・ポーに敬意を表して《尖筆《スタイラス》》とするつもりだった。だが、何年も先送りにしているうち、雑誌の刊行を待たずに、ポーと同じく自分も若死にするのではないかと不安になり、空き時間を利用してあまり死を連想させない名前を探すようになった。

「私たちはこれまで何度も、マラリアや天然痘《とう》、黄熱病、コレラなどの流行に対処してきました。つい昨年も、多くの市民の命を奪ったスペイン風邪《かぜ》への対応を迫られました」市長の話は続いた。「この美しい街を取り囲む低湿地には、そこを住み処《か》とするワニやクマ、クーガー、コヨーテ、さまざまな毒ヘビや毒グモ、そして――」市長は間を置いて笑いを誘った。「――共和党員がいます」

学生たちがふたたび声をあげて笑い、市長は先を続けた。「市民の不屈の精神があったればこそ、こうした好ましくない環境でニューオーリンズはどうにか生き延びてきました。たんに生き延びただけではなく、繁栄もしたのです。人間と自然との戦いにおいて、ニューオーリンズは、共通のゴールと弾力性のある思考とによって固く結びついた少数の人びとがなにを成し遂げうるかということの証左として存在しています」

ライリーは楽しい空想を終えて、人間と自然との戦いに思いを馳せた。ニューオーリンズは約二年ごとに洪水や嵐、大火に見舞われ、そのつど歴史的建造物がいくつも破壊されてきたし、低湿地ゆえに街路のひび割れや建物の沈下が生じたし、地下水位が高いために死者の埋葬さえままならなかった。どちらかといえばニューオーリンズは大自然を前にした人間の弱さの象徴だ、市長の楽観的な見解の根拠はどこにあるのだろう、とライリーは思った。

「この街はこれまで、アメリカ先住民、フランス人、スペイン人、アメリカ人による統治を受けてきました。それに、兵士と海賊の寄せ集め部隊の応援がなければ、英国人による統治も受けていたことでしょう。おそらく、このような混成の歴史のおかげでこの街は……」

市長はまたしても間を置いてから続けた。「〝どこか異質だ〟という評判を得たのでしょう」学生たちは笑い声を漏らしたが、ライリーはこの点については市長の言うとおりだと思った。ニューオーリンズは異質な街だ。この国の暗黒面を表わしている街なのだ。フランス語を話す人口の多さ、人種間の境界のあいまいさ、熱帯に近い気候――アメリカ国内の他地域に暮らす人びとは、ニューオーリンズを異国情緒にあふれた街、深南部の中心に隠れた外国の飛び地だと思っている。清教徒による北部の諸都市よりも、カリブ海諸国やブラジルの高温多湿で霧に包まれた港町とのあいだに共通点が多い街だ。

「ニューオーリンズではなにもかもが異質です」市長は続けた。「たしかにアメリカの都市ですが、フランス国王ルイ十四世にちなんだ名を持つ州にあってフランスのオルレアン公にちなんだ名をつけられた街なのです。コーヒーの飲みかたも、料理の作りかたも、音楽の演奏のしかたも、ほかの街とは異なる。アフリカの国名をつけた広場、ギリシャ神話にちなんだ名前をつけた通り。死者を地上に埋めるくせに、海面より低いところに街を建設する。〝懺悔《ざんげ》の火曜日〟ではなく〝肥沃な火曜日《マルディグラ》〟と呼んで祝い、郡を〝カウンティ〟ではなく〝パリッシュ〟と呼び、売春も、禁じるのではなく認可を与えている。この地へ来たわずかばかりのフランス人の交易商人が先住民の案内役の助言に反して低湿地に都市を建設することにした、という起源からして異質なのです」

市長の話がだらだらと続くので、ライリーは文芸雑誌の名前を考える楽しい空想に戻った。《サザン・レビュー》、《ジ・アーティスト》、それとも《ザ・リーダー》？　空想を描きながら市長の話を書き留めるうち、額から一滴の汗が速記帳に落ちた。すぐにまた一滴。手で触れてみて、顔が汗だくで、そのうえ手が震えていることに気づいた。

ようやく学生たちが立ち上がって拍手し、市長が笑みを浮かべて堂々とした様子で手を振った。ライリーは神に感謝するような思いで速記帳をポケットにしまい、込み合う学生たちを押し分けて進んだ。ギブスン・ホールを出ると、セントチャールズ大通りをやって来る路面電車が見えた。駅へと駆けだしながら運転手に手を振り、速度をゆるめた電車に飛び乗って、またしても神に感謝した。電車はすぐにビュー・カレ地区に入るので、そこからエリジャン・フィールズ大通りまで歩けばいい。

前方の座席につき、市内を走る路面電車のなかでいまの講演について考えた。市長はこの街みずからが語る話を学生の前でそらんじたにすぎない。この街の過去、この街の特徴を。あまりに繰り返し語られるので、この街は粉々《こなごな》に崩れてみずからの作り上げた伝説のなかへ、決してなかった過去へ埋もれてしまう危険をはらんでいる。この街を人間にたとえるなら年老いた売春婦だ、と思った。真っ赤な口紅と大きな作り笑いがしみつき、お高くとまった態度を身につけて、色あせたフランス製のシルクをまとっている。媚態《びたい》と幾重もの虚飾で腐敗を隠している。

ディケイター通りで路面電車を降り、ビュー・カレ地区を抜けてフォーバーグ・マリニー地区に着いた。ニューオーリンズは低湿地や大火や疫病を相手に人間が誇り高い戦いを繰り広げる上での導き手のようなものである、という市長の見解について考えた。アックスマンと、彼がこの街にもたらした大混乱について考えた。ライリーはアックスマンについて、知るべき以上のことを知っている。警察よりも、マトランガ・ファミリーよりも、よく知っている。それほどの情報を、仕事を通して知りえた。気づかないはずがなかった。歩きながら、この数週間ずっと思案していることを——この情報をどうしたものかと——考えていた。事件解決の栄に浴し、なおかつ身を危険にさらさずにすむためにはどうすればいいだろう?

チャーターズ通りを右へ折れてエリジャン・フィールズ大通りに入った。ニューオーリンズ市内でもっとも道幅が広く、ミシシッピ川と北のポンチャートレイン湖とを結ぶ大通りだ。設計者でもあるフランス人貴族ベルナール・ド・マリニーは、通りの中央に低木の植え込みと庭園、白鳥形ボートを何艘《そう》も浮かべた水路を設けたフランス風の大通り《ブールバール》を思い描いていた。パリのシャンゼリゼ通りにちなんで命名されたのだが、そのシャンゼリゼが、古代ギリシャ語で〝天国〟を意味する〝エリュシオンの野《エリジャン・フィールズ》〟からつけられた名前だ。そんな名を持つこの通りに中国人の経営する洗濯店が天国への入口として立ち並んでいるとはめぐり合わせの妙だ、とライリーは感じた。とにかく、長引く不運つづきのせいでド・マリニーの設計計画は実現に至らず、やがて大通りはポンチャートレイン鉄道会社に貸与されて鉄道が敷設され、ド・マリニーが金ぴかの白鳥形ボートを浮かべることを夢見ていた通りの中央を、路面電車が煙を吐きながら騒々しい音をたてて走ることとなった。

数分後、ライリーは〈チャン洗濯店〉へと近づいた。ドアを開けて店内に入ると、受付カウンターの娘が彼に気づいた。笑みを浮かべて、湯気を上げている大樽が並んだ脇のドアを顎先で示した。ライリーは笑みを返し、そのドアを入って薄汚い長い通路を進み、その先にあるドアを開けて、煙の立ち込めたさらに細長く薄暗い部屋へ入った。室内にはカーテンと何列にも並んだマットレスがあるだけで、どのマットレスのあいだにも低い格子の間仕切りが置かれていた。壁には中国の風景を描いたへたな絵が何枚も飾られている――果てしなく続く海、奇怪な山々。ところどころに顔のない小さな人間。

経営者のチャン――薄い口ひげを生やしてすぐに笑みを浮かべる小男――がライリーに気づき、汗ばんだ青白い顔にすばやく視線を走らせた。彼の表情を見れば、目にしたものに動揺していることが察せられた。チャンが片手を上げてライリーを案内した。マットレスに横たわっているほかの客たち、格子の間仕切り、室内に点々と置かれた安物の中国風美術品の横を通りすぎた。空いているマットレスに着き、チャンが足を止めてお辞儀すると、ライリーはうなずいて上着を脱ぎ、横になった。チャンが立ち去り、ひとりになって初めて、ライリーは音楽に気づいた。竹笛と名前も知らない弦楽器がぼんやりとしたむなしい和音を奏でている。この洗濯店で音楽を聴いたのは初めてだ。周囲を見まわすと、隅《すみ》に蓄音機が置かれ、その脇にチャイナドレスを着た中国娘がしゃがみ込んでいた。音楽に合わせて体を揺らすので髪が顔に垂れかかっている。

すぐにチャンが戻ってきてライリーのマットレスの脇に盆を置いたあと、笑みを浮かべ、部屋の前方の暗がりへ引き下がった。知り合って七年になるが、チャンというのが姓なのか名なのかもよく知らない。ライリーは盆を、人造貝による螺鈿《らでん》細工を施した漆《うるし》塗りの木の盆を見下ろした。オイルランプ、陶器のボウル、身をうねらせた龍の図柄が印刷された竹で作った長さ三十センチほどのパイプ軸。その横に長い金属針と紙マッチ、漆塗りの箱。ライリーは箱を開けて陶器の鉢をふたつ取り出した。

震える手でオイルランプに火をつけ、鉢のアヘン樹脂を針でこそげた。豆粒ほどのアヘン樹脂をもうひとつの鉢に移し、そこに入っているアヘン灰と混ぜ合わせる。その作業をしながら、街じゅうからこの店へ集まってきている連中を見まわした。室内のそこかしこで中国人や白人が、夢を求める夢遊病者のようにだらしなくマットレスに寝そべっている。ライリーは、戦争が終わって以来、白人の数がますます増えたことに気づいていた。強そうに見えるが、目には戦闘によるショックを浮かべた若い男たち、ケシの苦い抱擁に身をゆだねて耽溺《たんでき》する元兵士たちだ。

混合物ができると、ライリーはパイプの準備をした。パイプ軸を鉢にねじ込むと、その鉢に混合物を移してオイルランプに載せ、煙が立ちのぼるのを待って吸い込んだ。

刺激性のある煙を肺まで吸い込んで効果が現われるのを待つあいだ、気がつくと汗が止まり、震えが止まり、心の動揺も消え失せていた。壁の中国の風景画を見やった。画家は山並みと雲のあいだの空間になにも描かずにそのまま残しており、手つかずの紙は空を表わしていると推測される。海も同様で、船は手つかずの紙に浮かんでいる。無が有に転じ、ライリーの脳によってのみ意味を与えられる。山並みと海が人物を圧倒し、小さく無意味な存在にしている。ライリーの頭のなかに、市長の演説のこだまが聞こえてきた。自然と戦う人間のくだりが。この画家の見解はライリー自身の見解と一致している——人間は小さすぎるので、いかに気高い意図を持っていようとも、そんな戦いに決して勝つことはない。ライリーの考えでは、人間が都市を築けば、そのうち混乱の使者がハリケーンや大火や洪水という形でやって来て都市を破壊することになる。あるいはアックスマンという形で。

不意にある考えが頭に浮かんだ。市長はニューオーリンズの呼び名のひとつを失念していた。この街が築かれた水びたしだった地域の呼び名〝浮遊の地〟を。ライリーは、魅力と魔力の王国として葦原《あしはら》に築かれた日本の遊郭〝吉原〟にも通じるその名前が気に入っている。〝浮遊の地〟という呼び名がふさわしいと思いながら、おぼろげな室内を見まわした。音楽に合わせて身を揺らしている娘、それぞれの夢のなかを浮遊している連中を。

第二部

《タイムズ・ピカユーン》
一九一九年四月十二日　土曜日
地元ニュース

アックスマンの新たな被害者の埋葬に怒りが高まる

今週、いまだ正体不明の殺人者による最新の被害者が埋葬され、ニューオーリンズのイタリア系市民のあいだで〝次はだれが？〟という疑問が取り沙汰されている。金曜日の午後、ジョセフ・マッジオ夫妻の遺体がエスプラネード大通り三番地のセントルイス墓地内にある墓室に納められ、アックスマン事件への警察の対応に怒りが高まっている。

葬送者たちは、まずはトゥールーズ通りの〈ヴァレンティ&ボンネット葬儀場〉に、その後、チェファルターナ慈善組合のメンバーによって棺が運び込まれた聖マリア・イタリア教会に詰めかけた。葬儀が執り行なわれるあいだ、あふれた会葬者が通りの通行を妨げるほどだった。

司式役のスカムーザ司祭は式辞で殺人事件に触れなかったものの、葬儀の際にわれわれが話を聞いた葬送者たちはアックスマンを念頭に置いていた。その多くが、警察の捜査が進展しないことに対するいらだちと、リトル・イタリーの住人のあいだでは一連の犯行が頭のおかしい黒人によるものだという考えが支配的であるにもかかわらず警察がイタリア人社会の面々の訊問に精力を注いでいるように思われることに対するとまどいを覚えている。

マイクル・タルボット警部補の指示によるとされるその捜査方針は、当然ながら、フレンチ・クオーター地区に住み法律を遵守しているイタリア人のあいだで怒りを買っており、一部の住人は警察による戦術的ないやがらせだとまで断じている。匿名希望のある会葬者は「マッジオ夫妻とは古いつきあいなんだ。彼らがマフィアとかかわっていたなど、たんなる誤解どころか、侮辱だよ。マフィアは女と子どもは殺さないんだ」と語った。

悲しい事件が続き、怒りが高まるなか、四面楚歌の警部補をさらに不安にさせるニュースがある。汚職容疑により一九一四年に収監された刑事局の元刑事ルカ・ダンドレアが数日前に釈放されたのだ。

約五年前、警察組織を揺るがした汚職裁判において、みずからの師でもあったダンドレアに不利となる主証言を行なったのが、当時は平の刑事だったタルボットであることをご記憶の読者もおいでだろう。タルボットがアックスマン事件解決の圧力を受けているさなかにダンドレア元刑事が戻ってくるとは、タイミングがよすぎると言わざるをえない。ダンドレアはニューオーリンズ市郊外のある中間施設を出る際、本紙記者の取材に答えている。

「タルボットの捜査が進展しないのは意外でもなんでもない」とダンドレア元刑事は言う。「彼がいまの立場を手に入れたのは密告のおかげだからな。因果応報ってやつだ。警察が本気でアックスマン事件の解決を望むのなら、実力で警部補になった人間に捜査をまかせるべきだ」

11

　葬儀で会った数日後、アイダとルイスのふたりはスラム街バトルフィールドの北端にある荒れ果てたわびしい家の前に立っていた。これといった理由もなく、アイダは口金をいじってハンドバッグを何度も開けたり閉めたりしていた。ルイスが彼女を見てなにか言いかけた瞬間、がっしりした中年の黒人女がドアを細く開けた。押しかけてきてドアをノックする人間は面倒をもたらすというのが持論の女は、疑わしそうな目でふたりをにらみつけた。

「ミセス・ミリセント・ホークスですか？」アイダはこれ以上なく愛想のいい口調でたずねた。

「そう。で、あんたたちは？」女が言った。

「わたしはアイダ・デイヴィス、こっちは助手のルイスです」アイダが身ぶりでルイスを示しながら言うと、ルイスは挨拶《あいさつ》代わりにステットソン帽を傾けた。

「ロマーノ夫妻のことで話を聞きたいんです」アイダは言った。「わたしたち、私立探偵なんですよ」

「私立探偵？」女は拳《こぶし》を腰にあてた。「あんたたち、まだオムツが取れたばかりのようだけどね。話ならもう警察にしたし、あんたたちに話しても無駄だろう」

　女が一歩下がってドアを閉めようとした。

「話せば得しますよ」アイダがあわてて言うと、女はドアを閉じかけた手を止めた。「金をくれるの？」とたずねた。

「そんなところです」アイダは答えた。

「どういうこと？」

「あなたが数年前に当時の雇い主に関する情報をある探偵社に売りつけようとしたことを知っています」アイダは言った。「その情報をわたしたちに話してください。絶対に警察には漏らしませんから」

女が目を細めた。

「脅迫のつもり?」

「そうです」アイダは笑顔で返した。

ルイスは女の顔に浮かんだいらだちの表情をとらえ、女がアイダに殴りかかるのではないかと思った。

「くそっ」そのうちに女が言った。「もともと、ピンカートン探偵社へ行くのはまずいってわかってたんだ」その言葉を裏づけるかのようにうなずいたあと、ドアロの柱から手を放して弧を描くように腕を振った。「入ってもらったほうがいいね」

女が一歩下がると、アイダはルイスに向き直ってにんまりした。女が先に立って薄暗い廊下を進み、隣家のレンガ壁に面した窓から光が差しているだけの狭い台所に入った。流しに盛り上がっている石鹸《せっけん》の泡の上縁から使ったばかりの皿と鍋がちらりと見え、台所は粉石鹸と玉ネギと魚のフライのにおいがしていた。ミセス・ホークスは窓ぎわのテーブルの前に腰を下ろし、アイダとルイスにも身ぶりで椅子を勧めた。ふたりが向かい側に座り、アイダがハンドバッグから手帳とペンを取り出すと、ミセス・ホークスが唇をゆがめてアイダを見つめた。

「とにかく、あんたはなんなんだい?」彼女がたずね、アイダは質問の意味を汲み取った。

「あなたと同じですよ」自分も黒人だという意味で答えた。

「へえ、そう?」ミセス・ホークスがアイダを眺めまわした。「最後に鏡を見たとき、あたしの肌はハイ・イエローじゃなかったけどね」彼女は肌の色が薄い黒人をさげすむ語を使った。「それに、あたしは高慢ちきでもないよ」

女同士がにらみ合い、緊張が高まるのをルイスは感じた。だれかがアイダを〝高慢ちき〟と呼ぶのは、これまでに何度も聞いたことがある。アイダが上品ぶった態度をとっていると思う、自分を普通の黒人よりも上の人間だと思っていると思う、という意味だ。そうやって侮辱されるたびに、相手がそう思う理由を探ろうとしてアイダが悶々《もんもん》と内省に耽《ふけ》ることもルイスは知っている。ふるまい、口のききかた、それとも他人に少し冷たく見えるから？　あるいはたんに見た目が原因だろうか、と。

「気を悪くさせたのならごめんなさい」アイダは言った。「わたしたちはただ、あなたが探偵社に売ろうとしたネタがなんだったのかを知りたくて来ただけです」

「金をくれたら教えてあげる」ミセス・ホークスが言った。「あのときもそれが条件だったし、いまもそう」

「それはわかりました」アイダは言った。「でも、当時といまとでは事情がちがいます——あなたは殺人事件の捜査に巻き込まれていますから」

ミセス・ホークスはドアロでルイスが気づいたのと同じ横柄《おうへい》な顔をした。ルイスに母親を連想させる表情——持たざる人間に特有のはかない誇りだ。

「あんたに話したことが警察の報告書に載らないって、どうやってわかる？」ミセス・ホークスがひだつきのブラウスの襟もと、首をなでた。

「わたしたちを信用してください。警察に話すのはわたしたちの得にならないので」アイダは答えた。「あなたの話はどこにも漏れないと保証します」

ミセス・ホークスは指先でテーブルを打ちながらしばらく考えていた。

「いいよ」検討を終えて言った。「話してあげる。この話が終わったら二度と顔を見せないって条件でね」

彼女はアイダからルイスへ、そのあとふたたびアイダに目を向けた。アイダはうなずいた。

「この男はどうしたんだい？」ミセス・ホークスがルイスに向かって指を振りながらたずねた。「口がきけないのかい？」

ルイスは笑みを浮かべた。「あなたの話は極秘扱いにしますよ」自分ではこれ以上なく心の温かい説教師のようだと思っている声音《こわね》で言った。

「なら、話すよ」ミセス・ホークスは大きな胸の前で腕を組んだ。「ロマーノは偽金のばらまきにかかわってた。釣りとして客に偽金をつかませてた。あたしが探偵社に売ろうとしたネタはそれだ」

「それはどれぐらいの期間続いたんですか？」アイダはたずねた。

「数年だね」ミセス・ホークスがあっさりと答えた。

「その偽金はだれから受け取っていたんでしょう？」

ミセス・ホークスは肩をすくめた。

「さあね」と言った。「二、三人のイタリア人。名前を聞いたことはないけど、〝ブラックハンド〟の連中だと思ったよ。毎週月曜日に店へ来て、札をひと山置いてった。警察は店へ来てレジを確かめればいいだけさ」

「ロマーノは死ぬまで偽金のばらまきをしていたんですか？」アイダはたずねた。

ミセス・ホークスは一瞬、考えた。

「ちがう。その少し前にやめてたと思う」という返事に、ルイスが目を向けると、アイダは宙を見つめてペン先で顎を打っていた。

「ミセス・ホークス」と言った。「ロマーノ夫妻に看護師を雇う余裕があったのが不思議だったんです。だって、一介の食料雑貨店主だったんですから」

「食料雑貨店なんてたいがい仲介業者だよ」ミセス・ホークスが鼻を鳴らした。「あたしの労賃は保険会社が払ってたんだ。ミセス・ロマーノが事故に遭ったおかげでね」

アイダは怪訝《けげん》な顔をした。

「ミセス・ロマーノは昔、衣料品工場で働いてたんだよ」ミセス・ホークスが説明した。「ある日、使ってた機械がばらばらに壊れて目玉を傷つけたせいで、ミセス・ロマーノはものの形ぐらいしか見えなくなった。それで、あたしが雇われた。治療費は労働組合が出してね」

アイダがまた怪訝な顔をするので、完全には納得していないのだという印象をルイスは受けた。

「あなたは夫妻のもとで何年働いたのですか？」アイダがたずねた。

「九月で五年になるところだったよ」

「どんな人たちでした？　感じのいい夫婦でしたか？」

ミセス・ホークスは肩をすくめた。「それなりに感じはよかった。ミセス・ロマーノは注射が切れると家じゅうにとどろく声でわめいたけど、それ以外は問題なかった」

「注射？」

「ヘロイン」ミセス・ホークスがため息を漏らした。「事故に遭ったあと、ヘロイン注射を打ってたんだ。病院で医者に注射を受けてから中毒になってね。昔バイエル社が売ってた小瓶をカナル通りの〈カッツ・アンド・ベストホフ〉まで取りに行ってた。週に三本。それを別にすれば、いたって普通の夫婦だった。警察に話したとおりさ」

アイダは笑みを浮かべてうなずいた。「警察に話してないことがありますか？」とたずねると、ミセス・ホークスが一瞬考えた。

「警察に言わなかったことがひとつある。べつに隠したんじゃないよ——あたしは法を守る市民なんだから」いささか偉そうな口調で答えた。「警察の事情聴取を受けた夜、あたしは彼らの家へ戻ったんだ。ほら、あの家になんやかやと置きっ放しにしてたから——仕事の道具をね——それを取りに行った。自分で錠を開けてなかに入って、できるだけ早く荷物をまとめたよ。だってほら、あの家は気味悪かったから。死体は警察きて、あたしがいたのとは反対の方向へ立ち去った」

「強盗ですか？」ルイスが眉間に皺《しわ》を刻んでたずねた。

「あたしにはなんとも言えないよ」ミセス・ホークスが言った。「空手で出てきたんだ。鞄《かばん》も持ってなかったし、上着がふくらんでもなかった。なにも持ってなかった」

アイダはミセス・ホークスの最後の言葉を手帳に書き留め、またしてもペンの端で顎を打ちながら考え込み、そのうちに顔を上げてほほ笑んだ。

「ありがとうございました、ミセス・ホークス。とても役に立ちました」にこやかな口調で言った。

ミセス・ホークスがふたりを送り出し、ドアを閉めた瞬間、アイダはうれしそうな顔でルイスを見た。

「あんな嘘八百を聞かされたの、何年ぶりかしらね」

笑顔で言うと、玄関前の階段を一気に下りて勢いよく通りへ出た。


が運び出したけど、血がまだ残ってたし。まったく、どんな目に遭わされたんだろうね。とにかく、用を終えて通りを歩きだすと、みすぼらしい白人の若者が家の外をうろついてた。麻薬常習者みたいだった——ほら、びくびくして、用心してるって感じ。あたしが通りかかったら妙な目つきで見たよ。あたしが立ち去るのを待ってるみたいだった」

「その若者の外見は？」アイダがたずねた。

「はっきりとはわからないよ、暗かったし——背が高くてほっそりした白人だった」ミセス・ホークスは肩をすくめた。「角を曲がってから、なんかおかしいって思いはじめた。最近いろいろあったせいで頭がおかしくなりかけてるんじゃないかって。だから立ち止まって、角からのぞいて見たんだ。若者はあの家に近づいて、ドアをかなてこでこじ開けてなかに入った。変だと思ったから、しばらく外で様子を見てたんだ。若者は家のなかに三十分はいただろうね。そのあと出て

12

マイクルが追うべき三つの手がかりのうち、ふたつの線は数日で消えた。落書きに出てきた名前の人物を市の記録から探し出す作業は手づまりに陥っていた。テネブルという名前の市民は十五人、うち女性は七人。そのなかで〝ミセス〟は三人だけだが、三人とも食料雑貨店で働いていない。それでも一応、五人の刑事が全員から聞き取りを行ない、それぞれの経歴を調べ上げた。全員がこれまでの犠牲者といかなる接点もなく、頭のおかしい人間に狙われそうなこれといった理由もなかった。マイクルは念のために自分の目で丸一日かけて報告書を確認したが、これだと思えるような接点はひとつも見つからなかった。万が一の用心に、七人の女性には武装警官による警護をつけた。

製版印刷局からは翌日に回答があった。財務省の下部組織である製版印刷局から届いたばかりのつるつるの薄い上質紙には、マッジオ夫妻の家で見つかった紙幣は本物だ、と電文用タイプ文字で記されていた。この意外な事実を知っても、夫妻がなぜ新札をこれほど長きにわたって自宅に保管していたのか、マイクルには釈然としなかった。この事実はなんらかの違法行為があったことを示すものだが、その違法行為がなんだったのかがよくわからない。

残る唯一の手がかりは、ケリーが見つけた一九一一年の事件と現在の事件とのあいだの八年の空白だ。マクファースンの指示で制服警官三人が刑務所の記録をあたり、マイクルは州立精神科病院の記録をケリーと手分けしてあたった。記録を隈《くま》なく調べるうちに、どうにも落ち着かない気分になった。入院指示書には罫《けい》線《せん》の引かれた欄があって、医師が入院を勧める理由がかならず手短に記されているので、マイクルは否応なく読まされている気がした。

ウィリアム・ケリング、男性、白人、独身、三十二歳、ルイジアナ州ニューオーリンズ市出身、慢性的な鬱症状により精神状態が正常ではないと判断し、一九一一年九月十七日ジャクスンの州立精神科病院への入院を勧める。

ぼろ服、裸足、無帽。自分の名前はデュークだと言い張っている。質問に対し、愚にもつかぬ返答をすることもあれば、抜け目なく的確な返答をすることもある。ときおり正常に戻るものの、罹患《りかん》期間は二年以上。脳梅毒が疑われる。

この街で暮らすうちに正気を失った市民たちの名前の羅列。マイクルの頭のなかで、この街そのものがなんらかの形でこの人たちの頭をおかしくさせたのだという怖気《おぞけ》を誘う考えが形をとりはじめる。ニューオーリンズは修道士をも貪欲にさせ、聖人をも殺人者にするたぐいの街だと、かつてだれかに言われたことがある。いまマイクルは、正気の人間の頭をもおかしくさせる街ではないかと考えていた。ファイルの入院指示書に目を通すうち、あるパターンに気づいた。入院を認められた市民の大半はニューオーリンズ生まれではない。この街のせいで精神に異常を来《きた》すのは新参者なのだ。

ニューオーリンズには毎月、何千何万もの人がやって来る。大半は地方から。大半が貧しく、大半が黒人で、全員がよりよい生活を夢見ている。自分たちの行動は貧困を別の形の貧困に変えているだけだ、ぼろ小屋と不毛の土地を安アパートと都会の暴力に交換しただけだ、と気づいたときにはすでに手遅れなのだろう。長年のあいだにマイクルはこの街に対して鈍感になっていた。危険で汚い街だ、これ以上なく危険な人間と毎日のようにすれちがう街だ、ということは承知している。だが、とうにそうした危険を自分の外に置いて壁を築いた。ニューオーリンズの街と、街が有する害悪は抽象的なものとなり、彼はそれをこの街の霧になぞらえていた――毎日そのなかを通っているし、ある意味では実在しているが、いかなる痕跡も彼に残さない。ひょっとすると、地方からやって来たばかりの人間が正気を失い、スラム街や貧困、この街での暮らしの一部でもある日々の暴力によって身を落とすのは必定なのかもしれない。

メアリー・セリシア、女性、黒人、既婚者、四十八歳、ルイジアナ州ニューオーリンズ市出身。被害妄想を伴う幻覚症状により精神状態が正常ではないと判断し、一九一一年九月十八日ジャクスンの州立精神科病院への入院を勧める。
市長に毒を盛られたと主張。左脚は膝の上で切断。

マイクルは、ケリーが仕事をしているデスクを見やった。肩を照らしている卓上スタンドの円錐《えんすい》状の光が若い顔をくっきりと浮き彫りにしている。ニューオーリンズに新たな人生を求めるほどアイルランドでの暮らしは苛酷だったのだろうか、ビッグ・イージーでこの若者はどのような人生をたどるのだろう、とマイクルは考えた。貪欲、殺人者、異常者？ マイクルの下で仕事をするようになってまだ日は浅いが、ケリーはよくやっている。読み書きができ、熱心で、頭も切れる。この警察の大多数よりも優秀だと言っていい。体に合うサイズの制服を手配してやり、住まいが見つかるまで警察寮に入れるように金を出してやると言いもした。だが本人は、夜勤当番が使う地下の折りたたみ式ベッドで寝るほうがいいと言って断わった。

クローデット・ロビショー、女性、クレオール

（黒人）、既婚者、五十九歳、ルイジアナ州ニューオーリンズ市出身、幻覚症状および慢性的な被害妄想により精神状態が正常ではないと判断し、一九一一年九月十八日ジャクスンの州立精神科病院への入院を勧める。

産んでもいない〝子どもたち〟に会いたがって、たびたび泣きわめく。担当医をナイフで脅し、〝子どもたち〟を殺したと非難した。隔離収容を勧める。

マイクルはファイルを閉じ、時刻を確認した。十時半を過ぎている。周囲を見まわし、ファイルを読んでいるあいだに刑事局に人影がなくなったことに気づいた。黄色い炎のようなくっきりした光を床に落としている天井照明の発する雑音以外なんの音もしない。立ち上がって伸びをし、今日一日がどこに消えてなくなったのだろうかと考えた。帽子をかぶり、コートを着ながら、ケリーがまだデスクに身をかがめるようにして目を細めてファイルを読んでいるのに気づいた。

「今日はもう終わりにしよう」マイクルは声をかけた。

ケリーが書類仕事でしょぼしょぼした目でマイクルを見たあと笑みを浮かべてうなずき、ではこれで、と挨拶《あいさつ》した。マイクルは帽子に軽く手を触れて挨拶を返し、ドアロへ向かった。

障害物をよけて局内を抜けながら、ジェイク・ヘイトナーがめずらしく残業をしていることに気づいた。受付区域の椅子に身を沈めているので、まるで大きな腹で座面に押しつけられているみたいだ。片手にコーヒーを持ち、なんらかの供述書を膝に置いている。目が合ったので、マイクルは足を止めることなく会釈をした。角を曲がって階段にさしかかったとき、大儀そうに大きな腹を掻《か》いているヘイトナーの姿が遠目にちらりと見えた。

十五分たらずで路面電車が来ると、通りを吹き抜ける風から逃れられたことにほっとして、マイクルは先頭の近くの座席に腰を下ろした。車内は空いており、マイクルと同じように、職場での長い一日を終えて疲れた顔をした男が数人、飛び去る店舗や街灯を窓から眺めているだけだった。

降車駅に着くと、マイクルはベルを鳴らして降り、植民地時代《コロニアル》様式の家の立ち並ぶ静かな大通りを自宅までのんびりと歩いた。自宅前の暗がりで男がうろうろしている。歩道に枝を広げたオークの並木の下の暗がりを出たり入ったりしている。マイクルは歩速をゆるめて男の品定めをした。強盗にしては身なりがよすぎるが、あのようにうろついている様子から察するに、だれかを待っているのだろう。それも、しばらく前から。近づくと男が何者かわかり、顔をしかめたい気持ちをこらえた。《タイムズ・ピカユーン》紙の記者ジョン・ライリーだ。あの男の発する思い上がった気どりが——無味乾燥な世界に対処する仕事がどういうわけか記者の仕事に劣ると考えているらしい様子が——マイクルの気にさわる。

ライリーがマイクルの姿をとらえてにこやかにほほ笑んだ。木かげの暗がりを離れて近づいてきた。

「こんばんは。つかまえにくい人だ」

「署を訪ねればよかったんだ」マイクルはライリーの横を素通りして玄関前の階段を上がりかけた。

「ダンドレアが釈放されたことは聞いたでしょう」記者が続けた。「ちなみに、それに対するご意見は？」

マイクルは向き直ってライリーを見下ろした。うつろな顔、とうにぶかぶかになった砂色のスポーツジャケット。痩《や》せ細った肉と骨と服のかき集めはどこか案山子《かかし》を思わせる。目もとの隈《くま》と脂《あぶら》っぽい肌に目を留めたマイクルは、ときおり警察署へ引っぱってこられる痩せ衰えた中国人を連想した。

「私の意見は、あんたが引用するつもりならせめてもっともらしい言葉にしてくれ、ということだ」

ライリーはにっと笑った。「あんたが興味を持ちそうなネタがある」と言った。ポケットから煙草《たばこ》の箱を取り出して手慣れた様子で無造作に一本くわえ、マイクルにも一本勧めた。

「自分のがあるから結構だ」マイクルは彼の煙草の銘柄を目に留めて断わった。

ライリーは肩をすくめ、靴のかかとでマッチをすり、煙草に火をつけた。ゆっくりと一服してからマッチを歩道に放り捨てた。

「ベールマン市長とマクファースン警部はアックスマン事件に関してあんたをのけ者にすることもやぶさかじゃないとか。ふたりはすでに生《い》け贄《にえ》の子羊を選んでいる。あんただよ。いや、〝贖罪の山羊《スケープゴート》〟だったか。どうも動物を使うたとえは区別がつきにくくて」ライリーがお茶目なふりをしてまた肩をすくめるので、マイクルは自分が無表情に見えることを願いながら彼を見つめた。「それにふたりは、えー、家庭の事情で」ライリーは顎先でマイクルの家を指し示した。「あんたを苦境に立たせかねないそうだな」

ライリーの話は数日前のマクファースンの脅しの内容そのままだ。心臓が飛び跳ね、マイクルはライリーをひたと見つめた。

「その話なら聞いた」不安を隠そうともしなかった。

「なら、協力者を使うってのもよさそうだ。そこで、ある提案をしたい。どうだい、タルボット？」いつもの皮肉めかしたところなどみじんもない素直な口調だ。

「《タイムズ・ピカユーン》紙はこの六週間、私の名をおとしめつづけている」マイクルは言い返した。

「それなのに、なんだってあんたと協力したいと思うんだ？」

「あんたが職を守るためには事件を解決するしかないように見えるからだよ。失敗すれば、あんたは職を失い、例のことが世間に知れる。そうなると、手にできるのは警備員の職ぐらいさ。それも運がよければの話だ」ライリーは間を置いてから続けた。「あんたがそんな憂き目に遭うのは見たくない。助けたいんだ。見返りに、ちょっとばかり情報をくれて、犯人を逮捕するとなったときには知らせてもらいたい」ライリーは笑みを浮かべた。「アックスマン事件にはずいぶん紙面を割《さ》いてきたことだし、解決を見届けられないとしたら残念だ」

マイクルはライリーの顔を凝視した。「で、私の得るものは？」

「たれ込み情報」ライリーが答えた。「捜査の役に立つ情報だ」

彼はジャケットから名刺を一枚取り出して差し出した。マイクルは悪魔に魂を売り渡したい誘惑に駆られている気がして思案した。だが、冷たい夜気のなか、自宅前の階段に立っていると、彼の名刺が救命ボートのように見えた。数段下りて名刺を受け取った。

「善処しよう。ただし、そのたれ込み情報がいい結果をもたらした場合のみだ」

「いい結果をもたらすさ」ライリーが笑顔で応じた。彼が人気《ひとけ》のない通りに煙草を放り捨て、それがアスファルトの路面に跳ね返って火花が飛ぶのを、ふたりはしばし眺めていた。

「エルマンノ・ロンバルディ。調べてみろ」ライリーはウインクをしてほほ笑んだ。「では、これで」と言って背を向け、のんびりとした足どりで通りを歩み去った。マイクルは上着を風にはためかせながら、記者のうしろ姿が夜のひと粒と化すまで見送った。

名刺をためつすがめつして、アックスマン事件のかたがついたら警察上層部が彼を辞職させようとしていることを、なぜライリーが知っているのだろうかと考えた。教えてもらった名前を明日の朝いちばんに調べてみよう。なにも出てこなければ、ライリーからもっと話を聞くために呼び出してやる。

名刺をポケットにしまい、家に入った。廊下を進み、つきあたりのドアを通って、一階の大部分を占めている天井の高い部屋に入る。奥が台所、幅の広いアーチでつながった手前側が居間だ。照明がついており、暖炉で火が赤々と燃えている。室内の装飾は簡素だが、ぬくもりと気づかいが見られる。床にところどころ敷かれたカーペット、暖炉のそばの居心地のいい位置にソファが二台と肘掛け椅子が一脚。

マイクルは口もとに笑みをたたえて、すたすたと居間を横切った。わが家に帰ったのだ。外でライリーからあのような取引を持ちかけられたにもかかわらず、街や仕事の垢《あか》から逃れて安全だと感じていた。アーチをくぐって台所に入る。キッチンテーブルについて子どもの上着を繕《つくろ》っているのは、マイクルとほぼ同年代の黒人の女だ。髪はうしろにまとめ、質素なグレーのスカートと白いレースのブラウスといういでたち。手もとの縫《ぬ》いものに気楽に集中している。

「アネット」

女は目も上げずにほほ笑んだ。

「遅かったのね」

マイクルが近づくとアネットは縫いものを置いた。笑みとやさしいキスを交わしたあと、マイクルは彼女の向かい側に腰を下ろし、帽子を脱いでテーブルに放った。アネットはあくびをしてから立ち上がり、猫のように両腕を伸ばした。

「食事はすませた？」眠そうな声でたずねた。

マイクルは首を振った。

「シチューを温めるわね」

アネットは隅に置かれた重い銅製のコンロへ行き、空いているところにキャセロールを載せた。マイクルは椅子の背にもたれかかって居間をのぞいた。暖炉のそばのソファの一方に沈み込むように身を丸めて、ふたりの子――男児と女児――が眠っている。

「ふたりとも、パパが帰ってくるまで起きてたいって言ったの」アネットが言い、ふたりは笑顔を交わした。

13

ジェイク・ヘイトナー刑事は薄暗い深夜の簡易食堂のボックス席に座ってペッパーステーキのクリームソースの残りをバゲットの角でぬぐい取っていた。友人が来るのを待って注文するつもりだったのに、退屈に負けてしまったのだ。食べものはいつもヘイトナーの気をまぎらわせてくれるので、つまらなくありきたりで厄介なものになってきた人生についてくよくよと気に病まなくなる。ヘイトナーは、中年のある時期、若いころに享受した誘惑の数々——アルコール、薬物、保護した売春婦からの無料提供サービス、突然の発作的な暴力——にうんざりしてしまった。ちょうど定年を迎えるまでの警察勤めの最後の直線にさしかかったところで、およそ考えうる誘惑をすべて目にしてきた彼は、どういうわけかそういったものに楽しみを見出せなくなった。

署に遅くまで残ってタルボットが帰るのを待ち、そのあと、夜になって吹きはじめた風のなか、この簡易食堂へ来た。店内には、カウンターのスツールに座って爪にやすりをかけながら、ときおりドア口をちらりと見ているわびしい顔をしたウェイトレスがいるだけだ。ヘイトナーはそのウェイトレスを呼びつけてコーヒーを二杯、注文した。ウェイトレスは空いた皿を手に取り、テーブルを拭き、足音もたてずに厨房《ちゅうぼう》へ行った。

入口が開いてルカがゆったりした足どりで入ってきた。満面の笑みで近づいてくるので、ヘイトナーが席を立ち、ふたりは抱擁を交わした。

「また会えてうれしいよ」ヘイトナーが言い、ルカの背中をたたいた。ふたりが腰を下ろしたところで、ウエイトレスがコーヒーを運んできた。ルカの血色がいいことにヘイトナーは驚いた。もともとルカは年齢を超越しているところがあった。見習い巡査のころのルカは、見識のある年長の指揮官の風情を漂わせていた。いまは五十代なのに、どういうわけかまだ少年のように見える。

「思ってたよりも元気そうだ」ヘイトナーは、ルカよりも若いのに〝アンゴラ〟を出てきたときには腰が曲がり、年老いた農業従事者のように皮膚が日に焼けてがさがさになった連中を何人も見てきた。

「メアリーは元気か？」ルカがたずねた。

「元気だ」ヘイトナーは嘘を答えた。「家に来てもらえなくて残念だ」

ルカが手を振って詫《わ》びの言葉をしりぞけ、ふたりは八年間の空白を埋めはじめた。ルカは〝アンゴラ〟での日々について話した。鞭打ちの刑、看守、虫のたかった食事のせいで精神錯乱に陥りかけたことを。敷地が広大なことや、汗とカビと排泄物《はいせつぶつ》のにおいが混じった悪臭はどんなに強くこすっても衣類や髪からぬぐい取れないことも。ヘイトナーはひととおり耳を傾けたあと、自分の話を聞かせた。この街と警察に訪れた変化について。ヨーロッパ戦線へ赴き、帰国したものの、職もなく、戦争神経症に陥ってつらい思いをしている若者があふれていることについて。戦争に行き、フランスはランス郊外の戦場でドイツ軍の砲弾に倒れて帰らぬ人となった息子について。棺に納めて埋葬してやる遺体もなく、息子が身につけていた認識票ふたつと、タイプライターで打った政府からの手紙が届いただけだ、とヘイトナーは嘆いた。死亡通知の手紙を受け取って以来何年も、息子の話はだれにもしていなかった。息子の戦死後、妻のメアリーとのあいだに亀裂が生じたことまで話した。メアリーがろくに口をきかなくなり、泣いてばかりいることを。

ふたりの男は、自分たちを翻弄《ほんろう》する人生について考えながら見つめ合った。ヘイトナーがコーヒーのお代わりを頼もうと大声でウェイトレスを呼び、そのときになって初めて、ルカが一杯目をまだ飲み終えていないことに気づいた。

ヘイトナーが身ぶりでコーヒーカップを指すと、ルカは説明のために腹をさすった。「〝アンゴラ〟で悪くしたようだ」ヘイトナーはうなずいた。〝アンゴラ〟から出てきた者の大半が潰瘍《かいよう》か腸捻転《ちょうねんてん》、その他の腹の不調を訴える。ウェイトレスがボックス席へ来ると、ヘイトナーは自分にコーヒーとルカにホットミルクを頼んだ。ウェイトレスが立ち去るのを待って、テーブルに書類を置いてルカのほうへ押しやった。

「すぐに返してくれ」と言った。

ルカは笑みを浮かべて書類を手に取り、ページを繰った。まともになにかを読むのは五年ぶりなので、いつのまにか視力が落ちていた現実に気づいて、うろたえるほどの喪失感を覚えた。

「なぜその書類を見たかったんだ?」ヘイトナーがたずねた。

「カルロから調べてくれと頼まれた」ルカがそっけなく言うと、ヘイトナーがいぶかるように眉根を寄せて見た。

「出てきてからほんの数日だろう」

ルカは肩をすくめた。「貯金をチロの銀行に預けてたんでね」

「なるほど」ヘイトナーがうなずいた。「事前に捜査の動きをつかんでればチロにこっそり教えてやったんだが、逮捕は上からの命令だったんだ」

ルカは過ぎたことをくよくよ考えてもしかたがないという顔をしたあと、手中の書類に注意を戻した。ヘイトナーはルカを見つめ、友人が早くもマトランガ・ファミリーの仕事に戻っていることを残念に思った。

「金が入り用なのか?」とたずねると、ルカは顔を上げて首を振った。

「大丈夫だ」と言ってファイルの書類に戻った。ヘイトナーがひと晩だけ分署から無断で持ち出した、アックスマン事件に関してマイクルの手もとにある全報告書だ。目撃供述書、監察医事務所の報告書、犯行現場報告書、写真、新聞の切り抜き——個々の犯行について知るには充分だ。新聞の切り抜きのひとつにライリーの名前を見つけ、ある記憶がルカの脳裏に浮上した。

「あの地区《ザ・ディストリクト》が非合法化されたそうだな」あの地区とは、長年ニューオーリンズを南部の観光中心地にしていた、認可を受けた売春地区《ディストリクト》ストーリーヴィルのことだ。

「そうだ」ヘイトナーは顔をゆがめて答えた。「利点もあったのに、非合法化された」

一九一七年後半、ほど近い軍事訓練所で多くの海軍訓練兵が性病に感染していることを理由に、軍事省の訓練所活動委員会がベールマン市長にストーリーヴィルの閉鎖を迫った。市行政当局は軍事省に抵抗し、地区の存続を求めて連邦政府にまでかけあったが、ベールマン市長は戦争努力を台なしにしているとの批判に遭い、ストーリーヴィルは一九一七年十一月にやむなく閉鎖された。これもまた、かの大戦の犠牲のひとつだ。

「それだけじゃない」ヘイトナーが言った。「マリファナまで非合法化された。ヘロインもだ。そのうえ、今度は酒まで非合法化しようってんだから。想像できるか？　もう女を買うことも、ビールを買うことも、マリファナを吸うこともできないなんて。それが自由の国アメリカか？」

ルカはにやりと笑った。「で、いまのストーリーヴィルはどうなってる？　幽霊街《ゴーストタウン》か？」

ヘイトナーもにやりと笑って首を振った。「前となにも変わってないさ。ひょっとすると、経営者が払ってる保護料が少しばかり増えたかもしれないが。どのみちベールマンは閉鎖にあまり乗り気じゃなかったから、なりゆきまかせってところだ。ある夜の市長の自動車に関する噂を知ってるか?」

ルカが首を振ると、ヘイトナーは、市長が〈ドーファン〉でサラ・ベルナールとやらのショーを観ているあいだに自動車を盗まれたとかいう逸話を聞かせてくれた。その話をするうち、ふたりは昔のリズムを取り戻し、しばらくは老人のような気分にひたるのをやめて、かつての若者に戻っていた。力に満ち、気楽で、人生がいまほどの重みを持っていなかった時代に。ヘイトナーが話し終えると、ふたりは声をあげて笑い、そのまま心地よい沈黙に落ち着いた。店内を見まわしたヘイトナーは、ウェイトレスがスツールでうたた寝しているのに気づいた。首が前のカウンターのほうへ妙な角度に傾いている。

「あんたが戻ってきてうれしいよ」ヘイトナーはにこやかな笑みを浮かべたまま言った。「刑事局はすっかりさま変わりだ。とくにこのアックスマン事件が始まってからはな。こっそり警告しようとして、局長室と〝ザ・ファミリー〟のあいだを行ったり来たりさ」

ヘイトナーがどうしようもないというように首を振るので、ルカは本当に状況が悪化しているのだと悟ってうなずいた。改めて書類を繰り、一通の封筒を見つけて、なかから血痕のついたおぞましい数枚のタロットカードを取り出した。

「犯人が現場に残していったものだ」ヘイトナーが説明した。「そいつのせいで、タルボットは〝ザ・ファミリー〟による犯行の線で押してる」

ルカはカードを裏返し、目もとへ近づけて仔細《しさい》に観察した。

「このカードはイタリアのものじゃない」と言った。

「本当か?」ヘイトナーが問い返した。

ルカはうなずいた。「昔、母がイタリアでタロットを読んでいた。こうした動物を組み込んだ図柄が使われるのはフランスのカードだけだ」

「クレオールってことか?」ヘイトナーが具体的に言

った。

「可能性はある」ルカはタロットカードを封筒に戻し入れた。これと似たようなタロットを、何年も前、カナル通りに住むハイチ人のブードゥー巫女《みこ》の治療室で見たことがある。巫女の男友だちを逮捕したあと、当の巫女を逮捕するべく訪ねたときに。男友だちが、治療室で巫女に相談中の客の留守宅に侵入して金品を盗んでいたのだ。そしていま、正体不明の犯人がイタリア人食料雑貨店主を殺害し、その現場にフランス式タロットカードを残している。犯人は恨みを持つクレオールか、恨みを持つクレオールの犯行に見せようとしている何者かのいずれかだ。

ルカは煙草を一本取り出して火をつけた。

「資料を見せてくれてありがとう、ジェイク。明日の朝いちばんに返すよ」

友人同士は笑みを交わし、カップで乾杯をしてそれぞれの飲みものを飲み干した。ヘイトナーが札を何枚かテーブルに置き、ふたりは簡易食堂を出た。ウェイトレスはふたりが前を通りかかっても眠ったままで、夢のなかの音楽に合わせているかのように頭を動かしていた。

通りに出ると、ふたりは抱擁《ほうよう》を交わし、翌朝六時に会う約束をして別れた。ルカは風の強い通りをのんびりと歩み去り、ヘイトナーは寒気にそなえてコートのボタンを留めながら遠ざかる旧友の姿を見送るうち、あのルカ・ダンドレアがああも孤独に見えるのは残念だと思わずにいられなかった。

14

マグノリア通りを吹き抜ける容赦ない風に、店舗の看板が揺れ、ブリキ缶がまるで錆《さび》のついた回転草のように通りに転がされて大きな音をたてていた。マッジオ夫妻の食料雑貨店の向かい側、数日前にペレス巡査が警察車輛を停めた場所からほんの二メートルほどのところで、月の光が建築途中のまま放置された家に差しかけてできた影にアイダとルイスはうずくまっていた。リトル・イタリーにはそうした未完成の建物が点在する。松材の形で残された未完の夢だ。移民たちは決まって、なけなしの貯金をかき集めて安い土地を買い、家族で住む家を建てはじめる。だが、新参者の経済状況には用心が必要で、たいていは状況が悪化して建築計画を断念せざるをえなくなるため、リトル・イタリーには家の外枠だけが立っている草だらけの土地が点々と残されていく。

アイダがこの場所を見つけたのは、ミリセント・ホークスから話を聞いた翌日、この界隈《かいわい》を偵察していたときだ。かつて犯罪場所に何者かが現われてなにかを探したのであれば、その何者かはいちばん新しい犯行現場にもなにかを探しにくるだろう、とアイダは踏んだ。そこで、この界隈で張り込みをするのに都合のいい場所を探しまわり、すぐに、時代がよければ野心を抱いた家族の住宅になっていたはずのこの場所を見つけた。この建物には壁と床、それに月の光を分断している天井の梁《はり》があるし、なにより重要なことに、ここからさえぎるものなくマッジオ夫妻の店を見張ることができる。寒さを防ぐことはできないが、人目につかないうえ、座る場所もある。

ホークスの話から、前回、犯行現場への侵入があったのは殺害から三、四日後だとにらみ、アイダは同じぐらいの時間を置いて、昨夜初めて張り込むためにこの家へ来た。ルイスには演奏会の予定が入っていたので、昨夜はひとりで来て、夢の家の居間になるはずだったであろう場所にひとりで座って張り込んだ。午前零時前から夜が明けるまで見張りつづけ、あたりが明るくなると、出勤前に何時間か眠るためにすぐさま立ち去った。張り込み初日になにも起きなかったことに少しばかり落胆する一方で、手を貸してくれるルイスがいないときに行動を起こさずにすんだことにほっとしてもいた。

今夜早くにフレンチ・クオーター地区でルイスと落ち合い、彼が少し眠そうなことと、帽子であざを隠していることに気づいた。歩いてここへ来るあいだにたずねると、ルイスはようやく、ついこのあいだデイジーと言い争ったときにできた不名誉な勲章だと認めた。グレトナ地区の家の状況が悪化していることは予想していたが、暴力沙汰にまで至っているとは思いもしなかった。相談に乗りたかったが、ルイスが気の進まない様子なので、話したくないのだろうと思った。そこで、ふたりは屋根のないがらんとした家に黙って座り込み、ルイスは自分の私生活についてくよくよと考え、アイダは睡魔と戦っていた。

「どうして、このあいだ話を聞いた女が嘘を言ってると思ったんだい？」ルイスの唐突な質問が、十五分に及んだ沈黙の呪縛を解いた。アイダは首《こうべ》をめぐらせて彼を見て、怪訝《けげん》そうに眉根を寄せたあと、肩をすくめた。

「理由はいくつもあると思う」アイダは言った。「ミセス・ロマーノが加入してた労働組合の援助があったから雇われたってホークスは言った。だけど、調べたの。見つけられるかぎりの労働組合の加入者名簿に、ミセス・ロマーノの名前はなかった。工場主が夫妻にお金を払ったのは別の理由よ。

それに彼女は、ロマーノ夫妻にはお金がなかったというようなことも言った。でも、それもつじつまが合わない。偽金をばらまいてたんだから」アイダは話を続けた。「それに、私物を取るために夜に家を訪ねたって。どうして夜に行くの？ 雇い主が殺されたばかりなのに、私物を取るために夜中に犯行現場へ行ったりする？」話すうちに熱が入って眠気が失せ、ますます早口になった。「どうして昼間に行かなかったの？ それに、どうして何日も待ってから行ったの？ それに、侵入した若者が妙な目つきで見た、すぐそばを通った、とも言った。それなのに、人相をたずねると、遠目に見ただけだからって」

「アイダ」ルイスが話をさえぎった。「彼女の話がすべて嘘なら、どうしておれたちはこんな夜中に廃墟みたいな家にいるのかな？」

「嘘だったのは、話のすべてじゃなくて、ほとんどよ。本当にあったことはこうだと思う」アイダがガトリング機関銃の連射のようによどみなく歯切れのいい口調で仮説を述べた。「ホークスがロマーノ夫妻の家へ行ったのは私物を取るためなんかじゃなかった。お金を取りに行ったの。偽金をね。彼女が言ったのとはちがって、ロマーノ夫妻は偽金のばらまきをやめてなんかいなかった。でなきゃ、奥さんのヘロイン代を払えたはずがないでしょう？ ばらまきを続けてたとすれば、家にはまだ偽金があったってことだし、ホークスが言ったレジじゃなくて、警察には絶対に見つからないどこかに隠してあったってことよ。ホークスは、警察が立ち去ったあとで家へ行って偽金を回収しようと考えた。だから、何日か待ってから行った。だから、夜に行った。だから、わたしたちに、ロマーノ夫妻にはお金がなかった、すでに偽金のばらまきをやめてた、って言ったのよ」

「なるほどね」ルイスは言った。「だけど、もしもそれを隠そうとしてたんだとしたら、彼女はどうして、家へ行ったなんておれたちに話したんだろう？」

「わたしたちがなにを知ってるかがよくわからなかったからでしょう——だから、若者がロマーノ夫妻の家に忍び込んだって話は本当だと思う。その夜、彼女は家へ行って偽金を盗んだ。でも、家を出ようとしたとき、だれかが入ってくるのに気づいた。当然、偽金グループのだれかが偽金を探しに来たと考える」

「当然」ルイスがその語を繰り返し、皮肉めいた笑みを浮かべると、アイダは横目で彼を見てから説明を続けた。

「そして、わたしたちが自宅の玄関先に現われると、彼女が偽金を奪ったのかどうか確かめるために偽金グループがわたしたちを送り込んだのかって考える。だから、〝私物を取りに行った〟なんて話を提供するってわけ」

ルイスが怪訝《けげん》そうに眉根を寄せた。「じゃあ、どうして若者を見たなんて言ったんだろう？　おれたちを偽金グループだと思ってるとすれば、自分の首を絞める行為だよ」

「そうなのよね」アイダは認めた。「わたしも、そこがまだよくわからなくて。わたしたちって偽金グループが雇いそうなタイプじゃないし、彼女がピンカートン探偵社に情報を売ろうとしたことをどうして知ったのか、彼女は訊かなかったしね」

ルイスはその点についてしばらく考えていた。「彼女が見たっていう若者が空き巣じゃないと確信してるのか？」とたずねた。「ロマーノ夫妻が殺害されて自宅が空き家になってることを聞きつけたどこかの阿呆だったってことは？」

「ホークスの話だと、外へ出てきたとき若者は鞄《かばん》も持ってなかったのよ。空き巣だとしたら、どうしてなにも盗み出さなかったの？」アイダが反論した。「それに、ホークスの話だと、若者が家のなかにいたのは三十分——泥棒が三十分もかけて家のなかを物色するなんて話、聞いたことある？　若者は家捜ししてたのよ。わたしの仮説はこうよ。これまでの被害者は全員、偽金グループのメンバーだった。なにかはわからないけど、まずいことが起きて、彼らはグループを抜ける。そして、何者かが彼らに報復する。そのあと、別の何者かが被害者の家にあるなにかをなんとしても手に入れたいと考える。それで、どこかの阿呆に金を払い、警察が立ち去ったあとで犯行現場へ確認に行かせる。ホークスはたまたまそれに出くわした」

ルイスはアイダの仮説をじっくりと考えた。静寂のなか、遠くからあがった発情期の野良猫たちの鳴き声がしばらく続いた。口を開きかけたルイスは、マッジオの店へ向かって駆けてくる棒のような人影を一ブロック先の路上に認めた。アイダの脇腹をつつくと、アイダも向き直って人影を見た。人影が近づくにつれ、ふたりにその姿がはっきりと見えてきた——十代を脱したばかりとおぼしき痩《や》せた猫背の若者、みすぼらしい服装、目深にかぶったハンティング帽。若者はマッジオ夫妻の店に近づき、あたりを見まわしたあと、玄関前の階段を駆け上がった。まぐさ石の陰に身を隠すようにして上着からなんらかの道具を出し、ドアの錠をいじりだした。数秒後、ドアをそっと開けて店内に入った。

「あれはアックスマンじゃない」ルイスが小声で言った。「肋骨《ろっこつ》を数えられそうなほどがりがりだ」

アイダは同意のしるしにうなずき、かすかな光が店内でしばらく弧を描いたあと完全に消えるのを見届けた。三十分ほどすると、ふたたびかすかな光が灯って消え、若者がポーチの暗がりから出てきた。周囲を見まわし、背中を丸めて足早にこそこそと通りを歩きだした。アイダとルイスは若者が一ブロック遠ざかるのを待って隠れ場所から出ると、気づかれないと思う距離を開けてあとを尾《つ》けた。

若者は何度も角を曲がってリトル・イタリーを抜け

て市の中心部を通り、港に近い工業地区へ向かった。工業地区の通りはいずれもひっそりと静まり返り、大半は街灯も外灯もなく、ミシシッピ川の湿っぽいにおいが空中に強く漂っていた。若者は迷路のような路地をいくつも抜けたあと、細い小道を進んで、二枚扉の門のある高い板塀に近づいた。門扉《もんぴ》をたたいてしばらくすると金属のきしみをあげて門扉が内側へ開き、若者はそのすきまから塀の内側へすべり込んだ。アイダとルイスは、門扉が閉ざされる前になかの建物をちらりと目に留めた。人影のない広々とした敷地で眠っているヴィクトリア様式の広大な倉庫を。

「それで、これからどうする?」ルイスがたずねた。

「あたりをざっと見てまわりましょう」アイダが答えた。

ふたりは向きを変え、周囲をうろうろしはじめた。向かい側のビール醸造所の裏手へと続く通りで、塀のそばに積み上げられた樽を見つけた。樽にのぼって思いきり飛び上がれば、板塀のてっぺんにつかまることができそうだ。

まずはルイスがのぼってアイダを引き上げた。ふたりは塀のてっぺんに腰かけて、倉庫の敷地内を見下ろした。敷地の奥で動いているものをルイスが指さし、アイダはものの数秒でそれがなにかわかった——二頭の番犬だ。顎も図体も大きなドーベルマンが、影に包まれた木の囲いのなかをうろうろしている。アイダはさらに敷地内を見まわし、倉庫の奥の一対の窓から光が漏れているのに気づいた。そのあたりで板塀が湾曲して倉庫に近づいているので、もう少し塀の外をまわってなかをのぞけるかどうか確かめようとルイスに言った。

ふたりは塀から飛び下りて通りを進み、倉庫の明かりが窓から漏れている地点に着いた。ここには樽などひとつもなくて塀に飛び乗ることができないので、板塀のすきまからのぞいた。倉庫と明かりの灯った窓が断片的に見えるだけだが、窓の奥に、箱とミシンだらけの作業場が見えた。一方にはハンガーにかけられた毛皮のコートが、中央には製造途中の生皮や毛皮、布などが山積みにされた作業台が並んでいる。一隅の大型ソファの横に金庫があり、ふたりが尾行してきた若者が作業台に向いて座っていた。室内の明かりで若者がよく見えた――こわばった顔、ヘロインをやりすぎたような顔色。若者の両側には、ギャバジン地のスーツにがっしりした屈強そうな体を包んだ浅黒い肌に黒い目をした男がふたり。

数分後、ふさふさした赤毛の顎ひげをたくわえた、そびえるほど長身で胸の広い男が入ってきた。キツネの毛皮の重そうなコートのボタンをはずし、ベルトから吊している環に金庫の鍵を留めてから作業台に近づいた。ベルト通しに親指を引っかけ、胸を張って若者をにらみつけた。若者は男の視線でしぼんだように見えた。体は縮み、頭は混乱しているようだ。若者と男が言葉を交わしはじめた。アイダとルイスにその声は聞こえないが、若者の身ぶりと、彼にのしかからんばかりの堂々たる男の態度を見れば、男が若者のボスで、今夜の首尾を問いただしているのはまちがいない。そのうち、若者の言葉に男がうなずき、ポケットから紙幣を何枚か引っぱり出して差し出すと、若者は感謝の笑みを浮かべ、こびるようにお辞儀をして金を受け取った。すぐに、ひげの男がスーツのふたりにうなずくと男たちと若者が立ち上がり、夜の戸締まりをして四人とも立ち去るようだった。

アイダとルイスは塀から離れ、顔を見合わせた。

「表へ戻りましょう」アイダが言った。「彼らが出ていくのを見届けるの」

ふたりは表門へ向かった。向かい側の建物の陰に身をひそめて待つこと十五分、表門が大きな音をたてて開き、きらめく黒い車体のキャデラック・タイプ55が通りへ出てきた。スーツの男の一方と、ふたりが尾行してきた若者が自動車のあとから歩いて出てきた。スーツの男が門に施錠するあいだ、車はエンジンをかけたまま待ち、若者は車の脇に立っていた。助手席についているひげの男が窓から顔を出して若者に話しかけた。

「明日、いつもの時間にな、ジョンスン」男の口調には、フランス語のように音節をすべらせて続けるケイジャンなまりがあった。

「はい」若者の声は小さく、かすれていた。帽子に指を一本あてて挨拶《あいさつ》すると、通りを歩きだし、闇のなかへと消えた。そのあと、スーツの男が門の施錠を終えて乗り込んだ車が若者とは反対の方向へ走りだした。

「いま何時ごろ?」車が通りの端まで走り去るのを見届けると、アイダがたずねた。

「わからない」ルイスは答えた。「教会の時計塔が二時半を指してたのがここに着く十分ほど前だから——きっともう三時をまわってるはずだ」

ふたりは寒さに背を丸め、煙草《たばこ》を吸いながら、来た道を引き返した。例の若者がいちばん新しい犯行現場へ来るはずだというアイダの読みは正しかった。それに、若者のあとを尾《つ》ければ、まっすぐ雇い主——報酬を払って若者に被害者の自宅の家捜しをさせた男——のもとへたどり着けるという読みも。キツネの毛皮のコートを着ていた大柄のケイジャンの名前をつきとめるのが次の段階だ。人気《ひとけ》のない通りに響き渡るフクロウの啼《な》き声がアイダの思索をさえぎった。アイダは頭を上げ、ルイスと顔を見合わせた。地元の言い伝えでは、フクロウの啼き声は来《きた》る死の予兆だとされている。すぐにアイダはそんな迷信を打ち払うように肩をすくめ、ふたりはふたたび無言で歩を進めた。

市の中心部に近づくと、ルイスがタクシーを停めてアイダを乗せた。ルイスはグレトナ地区の自宅までの長い道のりを歩いて帰り、またデイジーと言い争いをするのだろうとアイダは思った。タクシーが通りを駆け抜けるあいだ、アイダは目をこすりながら窓外を眺めた。夜明けの光が早くも地平線にその指を伸ばしている。タクシーは車首を南へ向け、ミシシッピ川を横に見ながら、燃えさかる火のような朝焼けに向かって走りつづけた。

15

玄関ドアをたたく音が聞こえたとき、マイクルはテーブルについて朝食をとっていた。新聞を読みながら、トマスとメイに登校準備をさせているアネットをうっとりして見ていた。息子の正面に膝をついて、腕を振って抵抗する息子にコートを着せようとしている。ノックの音を聞いてアネットが手を止め、不安げな視線をマイクルに投げたあと、ふたりは手慣れた行動をとった。火災を報せる鐘の音を聞いた消防士さながら、反射的な行動だ。

アネットが警戒するような目で見つめるなか、マイクルは立ち上がって玄関へ向かった。マクファースンの脅しについてアネットには話していない。ライリーが昨夜、その脅しの内容をそっくり口にしたことも。最初はアネットにショックを与えてもいいことはないと考えたからだが、その判断がまちがっていたかもしれない。マクファースンが早くもあの脅しを実行に移したのだろうか？　少なくとも数週間の猶予期間を与えてもらえると思っていた。それだけの時間があれば、アネットとトマスとメイをこの州から出してどこか辺《へん》鄙《ぴ》な場所へ移すことができる、と。

マイクルは足音をひそめて居間を横切り、ドアロに達すると、振り向いてアネットと子どもたちを見て、人差し指を唇にあてた。息子と娘がお遊びでもしているつもりで笑みを浮かべてそのしぐさをまねたので、マイクルは笑みを返してから廊下へ出た。

いざというときは、アネットは小間使いだと言い抜けることにしていた。アネットが頑として言い張るのでマイクルも受け入れた卑劣な嘘だ。彼女の指摘したとおり、それ以上もっともらしい嘘はない。マイクルが天然痘《とう》病棟から自宅へ戻り、看病のためにアネットがいっしょに住むようになって関係が始まったばかりのころ、ふたりでその話をでっちあげた。当初はそれで切り抜けられたが、子どもを授かったことがわかり、行動を起こさざるをえなくなった。マイクルに悪感情を抱いている警察官に息子をひと目でも見られればマイクルとアネットは断罪されるだろうが、それでも、ふたりはくだらない演技を続けていた。見せかけのために寝室を別にし、四人が家族であることを裏づける家族写真や在学証明書といったたぐいのものは家からいっさい排除している。

隠さなければならないような結婚式の写真は一枚もない。アネットが妊娠に気づいたとき、ふたりはカンザスシティへ行くことにした。ふたりの知るかぎり、自分たちに有利な法律が敷かれているもっとも近い街がカンザスシティだったからだ。ふたりは、果てなく続く中西部の平原を土埃《つちぼこり》にまみれて延々《えんえん》と個別に旅をした。白人用と黒人用とに分離された車輛や駅を利用し、駅のそばの簡易食堂ではそれぞれの人種用に分割された場所でひとりで食事をした。アネットは道中ずっと、つわりや、体調と暑さによるめまいに悩まされた。

長い旅路を経てカンザスシティに着くと、噂に聞いていた牧師を見つけた。ふたりのような境遇の南部人の味方になってくれるという牧師だ。ふたりは辺鄙な小さい教会で結婚式を挙げ、その日のうちに帰途についた。正式に結婚しているのに、ニューオーリンズに戻ると法的に宙ぶらりんの状態となるため、ふたりは自分たちを刑務所送りにするきっかけともなりかねないノックの音がいつするだろうかと戦々兢々《せんせんきょうきょう》とする毎日を送っていた。そこに、マクファースンとライリーから脅しを受けたものだから、ドアの前に立ったマイクルはなおさら不安に苛《さいな》まれて、咳払いをした。

「どなたですか？」

返事を待つあいだ、沈黙の重苦しさのせいで実際よりも時間が長く思えた。どこか遠くで遊んでいる子どもたちのかすかな声がする。

「ケリーです」ドアの外の声はくぐもって聞こえた。

マイクルは緊張を解いて玄関ドアを開けた。玄関前の階段に立っているケリーの緑色の目が朝日を受けてきらめいた。

「お邪魔してすみません。当直警官に言われて来ました。また殺人事件です」

三十分後、マイクルはグレトナ地区のある家の台所に立ち、隣のトイレのドアから漏れる嘔吐《おうと》の音を聞きながら、新たな被害者の死体を検分していた。ケリーがトイレに入るまで吐くのをこらえたことには感心した。今度の被害者も夫婦――エドヴァルド・シュナイダーと妻のアンナだ。いまのところ断言できないものの、夫妻ともイタリア人でないことは確かだし、シュナイダーは食料雑貨店主ではなく弁護士だ。これまでの事件において確立されたパターンが完全に崩れた。

死体を見てわかるのは、シュナイダー夫妻ががっしりした体格の中年だということだ。妻は肌が青白く、そばかすがあり、髪は栗色。夫は豚みたいな顔で、赤毛のもじゃもじゃの口ひげをたくわえていた。台所で、夫は流しの脚部にぐったりともたれかかり、妻は床に倒れている。夫が頭部を一ヵ所切りつけられただけなのに対し、妻に加えられた損傷ははるかに醜悪だった。殺人者は妻を床に寝かせて肉のかたまりをいくつも切り落とし、それを流しに積み上げていた。残忍な攻撃を受けた頭部は、もはや床にはねかかった紅い血しぶきが残っているだけだった。

とりわけ異様なのは、殺人者が妻の死体の周囲に広がる血だまりに指先をひたし、それで何本もの線を引いていることだった。死体の下の白いタイルの床があらわになると、乾いた紅い線が、写真のネガフィルムあるいは木版画のような効果を生み出した。妻の死体のそばに線だけでざっと描かれているのは、おそらく藁《わら》人形だろう。悲鳴をあげている口、泣いている目にはおぞましさを覚える。この絵は犯人の異常性の表われだが、それと同時に幼児性と遊び心も見られることが不快感を増した。アックスマンは最初からこの絵を描くつもりだったのだろうか、それとも、真新しい血だまりを見下ろすうちに突如として描きたい気持ちが湧き上がったのだろうか。マイクルは夫妻の死体から目を離して十字を切り、台所を出た。

居間のソファにどさりと腰を下ろし、ため息をついて煙草に火をつけた。今朝《けさ》はライリーのくれた情報を調べるつもりだった。エルマンノ・ロンバルディ。その名前を記録から探して、現住所あるいは判明している最後の住所を見つけるつもりだった。それなのに、こうしてまた新たな殺人事件を調べるはめになった。

マイクルは頬の瘢痕《はんこん》を指でなぞりながら室内を見まわ

した。人がいっぱいだ。巡査たちは夫妻の所有物を調べ、フランス人の写真係は写真を撮り、巡査部長は近隣住民から得た供述書を照合している。監察医が台所から出てきて、マイクルの向かい側の肘掛け椅子に腰を下ろした。無言で顔を見合わせたものの、しばらくして年配の監察医が首を振った。

「殺害はおそらく午前零時から二時のあいだだ」監察医は言った。「犯人は夫の頭部を一撃し、出血多量で死に至らしめた――かなり長い時間、意識はあっただろう。犯人は妻も同様に襲った。妻だと仮定しているが、むろん、現時点で実際に身元を確認する手だてはない」彼は葉巻を一服してため息をついた。「犯人はすべてを事前に計画していたんだと思うね。夫を無力化したあと、妻を痛めつけるのを目撃させた。気の毒に、夫が最期に見たのは、愛する妻の体の一部が切り取られるところだった」

制服警官が台所から入ってきて、マイクルに二枚のタロットカードを渡した。

「流しの脇で見つけました」巡査が言った。マイクルは礼を言い、タロットカードをあらためた――魔術師のカードと吊された男のカードだ。魔術師のカードには、ローブをまとい、妙な形の金属製の道具を高く掲げて祭壇の前に立っている男が描かれている。祭壇には剣と短剣、奇妙な記号が並んでいる。吊された男のカードには、チュニックを着て十字架に逆さに吊され、口もとに冷たい笑みをたたえた男が描かれている。これまでに見つかったタロットカードと同種同型で、特定の要素――色、線、描かれた人物の顔――のどれかひとつではなく、それらをすべて組み合わせて初めて、不快さがきわだつようだ。

トイレのドアが開き、ケリーが片手で口もとをぬぐいながら出てきた。

「気分はましになったか？」マイクルはタロットカードから目を上げてたずねた。

「いえ、あまり」

ケリーはいつも以上に顔色が悪く、青ざめていた。

マイクルは笑みを浮かべ、向かい側のソファを身ぶりで勧めた。ふたりはこの地区担当のパトロール警官から聞いた情報を検討した。

二時間前、この部屋の下の階の住人が、居間のカーペットに血だまりができていることに気づいた。血がシャンデリアの金メッキの金具からしたたり落ちていることがわかると、この建物の管理人に連絡し、管理人が警察に連絡した。駆けつけた巡査がシュナイダーの部屋に最初に入ったとき、玄関ドアはなかから施錠されており、シュナイダーの鍵はサイドボードのひきだしから見つかった。現在、制服警官たちがこの棟の住人全員および近隣棟の住人たちから聞き取りを行なっているが、いまのところ重要な意味を持ちそうな供述はまったく得られていない。

新しい建築規則に反して、この建物には外付けの防火扉が設けられていないため、玄関ドアを使う以外、外部からの出入りは不可能だ。だが、玄関ドアは内側から施錠されていた。アックスマンは犯行前、通路に膝をついてドアの錠をこじ開けたにちがいない──必要のない大きな危険を冒して。マイクルは新聞に掲げられる見出しの想像がついた──〝アックスマンがアパート四階の住人ふたりを殺害　玄関は内側から施錠されていた〟。

「犯人は侵入する前にこのアパートについて調べ上げたにちがいない」マイクルは言った。「そして、少しばかり時間をかけて通りから入り込んだ。建物内に入ると階段を上がり、シュナイダーの部屋の玄関ドアの錠を解く。要した時間は十五分かそこらか？　物音もたてなかったはずだ。物音を聞きつけたなら、シュナイダーは枕の下にあった拳銃をつかんだはずだからな」

「ドアをノックして、なにか理由をかこつけて入れてもらった可能性もありますよ」ケリーが意見を述べた。

「その可能性はあるが、シュナイダーは枕の下に拳銃を置いていた。見知らぬ人間をむざむざ家のなかへ入れるとは思えない。それに、近所のだれも悲鳴を聞いていない」

マイクルは次の煙草に火をつけ、顔をなでた。犯人の行動が一貫性を欠いている点が、どうも釈然としない。周到に計画して襲撃しながら、逆上して殺人を犯しているし、冷静に返り血を洗い流したかと思えば、犯行前に外からドアの錠を開けるなどという愚かな危険を冒す。

マイクルは立ち上がって室内を行きつ戻りつしながら、食肉処理場のようなにおいが台所から居間へじわじわと流れ込んでいることに気づいて顔をしかめた。

「最初の三つの犯行には共通点があった――被害者は全員シチリア人、犯行現場は同じ地区内で、被害者は食料雑貨店主だった。だが、今回の犯行は――地区も異なるし、被害者は比較的裕福な弁護士で――」マイクルは言葉を切り、頭を掻《か》いた。「だれか、夫妻の出身がどこかつかんだか？」大きな声でたずねた。

「妻はドイツ人です」室内にあるものの目録を作っている巡査のひとりが答えた。「帰化申請書類を見つけました」

「夫は？」

「まだ確認できません。隣人のひとりが、オランダ人ではないかと言ってましたが」

マイクルはため息をついて煙草を一服した。「シュナイダーは殺された三人の食料雑貨店主の弁護士だったのかもしれませんよ」ケリーが言った。

マイクルは笑みを浮かべた。だれもが真っ先に思いつくことではあるにせよ、ケリーが意見を述べるのは歓迎だ。

「すでにふたりの巡査に彼の職場へ確認に行かせた」マイクルは言った。「結果はすぐにわかる。さて、アックスマンが無差別にだれかを襲っているだけだと仮定すれば、犯行を起こした地区が変わったのも納得がいく――パトロールはリトル・イタリーを重点的に行なっているから。だが、なぜこの部屋を選んだ？　アパート棟の四階の一室を？　標的を無作為に決めているのであれば、もっと狙いやすい相手を選んでもよかったはずだ。わざわざむずかしい犯行を起こしたということは、特定の相手を狙っていることを意味する。つまり、頭のおかしい犯人による無差別殺人ではなく、計画的犯行ということだ」

　マイクルは両手を腰にあてて考えた。タロットカード、マッジオ夫妻の店舗の側壁に記された警告文。狙いどおりの被害者、度を増していく暴力。そのすべてに合致するものといえば、復讐や報復しか思いつかない。だが、被害者たちは、これほど残虐な報復を受けるようなどんなことをしたのだろう？

「ケリー、ひとつ用事を頼みたい。署に戻ってエルマンノ・ロンバルディについて調べてくれ」マイクルは指示した。「なにをやっているかはだれにも言うな。わかったか？」

「わかりました」ケリーは笑顔で答えた。立ち上がって制服を整え、制帽をかぶってアパートメントを出ていった。

　マイクルはケリーを見送ったあと、奥の窓へ行った。下方の通りをのぞき込んだ次の瞬間、四階も下の歩道に立って目を細めてこっちを見上げているルカの姿が見えるのではないかというばかげた不安にとらわれた。だが、実際に見えるのは、数台の警察車輌、巡査たちによる規制線、住民たちから話を聞こうとして動きまわっている騒々しい記者連中だけだった。ふと、奇妙なやすらぎを覚えた。下方の世界から離れているおかげで、だれも自分には手出しできない、自分は安全だ、という気がした。すぐに、損傷されたふたつの死体が隣室にあることを思い出した。

16

ルイスがジェイムズ・アリーという小さな路地にある家で祖母と暮らした人生の最初の六年間を思い返すとき、その思い出は安心感と、自分が望まれ愛されていたという幸福感とに満ちている。何年もの時を経て、大人になった彼の脳裏に、当時の光景——裏庭で洗濯をしている祖母の姿、家のあったバトルフィールド界《かい》隈《わい》の通り、次々と立ち寄っていく親戚や客たち——がよみがえった。だが、なぜか、それ以上に鮮烈に思い出したのは、ジェイムズ・アリーの家の裏庭で枝を広げていたセンダンの木の姿だった。

平屋の小さな祖母宅ほどの高さしかなかったのに、あの木は存在感を放っていた。夏には、木をまだらに染め上げるように薄紫色の花が房なりに咲いて芳香を放つ。庭を漂って家じゅうを満たすその香りは、祖母が紐《ひも》に吊して干している洗濯物にまで移る。冬には、ビー玉ぐらいの大きさの実をつける。地面に落ちるとタール状のすべりやすいカーペットと化す、楕円形のぬるりとした黄色い実をついばむために集まった鳥たちの啼《な》き声が庭を満たす。ルイスが悪さをすると、祖母はその木の枝で彼を鞭打ち、ルイスがいいことをすると、その木に登って遊ぶことを許してくれた。そんな暮らしが終わりを迎えたあの日、ルイスはたまたまその木にいた。人生で初めてつらい経験をすることになるとは夢にも知らずに。

あの日、祖母に呼ばれたルイスは、その声がいつもより少し緊張を含み、いつもより少し重いことに気づいた。だが、まだ六歳の彼にそんな微妙なちがいの重要性がわかるはずもない。そんなことは気にも留めず、なにごとかと家へ駆け込んだ。

居間に入ると、驚いたことに、祖母はルイスがこれまで一度も会ったことのないとりすましたいかめしい顔をした女といっしょにソファに浅く腰かけていた。ふたりとも深刻な表情を浮かべており、祖母がルイスに座りなさいと言った。ルイスは体を引き上げるようにして肘掛け椅子に収まり、ふたりを見つめた。洗濯を生業《なりわい》とする祖母は解放奴隷で、カトリックとブードゥーの両方を信奉し、どこへ行くときもルイスを連れていった。仕事先の金持ち連中の家にも連れていってくれたので、祖母が洗濯をしているあいだ、ルイスはよく、その家の白人の子どもたちとかくれんぼをして遊んだ。だから、祖母の知り合いは残らず知っているつもりだった。そのため、祖母の隣に座っている正体不明の女の謎が深まった。

祖母はしばらく時間をおいてから、六歳のルイスにもわかる言葉で事情を説明してくれた。黒人向け《ブラック》ストーリーヴィルに住んでいるルイスの母親が女の赤ん坊を産んだあとで病気にかかり、ルイスの父親がまたしても彼女を捨てたのだ、と。だから、母親の世話をするためにルイスは母親の家へ行かなければならない、隣に座っている女が母親の家へルイスを連れていってくれる、と。ルイスは祖母から見知らぬ女へと視線を移し、ふたたび祖母を見るなり、わっと泣きだした。

祖母はルイスにいちばん上等の服——白のフォントルロイ・スーツ——を着せ、荷造りをしながら精いっぱいなだめた。ルイスが涙ながらに別れの挨拶《あいさつ》をしたあと、いかめしい顔の女がルイスを祖母の家から連れ出した。

チューレーン大通りにある路面電車の駅に着くと、泣きわめくルイスに腹を立てた女がかたわらに膝をつき、驚くほど温かい声で初めてルイスに話しかけた。

「ルイス、駅の裏手のあの建物がなにか知ってる?」

ルイスは彼女の指さす先、通り向かいの陰鬱な赤レンガの建物を見た——拘置所を。ルイスはうなずいて、涙をぬぐった。

「悪い人たちが行くところ」ルイスが言うと、女がうなずいて笑みを浮かべた。

「じゃあ、さっさと泣きやまないと、あんたもあそこに入るはめになるよ」女が嚙《か》みつくように言った。

ルイスはまた泣きわめきたい気持ちになったが、懸命に嗚咽《おえつ》をこらえた。涙をぬぐい、二度と女を見ないと決めた。初対面の女のあの厳しい顔を見たら、また声をあげて泣いてしまうかもしれない。

すぐに路面電車が来た。ルイスはそれまで一度も路面電車に乗ったことがなかった。女に続いて乗り込み、運転手に会釈して、窓の外がよく見えるいちばん前の座席に腰を下ろした。運転手がベルを鳴らして路面電車が走りだすと、ルイスは飛び去る家並みを眺めて笑みを浮かべた。そのとたん、女が大声で呼びつけるのが聞こえた。振り向くと、最後列の席に座った女がいらだった表情を浮かべている。

「あんた！」女がわめいた。「自分の場所へ来なさい！」

ルイスは女が冗談を言っているのだと思い、また前を向いて外を眺めつづけた。すぐに腕をつかまれ、座席から引きずり下ろされた。床に転げ落ちて膝をすりむいたが、女はルイスの肘をつかんで最後列まで引きずっていった。ふたりが演じる騒ぎを、何列にも並んだ座席についた乗客たちが目を丸くして見ていた。女はルイスを投げ飛ばすようにして最後列の座席に座らせ、すぐ前の座席の背部に貼られた〝黒人専用席〟という標示を指さした。

「リンチに遭いたいの？」

「乗ったの初めてだもん」ルイスは言い、混乱と動揺を覚えながら女を見た。

チューレーン大通りとリバティ通りの交差点に着くと、ふたりは路面電車を降り、女がルイスの手首をつかんで引っぱりながらマヤンの家まで二ブロックを歩いた。リバティ通りとペルディード通りの交差点のそばに並んだ家の一軒にはめ込まれた壊れそうな木のドアに近づくと、女はノックもせず、鍵も使わずに、乱暴に押し開けた。わびしい部屋は薄暗く、目を細めなければなにも見えなかった。がたのきた床板、壁紙も張ってないむき出しの壁、部屋を占めている大きくて目を引く鉄骨のベッド、一方の壁ぎわに簡易台所。裏庭へ続くドアが開け放たれて、この部屋に唯一の光をもたらしている。ドアの開口部から、向かいに立ち並ぶあばら屋と、裏庭に張り渡された物干しロープが見えた。ルイスは室内を見まわして、その狭さに驚いた。薄汚れた狭苦しい部屋。残りの部屋はどこだろう？

しばらくすると母親が鉄骨のベッドに身を起こして目をこすり、淡い笑みを送るので、ルイスも精いっぱいの笑みを返した。すぐに、母親の隣に初めて会う妹が眠っているのに気づいた。ごわごわした木綿の服に埋もれそうな小さな皺《しわ》だらけの頭。母親が赤ん坊に向けていた目をルイスに転じた。顔色が悪く、腫《は》れた目に涙をためている。ルイスがそれまで母親に会ったのはほんの数回、母親がジェイムズ・アリーの家に彼と祖母を訪ねてきたときだけだ。そういうときの母親は、よそ行きの服で精いっぱいおめかしして現われた。

「おばあちゃんがあんたをよこそうとしないかと思ったよ」低い声だ。力のない口調でうわごとのように言うので、ルイスはひとり言かと思った。

「ルイス」母親が続けた。「いままではあんたをないがしろにしてた。でも、これからそれを埋め合わせるから」ルイスは母親を見て、泣きだしたい衝動をこらえた。祖母の家へ戻りたい。陽光あふれるジェイムズ・アリーのあの家へ。散らかった部屋、裏庭、センダンの木。どうして突然、ひとつしかない薄汚れた部屋で暮らせってことになるんだよ？　照明まで盗まれちまったような貧乏たらしい部屋で。元気も金もなく、震えてる赤の他人も同然のふたりと、街のはずれにあるこんな部屋で。

十二年後のいま、ルイスはふたたび生涯の財産を手に、ペルディード通りを母親のアパートメントへ向かっていた。だが、いまのルイスは大人だ。自分のかたわらをおぼつかない足どりで歩いているクラレンスを見下ろし、繰り返される歴史の重みを実感していた。養子のクラレンスが、かつて名前も知らない女に街なかを引きずられるようにして怯《おび》えながらここへ連れてこられたときの自分とほぼ同じ年齢だ、ということを。

ふたりは痛々しく見えた。ルイスのシャツには血のついた跡がいくつもあるし、唇のかさぶたがかゆくなりはじめていた。一方の肩にふたり分の着替えを入れた麻袋を、もう一方の肩にコルネット・ケースをかけている。両手にはとんでもなく重い蓄音機。ルイスにとって、コルネットの次に大切なものだ。蓄音機の上には、重ねて粗末な麻紐で縛ったレコード――オリジナル・ディキシーランド・ジャズ・バンド、エンリコ・カルーソ、ルイーザ・テトラッツィーニ、ヘンリー・バー。ルイスの横で、クラレンスがおもちゃを詰め込んだキャンバス袋の重さにうめいた。

「もうすぐそこだ」ルイスが笑みを浮かべると、クラレンスは顔をゆがめた。

「聞きたいんなら幽霊話をしてやろうか？　海賊ジャン・ラフィットの話を」

だがクラレンスが首を振り、目の前の通りに視線を戻したので、ルイスはまたしても気がとがめた。いったんグレトナ地区へ引っ越し、またここへ戻ってくることで、この子に落ち着かないつらい思いをさせてしまう。

ふたりはリバティ通りを横断してアパートメントに近づいた。ルイスはひと声うめいて蓄音機とレコードを下に置き、ドアをノックして、腰をさすりながら応答を待った。数秒後にはドアが開き、マヤン・アームストロングが青と白の二色づかいの小間使いのお仕着せのままで出てきた。もともとはずんぐりした健康な女だが、人生の労苦とストレスにそこなわれて、三十三という年齢よりもはるかに上に見える。目の前のみじめなふたり連れを見て怪訝《けげん》な顔をしたものの、殴られたルイスの顔を、続いて足もとに置かれた荷物を見て取ると首を振り、なにも言わずに奥へ引き下がった。

ルイスがクラレンスにうなずき、ふたりはそれぞれの荷物を持って彼女に続いてなかへ入った。

アパートメントに入ると、裏口は開け放たれており、中庭から女たちのおしゃべりと石蹴りをしている子どもたちの声が聞こえた。ふたりは荷物を下ろし、クラレンスが新たな住まいの床におもちゃを並べだした。マヤンは台所のカウンターにもたれかかり、腕組みをしてルイスを見つめていた。

「なにがあったの？」その口調にはやさしさと気づかいがいくらか表われていた。

「これ以上は我慢できない」ルイスは、グレトナの家のなかがますます険悪になっていることを話した。言い争いになると、決まってデイジーがものを投げつける——靴やレコード、おもちゃ。一度など、通りで拾ったレンガまで投げつけられた。それに、どなり合っていると、クラレンスがべそをかきながらふたりの脚にしがみつく。今回デイジーは、ルイスの弱点だと承知のうえで、口もとを思いきり殴りつけた。唇が切れたら生活費を稼ぐことができない。だからすぐに、荷物をまとめ、ミシシッピ川を渡ってここへ戻ろうと決めた。女への愛よりも音楽への愛を選んだのだ。

ルイスが事情を話し、クラレンスが荷物のそばに膝をついてでたらめに中身を取り出しているあいだ、マヤンは無表情で話を聞いていた。息子の話が終わっても、自分がデイジーとの結婚には初めから反対していたことや、こんな結果になると充分に予想していたことを、わざわざ口に出したりしなかった。両腕を伸ばして息子を抱きしめた。

「ミセス・パーカーのところへ行って、マットレスを貸してもらえるか訊いておいで。それに、食べものも余分に必要になりそうね」

「ザッタマンの店とシュタールレの店まで行ってくる」ルイスは言い、帽子をかぶった。「あずきと米一ポンドでいい？」笑みを浮かべてたずねると、マヤンがほほ笑み返してうなずいた。

ドアロへ行ってドアを開けたものの、外へ出る前に足を止め、忘れものでもしたように母親に向き直った。マヤンが見つめるので、ルイスは満面の笑みを浮かべた。「ありがとう、母さん」おずおずと礼を言うと、マヤンは首を振った。そのときなにかの回転する音がした。ふたりが見下ろすと、レコードの紐を解いてしまったクラレンスがそのなかの一枚を蓄音機に載せてハンドルをまわしていた。ルイスが外へ出ようとしたとき、蓄音機が音楽を流しはじめた。《セビリアの理髪師》のアリアの一曲だ。ルイーザ・テトラッツィーニの歌声が彼を追い抜いて通りへ流れ出し、向かい側の安酒場から鳴り響くジャズと混じり合った。外にたむろしている数人の売春婦が、どこからオペラが聞こえるのかと向き直り、ルイスの視線をとらえた。ルイスは笑みを浮かべ、帽子に手を触れて女たちに挨拶すると、唇のかさぶたをはがしながらランパート通りの方角へ歩きだした。

17

板塀のすきまから朝日が差し込み、あふれるほどに張られた洗濯ロープの織りなす影が中庭を切り刻んでいる。張り渡された洗濯ロープはわずかな空間を見つけて折り返され、そこに吊された何枚もの白いシーツが風にはためいて軽快なダンスを踊っている。中庭の中央、洗濯物という揺れる壁の真ん中に、痩《や》せこけた顔をしたベシェという名前の黒人クレオールが座っていた。洗濯板の前に座って、濡らしたシーツに細長い指で石鹸《せっけん》をこすりつけながら、小声でクレオールの民謡を口ずさんでいる。彼は足音を聞きつけて歌うのをやめ、いぶかしげな顔を上げた。洗濯ロープのあいだを縫《ぬ》うように人影が動いている。シーツがめくられ、そこに現われたのはルカ・ダンドレアだった。

ベシェが破顔し、なまりを含んだフランス語で言った。「ルカ！ ひさしぶり！ 一瞬、幽霊《ロンタン》かと思った」ベシェが自分の言葉に小さな笑い声をあげるので、ルカは笑みを返した。この年老いたクレオールは手足がひょろ長く、日焼けでひび割れた顔に笑みを絶やすことがほとんどない。洗濯ロープを張りめぐらした中庭で洗濯板の前に座っている彼の姿に、ルカは、巣の中央にいるクモのような印象を抱いた。

「調子はどうだ？」とたずねたベシェの口調は温かい。

「上々だ」ルカは答えた。「洗濯業はどうだ？」

「うーん」ベシェが肩をすくめた。「シーツが汚れる、シーツがきれいになる」

日差しに目を細めながらルカを見上げ、両手は金属がたてるようなリズムを刻んでゆっくりと洗濯物を洗濯板にこすりつけている。

「挨拶《あいさつ》に立ち寄ったわけじゃないだろう」老人が言う

ので、ルカはそのとおりだとうなずいた。

「アックスマンに関する情報が欲しい」

洗濯の手を止めたベシェの顔にとまどいの表情が浮かんだ。「アックスマン？　あんたがなんだってあいつを追いたがる？」

ルカは苦った顔で彼を見て肩をすくめた。「おれがやつを追って悪いか？」と返すと、ベシェが目を細め、人差し指を突きつけるようにルカに向けた。「わしには」ベシェがその指を振ると、石鹸の泡が手をすべり落ちた。「アックスマンは悪魔だと思えるんでね」

ベシェがしわがれた大きな声で笑いだし、両手で胸を押さえた。

「あんたが追おうとしてるのは悪魔だ。この街の、ニューオーリンズの悪魔だよ」

ルカは渋面を作り、すげない目でベシェを見た。ルカはこの老人から二十年近く情報を買っていた。つねづね奇人だと——情報屋になるなどという危険を冒す連中が持つ特徴だ——思ってはいたが、まさかベシェが声をあげて笑ったり、悪魔などと言いだすとは夢にも思わなかった。釈放されたあと、ルカはかつて使っていた情報屋や協力者を探し出した。存命で、まだ話ができるほど頭のしっかりした連中は、一様に同じことを言った。この街のだれもアックスマンについてはなにひとつ知らない、アックスマンなど存在しないみたいだ、と。それなのにベシェは、その殺人鬼を悪魔と呼んでいる。

「クレオールではないかと思っていた」ルカは話を戻そうとした。「斧を好み、なんらかの恨みを抱えたクレオールのことをなにか聞いてるか？」

笑いの収まったベシェが首を振った。

「恨みを抱えた人間なんて、ニューオーリンズにはごまんといる」と言った。そのうちルカを見つめて、シーツにこすりつけていた石鹸を持ち上げた。「そういう気の毒な連中を集めてぎゅっと握る」節くれだった細い指で石鹸を握りしめた。「そうすりゃ悪魔ができあがる」彼が手を開いた。「ニューオーリンズという形の悪魔がな」いつになく冷ややかな目で続けた。老人は手のなかで変形した石鹸に視線を転じ、罪を目撃したとでもいうように舌打ちをして、ふたたび洗濯に取りかかった。

ルカは顔をくもらせ、老いて骨張ったあの指に、なぜ岩のように固い石鹸を砕く力があるのだろうかと不思議に思った。

「そのクレオール狩りだが」ベシェが言った。「お得意のでっちあげで濡れ衣を着せようって腹じゃないだろうな？　〝アンゴラ〟でなにも学ばなかったのか？」

ルカは首を振った。「でっちあげじゃない。ブードゥー絡みじゃないかとにらんでるんだ」

「ブードゥー？」ベシェはとまどいの表情を浮かべてルカを見上げた。「可能性はあるな。ブードゥーについて知りたいんなら、役に立ちそうな女を知ってる。くわしい情報を教えてもいいが、あんたが留守のあいだに相場が上がってな。昔の値段プラス十ドルだ」

ルカが金は問題じゃないというように肩をすくめると、ベシェがにんまりした。

「物価上昇だよ、親友《モナミ》。その女があんたの役に立つかもしれん。いろんな意味で」ベシェは意味ありげに眉を吊り上げた。立ち上がってズボンで両手をぬぐい、きしみをあげる腰を伸ばした。ルカは彼の足首に巻かれた銅線に気づいた。肺病を防ぐための奴隷たちのお守りだ。意外な気がした。ベシェの出身は自由民の島ハイチのはずだ。ベシェは先ほど歌っていたクレオールの民謡をまた口ずさみだしながら、吊されたシーツの奥へ姿を消した。

彼を待つあいだ、ルカは中庭を見まわした。目の前で何枚ものシーツがはためいているのを見ると、妙にくつろいだ気持ちになった。はためくシーツはまるで、形を変える飛行機、幾何学的な図形を描く糊《のり》のきいた霧だ。刑務所を出てから充分に時間は経ったのに、いまだに、気がつくと閉ざされた空間や人目につかない隅やものかげを求めて、夜はたいていホテルの部屋に引きこもっている。服役中は、どこへ行き、なにを食べ、いつ体を洗い、いつ眠るかを気にする必要はなかった。自由の身であるということは、重要度や状況、結果という領域においてふたたび自分に関心を持つことを意味する。そのせいで、自分がまるで現実世界に戻った幽霊のように思える。しかも、どういうわけか、自分が戻ってきたのはかつていた世界とはちがう――少なくとも、記憶のなかの世界とはちがう――という気がいまだにしている。〝アンゴラ〟にいるあいだに記憶をすり替えて、外は汚れのない輝かしい場所だと思い込んでいたせいだ。いま彼は、自分がごみに汚染されて悪臭の漂うニューオーリンズの現実の姿に耐えられないことに気づいた。真っ白なおかげで日差しを受けて輝いているシーツが並んだベシェの庭は、釈放後初めて本当に清潔だと感じられた場所だ。〝アンゴラ〟でしみついた汚れと悪臭も、時間をかければ永遠に洗い落とせるかもしれないという希望を、この場所が与えてくれた。

煙草《たばこ》を一本取り出して火をつけた。釈放されてからというもの、ひっきりなしに煙草を吸っている。主として、ろくにものを食べていないせいだ。〝アンゴラ〟でこわした腹は、いまだにこってりした食事もコーヒーも酒も受けつけない。だから、もっとも手のかからない選択肢が煙草だというわけだ。

やがてベシェが、一枚の紙切れと、変形した金属製のカップふたつを持って、シーツの壁の向こうから脚を引きずるようにして戻ってきた。

「ここは禁煙だ、ルカ。洗濯物はいい香りがしないとな」ベシェが朝の空気を深々と吸い込み、手のひらで胸を軽くたたいた。ルカは煙草を地面に放り捨て、ブーツでもみ消した。

ベシェが紙切れとカップの一方を手渡した。「地《ビエール》ビール《・デュ・ペイ》だ」と言った。パイナップルから作ったクレオールビールだ。以前はそのぴりっとする味を楽しんだルカだが、いまは、ビールを飲んだら腹がどうなるかわからない。ベシェが取引成立の乾杯のしるしにカップを持ち上げるので、ルカは礼儀として自分のカップをベシェのカップに合わせてから口をつけた。そのあと、言われた金額を渡すと、ベシェが紙幣をあらためてからシャツのポケットにしまい、スツールに腰を下ろした。

「なあ、アックスマン事件には笑わされるよ」ベシェが言った。「黒人の立場で考えればさ。あんたはこれまでずっと黒人の味方じゃなかったけどな。あんたも警察も。黒人を罠にかけたり、痛めつけたり、濡れ衣を着せたり、金を奪ったりしてきた。それがいま、どこかの黒人がこの街を走りまわって白人を殺し、みんな、次はだれが殺されるんだろうって戦々兢々《せんせんきょうきょう》だ」

ベシェが肩をすくめた。「いつアックスマン事件が起きてもおかしくなかったんだ」

ルカは老人を見つめてうなずいた。

「一理あると思うよ」ベシェに敬意を示すべく帽子に手をあてた。「ではこれで《オルボワール》、モナミ」

背を向けて立ち去ろうとした瞬間、ベシェがふたたび話しかけた。

「なあ、ハイチにこんなことわざがある。〝コンプロ・プリ・フォール・パッセ・ウォンガ〟」

ルカは眉根を寄せて考えた。ニューオーリンズに住んで長いのでフランス語もそれなりにわかるのだが、クレオールやケイジャンが用いる方言や言いまわしはいまだに不可解だ。彼のとまどいを察知してベシェがにっと笑った。

「〝はかりごとには魔術もかなわない〟って意味だ」

ルカは笑みを返した。「覚えておくよ」と応じた。

そのあと、老人に背を向け、形を変えつづけている白いシーツのあいだを抜けて歩み去った。

18

これまでの半生を振り返ったとき、自分の進むべき方向の大部分を決定づけたのはたったふたつの大きな決断だと、マイクルは感じていた。ひとつは、黒人の女と家庭を築くという決断、そしてもうひとつが、レジナルド・アブナーという名前の帳簿係の死と関係のある決断だった。

アブナー事件として知られるようになるできごとの起きた当時、マイクルはジェレマイア・トビー・ウィルスンというベテラン刑事とパートナーを組んでいた。ふたりは被疑者レジナルド・アブナーの身柄を分署から裁判所へ、そのあと市の拘置所へ移送する役目をおおせつかった。普通なら被疑者の移送は刑事の仕事ではないのだが、アブナーについては特例だった。前日に殺人容疑で逮捕されたアブナーは、自身が減刑を得られるように、カルロ・マトランガの有罪を示す証言を行なう用意があると刑事局に取引を持ちかけた。その証言があれば、マトランガを起訴して電気椅子による処刑に持ち込むことができる。当時の刑事局長は、彼の話を完全に信用したわけではないものの、万が一の用心に移送時に刑事をふたりつけることにした。マイクルはその若さゆえ、ウィルスンはベテランであるがゆえ、刑事局内でもっとも信頼できる人員だと見なされていた。

ところが、移送の当日、ウィルスンが出勤してこなかったため、ルカが代役を務めることになった。ルカについてあれこれと耳にしていたマイクルは、彼がマトランガ・ファミリーとつながっているという噂も知っていた。だから、移送担当の代役に刑事局長がルカを選んだことに不安を覚えた。

ふたりは刑事局で落ち合い、中庭へ続く階段を下りた。中庭はレンガ壁に囲まれた埃っぽい場所で、署の厩舎《きゅうしゃ》があり、馬車も置かれていた。ふたりが中庭に出たときは陽光が降り注いでいた。霧の季節と夏の盛りとのあいだの心地のいい日だった。移送にあてられる馬車にはすでに馬がつながれ、かんぬきのかけられた鉄門——そこから外の通りへ出る——の前でふたりを待っていた。ルカの命令でマイクルは御者《ぎょしゃ》とともに屋根に乗り、ルカがアブナーにつきそって客席に乗り込んだ。厩務係のひとりがきしみをあげる重い門扉を開け、御者が手綱《たづな》を操って馬たちを通りへ出した。

十五分ほどはなにごともなく、朝の混雑のなかを縫《ぬ》ってゆっくりと進んだ。照りつける日差しで馬車の金具や踏み板がぎらりと輝き、馬体も汗で光っていた。道路の幅が心持ち広くなって混雑が緩和される商業地区にさしかかると馬車が停まった。前方の通りが詰まっていた。食料品販売の屋台がひっくり返っていたのだ。馬糞がそこかしこに転がる通りに野菜と果物が散らばり、人だかりができている。屋台を起こす店主に手を貸している者もいれば、売りものをこっそり持っていく連中もいた。

　御者は、障害物で立ち往生している二台の馬車のあとに停め、手綱を膝に置いてため息を漏らした。マイクルの耳に、人だかりのなかからスイカ売りの声が聞こえた。「スイカ！　スイカだよ！　皮まで赤いよ！　嘘だと思うなら日よけを下ろしてみな！」

　そのとき、横手から金属性の音が聞こえた。首《こうべ》をめぐらせて馬車の扉を見下ろした。すべての規則に違反して、ルカが客席から降り、アブナーを警護のない状態に捨て置いて人だかりに近づこうとしていた。マイクルが驚いたことに、扉に錠もかけなかった。

　マイクルは屋根から下りようとしたが、御者が熊手のような手で肩を強くつかんだ。

「どこへ行くつもりだ？」御者がたずねた。

「被拘留者の監視をする」マイクルは答えた。

「ここから動くな」御者の手がマイクルの肩をさらに締めつけた。

　その声の調子に気づくべきだった――御者が命令ではなく忠告をしているのだということに。だがマイクルは顔をしかめて御者の手を振りほどき、馬車の屋根から飛び下りた。

「くそっ！」御者がどなった。

　マイクルが馬車の側面へまわりかけた瞬間、たまたまルカが向き直った。彼はマイクルを見てその場に凍りついたものの、すぐさまマイクルに向かって全速力で駆けだした。マイクルの耳に群衆の叫び声が聞こえ、ルカが自分に向かってなにかどなっているのがわかったが、なんと言っているのかは聞き取れなかった。

　わけがわからず、周囲を見まわした――馬車の開け放たれた扉、うろたえた表情を顔に張りつけて自分に向かって走ってくるルカ、群衆のわめき声。と、砕ける波のように群衆が散り散りになった。赤いバンダナで顔を覆《おお》い、黒光りする拳銃を手に持った三人組の男が、人びとを地面に押し倒しながら人垣から走り出てきた。

男たちが銃口を向けたにもかかわらず、彼らに先んじて扉に錠をかけようと、マイクルは駆けだした。だが、なにか重いものに背後からつかまれ、地面に押し倒された。三人組が馬車に達して扉を開けた。アブナーの怯《おび》えた悲鳴、耳のなかで鋭く鳴り響く銃声。銃弾を浴びたアブナーの体が馬車の床に崩れ落ちた。三人組は無数の銃弾を撃ち込むと逃げだした。いまは無人と化した通りを駆け抜け、角を曲がって姿を消した。

わずか数秒のあいだのできごとだが、マイクルには永遠とも思えるほど長く感じられた。まるで音を欠いた長い影絵芝居のようだし、動揺が激しすぎて内容も理解できない。三人組はとうに立ち去ったが、ルカはまだマイクルをつかまえていた。客車内の血が扉からしたたり落ちて、埃っぽい路面に血の池ができている。隠れ場所から出てきた群衆の悲嘆の声が高まるなか、ルカがマイクルの耳もとで言った。

「上には、おれがおまえを押し倒して命を救ったと言え。連中がかなてこで扉をこじ開けたと言うんだぞ」

マイクルは黙っていた。動揺が激しすぎて口がきけなかった。

「わかったな?」

ルカの息の熱を耳とうなじに感じた。煙草のにおいと、血に含まれる鉄のにおいがした。マイクルがうなずくと、ルカは手を放した。群衆の見守るなか、ふたりは立ち上がった。ルカは服の埃を払い、御者と話しに行った。

マイクルは放心状態で周囲に目をやった。頭がくらくらしていた。馬車のなかをのぞいて、崩れ落ちたアブナーを見ると、頭の半分が馬車の内装に飛び散っていた。マイクルと馬車を見つめながら群衆が近づいてきた。マイクルは不意に息苦しさを覚えて過呼吸になり、また倒れるのではないかという不安を感じた。馬車の側面に手をつき、深くゆっくりを息を吸い込んだ。顔を上げると、人だかりのなかにいた十代の少女と目が合った。

「あの人、あんたを止めたよ」少女はきっぱりと言い、顎先でルカを指した。

「わかってる」

同日、先刻のできごとにまだ茫然《ぼうぜん》としたままのマイクルは、いつのまにか、地区検事局が入っている裁判所で待合室に座っていた。これまで雑誌でしか見たことのないタイプの秘書が腰を振る歩きかたで入ってきて、午後の日差しが厳しく照りつける西向きの一室へマイクルを案内した。並んだ窓の前に置かれたテーブルに三人の男がついていた。背後の強い日差しのせいで顔のあたりが暗く見える。ひとりはすぐにだれかわかった——警部だ。もうひとりとは検事局の幹部だと知っているが、残るひとりとは面識もなかったし、だれもわざわざ紹介してはくれなかった。服装と、ほかのふたりににらみがきくらしいことから、州政府あるいは連邦機関の人間だという印象を受けた。

マイクルが席につくと、眼鏡《めがね》をかけた鳥のような検事局幹部が体調を気づかってくれ、今日のできごとでなにか不調が現われていないかとたずねた。まだなんとも言えないと答えると、三人はぎこちない笑みを浮かべた。そのうち警部が咳払いをひとつして、厳しいながらも少しばかり温かさがある父親のような口調でマイクルに語りかけた。

「きみの報告書は読んだが、とても納得がいかない。目撃者が何人も名乗り出ている。犯人たちがかなてこで扉を開けたのではないことはわかっている。ダンドレアがきみを止めたこともわかっている。そうではないと主張しつづけるのであれば、われわれはダンドレアともどもきみを殺人の従犯で起訴する。きみは、実際に銃弾を放った三人の人でなしといっしょにルイジアナ州立刑務所に入ることになる」

そのとたん、マイクルは喉の渇きを覚えた。飲み込んだ唾《つば》がまるでガラスの破片のようだ。顔を上げて男たちを見たが、彼らの背後の窓から差し込む陽光が目に刺さるので、やむなく片手を頭上にかざした。

「ダンドレアが移送の担当になったのは偶然ではなかった」警部が説明した。「われわれがそう計らったんだ。自分で自分の首を絞めてくれることを期待して好きにやらせたら、本当に自分の首を絞めやがった。それも、想像を超える派手なやりかたでな」

警部は笑みを浮かべてマイクルのほうへ身をのりだした。差し出すものが逆光でよく見えない。煙草を勧めているのだとわかった。マイクルは一本取り、礼のしるしにうなずいた。

「これまでの模範的な記録やなんかから、きみが正直な男だということは承知している。だから、今日ダンドレアと組ませたんだ。そこで、きみにひとつ申し出をしたい」

マイクルは煙草に火をつけて一服した。煙が瓦礫《がれき》のように喉に引っかかる。強い日差しで頭がずきずきしだしたので、目を閉じて三人の男の影を遮断した。窓の前のテーブルの配置も午後の日差しも、考慮のうちなのだろう。

「ダンドレアとその一派の終わりを見届けたい」警部が続けた。「今日の些細《ささい》な事件でダンドレアを起訴してもいいが、それでは怪物ヒュドラの九つの頭のうちのひとつを切り落とすにすぎん。われわれの真の望みは、一派の大半をとらえることだ。そのために内通者を送り込む必要がある。それがわれわれの申し出だ。きみがダンドレアの信頼を得て、やつの一派の一員となり、連中の行状を記録してくれれば、腐った連中の解体はこっちでやる。どうだ？　刑事局の品位と名声を守るために手を貸してくれるか？」

　マイクルは灰皿を探してきょろきょろしたが、煙草を勧めた当の警部が吸っていないことに気づいた。頭痛薬を服《の》んで暗い部屋で横になりたくてたまらない。まぶしい窓に目を細めた。この男たちは、今日のできごとに関して、本当に私を殺人の従犯で起訴するつもりだろうか？

「私は、えー、ダンドレアのことをろくに知りません」と言ってみた。「どうやって彼の一派に潜り込めばいいのかわかりません」

　それを聞いて、正体不明の男が身をのりだしてほほ笑んだ。「それでいっこうにかまわない」落ち着きはらった口調だった。「それについては、すでにこっちで考えてある」

19

　ルイスといっしょに港まで家宅侵入者を尾《つ》けた翌日、記憶が完全に消えてしまう前にあの若者がケイジャンと会っていた倉庫を見つけたいと思って、アイダは前日の自分たちの足どりをたどろうとしていた。あの若者に金を払って犯行現場を探らせたのがケイジャンだったのは意外だった。ケイジャンの毛皮商人がイタリア人食料雑貨店主たちとどんな取引をしていたのだろう？　あの倉庫を見つけることができれば、倉庫の所有者をつきとめることができ、あの男の名前がわかるはずだ。アイダは昨夜あの倉庫で詳細を確認しなかった自分をののしった。

　どうにか眠った二時間のあいだに、夜のできごとの記憶と、『四つの署名』のなかでシャーロック・ホームズが行なったロンドン港の夜の捜索とがごちゃ混ぜになった夢を見た。目が覚めた瞬間、ホームズの捜索は失敗に終わったことを思い出して動転した。朝食もとらずにグラス一杯のミルクを飲んだだけで、睡眠不足で目がちくちくして頭がぼうっとするのを感じながら港へ来た。

いざ来てみると、港は睡眠不足で動きのぎこちない人間にふさわしい場所ではないと痛感した。石炭艀《はしけ》、貨物船、曳き船《タグボート》、外洋船が停泊場所を求めてひしめき、林立する帆とマストと煙突が水上で揺れている。波止場では、手押し車や荷馬車、人びとが絶えず動きまわっている。クレーンが船腹から積み荷を桟橋《さんばし》に下ろし、空にそびえる巨大な蟻塚《ありづか》のように荷箱を積み上げるが、それは港湾荷役作業員が群がるやたちまち解体されて、鉄道集荷場へ向かう荷馬車に積み込まれる。

荷役作業員は大半が黒人で、それ以外にも読み書きのできない連中ばかりなので、積み荷の移動は、色ごとに作業内容を定めてある旗によって指示される。荷役区画や船体、鉄道馬車、波止場ではためく多種多様な組み合わせと色の旗が、港に祭りのような陽気な雰囲気を与えている。だが、作業員たちは陽気さにはほど遠い――よく日焼けし、荒っぽくて口数の少ない連中だ。そんな彼らもアイダを見ると態度を変え、満面に笑みをたたえて仕事仲間の脇腹を肘でつつきながら不滅の愛を表明した。アイダはそれを無視し、ところどころに集まってこの混乱のなかでなんらかの指示を出そうとしている事業家と指先にインクのしみをつけた船積み係にぶつかったり、停泊場所に静かにそびえ立っている巨大な大西洋航路定期船から吐き出されるリバプールやリスボン、ル・アーブルから来た寝ぼけ眼《まなこ》の遠来の乗客たちをかわそうとしながら進んだ。結局、あてもなく押し合いながら波止場を進む人の流れに飲み込まれ、汽笛やカモメの声、機械のぶつかる音、黄褐色の川波が岸辺に寄せる音、とぎれることのない男たちの労働歌をぼんやりと聞いていた。

途中で、ある桟橋に達すると、押し黙った人だかりができていた。彼らは川に突き出た板の端に立ち、なにかを取り巻くようにして、アイダには見えないなんらかの作業を見物していた。選挙結果を聞くために新聞社の前に集まった群衆が放つような、重苦しさと期待の入り混じった空気が漂っている。アイダはなにが起きているのか見ようと足を止めたが、よく見えない。人込みを抜けて中心部に近づくと、汚れたシャツとジーンズを着た筋骨たくましい黒人の荷役作業員三人が竿を使って川からなにかを引き上げようとしているのがどうにか見えた。三人の横に警察官がふたり立ち、大きな声に身ぶりをまじえて作業を指示していた。桟橋の係船柱になにかが引っかかっていたらしく、なんだろうかとやじ馬連中が小声で言い合っていた。

数分後、大柄な荷役作業員のふたりが水中に伸ばしていた竿をうまく操り、体をうしろへそらすようにして、なにかを桟橋に引き上げた。アイダはものの数秒でそれがなにかわかった。若い女の全裸の腐乱死体だ。やじ馬は息を呑み、警察官たちは痛ましい釣果の周囲に規制線を張ろうとした。アイダは驚いてあとずさり、水がしたたっている若い女の死体からあわてて目をそらした。生気のない緑色の目や黒ずんだ爪、ぐしゃぐしゃに乱れたブロンドの髪から。

嘔吐物《おうとぶつ》のような味が口に広がり、よろよろと後退してやじ馬の輪から出た。口もとに手をやり、気の毒な女の冥福を祈るやじ馬の小さな声をぼんやりと聞いた。目にした光景を頭から振り払おうとしながら、転げるようにその場を離れた。いまにも吐きそうだと思った。ふたたび人込みにまぎれ、時間の感覚を失った。どれぐらいのあいだ人波を漂っていたのかよくわからないが、いつのまにか港の中心部から遠く離れ、人の姿もとうにまばらになっていた。気がつくと、ほとんど人影のない波止場で、トタン小屋のようなカフェの前にひとりでぽつんと立っていた。ふらりとなかに入って紅茶を注文した。紅茶なんて、体調の悪いときにしか口にしないのに。しばらく湯気の立っているカップを揺らしながら、懸命に吐き気をこらえた。店内は静かで、窓からは数人の荷役作業員が穀物袋を荷馬車に積み込んでいる波止場が見える。もともと袋を積み上げてあった台は、波止場ネズミ——桟橋の下にひそむ路上生活者たち——に桟橋の板のすきまにナイフを差し込んで袋の中身を抜き取られるのを防ぐために一段高くなっている。アイダのいる場所から作業員たちの労働歌が聞こえるので、その歌に耳を傾けながら紅茶を飲み干した。

川辺のブルース　心もブルー
ミシシッピがおれを笑うから……

その歌はまるでミシシッピ川の流れのようだ。子守歌のように心地よく、寄せては返す軽快なリズムは潮の流れのように、いや、波止場に寄せる川波のようにやさしい。

あの娘の前で　勘定書をよこされ
川を眺めりゃ　首を切りたい気分さ

アイダはカウンターに代金として五セント硬貨を一枚置き、波止場へ出た。興奮したカモメの群れがアイダの頭上で円を描いている。嵐が近づいている徴《しるし》だ。パン・レディ——温かいパイやサンドイッチ、キャンディを載せて布をかけたトレーを腰に下げた売り子——がふたり、通りすぎた。アイダを見て、ひとりがもうひとりになにか言い、ふたりで笑った。アイダはふたりを見つめていたが、そのうちコートのボタンを留めて港を離れた。遠ざかるにつれて、川とそこで働く人たちの奏でる小夜曲《セレナーデ》のような音も小さくなった。

毎朝五時打ちゃ　起き出すけれど
　生きて戻るかわかりゃしない

アイダは昨夜見つけた目印や小道を探して、まるでアムステルダムの運河のように、古い港から放射状に広がるクモの巣のような通りや路地を歩きまわった。日暮れが近づくころになってようやく、それもまったくの偶然で、あの倉庫を見つけた。周囲をめぐって表門へまわると、門扉《もんぴ》の脇に所有者と占有者の名前を記した看板があった。ジョン・モーヴァルという男の所有する毛皮取引と衣料品の製造を行なう会社名だ。まだ放心状態から完全に脱していないとはいえ、その名前にはぴんと来た。殺人犯に関する推理はまちがっていたかもしれない、偽金グループの活動を探っても正解は得られないかもしれない、と気づいて脱力感を覚えた。ミスタ・モーヴァルは、ミセス・ロマーノが勤めていた衣料品会社——アックスマンの犠牲になったミセス・ロマーノに、勤務中の事故で目が不自由になったあとでなぜか毎月の手当てを支払っていた会社——の社長だ。

20

ルカは第七区にあるベシェの家からフロリダ大通りまで歩き、西行きの路面電車に乗って市立公園《シティ・パーク》へ行った。そこで路面電車を降り、かつての天然の水路の名残であるバイユー・セント・ジョンに沿ってまた歩き、北へ向かった。使用されなくなるまで、バイユー・セント・ジョンはポンチャートレイン湖とミシシッピ川を結ぶ主要な輸送路だった。いまは草が生い茂っている。土手を北へ向かって歩くうち、市街地に近い一帯には富裕層が絵のように美しい夏の別荘を建てたことに気づいた。その一帯は草や葦《あし》が刈り取られ、管理された人為的な美しさをもたらしている。さらに進むと、別荘に代わって貧困層の住まいが目につくようになる。彼らの住まいはバイユー・セント・ジョンに浮かぶ穴の開いた粗末な川船だ。

　このあたりでは住所にそれほど意味はないので、ベシェのくれた紙片には住所ではなく道順と名前が記されている。北上してポンチャートレイン湖と市街地の中間あたりに達したルカは、進路を西へ変え、バイユー・セント・ジョンからメタリー地区まで広がる低湿地へと踏み入った。曲がりくねった小道が迷路のように入り組んだ一帯だ。辺鄙《へんぴ》で荒涼とした一帯、川や水路が複雑に絡み合うように流れるバイユーと呼ばれる低湿地。水と大地が半分ずつの空疎な世界に、ルカは落ち着かない気分になった。マングローブの奥へと進むにつれ、風景がますます不気味になる。ねじれた木の根が水面から突き出て、ガマや睡蓮《すいれん》、カラ松、その他ルカが名前を知らない何十もの植物の周囲をめぐっている。頭上では、ヤナギやイトスギ、パルメットヤシの小枝が重なり合い、厚く密集しているので、ウサギの巣穴のなかを歩いているような気がした。その印象は、カモの羽色の雪のように木々を覆《おお》って枝から垂れ下がっているスパニッシュ・モスを見て強まった。スパニッシュ・モスがあらゆるものの端をなめらかにしているため、すべてが輪郭《りんかく》の鮮明さを失ってひとつに溶け合い、この世のものとは思えない不明瞭で不思議な風景を形成しているのだ。

ときおり、捨てられた木材やブリキ板、再利用された広告板などを寄せ集めたあばら屋が小道の奥にぽつんと立っているのが見えた。色とりどりの広告活字や標語を細かく切ってでたらめに組み合わせて壁を作り上げたあばら屋は、素材の異なるさまざまなものをスクラップブックに貼り合わせたかのようだった。まだ人の住んでいる小屋もあれば、だれも住まずに放置された小屋もあった。この低湿地を住み処《か》としているのは、公民権を持たない非白人の移動生活者たちだ。黒人かケイジャンの小さなコミュニティが大半で、彼らはぼろ屋ばかりの村に住んで川で釣りをするか、毛皮を取るために動物を捕獲している。ルカが通りかかると、警戒するような目で迷惑そうに見るのだった。

歩を進めながら、ブードゥー巫女《みこ》がカナル通りの派手に飾り立てた治療室ではなく混沌《こんとん》としたマングローブの奥地に住んでいる理由について考えた。ブードゥー巫女の時代はとうに過ぎ去った。巫女たちが平穏で幸福な日々を送っていたのは、ニューオーリンズの名士たちがありとあらゆる問題について彼女たちに相談していた前世紀の中ごろだ。彼女たちは、色鮮やかなヘッドスカーフを巻き、ゆるやかなドレスを着て、社交界の婦人たちのためにハイチ語かコンゴ語で呪文を唱えたり、軟膏《なんこう》か妙薬を用意したり、鶏《にわとり》の骨を放り投げて未来を予言したり、降霊術の会で死者の魂と交感したりしていた。白人たちは彼女たちにたっぷりと礼金を払って重用したので、ほかの黒人たちが畜牛並みの扱いを受けていた当時、もっとも有名な巫女は社交行事の常連参加者となっていた。

だが、顧客たちは気づいていなかったが、ブードゥー産業は使者と人脈によるネットワークの上に構築されたまがいものだった。金持ちに仕える黒人の使用人たちが雇い主の家庭で起きていることに関して情報を集め、それを雇い主の相談相手であるブードゥー巫女に売っていたのだ。顧客が相談に来たときには、巫女はまるで魔法のように彼らの個人的な問題のすべてを把握しているというわけだ。巫女の演じる無言劇――超自然的な力とカトリック信仰とアフリカの魔術の融合――は、百年以上にわたって魅力を持ちつづけたものの、やがて失墜する。まるで波が引くように、彼女たちの姿はニューオーリンズのきらびやかな社交場からカナル通りの安アパートへと消え、いまでは街はずれの低湿地にまで引っ込んでいるらしい。

いま、ルカは木立や藪《やぶ》に囲まれた小さな沼の縁に点在する小屋群の前に出た。方向の記された紙片を改めて確認し、ここが目的の場所なのだろうと考えた。沼が淀《よど》んだ湿気を放ち、対岸のマングローブから知らない動物の鳴き声が聞こえる。ルカが紙片をポケットにしまい、並んだあばら屋へと続く土の道を歩きだした瞬間、空をもつんざくような少女の叫び声が聞こえた。ルカは悲鳴のあがった場所、沼の手前側の小屋へと駆けていき、さっとドアを開けた。

ひとつしかない部屋の片隅で、青いうわっぱりを着た太りすぎの黒人女が椅子に腰かけ、ハンカチに顔を埋めて泣いていた。部屋の中央の台に十代の黒人の少女が脚を広げて座り、その正面にクレオールの女が膝をついて少女の股間に注意を向けている。なんらかの傷の縫合をしており、少女はその痛みに悲鳴をあげ、身をよじっている。血が少女のスカートを汚し、台の縁から垂れて、その下のゆがんだ床板にたまりを作っている。

ルカがドアを開けた瞬間、三人の女は首《こうべ》をめぐらせて彼を見たが、すぐさま目の前の問題に注意を戻した。クレオールの女がせいぜい十五歳にしか見えない少女にフランス語なまりのあるなめらかな口調で話しかけ、少女はうめき声を漏らし、両手で台の縁をつかんでいる。クレオールの女が少女の股間から糸を上げて切り、慎重に結び目をいくつか作った。

「さあ、終わった。あとはきれいに洗うだけよ」温かくなだめるような口調で言ったあと、立ち上がってルカを見つめた。

「外でお待ちください」そっけなく言うと、台所の調理台からバケツと一枚の布を取り、少女に注意を戻した。

小屋の入口前の階段に腰かけて三十分ばかり待つあいだに、ルカは煙草《たばこ》を何本か吸った。小屋のそばに、倒れかけた金網フェンスで囲まれた庭らしきものがあり、栄養不良の鶏が五羽ほど歩きまわって植物や草をついばんでいる。その庭の一隅に雨水を溜める樽がふたつ、別の隅にバーベキュー窯《がま》があった。ルカは玄関ドアの両脇にバジルの鉢がひとつずつ置かれているのに気づいた。一方が男でもう一方が女――奴隷のあいだに古くから伝わる迷信で、悪霊を追い払うとされている。

庭の向こうはわびしい沼で、対岸のマングローブの木立のなかにあばら屋がぽつぽつと立ち、その先はまたバイユーだ。風がうなりをあげながらマングローブの木立を吹き抜けると、心を乱されるような泣き声が空中に舞い上がり、それが最高潮に達したあと、不意に静まって無音になる。そこに叙情的なものを感じたルカは、自分が聞いているのは風の音だろうか、それとも未知の生物の呼び声だろうか、それともマングローブが悲しみに満ちたみずからの存在を嘆く声だろうか、と考えていた。

そんな思索はドアの開く音でさえぎられた。先ほどの少女が、片手を年長の女の肩にかけ、もう片方の手で粗削《あらけず》りの杖をつかんで、足を引きずりながら出てきた。ふたりはルカにきまり悪そうな不可解な視線を投げかけて通りすぎ、階段を下りた。未舗装の土の道をゆっくりと歩いていくので、手を貸したほうがいいのだろうかとルカは考えた。だが、役に立てるとは思えず、ふたりが手を貸してもらいたがっているという確信さえもないので、帽子に手を触れて挨拶《あいさつ》し、彼女たちの家まで遠くないことを祈った。

気がつくと、クレオールの女がうしろに立って、ふたりを見送っていた。間近で見ると、女は彼より少しだけ若く、とんでもなく美しいことがわかった。アーモンド色に焼けた肌、高い頰骨、繊細な深みをたたえた目。こめかみのあたりに幾筋か白いものが見えるものの、うしろで束ねた髪は漆黒だ。ルカがしばし見つめていると、公平で率直そうな目が彼の視線を受け止めた。

「あの子はどうしたんだ？」ルカは遠ざかるふたつの人影を身ぶりで指し示した。クレオールの女は彼が本気で関心があるとは思っていない様子できっと見たが、そのうち土の道のほうへ顎をしゃくった。

「妊娠したの。母親がもぐりの医者へ連れていって赤ん坊を始末させた。よくある話」フランス語なまりと、二重母音が豊富なニューオーリンズなまりとが混じったリズムのある口調だった。「もぐりの医者は金をとって赤ん坊を始末したけれど、あの子の子宮もほぼ破壊した。わたしのところへ来なければ、きっと出血多量で死んでいたでしょう」

ルカは顔をしかめ、改めてみじめな母子を見ようと道に目を戻したが、ふたりの姿はすでに見えなくなっていた。

「で、回復するのか？」とたずねた。

クレオールの女は肩をすくめた。

「命はある。それが肝心でしょう。だけど、二度と妊嫉を心配する必要はない」

彼女が前へ出てルカと並んで入口前の階段に腰を下ろすと、その肌からバラ水のにおい、髪からココナッツオイルのにおいがした。ルカは、これほど間近に女と接するのは〝アンゴラ〟に行く前以来だと、はたと気づいた。この距離の近さ、この女の香りが、自由の身になったという実感を強めた。

笑みを浮かべて煙草を勧めると、女は受け取った。身をのりだすようにして火をつけてやり、女の両腕とドレスに血がついているのに気づいた。

「シモーンです」彼女は礼を言って煙草の煙を深々と吸い込んだあとで名乗った。

「ルカだ」と応じながら、持っていたマッチを振って火を消した。

「イタリア人?」彼女が眉根を寄せてたずね、ルカはうなずいた。

彼女がしばらく見つめているので、品定めでもしているのだろうと感じた。やがて彼女はルカから離れ、ポーチに置かれていた水の入ったバケツをつかんだ。煙草をくわえたまま、袖《そで》をまくって腕の血を洗い流した。

「わたしになんのご用でしょう?」彼女の口調が突如として冷ややかでよそよそしくなった。

「きみがブードゥー巫女だと聞いてね」言いながらルカは、いささか愚かしい気がした。

「だれと話をしてそのような情報を?」彼女がたずねた。

ルカは肩をすくめた。「街にいる友人だ」

彼女がまたルカを見つめた。さっきと同じ、距離を置いて警戒している表情だ。そのうち笑みを漏らしたので、どのように考えをめぐらせたのかは知らないが、こっちを小馬鹿にしているのだという気がした。

「わたしは巫女じゃない」と言った。「でも、あなたの抱えてる問題を話してくれれば、助言できるかどうか答えます」ルカは最善の切りだしかたを考えようとした。ここへ来る道中で、質問の順序や、ごく普通の人間が信じそうな複雑な話を組み立てておいたのだが、いざ本人を前にすると、そんな作り話が通用するとは思えない。

「話してくれなければ助言のしようがない」彼女はバケツから出した手を腰のエプロンで拭いた。

「どんな問題？」彼女は煙草を一服した。「惚《ほ》れ薬が欲しいとか？　だれかをやっつけてもらいたいとか？　その手の問題なら、〝降霊術師〟を名乗る偽者が街に何十人もいるでしょう。カナル通りへ行って。わたしの時間を無駄にさせないで」

話しながら首を一方へ傾けたので、ルカをにらみつけている目があらわに見えた。緑色の斑点《はんてん》がある濃いハシバミ色の瞳はルカの心を乱した。

「相談に来る人間が抱えてるのはその手の問題なのか？」ルカはたずねた。

「愚かな連中の問題はね。でも、大半は医者に行く金のない連中。さっきの子と母親みたいに」彼女が土の道を顎先で指した。

ルカはしばらく黙って、なぜベシェがここへよこしたのだろうかと考えた。この女はちょっとした田舎医者にして助産師兼看護師だ。一般的な外科医との共通点がないように、おそらくカナル通りのブードゥー巫女との共通点もほとんどないだろう。

「アックスマン事件を調べている」ルカは切りだした。「おれは警察官ではなく私立探偵で――」

「なぜわたしに訊こうと？」彼女がさえぎってたずねた。

ルカは肩をすくめた。「犯人は犯行現場にタロットカードを残している。フランス式タロットカードを。おれの知るかぎり、ブードゥー儀式で使われるたぐいのカードだ」

彼女がどこか疑わしそうな不安そうな目で見つめる

ので、どういうわけかルカは気がとがめた。

「そんなタロットカード、街なかのどこの安物雑貨店でも買える。重要な意味があるとは思えない。ブードゥーは悪魔でも血の儀式でも魔女でも斧を持って走りまわる頭のおかしな人間でもない。貧しい人たちにとってのの薬なんです。奴隷主がブードゥーを怖がっておそろしい話をいくつも作り上げただけ。犯人がクレオールの犯行に見せかけようとしてる白人じゃないと、どうして言い切れるんです？　タロットカードを残しているのがその証拠でしょう。警察はどんなこともすぐに黒人のせいにするんだから」

ルカはうなずいた。タロットカードが警察の捜査の目をそらすためのまやかしだという可能性はある。だが、なにか意味があるように思える。なんらかのメッセージのような気がするのだ。

「普通のタロットカードじゃないんだ」と告げた。

「高価なものだ。金色のインクを使った手描きのカードで、大きさはこれぐらい」両手を上げてタロットカードの大きさを示すと、シモーンが渋い顔で見つめた。

「そういうタロットカードがどこで手に入るか、知ってるか？」

「知ってるわ」シモーンが言った。「カナル通りのはずれにあるブードゥー巫女の百貨店《こうべ》よ」

ルカは苦い顔をしたあと、首をめぐらせて、彼女の顔に浮かんでいた少女のような笑みを目に留めた。彼女が冗談を言ったことに驚きながらも、頬をゆるめた。寡黙でそっけないきまじめなタイプだと思っていたが、いまの冗談で彼女が柔和で現実的な人間に思えて、すぐに打ち解けることができそうな気がした。だが、彼女の顔は、笑みが浮かんだのと同じぐらいの速さで沈痛な表情に変わっていた。いまの冗談が親近感をもたらしたことを悔やんでもいるようだ。

「そんなタロットカードなら見たことがある」まじめな口調に戻った。「もう何年も前に。ニューオーリンズで買えるものではないと思います。わたしが見たのは、あるフランス人がマルセイユから持ってきたものだった。収集家《コレクターズ》の欲しがる逸品《アイテム》とでも呼んでいいのではないかしら。裕福なヨーロッパ人を探したほうがいいかもしれない」

彼女が顔を向けて見つめるので、ルカは笑みを返した。裕福なヨーロッパ人の線など考えてもみなかった。ルカがうなずき、彼女が肩をすくめ、ふたりは遠くを見つめた。

「ひとつ訊いてもいいか」ルカは切りだした。「きみはなぜブードゥーの道に?」

シモーンは遠い記憶を思い出すように笑みを浮かべた。「母の導き」懐旧の念に満ちた声だ。

ルカは笑みを返した。「おれの母はイタリアでタロットを読んでいた」

彼女がうなずき、ふたりはまたしても黙り込んだ。煙草を吸い終わると、シモーンが茶を誘ってルカを驚かせた。てっきり追い返されると思っていたルカが笑顔で招待を受けるとシモーンが茶を淹《い》れ、ふたりはポーチに腰を下ろして飲みながらあれこれと語り合った。ふたりとも、過ぎていく一日を満足げに眺めていた。ルカが女と過ごすのは何年かぶりだが、シモーンに対しては、転落前に定評のあった気どらない態度に落ち着いて、かつての魅力を取り戻したようだった。彼女と話すうち、ニューオーリンズを離れた場合に自分の送りそうな生活がかいま見えた。戸外に座って、なにも話さず、退屈をまぎらし、償《つぐな》っていない罪について思いわずらうことのない生活だ。

ふたりが話すあいだも、風がまるで不平不満を言い立てるように木立でざわめき、板張りの小屋のすきまを抜けてうなっていた。

「もう二日も強風が吹いてるでしょう」シモーンが言った。「嵐が近づいてるのよ」

ルカはあたりを見まわした。夕闇がすでに、土の道に点在しているわずかばかりの建物にどっしりと腰を据えていた。シモーンが立ち上がって庭に入った。果実のついたセイヨウネズの枝の束をつかんでバーベキュー窯に投げ込んだ。セイヨウネズの実の煙には蚊を寄せつけない効果がある。枝の束に火をつけ、ふたりでしばらく火を眺めたあと、シモーンが庭の先の低湿地を顎で指し示した。

「幽霊の光」と言うので、ルカは彼女の視線の先を見た。低湿地のかなた、遠くのところどころで青い炎が明滅し、地面の上で踊っていた。地面から湧き上がるメタンガスが燃えているのだ。

「おれたちは狐火と呼んでるよ」ルカは言った。「あるいは鬼火と」ふたりは、成長不良で地表から離れられないオーロラのように黒い地面を這《は》っている気味の悪い燐光《りんこう》をしばらく眺めたあと、ポーチの所定の位置へ戻った。数少ないバイユーの住人たちもセイヨウネズに火をつけたので、彼らの住家も闇のなかでオレンジ色に輝いていた。沼の対岸の住人のひとりがマンドリンで曲を奏で、水面を漂ってきた短和音が風のうなりといっしょにマングローブに絡みついた。

この僻地《へきち》にはもの悲しさに通じる重苦しさがある、とルカは感じた。たんにバイユーにいるのではなく、まるで最果ての地にでもいるような、死と地獄を間近に感じる場所にいるような気がした。

「ニューオーリンズへ帰るのは日が暮れてからよ」シモーンが笑顔を彼に振り向けて言った。彼女の目に映ったセイヨウネズのオレンジ色の炎が揺らめいた。

殺人事件報告書

警察

ニューオーリンズ市警察第一分署

一九一九年四月十二日　土曜日

被害者氏名　不詳
同　住所　不詳
同　職業　不詳
被疑者氏名　不詳
同　住所　不詳
同　職業　不詳
殺害場所　不詳

犯行日時　四月十日　木曜日から同十一日　金曜日のあいだ
（監察医助手による当初の見立て、詳細は以下に）

届出人　ハリー・マジェスト（黒人）
チッペワ通り一八二七

届出受付者　バーナード・イエガー巡査長

届出時刻　四月十二日　土曜日　午前十一時

逮捕の有無と
逮捕行使者　いまだ逮捕に至らず

逮捕場所　なし

逃亡の有無と
逃亡方法　なし

証言者　ハリー・マジェスト（黒人）
#チッペワ通り一八二七
ジョナス・モウニー（黒人）
#ペルディード通り一二三二

詳細報告

ポール・コマン警部は、本日四月十二日土曜日午前十一時、#チッペワ通り一八二七に居住しオーデュボン動物園に勤めるなんでも屋ハリー・マジェスト（黒人）が当分署を訪れ、オーデュボン公園において死体が発見された旨《むね》をバーナード・イエガー巡査長に届け出たことを報告する。イエガー巡査長およびジェイムズ・A・バーンズ巡査が警察馬車にてただちに当該現場へ向かい、到着しだい、公園内南部の人目につかない一角にあるオークの木立の中央において一部が土に埋もれた死体を発見した。

ミスタ・マジェストと当該動物園のもうひとりの作業員（添付の証言者報告書H・マジェスト#1－2698－1919およびJ・モウニー#1－2699－1919を参照のこと）の協力を得て、イエガー巡査長とバーンズ巡査が首尾よく死体を掘り出した。ふたりはそこでただちに被害者の額、右眉の四センチほど上におおよそ三センチ弱の間隔でふたつの弾痕を認めた。また、顔面周囲および頭蓋《とうがい》後部に広範囲に及ぶ裂傷とあざも認めた。被害者の両手は紐《ひも》を用いてうしろで縛られていた。

当報告書を執筆している現時点で、依然、死体の身元は判明していない。当該現場におけるイエガー巡査長によるベルティヨン式人体測定法に基づくおおよその見立ては以下のとおり――二十代半ばの白人男性、赤毛の短髪、瞳の色は青、身元の特定につながる特徴なし。詳細については、J・ハンターによる予備検死報告書#c－8733－1919を参照のこと。

イエガー巡査長は午後十二時五十五分、電話にて市警察本部のピーター・スタイルズ巡査および監察医事務所のジョン・ガザーヴ監察医助手に通知した。それを受けて、ジョン・ハンター監察医助手が午後一時三十五分に当該現場に到着した。

ハンター監察医助手の指示により、死体は御者《ぎょしゃ》のウィリアム・ゴッドフリーとピーター・スタイルズ巡査の責任において第一分署の馬車によりチャリティ病院の死体安置室へと運ばれた。

ハンター監察医助手の予備検死報告書（前記添付書類を参照のこと）によれば、腐敗の進行度から判断して被害者は死後二日程度であり、死亡後すぐに当該現場に埋められたものと考えられるとのことである。

被害者の着衣（茶色のツイードのスポーツジャケット、木綿の白いシャツ、木綿の黒いズボン、下着類）は監察医事務所へ運ばれた。所持品――シルクのハンカチ一枚（ジャケットの胸ポケットより発見）および四月一日に購入されたバトンルージュからの二等車の往復切符の帰り分（ジャケットの左ポケットより発見）――も同じく監察医事務所へ運ばれた。

当報告書のカーボン紙による写しは証言者報告書および予備検死報告書を添付のうえ、第一分署の刑事局へ送付済みである。

敬白

第一分署署長
ポール・コマン警部
W・D・ワトスン事務官

21

ルイスの部屋の屋根に打ちつける雨粒が金属音のリズムを刻んでいた。それが音楽になって、眠っているルイスの夢のなかへ入り込んだ。初めて母親マヤンと暮らした七歳のころの記憶の夢のなかへ。マヤンは当時二十二歳で、新しい男がいいところを見せようとしてある日曜日の午後、街の郊外の川辺へマヤンとルイスをピクニックに連れ出した。ブランケットを広げて食事をすませたあと、マヤンと男は酒を飲みはじめ、ルイスをあたりの探検に行かせた。

その場を離れたルイスはぶらぶら歩いて川辺の藪《やぶ》や木立を抜け、陽光の照りつける開けた野原へ出たところで、風に運ばれてくるかすかな音を耳にした。聞き慣れないその音はもの悲しさを帯びていた。音自体が空中でアンド記号を描くように曲がって折り返し、音符が絡み合って哀切な低い声となり、ルイスが想像したこともないような音楽を奏でていた。音楽をたどって音の源まで行ってみた。草を刈ったばかりの原の奥にある雑木林で、もじゃもじゃの髪にぼろを着ておそろしい顔をした年老いた黒人が、長さ六十センチほどの傷だらけのブリキのラッパを吹いていた。老人はルイスを見ると、吹くのをやめて笑みを浮かべた。歯茎《はぐき》のすきまに挑むように、ゆがんだ黄色い歯が数本だけ突き立っている。ルイスは立ち止まって老人を見つめた。

「なんて曲？」

「初めて聴いたんか？」老人がなまりの強い崩れた英語でたずね、ルイスはうなずいた。

「ブルースじゃ」

老人がにっと笑ってまたラッパを吹きはじめた。さっきと同じ哀切に満ちた語りかけるような音で。打楽器が加わった。最初は穏やかに、やがて音が大きくなって、ドアをたたくノックのように一定のリズムを刻みだした。

目を覚ましたルイスが目もとをこすって眠気を払い、ドアを開けると、雨にそぼ濡れたアイダが立っていた。彼女が無言で入ってきて、ふたりはベッドに腰かけ、彼女が体を拭くようにルイスはぼろタオルを差し出した。

「やだ、髪がくしゃくしゃになっちゃう」と言いながらアイダはそれで頭を拭いた。

食べものと飲みものを出してやりたいが、この家にあるのは手桶に汲んだ水とナマズの頭の残りぐらいだ。手桶からふたつのカップに水を注ぎ、食べものの代わりに煙草を勧めると、アイダは受け取った。ふたりで煙草を吸いながら、アイダが、この前会って以来のできごとを話した。港へ行って例の衣料品工場の所有者の名前をつきとめたことと、その人物についてできるかぎりのことを知るべく身元調査を行なったことを。ルフェーヴルから教わった、疑わしい人物を調査する際の手順に従った。まずはピンカートン探偵社が保有している記録をあたり、なにも出てこないので、次に市役所で公開されている記録をあたり、最後に図書館で地元紙のカビくさいバックナンバーをあたった。ルフェーヴルには、仕事と退屈な事務作業とのあいだの空き時間に社の資料を更新しているという口実を使ったので、それに納得したルフェーヴルはいっさい干渉しなかった。

そのあと情報の断片をつなぎ合わせて、若者に金を払って犯行現場を探らせていた男の人物像をつかんだ。アイダが入手した情報の大半はモーヴァルの事業に関するもので、二十年以上も経営している毛皮取引業によって彼がこの街でもっとも裕福な人間のひとりになったということがわかった。毛皮の取引に加えて、ほかの衣料品の製造にも手を広げた彼は、十年ほど前に、市の各種機関の制服——なかでも注目すべきは警察の制服——の製造を請け負うという金脈を掘り当てたのだ。布地の主要供給者はサム・カローラという男で、彼に関する資料がピンカートン探偵社にあった。サム・カローラはマフィアの一員だ。アイダはその皮肉に留意した。警察官たちが〝ブラックハンド〟に提供された制服を着ているという皮肉に。

裁判記録を読みあさったアイダは、求めていた手がかりを見つけた。それがモーヴァルの共同経営者だったエリオット・ハドスンという男だ。行政当局の契約を取りつける直前に、モーヴァルはハドスンの事業持ち分を買い取った。数週間後ハドスンは、その売買は強制されたものだとしてモーヴァルを相手取って訴訟を起こした。一週間後、ハドスンは突如として訴訟を取り下げている。こうした事実から、ふたりのあいだに激しい軋轢《あつれき》があったことがわかる。おそらく最後は、モーヴァルがハドスンを脅して、訴訟を断念させたのだろう。アイダは、自分に話しても安全だとハドスンを説得できれば、そしてハドスンがいまでもモーヴァルに恨みを抱きつづけているとすれば、ハドスンを利用して自分の知りたいことを知ることができると踏んでいた。

「ジョン・モーヴァルって、きっとキツネの毛皮のコートを着てた男よ。ほら、マッジオ夫妻の家に侵入した若者を問いただしてるのを見たでしょう」アイダはあの倉庫でのぞき見たクマのような巨漢を思い出していた。

「あそこにいて命令してたってだけじゃ、あの男があの倉庫の持ち主だってことにはならないよ」ルイスが言った。

「それはそうだけど、あの倉庫の隅に金庫があって、毛皮のコートの男が自分のベルトに金庫の鍵を留めたのを覚えてるでしょう。金庫の鍵を持ってるのは工場の所有者か工場長だけよ」

ルイスが視線を向けると、アイダはにんまりした。

〝ものごとを知るのが仕事ですから〟と頭のなかでつぶやいた。シャーロック・ホームズ・シリーズの一篇『消えた花婿《はなむこ》』に出てくるホームズのせりふだ。〝ほかの人が見逃すようなものを見る訓練を積んだんですよ〟。

「ハドスンから話を聞きたいの」アイダは続けた。「モーヴァルのことをくわしく話してくれるはずよ。モーヴァルと〝ブラックハンド〟の関係を。わたしの考えでは、もしもモーヴァルが〝ブラックハンド〟の仕事をしていて、殺人事件に関係してるとしたら、たぶん〝ブラックハンド〟も殺人に関係してるのよ」

「それより、ハドスンって人がおれたちに話してくれるなんて、どうして言い切れるんだい？」ルイスがたずねた。

「モーヴァルが彼の事業持ち分を取り上げたからよ。


とにかく、もう電報を打ったし、お金を払うって伝えてあるわ。彼がお金に困ってるって気がするから」

ルイスがいぶかしげな目でアイダを見た。「で、その金はどこで調達するつもり？」

アイダは下唇を噛《か》んで笑いをこらえ、にんまり笑ってみせた。

「うちの会社に、情報提供者に払うための資金があるの。それを拝借した。ルフェーヴルは気がつかないわ。自分だってそこからお金をくすねてるんだもの」

ルイスは目を丸くして彼女を見て、ショックを受けたふりをした。「まさかこんな日が来るとはね」驚愕しているふりを続けた。「いくら拝借したんだい？」

「二十五ドル」アイダがおずおずと口にし、ふたりは満足げな笑みを浮かべた。

エリオット・ハドスンの住まいはアイリッシュ・チャネル地区にある下宿屋だった。肉体労働者《ブルーカラー》が住む家賃の安い地区で、アイルランド系移民が住人の大半を占めている。アイダが下宿屋のドアをノックすると、形の崩れたドレスにエプロンをつけた体の大きな女が出てきた。

「こんにちは。ミスタ・ハドスンにお会いしたいのですが」アイダはとっておきの笑みを浮かべた。

「三階だよ」女が言い、親指で背後を指し示した。脇へ寄ってアイダを通したものの、ルイスが通ろうとすると片手を上げて制した。

「黒人はお断わりだよ」女が首をさっと横に振った。

アイダとルイスは立ち止まって顔を見合わせた。

「いいですか」アイダは女に向き直った。「わたしたち、仕事でミスタ・ハドスンに会いに来たんです」

女はアイダを見すえて言った。「規則を作ってるのはわたしじゃないんでね」不機嫌そうな口調はとげを含んでいた。「だから、規則を変える立場じゃないんだよ」

女がアイダをねめつけ、アイダがにらみ返した。

「気にするな」ルイスが言った。「外で待つよ」

「雨が降ってるのに?」

「気にするな。さあ、行けよ」低い声、暗黙の不安を映している目——〝ここはアイリッシュ・チャネル地区だ、アイダ。騒ぎを起こすな〟。

アイダは一瞬、怪訝《けげん》そうに彼を見たが、すぐに彼の不安を察してうなずいた。苦い顔を女に向けたあと、足音を荒らげて奥へ進んだ。アイダを見送った女は、なにも言わずにルイスの鼻先でドアを閉めた。

アイダは階段で三階まで上がり、ハドスンの名前が記されたドアをノックした。ドアが開いて、無精ひげが生えた眠そうな顔の男がアイダの顔をのぞき込んだ。上は肌着で、しみだらけのズボンを紐《ひも》ベルトで締め、足にはなにもはいていない。

「ミスタ・ハドスンですか? わたしはミス・デイヴ

ィスです。電報で連絡をしました」

「ああ、ミス・デイヴィスね。どうぞ入ってくれ」絞り出すような声だった。

ひと部屋のアパートメントは、埃のにおいと、ついいままで人が寝ていたシーツのにおいがした。コンロとたんすとベッドが部屋の大半を占めており、ひとつしかない窓の脇に小さなテーブルをひとつと椅子を二脚置くだけの空間しかない。ハドスンは身ぶりで椅子を勧め、自分は顔を掻《か》きながらゆっくりとコンロへ行った。椅子に腰を下ろしたアイダは、テーブルの脚もとに悪臭を放つバケツが置かれていることに気づいた。

「許してもらうよ」ハドスンが言った。「いま起きたばかりなもんでね。コーヒーは?」

「いただきます」アイダがバケツをのぞくとタールのような茶色い唾液が溜まっていた。

「トルコ・コーヒーでかまわないかな」ハドスンはコーヒー豆を挽《ひ》いた粉をスプーンですくって鍋に入れた。

「結構です」アイダはトルコ・コーヒーがどういう味なのかよくわからないながらも、バケツから目を上げた。

「どこの探偵社に勤めているのか書いてなかったな、ミス・デイヴィス。まさかピンカートン探偵社じゃないだろうね?」

「ちがいます。セントルイスのティーレ探偵社です」

返事をするのに一瞬の間が開いた。このわずかなためらいと声の震えにハドスンが気づいていないことを願った。

「聞いたことのない名前だな」彼がくるりと向き直ってアイダを見つめた。「ぶしつけな質問で気を悪くしないでほしいんだが」唇に笑みを浮かべて切りだした。「セントルイスのティーレ探偵社は情報料としていくら払ってくれるんだ?」

軽い調子でたずねているが、さりげなさを装って、実際は喉から手が出るほど金が欲しいことを隠そうとしているのだとアイダは感づいていた。

「それはどういう情報かによるんですよ」アイダは笑顔で言った。

「ほう、まるで実業家の返答だな」ハドスンが笑い声をあげ、コンロに向き直った。しばらくそこに立って鍋を見下ろしていたが、そのうち縁の欠けた黄ばんだ陶器の小さなカップふたつにコーヒーを注ぎ、テーブルへ運んできた。カップを置き、アイダと向き合って座った。アイダは両手で包むようにカップを持ちながら、ハドスンの視線に気づいた。アイダの顔からなにかを探ろうとしているらしい。

「きみは黒人の血が混じっているのか?」眉根を寄せてたずねた。どうやら、アイダが完全なヨーロッパ人ではないのかもしれないと初めて気づいたらしく、いぶかるというよりも驚いた口調だ。

「いいえ」下宿屋の女主人とにらみ合ったばかりだ。ハドスンはなおもしばらく見つめていたが、アイダの嘘を信じたらしく、そのうちうなずいた。テーブルに転がっていた箱を手に取り、空色のふたを開けて、なかの嚙《か》み煙草をつまんだ。

「で、具体的になにを訊きたいんだ?」彼が指先で煙草を揉《も》みながらたずねた。

アイダはハンドバッグから手帳を取り出し、何ページかめくった。

「これはわたしの推測なんですが——いきなりぶしつけな質問をして申しわけありません、ミスタ・ハドスン——ジョン・モーヴァルはあなたに事業の持ち分の売り渡しを強要したんですよね?」

ハドスンは苦笑した。「ま、そういう言いかたもできるな」

アイダは笑みを返した。「なにがあったかお話しいただけますか?」

ハドスンは、まるでアイダの性格を見抜こうとでもいうように、またしても探るような目で見つめた。

「あくまでも、きみと私と探偵社だけの秘密にしてもらいたい」真剣な口調だった。「私の名前は絶対にどこにも出さないでくれ」

　アイダはうなずいた。

「それなら結構」ハドスンは笑みを浮かべた。噛み煙草を口に放り込んで噛みだした。

「ジョンにはある種のイタリア人の仲間がいた。意味はわかると思うが。その仲間のひとりが市行政当局のある人間を買収した。その腐敗政治家は市の各種機関で働く者たちの制服を調達する契約を取り結ぶ権限を握っていた。ジョンの仲間、その政治家に賄賂《わいろ》を贈って契約を取りつけた人間には犯罪歴があった」

「ちょっといいですか、ミスタ・ハドスン」アイダは彼の話をさえぎった。「その仲間とはサム・カローラのことでしょうか？」

「そうかもしれないな」ハドスンはにっと笑った。「とにかく、行政当局の契約先が犯罪歴のある人間だというのはまずい。そこでジョンにある提案がもたらされた——贈賄によって獲得した行政当局との契約の表にジョンが立ち、その見返りとしてイタリア人を布地の主要供給者にする。私はその種の人間と仕事をすることに気がとがめた。だからジョンは私を追い出した」

　アイダは笑みを浮かべ、粉粒の残る苦いコーヒーをひと口飲んだ。口のなかでしばらく転がして、トルコ・コーヒーの味を堪能した。

「モーヴァルはいまもその仲間とつながっているのですか？」

「縁を切る理由がないからね」

「あなたの知るかぎり、モーヴァルが偽金づくりに関与していたことは？」

　ハドスンは眉間に皺《しわ》を刻んで首を振ったあと、身をのりだしてタールのような唾液《だえき》をバケツのなかに吐いた。

「彼がそんなことをしているなんて話は一度も聞いたことがない」と言った。「ジョンは多数の不正行為に関与しているが、偽金づくりにはかかわってなかったと思う」

ハドスンは初めて自分のカップを手に取り、嚙み煙草を口から出さずにコーヒーを飲んだ。

「ミセス・ロマーノをご存知ですか？」アイダはたずねた。「モーヴァルの工場で働いていました」

「知らないと思う」

「ミスタ・ハドスン、モーヴァルに人殺しができると思いますか？」

ハドスンはしばし煙草を嚙むのをやめ、眉を吊り上げた。「きみは殺人事件を調べているのかね？」

アイダがそれには答えずに笑みを浮かべると、ハドスンはひとりでうなずいた。

「ジョンなら、酒を一杯おごるのと同じぐらい簡単に人を殺せるだろう」ハドスンは目を細めた。そのまま黙り込んだので、アイダは彼の態度に厳然としたものを感じた。「彼は私がこれまで会っただれよりも悪魔に近い。彼は邪悪で危険な人間だ、ミス・デイヴィス」また黙り込み、生気を欠いた無表情な顔でアイダを見つめた。「彼のことは子どものころから知っている。ふたりともボーン湖の北にある村で育った。モーヴァルの父親も罠猟師だった。幼いジョンをよく猟へ連れていき、獲物の殺しかたや皮の剝《は》ぎかたを教えていた。幼いころに血を見ることに慣れた人間がどんな大人になるかはわかるだろう。嗜好《しこう》を変えてしまうんだ。その意味はわかると思うが」

ハドスンが〝嗜好〟という語に悪意のある含みを持たせたので、アイダは不安を覚えた。「だれかが死んだと仮定しよう、ミス・デイヴィス」ハドスンが話を続けた。「そして、ジョンが被疑者候補のひとりだと仮定する。私なら、彼を被疑者候補リストのいちばんにするね。さあ、もう充分に時間は割《さ》いた。初めに聞いてた謝礼金をもらおうか？」

アイダが下宿屋から出てくるまで、二十分の大半をルイスは通りに立って待っていた。アイリッシュ・チャネル地区の通りに黒人がそれだけ長い時間立っているのは決して賢明ではない。この街に住むアイルランド人と黒人はここからわずか二ブロックのミシシッピ河岸地区で仕事を取り合っており、黒人が勝利を収めていた。そのせいで、ルイスのような人間も普通以上に歓迎されない。したがって、アイダが下宿屋を出てくるとルイスは安堵《あんど》のため息を漏らし、アイダの謝罪を手を振ってしりぞけ、できるかぎりの早足で歩きだした。

ふたりはオレンジの並木と、草木のあふれんばかりの庭を境にしてくっつき合った家並みがある大通りを無言で歩き、チャパトゥーラス通りへ曲がった。川沿いに植えられたヤナギが雨に打たれて揺れている土手を進んで、ようやくセントメアリー通りに入った。牛の囲い地と食肉処理場のある界隈《かいわい》で、家畜と堆肥《たいひ》と豚の血のにおいがふたりの鼻を満たした。最後の囲い地に達したとき、ルイスは、四人の路上生活児《アーチン》が食肉処理場のひさしの下で雨宿りをしているのに気づいた。赤毛の少年たちは膝の抜けたズボンをはき、紐《ひも》のベルトをしている。

ルイスがなにかを見たことに気づいたアイダが彼の視線の先を見やると、今度はアーチンたちがふたりに気づいて、小声の早口でなにごとか言い交わした。四人はひさしの下から出てきて歩道の中央に立ちふさがった。ルイスが周囲に目をやった。一方を川、もう一方を食肉処理場にはさまれた泥と溝だらけのなにもない一帯に、彼らのほかにはだれの人影もない。ルイスとアイダが近づいていくと、少年たちのうちふたりが脇へ寄って道を開けた。四人ともがいやらしい目つきでアイダを眺めまわしている。ルイスとアイダが何歩か先へ進んだとき、少年たちのひとりが鼻にかかった声で「恥を知れ！」と叫んだ。

　なにが起こったのかわからないうちに、ルイスは前へつんのめって地面に倒れていた。背中に鋭い痛みを感じた。目の前の地面が回転するなかで、なにかを引っかくような音とアイダの悲鳴、少年たちの叫び声だけが聞こえた。

　立ち上がろうとしたが、なにかに背中を踏みつけられている。と、脇腹やあばら、腰、下腹部をさんざん蹴りつけられた。アイダの叫び声と不穏な揉《も》み合いの音が聞こえる。腕を横に突き出し、どうにかだれかの片足をつかむことができた。精いっぱいの力をこめて引っぱると、襲撃者のひとりが鈍い音をたてて地面に倒れ、膝を抱えて転げまわった。今度はいちばん背の高い少年がルイスに覆《おお》いかぶさってパンチを浴びせ、あとのふたりが雨水溝にアイダを引きずり込もうとした。ルイスは長身の少年を押しのけてよろよろと立ち上がり、顔を殴って地面に沈めた。

　少年が泥のなかでのたうつのを見届けてから雨水溝へ駆け寄った。残るふたりの少年が溝の底のぬかるみにアイダを押しつけていた。ひとりが手首をつかみ、もうひとりがアイダのスカートの腰のあたりを引っぱっている。ルイスはふたりに飛びかかってひとりを押し倒した。もうひとりの繰り出したパンチがルイスの顎をまともにとらえた。ルイスはよろめいてへたり込み、泥のなかでもがきながら、石をつかんでふたりの襲撃者の背後に忍び寄るアイダの姿をちらりと目に留めた。なにかの砕けるような音が二回聞こえたあと、手のなかになにかを感じた――血と雨に濡れたアイダの手だった。彼女に引っぱって立たせてもらい、ふたりで溝から出る際、ルイスは背後に目をやった。頭を血まみれにしたふたりの少年が地面に伸びていた。

　通りを走って逃げるうちに動揺が収まり、ふたりはなおも走りながら振り向いて雨のなかに目を凝らした。

ゆうに五分は経ってから、まずルイスが足を止めた。息をするたびに肋骨《ろっこつ》が焼けるように痛むにもかかわらず、柵に寄りかかって大きく息を吸い込んだ。

「あいつらはもういないよ」耳ざわりな音をたてて大きくあえぎながら言った。

このとき初めてルイスは顔を上げてアイダを見た。アイダは恐怖とショックに顔をゆがめて泣いていた。ルイスとまどいと恐怖の表情を浮かべて見ているが、ルイスはどうしたものかわからず、押し出すように柵から身を離してアイダを抱きしめるだけだった。暗さを増す空の下、雨の檻《おり》に閉じ込められて抱き合ううち、ルイスは大きくあえいでいるアイダの体の重みを感じていた。

22

マクファースン警部が三階の会議室の前方に立って、そこに集まった警察官に演説をぶつあいだ、マイクルは警部の隣で腕組みをしてテーブルにもたれかかっていた。警部の話などろくに聞いていない。窓の外へ目を向け、くだらないダンスでもするように窓ガラスを伝う雨を暗い気分で眺めていた。この会議が招集されたのは、刑務所の記録をあたっていた連中が昨日の午後、作業を終えたからだ。被疑者候補のリストができあがったのだ。いよいよ、一九一一年の事件と現在の事件とのあいだの八年の空白期間に刑務所あるいは精神科病院にいた人間をしらみつぶしにあたるべく街じゅうに散る人員が必要となる。

会議室はパトロール警官と刑事が一堂に会するには狭すぎるため、テーブルは壁ぎわに積み上げられ、人が多すぎて淀《よど》んだ空気を入れ替えるために窓は開けられていた。直属の警部補の許可を得られた者が全員、日常業務から解放されるのを喜んで出席しているため、この会議には遠足の日の朝の教室のような楽しい雰囲気が漂っている。それがますますマイクルをいらだたせていた。

シュナイダー事件のあと、マイクルはまたしてもマクファースンに呼びつけられて叱責を受けた。ライリーのくれた情報について警部には報告せず、叱責が終わったあとケリーと合流して、ライリーから聞いた名前をあたった。なにを調べても手がかりは得られなかった。エルマンノ・ロンバルディなる人物が有罪判決を受けた記録はなく、現住所も不明で、刑事局の情報提供者リストにもその名前は載っていなかった。住所がわかることを願って住宅局に問い合わせを行なった。それでだめなら、恥をしのんでふたたびライリーに会い、さらなる情報を求めるつもりだ。というわけで、いまは、一九一一年の事件と現在の事件とが同一人物による犯行であることを祈るばかりだった。それなのに、当のマイクルにはその確信がない。

マクファースンはこの会議を始める際、親指を上着の襟の折り返しに入れて、集まった男たちの顔を淡いブルーの目で見渡したのだった。

「いいか、諸君」と切りだした。「知ってのとおり、州立刑務所および州立精神科病院の記録を調べた。集計の結果、条件に合う被疑者候補は八十人以上にのぼる。うち六十人ほどが刑務所の仮釈放者で、残りが精神科病院の退院者だ。仮釈放審査会ならびに医療委員会の協力のおかげで、その大半の住所を入手することができた。各自、この部屋を出る際に被疑者候補リストを持っていくこと。午前十時には街へ出て、明日の正午には報告を聞かせてもらいたい。なにか質問は？」

だれも質問しなかった。

「よろしい。では、解散。しっかり頼むぞ」

マクファースンは男たちにうなずき、会議室を出ていった。マイクルが被疑者候補リストを前方のテーブルに置いて一歩下がると、男たちがそれを取って会議室を出ていった。マイクルの立っているドアロで人づまりが生じ、待っている連中のあいだから漏れたあざけるような余韻を伴うつぶやきが、聞くとはなしにマイクルの耳に入った。

〝黒人好きめ〟。

低く冷ややかで侮蔑を含んだ声。積年の恨みを口に出したかのような、あるいは、あやまりを正してやっているとでも思っているかのような、独善的な響きもあった。マイクルは一瞬遅れてその言葉に思い当たり、さらに一瞬遅れてそれが自分に向けられたものだと気づくや、緊張をはらんだ険悪な怒りが心のうちで爆発した。きっと顔を上げて目の前に列を成している警察官たちをねめつけ、犯人を見つける意気込みで列の端から端までものすごい形相で目を走らせた。だが、どの顔も無表情だったり、そっぽを向いて話し込んでいたりで、どの目もマイクル以外のどこかへ向けられていた。この連中が会議室を出るなりやりそうなこと――してやったりと笑い声をあげ、背中をたたき合って喜ぶのだろう――を想像すると、怒りがじわじわと募った。やり場のない飲み込むしかない怒り、どうすることもできない絶望的な怒りだ。妻を守りたいのに、敵は地平線のかなたにいる狙撃者さながら姿が見えない。

三十分後、ケリーを伴って分署を出るときも、マイクルはまだ矛先《ほこさき》のない怒りを抱えていた。雲に覆《おお》われた空が通りに闇を落とし、小雨が道路の中央のぬかるみをたたきつづけている。マイクルは雨にそなえて襟を立て、被疑者候補リストをケリーに渡した。

「最初の被疑者候補はブリュワーという名前です」ケリーが言った。「住所はロバートスン通りのアパートのようです」

ケリーが笑みを浮かべて見るので、やる気に燃えているのだろうとマイクルは察した。ボーイスカウトさながら冒険好きなケリーの意気込みは、自己憐憫《れんびん》にひたっているマイクルのいまの気分とは相容れない。

「ほかの連中の住所は？」マイクルは周囲を見まわしながらたずねた。さっきの会議に出ていた連中が分署の入口前の階段を駆け下りて街へと散っていく。彼らの防水レインコートと雨靴とを目に留めて、マイクルは自分の靴を見下ろした。早くも雨がしみ込んでなめし革の色が変わっている。

「ええっと、ふたりはフレンチ・クオーター地区で、ひとりはリトル・イタリーです」ケリーが答えた。マイクルはうなずき、しばし考えをめぐらせた。

「リトル・イタリーの被疑者候補はイタリア人だろう？」とたずねた。

ケリーはリストを確認してからうなずいた。「ウミリアーニという名前です。あとのふたりはスタイナーとスティーヴンスです」ケリーはリストを四つ折りにして上着のポケットにしまった。

「よし、まずはストーリーヴィルへ行ってブリュワーにあたる」マイクルは言った。「そのあとフレンチ・クオーター地区のふたりにあたって、最後にリトル・イタリーへ行く」

ケリーがうなずき、ふたりは向きを変え、黙って通りを歩きだした。雨が降っているにもかかわらず、どの通りも屋台や歩行者でにぎわい、路面電車が行き交っていた。ふたりは買いもの客に巻き込まれて足止めされないように歩道を避け、通りの中央、ところどころに馬糞の落ちている車道を歩いた。だが、ベイシン通りに入ると交通量が多くなったのでやむなく歩道に上がり、雨で濡れた敷き板がすべりやすいせいでゆっくりと進むはめになった。路面電車の線路を横断してビエンヴィル通りへと右折し、ストーリーヴィルの中心部をめざした。

「ブリュワーの服役理由は？」清掃係たちがあるホテルの入口の泥をブラシで落としている前を通りながら、マイクルがたずねた。

ケリーはポケットのリストを取り出した。「詐欺による窃盗です」怪訝《けげん》そうな顔で言った。

「それで七年も？　よほどあくどい詐欺師だったんだな、年齢は？」

ケリーはまたリストを確認した。「六十二です」がっかりした口調だ。「この男はアックスマンではなさそうな気がします」

マイクルはうなずいた。六十二歳の信用詐欺師など、自分たちが追っている犯人像とはちがう。それでも、マイクルは興味をそそられた――ブリュワーはなぜ異例の長期刑を言い渡されたのか、それに、なぜ売春地区でもおそらく最底辺と思われる通りのアパートに住んでいるのか。アックスマンは切り裂きジャックのように女たちを襲う意思をこれ見よがしに示し、ブリュワーはこの街でもっとも貧しい女たちであるロバートスン通りの売春婦に混じって生活することを選んでいる。なにか共通点があるかもしれない。マイクルはバージニア・ブライトに火をつけ、非衛生的な貧民街ロバートスン通りの霧に包まれたわびしい光景を頭に思い浮かべた。切り裂きジャックが犯行を重ねたヴィクトリア時代のロンドンのイーストエンドの光景、なにかで読んだその光景と、そっくりに思えた。

だが、ストーリーヴィルは昔からさびれていたわけではない。〝ザ・ディストリクト〟と呼ばれたストーリーヴィルは、市役所内の改革派がニューオーリンズ市の中心部の指定地区――ベイシン通り、カナル通り、クレイボーン大通り、セントルイス大通りに囲まれた延べ二十ブロックの四角い地区——以外に売春婦が居住するのを犯罪とすることによって売春の拡大を抑えることができると考えた一八九〇年代に誕生した。法令の一部はシドニー・ストーリーという名前の市議会議員が起案し、当人が大いにとまどったことに、その地区には彼にちなんだ名前がつけられた——〝ストーリーの町《ストーリーヴィル》〟と。

ゴールドラッシュで西部へ押しかけた人びとにも匹敵する熱心さで事業家たちがその地区に殺到し、黒人やクレオール、白人の労働者階級が住んでいた通りを、売春宿、キャバレー、ホテル、酒場などの明かりが煌々《こうこう》と輝く歓楽街へと一変させた。金が流れ込み、事業家たちは富を築いた。全盛期には、豪奢《ごうしゃ》な〝邸宅《メゾン》〟で働く女から納屋のような〝狭い部屋《クリブ》〟でひとりで商売に精を出す女まで二千人もの売春婦が延べ二十ブロックのストーリーヴィルに暮らしていた。

パートナーを組んで仕事をするようになった当初、ルカに全盛期の〝ザ・ディストリクト〟を連れまわされたことを思い出した。いまのストーリーヴィルは、みだらであると同時に無邪気で陽気で如才なくもあったかつての屈託《くったく》のない活気と喜びに見放されてしまったようだ。ストーリーヴィルは決して楽園などではない——暴力、死、病気が存在する。そこでの営みには、搾取《さくしゅ》と、絶対に観光客の目に触れることのない非人道的な側面とが存在している。それでも、マイクルの脳裏に真っ先によみがえるストーリーヴィルは、夜の闇に灯るランタンのような場所——明るく陽気で暖かい場所だ。

〝ザ・ディストリクト〟は一九一七年に正式に閉鎖され、〝売春産業〟と呼ばれる商売は存続されているものの、以前に比べるとはるかに地味になった。ヒント——赤いカーテンの引かれた窓、開け放たれたドアロ、キャバレーやショーを宣伝する看板、多種多様な〝ホテル〟——の見られる建物が点在するものの、いまのストーリーヴィルは、ニューオーリンズのそこかしこに見られる粗末で地味な地区となんら変わらない。

目的地まで最後の数ブロックを進むうちにも建物の状態は徐々に悪化し、ようやく最底辺のロバートスン通りに着いた。通りの片側には、売春業の女たちの〝クリブ〟が詰め込まれた陰気でいまにも倒壊しそうな建物が並び、反対側はセントルイス墓地の長辺になっている。マイクルは、貧困とセックスと死とが混在するさびれた界隈《かいわい》について思いをめぐらせた。

ふたりは墓地の向かい側の見捨てられたような赤レンガの安アパートに近づき、これが目的の場所にまちがいないというしるしにケリーがマイクルにうなずいた。雨に濡れたアパートは、レンガの外壁にしみ込んだ雨に色を奪われてやけに黒っぽく見えた。建物の玄関ドアが施錠されていないとわかり、ふたりはなかに入った。

マイクルは階段を一階分のぼるたびにマッチをすったが、ささやかな光ではほとんど闇を払うことができなかった。それでも、崩れかけたレンガ壁のそこかしこに残っている焦げ跡と煤《すす》――住人が蠟燭《ろうそく》を灯した場所に残された痕跡――はマッチの光でも見えた。カビとガスのにおいに不安を覚えるし、ネズミたちが壁を走りまわる音と赤ん坊の泣き声が闇を通して聞こえる。こんなアパートに住んでいる人間は強盗の格好の餌食《えじき》となるにちがいない、とマイクルは思った。路地裏から入り込んで、闇に包まれた廊下に身を隠し、狙う相手が通るのを待てばいいのだから。

四階に着き、ブリュワーの部屋を見つけてドアをノックしたが、応答はなかった。ドアの奥で動く気配がするかと耳をすまして数分待ち、なんの物音もしないので、階段で地階まで下りて管理人の部屋のドアをたたいた。

数秒ほどで管理人がドアを開けた。そびえるほど長身の男は顎を上げて頭をうしろへそらしていた。世間を見下したいのだろうとマイクルは推測した。管理人の話では、ブリュワーは心臓合併症で三日前に亡くなり、その前の一カ月はチャリティ病院に入院していたらしい。だめでもともとばかりに、彼の部屋を見せてもらえないかとたずねると、管理人はぶつくさ言いながらもガスランプを携えてふたりといっしょにブリュワーの部屋まで上がった。

マイクルとケリーが室内を捜索するのを、管理人はドアロの側柱に寄りかかって不服そうに見ていた。部屋は掃除をされてほとんど空《から》っぽだったので、数分もすると、ふたりは重要なものはないもないと判断した。管理人に礼を言い、次に向かった。マイクルは、管理人がブリュワーについて話したことは本当だと思っていた——簡単にばれるような嘘をつくのは愚か者だけだ——が、念のため病院に確認を取るようにとケリーに指示した。

安アパートを出て、息の詰まりそうな淀んだ空気から解放され、ふたたび通りに立つとほっとした。セントルイス墓地を左に見ながらロバートスン通りを二ブロックほど歩いた。ニューオーリンズは地下水位が高いため、手の込んだ高い墓室——区画ごとにプロテスタント信者用、カトリック信者用、白人用、黒人用に分かれている——に棺を納めて、死者を地上に葬っている。マイクルとケリーには、そうした墓のてっぺんが、まるで空にちりばめたように墓地の外壁の上方に見えていた。

右折してコンティ通りを進むと、まもなくビュー・カレ地区に入った。被疑者候補リストの次のふたりも犯人の線はないと判明した。四カ月前に〝アンゴラ〟を釈放になった四十七歳のジョアキム・スタイナーは、暴行罪で七年間、服役していた。バーで喧嘩《けんか》になって相手を酒瓶で殴ったのだ。やりきれないことに、喧嘩の原因は案の定、飲み代をめぐる口論だった。スタイナーを訪ねると、〝アンゴラ〟で服役中に体が不自由になり、もはや両脚が使いものにならないことがわかった。スタイナーを被疑者候補リストから消した。

リストの次の名前は、八年の服役ののち釈放された三十歳のバリー・スティーヴンス。やはり暴行罪だが、この男は妻に脳障害を負わせていた。服役中に神に出会い、いまは妻の世話をしながら地元の教会の手伝いをしている。その教会の司祭が、殺人の起きた夜のうちふた晩について、スティーヴンスが教会で仕事をしていたと断言した。

リトル・イタリーに着いたときには正午を過ぎていた。重い足どりで街を歩くあいだ、ふたりはほぼ無言だった。マイクルは、ケリーが彼の気分を察してそっとしておいてくれているという気がしていた。だが、歩いているうちに気分も高まった。市街地を歩くことがなんらかの心理療法になっていた。陰鬱で治安が悪いことは承知しているが、彼を飲み込んでくれる街でもある――屋台、店舗、雑多な建物、雑多な人、どなり声、におい、交差する何十万もの命がもたらす喧噪《けんそう》。

マイクルが自分の知っている惣菜屋《そうざいや》で昼食をとろうかと誘うと、ケリーはすぐさま同意した。その店は明るく活気があり、昼食休憩中の労働者や、食料品を買いに来た主婦や小間使いでにぎわっていた。ふたりはカウンターの端に席をふたつ見つけ、店内の活気でしばらく体を温めた。マイクルがおごることにしてコーヒーとポーボーイ・サンドイッチをふたつずつ注文した。コーヒーを飲みながら二分ほど待つとサンドイッチが運ばれてきた。縦半分に切った長いバゲットから、薄切りにした牛の肩肉と豚肉とベーコン、マヨネーズとディルピクルスとクレオールマスタードのドレッシングをかけたサラダがあふれそうだ。ケリーは疑いと驚きの色を浮かべた目で、前に置かれた皿を怪訝《けげん》そうに見つめていた。

「こんなにあれば家族全員で食べられそうですね」ようやく言葉を発すると、マイクルに首《こうべ》をめぐらせてにんまりした。

「どうだ？」何口か食べたあとでマイクルはたずねた。

「すごくおいしいです」頬ばった食べものが口に入っているので、ケリーの声はくぐもっていた。「こんなおいしいもの、アイルランドで食べたことありません」マイクルは彼の笑顔に目を留め、血色が戻ったようだと思い、わが子が食事をしているのを見たときに湧き上がる父親としての満足感にも似た感情を覚えた。

「このサンドイッチはニューオーリンズでしか食べられないんだ」食通でもないくせに、マイクルは自分の住む街の食文化を誇りに思っている。フランス料理やアフリカ料理、スペイン料理、イタリア料理の影響が何世代にもわたるニューオーリンズの料理人たちによって融合された結果、この街にはほかでは見られない料理が豊富にある。

「被疑者候補が三人とも無関係だとわかって残念です」答えて言ったケリーの口調が真剣なことにマイクルは気づいた。この捜査はおそらく骨折り損になる、と告げるにしのびなかった。

「警察の仕事はそういうものだ」と返した。「だが、次の被疑者候補からはなにか得られそうな気がする」

「イタリア人だからですか？」ケリーがたずねた。

マイクルはうなずき、またサンドイッチにかぶりついた。店の正面側にある窓の外に目を凝らした。店内の人いきれと通りの冷たい雨によって窓ガラスが厚い露を結んでいるので、外の世界が落ち着いた不透明な色合いに見えた。

「こう言っちゃなんですが、あなたは、殺人犯はイタリア人にまずまちがいないと考えてるんですね」

「まあ、傾向から考えるとそうなるからな」マイクルは窓から視線を戻した。

「どうしてです？」ケリーは怪訝顔だ。

マイクルは、ケリーに与えようとした返答が何年も前にルカに教えられたこととほぼ同じだと不意に気づいて、しばらく考え込んだ。計り知れない深い闇のなかで連鎖がめぐっている気がして、自分がその連鎖の輪のひとつだと考えるとなぜか安心した。パートナーを組んでいた数年間にルカが教えてくれたことをこの若者に説明したい気持ちに駆られた。どんな謎でももっとも単純な答えがもっともいい答えだということと、単純さこそが自然物の美しさの源であり、謎は光を当てられていない自然物にほかないということを。それは教科書から学べるたぐいの知恵ではなく一種の〝感覚〟、何年も仕事をするうちに培《つちか》われる〝刑事の勘〟だ。そしてマイクルは、この若者の面倒を見ることは生涯の仕事を引き受けたことになるのだと実感した。マイそう気づくや、すぐに気がとがめて胸が痛んだ。マイクルの面倒を見てくれていたとき、きっとルカもそれと同じ気持ちだったにちがいないのに、その恩を裏切ったのだ。

「〝オッカムの剃刀《かみそり》〟を知ってるか?」とたずねると、ケリーが首を振った。「もっとも単純な説明がつねに最善である、という考えかただ。殺人犯は被害者の知り合いであることが多いし、ここニューオーリンズのように人種ごとに密接なコミュニティを築いている街では、〝オッカムの剃刀〟に照らせば、イタリア人が殺されればイタリア人による犯行だということになる。イタリア人はイタリア人を殺し、黒人は黒人を殺し、ユダヤ人はユダヤ人を殺す。いくつかの例外をのぞいて、この街ではそれが定石だ」

「でもシュナイダーはイタリア人ではありませんでした」

「その点についてはまだ解明できていない」マイクルは答えた。「だが、そのシュナイダーの殺害現場でもタロットカードが見つかっている。〝ブラックハンド〟について聞いたことはあるか?」

「ありますよ。マフィアの別名でしょう」

「昔の呼び名だ。当時、マフィアがだれかを殺したり脅迫状を送ったりするときには、自分たちのやったことだと知らしめるために、黒い手の絵が描かれた小さなカードを残したんだ。それで黒い手《ブラックハンド》と呼ばれるようになった。ときには、黒い手のカードではなくタロットカードを残すこともあった。そうすることで、カードに黒い手の絵を描く手間を省いたわけだ」

ケリーがうなずき、ふたりは黙り込んで食事を終えた。マイクルは店内の音に気づいた——ナイフやフォークや皿のたてる音、人びとの話し声、グリルやコーヒー沸かし器の音。ふたりがコーヒーのお代わりを頼み、飲んでいるあいだに、昼食休憩の連中が仕事に戻り、店内が静かになった。店員たちがあきらめた様子でけだるそうにあとかたづけを始めた。マイクルは皿を脇へ押しやって煙草に火をつけた。

「アメリカで初めてマフィアが結成されたのがニューオーリンズだということは知ってるか？」

「いいえ」

「ありがたくないが、この街にはそんな不名誉が残っている。北部のニューヨークやシカゴのマフィアの出身はシチリア島各地——パレルモ、カターニア、メッシーナ、シラクサだ。だから、なにかと殺し合う。だが、ニューオーリンズはちがう。ここではファミリー同士が本物の抗争を繰り広げたことは一度もない。少なくとも、あからさまな血の抗争にまで発展するような対立はなかった。ここのマフィアがみな、シチリア島の同じ小さな町——モンレアーレの出身だからだ。連中は固く結束している。抗争も血の復讐もない。組織としてまとまり、マフィアとして活動しつづけている」

ケリーは怪訝顔になった。「なぜマフィアについてそんなにくわしいんですか？」とたずねるので、マイクルは返答に詰まり、肩をすくめた。ルカに指導を受けていた数年間、マフィアのメンバーたちとつきあいがあったので、刑事局のどの刑事よりも各ファミリーの歴史と特徴を把握している。自分の置かれた奇妙な立場に、マイクルは最後まで慣れることができなかった。黒人の妻を持つアイルランド系白人の警察官たる自分が、シチリア島出身の犯罪組織に仕えていたのだから。ルカの一派に潜り込ませるために、地区検事局内の担当者どもがあれほど綿密な計画を立てていなければ、そんな立場に置かれることはなかったはずだ。

アブナー事件のあと、マイクルは六カ月間、パトロール警官に降格させられた。そのあと、地区検事局内の担当者どもの手配で毛皮のコートを大量に手に入れた。マイクルはそのコートを手みやげにしてルカに近づき、セントルイスのいとこが盗み取ったもので、よその街でさばきたがっている、と相談を持ちかけた。ルカはコートを預かって売りさばいてくれた。一カ月半ほどのち、マイクルは金時計を何本も手に入れ、またルカに預けた。その後の一年間、煙草やウィスキー、宝石、弾薬、ブランドものの洋服など、盗品が次々と手もとに入ってきた。ルカはそれらをすべてマイクルから預かり、ふたりは親密になり、マイクルはルカの一派に加わることが認められた。

ルカの一派は〝ザ・ファミリー〟の関与しているすべてのことに一枚嚙《か》んでいた――恐喝、窃盗、盗品売買、賭博、売春、高利貸し、偽金作り。彼らが市行政当局と取引があることもつかんだし、カルロ・マトランガとも何度か会ったし、ヘイトナーが率いている拷問チームの噂も聞き込んだし、だれかに濡れ衣を着せることに荷担までした。ルカの弟子として動いていたころ、マイクルの計算では十四人もの無実の人間を、偽の証拠品に基づいて〝アンゴラ〟送りにすることに荷担した。マイクルはそのひとりひとりについて記録し、新たにだれかがルカの一派の餌食《えじき》になるたび、潜入捜査が終了すれば彼らに再審を受けさせるか無罪放免にする、と担当者どもに言い含められた。だが、潜入捜査が終わってルカが起訴されても、担当者どもは再審の開始を拒否した。それによって覚える罪悪感は、マイクルの胸を焼くほどのしこりとなって居座っている。

ふたりともコーヒーを飲み終え、マイクルは席を立った。勘定書を持ってレジへ行くと、レジ係はマイクルの顔の瘢痕《はんこん》を見ないようにして釣りを渡した。じろじろ見られることには慣れているし、それを苦にしたことはない。天然痘病棟《とう》に入れられたおかげでアネットに出会った。そこの看護師だったアネットは、病棟スタッフのなかで唯一、彼を哀れんだりしなかった。したがって、顔の瘢痕は、彼の容貌をそこねていると同時に、伴侶を見つけるに至った理由を思い出させてもくれる。見たいやつは見ればいい。

通りに出ると雨と風が肌を刺すので、ふたりは最後の被疑者候補の住所までの数ブロックを急いだ。パオロ・ウミリアーニの住まいはリトル・イタリーのはずれの細い路地にある独身者向けの簡易宿泊施設だった。シンガー社のミシンととうに色あせてしまったさまざまな色のミシン糸とを売っている埃まみれのさえない店の上階の一室だ。その部屋まで、消毒剤と煙草のにおいが立ち込めた狭くて天井の低い階段をのぼった。簡易宿泊施設を運営している老人が、ウミリアーニは留守だがたいてい一ブロック南の理髪店にいると侮蔑のこもった口調で言ったあと、〝シチリア人同盟《ウニオーネ・シチリアーナ》〟のほかの連中といっしょにな、と皮肉たっぷりに吐き出した。

理髪店は、防水シートの下方にみすぼらしい店や屋台が寄り集まった商店街の角に立つ建物に入っていた。雨にもかかわらず、ぼろを着た子どもたちが通りを駆けまわったり、泥をはねかけ合ったり、キャッチボールをしたりしていた。理髪店に近づくとマイクルが足を止め、一歩下がって屋台のひとつのかげに入ったので、ケリーもそれに倣《なら》った。ものかげから顔だけ出して理髪店の表側の大きな板ガラスの窓の奥をのぞくと、体格のいいイタリア人たちが集まってのんびりくつろいでいた。ルカとパートナーを組んでいたころに出会った顔がいくつか見えた。なかでも、マイクルよりも何歳か若いいばりくさった男は、店内の待合コーナーで宮廷でも開いているようだった。

「毛皮を着ている大男が見えるか？」

ケリーが通り向かいの理髪店を見てうなずいた。

「あれがシルヴェストロ・〝サム〟・カローラだ」マイクルは言った。「ドン・カルロのアンダーボス。この街のマフィアのナンバーツーだ」

シルヴェストロとは、おもにルカの手配した会合の席で、幾度となく会っている。シルヴェストロはドン・カルロの甥《おい》なので、口数が多く人気がないにもかかわらず後継者の地位にのぼりつめていた。カルロの当然の後継者はルカだというのが衆目の認めるところだった。ルカは頭が切れ、人気も魅力もあった。そのどれも、シルヴェストロは持ち合わせていない。だが結局、ファミリーの絆と血縁であることがものを言い、シルヴェストロがナンバーツーになった。カルロは自分の帝国を甥のような生意気で傲慢《ごうまん》な人間に譲り渡すことを明らかに不安に思っており、シルヴェストロはいつまでも二番手のままでいることに不満と屈辱感を募らせていた。そのシルヴェストロが、アックスマン事件の捜査の真っただ中に立ち現われた。

「私はなかへ入る。きみはここで見張っているか？」

マイクルは理髪店に入らない口実をケリーに与えた。しばし考えている彼の顔に、マイクルはかすかな不安を見て取った。

「いいえ、行きます」ケリーがそのうちに言った。

マイクルが笑みを浮かべ、ふたりは屋台のかげから出てぬかるんだ道路を横切って理髪店へ向かった。マイクルが入るとベルが鳴り、入口脇のコーヒーテーブルを囲んでいたシルヴェストロと数人の男たちが首《こうべ》をめぐらせてマイクルを見るや、店内は静まり返った。

少しばかり体重が増えたらしいことをのぞいてシルヴェストロは以前とあまり変わっていない、とマイクルは思った。マカッサル油を使ってうしろへ梳《と》かしつけた髪、あざけるような顔、服役中に負った傷の痕が残る頬、石炭のような黒い目、顔のほかの部位が後退して見えるほど存在感を放っているかぎ鼻。

ふたりはたがいを見つめていた。マイクルは自然としかめた冷ややかな顔で、シルヴェストロは地球の裏側にいるものと思っていた相手が店に入ってきたとでもいうように驚きを隠さない顔で。その顔がくもったあと、驚きの表情が消え、代わりに感情を欠いた空疎な笑みが浮かんだ。

「よう、マイキー」彼はマイクルが嫌いだと知っている略称で呼んだ。「散髪しに来たのか?」

シルヴェストロは鼻にかかった声でゆっくりと発音した。何年経ってもイタリアなまりは消えていないが、強い南部なまりに圧されて薄れてはいた。

「パオロ・ウミリアーニを探している」マイクルはさりげなさを装って店内を見まわした。店は細長く、まるで通路のように奥へ延びている。ふたりの理髪師が仕事をしており、奥の暗がりに青年がたむろしていた。ウミリアーニがこの店にいるとすれば、あの青年たちにまぎれているはずだと思ったが、店内が細長く明かりも乏しいため、ひとりひとりの顔がはっきり見えない。

シルヴェストロが笑みを浮かべ、ダイアモンドがちりばめられたネクタイピンをいじった。マイクルはそのピンあるいはそれとよく似たピンを〈D・H・ホームズ百貨店〉の宝石売場で見たことがあり、自分の年俸の半分近い値段だったことを覚えている。シルヴェストロ・カローラは昔から、顔のまずさを高価な衣装やアクセサリーで補っていた。黒い毛皮のコートや指にいくつもはめている金の指輪の値段はどれぐらいだろうかとマイクルは思った。

「なんだってパオロに話を聞きたい？」シルヴェストロの顔から笑みが消えていた。

マイクルは肩をすくめた。「ま、形式的な手順でね」

理髪師たちが仕事の手を止めて、ぽかんと見つめていた。手前の年老いたほうはその場に凍りつき、泡のついた剃刀《かみそり》が客の首もとで止まってしまっている。

「その若造は何者だ？」シルヴェストロが身ぶりでケリーを指してたずねた。「新しい恋人ができたのか？」

ほかの男たちが吹き出した。お追従《ついしょう》と一種の安堵《あんど》感が混じった笑いだ。シルヴェストロがまた笑みを浮かべ、ケリーと目を合わせた。

「この男とあまり長くいっしょにいるなよ、小僧。警察のほかの連中もろとも刑務所送りにされるぞ」

男たちの何人かが鼻で笑い、シルヴェストロはにんまりした。

「で、ウミリアーニはいるのか？　それとも、全員に身分証明書の提示を求める必要があるか？」マイクルは体を揺らしながらたずねた。シルヴェストロがにらみつけ、ふたりが長らく見合っていると、店内の全員が不安を覚えはじめた。シルヴェストロの兵隊たちが緊張を高めるのを、マイクルは目の端でとらえた。彼らがポケットに隠し持っている武器にゆっくりと手をやるので、状況を読みあやまったのだろうかと考えた。いちかばちか、さらにはったりをかけてみることにした。

「一日じゅう待ってる余裕はない」一本調子で告げた。

ケリーが店内に目を走らせて理髪師たちや、威嚇《いかく》しているスーツの男たちを見ている気配を感じるし、窓ガラスを打つくぐもった雨音も聞こえる気がした。マイクルはこれ見よがしに店内を見まわした。鏡の下のカウンターには剃刀やポマードの箱、ブラシ類を収めた青い茶碗が置かれ、ガラスの棚には軟膏《なんこう》や消毒剤、たたんだ蒸しタオルが詰め込まれている。

シルヴェストロはマイクルから目を離さずに手を振って男たちを抑えたあと、首《こうべ》をめぐらせて店の奥の暗がりに目を凝らし、青年たちを見た。

「パオロ！」と呼ばわった。

奥でひょろりとした黄ばんだ目の青年が立ち上がった。

「はい《シ》、カポ」細く甲高《かんだか》い声で答えた。

「こっちへ来い《ヴィエニ・クイ》」

青年は、ヘアトニックやバーモントソープ社の石鹸《せっけん》、コルゲート社の練り歯磨きなどの宣伝ポスターを並べて貼った奥の壁の前を通って店の表側へ出てきた。シルヴェストロの前へ来ると足を止め、ミサで十字架を捧持する侍者のように頭を垂れた。

「この田舎者についていけ《ヴァ・コン・イル・カフォーネ》」シルヴェストロがマイクルのほうへ首を振って青年に命じた。マイクルは〝カフォーネ〟が侮蔑の言葉だとわかるぐらいにはイタリア語を知っている。「そして、さっさと戻ってこい《エ・リトルナ・プレスト》」

青年は不安そうな学生のように、もの問いたげにシルヴェストロを見た。

「でも《マ》、カポ——」と泣きついた。

「さっさとしろ《スブリガティ》！」シルヴェストロが初めて怒りを示して大声をあげた。青年は一瞬うろたえたような表情を浮かべたもののすぐにまた頭を下げ、ドアの脇のスタンドから鉄道員が着るようなワークジャケットと黒いホンブルグ帽を取った。シルヴェストロはマイクルに視線を戻した。

「パオロに協力させる」と言った。

「感謝する。では、またな、サム」マイクルは帽子に手を触れてシルヴェストロに挨拶《あいさつ》し、ドアへ向かった。

「アックスマン事件の捜査をしてるんだろう？」シルヴェストロの口調にはいらだちのようなものがにじんでいた。

マイクルは足を止めて向き直り、シルヴェストロを見てうなずいた。

「だったら、なんだってこの界隈《かいわい》をうろついてる？　バック・オ・タウンへ行けよ。黒人どもを調べろ」

〝黒人ども〟と吐き出すように言うので、マイクルの体にまたしても緊張が走った。「おまえ以外のニューオーリンズじゅうの人間がアックスマンの肌の色を知ってるぞ」そう言うと、シルヴェストロは大仰《おおぎょう》に肩をすくめてみせた。

「なるほど。なぜそんなに確信がある？」マイクルは問い返した。

シルヴェストロはにやりとした。

「おまえの女房に聞いたからさ」

この言葉で男たちがまた吹き出したので、マイクルは愚かにもシルヴェストロの思うつぼにはまってしまったことを悔やんだ。胃を締めつけるような吐き気を覚えたが、感情をあらわにするまいと懸命にこらえた。

笑い声が数秒ばかり余分に続いたあと、またしても緊張をはらんだ沈黙が訪れた。

マイクルはケリーに向き直った。

「行こう。ここの用はすんだ」だが、声には悲しみがにじんでいた。ケリーがうなずいてウミリアーニの肘《ひじ》をつかむと、マイクルは通りへ出るべく歩きだした。ドアロに達したとき、ドアにはめ込まれたガラスに映る自分の姿がちらりと見えた。天然痘のせいでゆがみ、疲労の浮かぶ蒼い顔が、外の雨の降る通りを背景に幽霊のように透けて見えている。こっちを見返すその顔は、頭で思っている自分の顔とはまるでちがって、見知らぬ人間のもののようだ。シルヴェストロとその子分どもにどう見えているのかがわかって気が滅入った。把手《とって》をまわしてドアを大きく開けた。

「おい、マイクル」シルヴェストロの大声が通りを流れる雨の音を圧して聞こえた。「おまえにアックスマンは見つけられない。おまえは幽霊を追いかけてるんだ」

だがマイクルはすでに通りに出ていた。ケリーとウミリアーニがそれに続き、ウミリアーニは寒さに身を震わせたあと、黒いホンブルグ帽を頭に載せた。

「静かな場所を探そう」マイクルはどちらの目も見ずに言った。

三人は通りを進み、そのうち人影のない路地の入口に達した。二棟の安アパートのあいだの泥道にすぎない狭い路地だ。上階の壊れた雨樋《あまどい》から落ちてくる水が、並んだごみ容器に当たってしぶきを上げている。三人はその路地に入り、ある壁にくぼんだ箇所を見つけた。かつての石炭搬入口で、扉は板を打ちつけてふさがれていた。屋根があって地面が乾いているので、三人はそこに入って激しい雨を逃れた。

マイクルはウミリアーニに目を向け、初めて間近に観察した。情けないうつろな顔と、口角の下がった開いたままの口のせいで、いささか単純そうに見える。彼がぶかぶかのホンブルグ帽は一方にかしいでいる。彼が別人の帽子を手に取ったのだろうかと思った。サイズは合っていないし、しゃれた帽子はぼろぼろでみすぼらしい服と不釣り合いだ。この青年は殺人者ではないが、シルヴェストロ・カローラ派の一員なので役立つ情報を持っているかもしれない。

「おまえの記録は調べた、ウミリアーニ」マイクルは言った。「おまえが釈放されたのは、アックスマンが人を殺しはじめたのとほぼ同じ時期だ。そしていまは、犯罪者と知られている男のもとにいる。状況はかんばしくないな」

ウミリアーニはケリーとマイクルを交互に見ている。目もとの隈《くま》、だらしなく下がって震えている顎。

「お……おれ、ちがう、アックスマン」早口で言葉が追いつかず、しどろもどろだ。シルヴェストロよりも強いイタリアなまりとまちがった文法のせいで子どものような話しかたになっている。

「ケリー、こいつのポケットを調べてくれ」

ケリーは一瞬ためらったものの、すぐにウミリアーニの正面に立ち、両腕を上げろと命じた。ウミリアーニが言われたとおりにすると、ケリーは服の上からポケットを軽くたたいて所持品検査をした。腕を横に突き出し、サイズの合っていない帽子とワークジャケットといういでたちのウミリアーニを見ていると、虫に食われたうつろな顔のかかしが命を宿したようだとマイクルは思った。

かつてルカから聞いた話を思い出した。ストリートギャングが地元の知的障害のある子どもたちを保護することがある、という話を。仲間のふりをしてそういう子どもたちをそばに置き、娯楽やからかいの対象にしたり、使い走りとして地元の店にものを取りに行かせたりするのだ。そういう子どもたちはたいがい仲間はずれにされて孤独なので、ときに手荒なまねを受けたとしても、仲間意識を持てたことを喜んでいる。だが、ギャングどもはあるとき、別の人間の犯した罪をそういう子どもたちに着せる。まず抗弁できる立場にない彼らは格好のカモだ。ウミリアーニの空疎な顔を見て、マイクルはこの若者が七年の刑に処されたことに疑問を感じた。

ケリーが彼のポケットを残らず探り、ジャケットの胸ポケットから折りたたまれた布を見つけた。怪訝顔でその布を広げると、暗緑色のマリファナが入っていた。ブロック状に圧縮されたマリファナは、カビくさい路地に乾いたにおいを放った。

ケリーとマイクルは顔を見合わせ、ウミリアーニの顔にはとまどいの表情が浮かんだ。低い声ながらも早口で不安げにぼそぼそ言いだした。

「これはおまえのものではない。そうだな?」マイクルは問いただした。

ウミリアーニはうなずき、目を伏せて自分の足を見つめた。

「これが違法になったことは知っているんだな? お

まえが刑務所にいるあいだに法律が変わったことを」

マイクルはたずねた。うなずいたウミリアーニはいまにも泣きだしそうに見えた。マイクルは彼を逮捕する気になれなかった。ウミリアーニもカモのひとり――仲間につけ込まれ、はめられて、さらなる転落の憂き目を見ることになるカモだ。不運に満ちたこの青年の将来が目に見えるが、いま彼の不運の連鎖に手を貸すつもりはない。

「この件でおまえを逮捕する気はないよ、パオロ」子どもたちにものごとを説明するときに使う口調で告げた。「だが、あの理髪店にいた仲間のためにこんな頼みごとを聞いてやるのはやめると約束するんだ。わかったな?」マリファナを持ち上げながら続けた。

「〝アンゴラ〟に戻りたくはないだろう?」

「いやだ、いやだ」ウミリアーニは首を振り、ひとり言をつぶやきつづけた。

マイクルがうなずくと、ケリーは布をたたんでウミリアーニに返した。ウミリアーニはそれを受け取り、怯《おび》えてへつらうように頭を下げた。

「あり、ありがと」と礼を言った。

「気にするな、パオロ」マイクルは言い、すぐにケリーに向き直った。「さっ、ここを出よう。この男はアックスマンではない」ケリーがうなずき、ふたりは雨のなかへ足を踏み出した。四人の被疑者候補、雨に濡れ無駄に費やした一日。ぬかるんだ路地を二歩ほど進んだとき、つっかえながら話す声が背後から聞こえた。

「おれ……おれ、アックスマンのこと教える」

ふたりが足を止め、向き直って見ると、ウミリアーニが笑みを向けて雨のなかに立っていた。「お……お礼だ」と言い足した。

マイクルはケリーと顔を見合わせたあと、ふたたびウミリアーニのほうを向いた。

「おまえはなにを知ってるんだ?」とたずねた。

「うん。みんなが訊いてる……アックスマンはだれだって」ったない英語で答えた。「だれも知らないけど、おれはひ、ひとつ知ってる」

マイクルがうなずくとウミリアーニが話を続けた。

「おれのいとこ。やつ……やつが知ってる男。知ってるって言った……アックスマンの正体。そしたら……もういなくなった」

「その男が行方をくらましたということか？」マイクルはたずねた。

「うん。行方……くらました」

ウミリアーニが帽子を取り、震える手で額の雨粒をぬぐうと、嚙《か》みちぎられた汚い爪が見えた。

「名前は？」マイクルはたずねた。「おまえのいとこが知っている男の名前は？」

ウミリアーニは笑みを浮かべた。

「マンノ。マンノ・ロ……ロンバルディ」

その名前を聞いてケリーとマイクルは顔を見合わせた。ライリーが教えてくれた名前だ。

「どこへ行けばその男に会えるか知ってるか？」マイクルはたずねた。

「うーん。知らない。いなくなった」

「住んでた場所は？」

ウミリアーニは首を振った。「働いてた場所は知ってる……ビュー・カー……カーレだ」彼はフランス語の発音をまちがえた。「車の修理してた……オニールで」

「オニール自動車修理工場か？　フレンチ・クオーター地区の？」マイクルは返事を誘導するようにたずねた。

「うん、そう。そこで見つかる。やつがアックスマンを知ってる」ウミリアーニの薄っぺらい笑みを雨が打った。

23

　翌朝ルカは、木造屋根にある無数の亀裂から小屋のなかにしたたり落ちる水の音で目が覚めた。床板に水たまりがいくつもでき、床のそこかしこに置かれた傷だらけの深鍋や平鍋に雨水が溜まっている。枕から頭を上げて室内を見まわし、だれもいないとわかった。疲労感と眠気を覚えたものの、どちらも心地いい。美しい女と一夜をともにしたので、この疲労感はすがすがしく、現実の世界に戻った証拠でもあった。寝返りをうち、ベッドを出て立ち上がると、体を伸ばして長いあくびをした。

　昨夜よりも小屋のなかの様子がよく見えた。大きなひと部屋がタペストリーや間仕切り、屏風《びょうぶ》などで小さく区切られている。鉢や瓶に入った観葉植物や花が、床一面および空いている場所のそこかしこに並んでいる。それらの植物がもたらしている穏やかで家庭的な雰囲気は、それ以外の形ではこの小屋のどこにも見られない。家族写真や絵は一枚もなく、壁のひとつに十字架、別の壁に聖ルカの像が飾られているだけだ。

　ベッド脇の椅子からシャツとズボンを取って身につけ、のんびりと台所へ行った。テーブルはきれいに磨かれ、まだ湿っている木材から消毒剤の強いにおいが漂っていた。コンロに載っている使い古された大鍋でなにかがふつふつと煮えており、ルカがふたを取ると、中身の液体から湯気が立ちのぼった。コンロの横の壁に釘で打ちつけられた何段もの棚には、薬草や液体調味料やスパイスの入った瓶が積み上げてあった。ルカはそれらをざっと見た。フランス語のラベルが丁寧《ていねい》に貼られた瓶はどれも清潔で埃ひとつついておらず、きらりと光った。

別の一角の棚には本があふれていた。大半がフランス語で書かれた本で、ほとんど医薬に関するものばかりだが、アフリカやカリブ海諸国の民俗宗教に関する人類学の本も何冊かあった。棚のひとつに、ブックエンド代わりに使われている木彫りの像があった。うつろで無表情な顔と厚い唇を見つめるうち、土台の銘に気づき、これがフィリピンの米の神ブルールの像であることを知った。

ドアが開き、シモーンが入ってきた。髪が雨で濡れないように頭に布をかぶっている。

「おなかがすいた？」彼女は口もとに笑みを浮かべてたずねた。片手で持ち上げていたエプロンの裾《すそ》を下ろすと、朝取りの新鮮な卵が六個見えた。彼女はそれを置いて、鍋の中身をふたつのカップに注ぎ、ひとつをルカに差し出した。

「なんだ？」ルカはカップを受け取ってからたずねた。

「ティーネ。クレオール茶よ。あなたの体にいいわ」

ルカは口をつけた。ほのかに苦く、薬草のような味がするが、体は温まった。

シモーンも自分のカップに口をつけながら、台所から鍋を持ち出して、ほかに雨漏りのしている箇所に置いた。

「屋根を修理する人間が必要か？」ルカはたずねた。

「自分でやるわ」シモーンが答えた。

彼女は油を引いて卵を焼き、その上にチーズを載せて溶かし、レモン汁とオレガノを振りかけた。テーブルの天板の上で堅くなった黒パンを薄く切り、固まったバターを塗り広げると、ふたりでティーネを飲みながら朝食をとった。

シモーンは沈黙を苦にしていないようだった。ほかのすべてのことに対するのと同じように優雅で落ち着いた様子で食事をしているので、彼女がなぜバイユーの真ん中で社会ののけ者のような暮らしをすることになったのだろうか、とルカは不思議に思った。彼女が目を上げてルカの視線をとらえ、笑みを浮かべた。

「一日なにをしてるんだ?」ルカは笑みを返してたずねた。

「あれやこれや」彼女は肩をすくめた。「鶏《にわとり》の世話。ここを訪ねてくる人の治療」

「診《み》てる患者はたくさんいるのか?」

「なんとか生きていける程度には」彼女はカップのティーネを飲み干した。「あなたは一日なにをしてるの?」

ルカは考えた。昔ならその答えは簡単だったが、いまはどうだろう? 刑務所での日課を守って社会に適応しようと努めているにもかかわらず、いまの彼の毎日は空虚で自由な一面がある。〝アンゴラ〟にいたときと同じく朝早く起きて、新聞を買って食堂で朝食をとりながら読み、〝アンゴラ〟での消灯時刻だった午後九時にはホテルの部屋へ戻っている。そのあいだの日中になにをしているかは自分でもよくわからない。

「あれやこれや」と答えて、にっと笑った。

残りの食事を終え、カップの残りをひと息に飲み干したあとで、腹に焼けつくような痛みを覚えることなく食事をたいらげたことに気づいた。空《から》になったカップを見つめ、彼女が言ったとおりティーネは健康にいいのだろうと思った。

「ごちそうさま」

シモーンはにっこり笑って彼の皿を流しへ運び、バケツの水を注いだ。ルカは席を立ってベッドに戻った。ブーツをはいて上着を肩に引っかけ、もっとも気まずくない別れの挨拶《あいさつ》を考えようとした。不意に、彼女は金をもらえると思っているかもしれないと気づいた。最初はすべてが本物だと思っていた。自然だとさえ思っていた——会話、セックス、朝食の準備、食事。だが、いまはそうと断言できない。これまで話し相手になる女が欲しいと思ったことは一度もない。贅沢《ぜいたく》を好む愛人は次から次へと現われたし、カルロの妻が彼に縁を取り持とうと考えるようになるとマトランガ・ファミリーがモンレアーレ出身の女を次々と差し向けた。それに、フレンチ・クオーター地区内のタンゴ・ベルトと呼ばれる一画に立ち並ぶキャバレーで酔っぱらった女を引っかけるのはわけもなかった。だが、ことを終えたあとで朝食を作ってくれたり、前夜のことに頓着していない態度をとったりする女にはこれまで会ったこともなかった。

「いろいろとありがとう」台所へ戻りながら、いささかためらいがちに言った。彼女は洗っていた皿から向き直り、笑顔を向けた。ルカはその場に立って待った。だが、彼女はなにも言わなかった。笑みを広げただけだった。

「また来てもいいか？」ルカはたずねた。

「わたしがまた孤独を感じたときはね」彼女の目がなまめかしく光った。ルカは笑みを返し、帽子の縁を傾けて挨拶すると、ニューオーリンズへ戻るべく小屋を出た。

ホテルの部屋に戻ったときにはずぶ濡れだった。濡れた服を脱いで体を洗い、冷たい足に温かい靴下をはいた。刑務所から街へ戻って二日目に衣類を買いに行った——ダークブルーのスーツを二着、トレンチコート、シャツを五枚、厚手のウールのフィッシャーマンズセーター、ハンティング帽、中折れ帽。これといった特徴がなく、人目につかずに大衆にまぎれることができるという理由で選んだものばかりだ。そのスーツの一方とセーターに着替え、ハンティング帽を頭に載せると、すべての新聞の最新版を買うために外出した。部屋に戻り、シュナイダーの死を報じる記事を読んだ。シチリア人の食料雑貨店主ばかりが続けて殺されていたのに、今度はドイツ人の弁護士が？ ルカはこれまで一度も真っ正直な弁護士に会ったことがない。被害者たちになにかしらの接点があるとすれば、この弁護士が手がけていた案件にちがいない。

ベッドから立ち上がって部屋を横切り、窓ぎわの化粧台のいちばん下のひきだしを開けた。そこに、この調査に取りかかる前にカルロに要求した必需品が入っている——紙幣の山、拳銃、錠を破るための道具をひとそろい収めたケース。紙幣を数枚と、ベルベットで覆《おお》われたケースを手に取ると、すぐさまホテルを出てタクシーをつかまえ、市役所へ行って商業登記簿を探してシュナイダーの弁護士事務所の住所を手に入れた。

一時間後、ルカはダウンタウンのある食料雑貨店の前に立っていた。店舗の表側の片端に、上階のアパートメントへの通用口があった。並んだブザーの横の表札を確かめると、二階の貸事務所にシュナイダーの名前が記されていた。ドアロから離れて通りを渡った。二階を見上げて、警察がまだ捜索を行なっているか見きわめようとしたが、この角度ではなにも見えない。さらにうしろへ下がり、街灯に寄りかかって煙草《たばこ》に火をつけた。いまは人通りが多いので通用口の錠を破るわけにいかない。待つほかなかった。

煙草を吸い終えたとき、数メートル先の交差点にコーヒーの屋台が見えた。近づいていって一杯買った。店主がイタリア人だったので、少しばかりイタリア系移民同士が交わすお決まりの世間話をした。店主が〝このいまいましい雨のなかで体を温めるために〟コーヒーにグラッパを注ぎ足してやろうかと言った。ルカが丁重に断わると、店主は肩をすくめて立ち去り、ルカはシュナイダーの事務所の向かい側の位置に戻った。

一時間後、雨ですっかりびしょ濡れになり、これでは熱が出そうだと思いはじめたとき、アパートメントの通用口が開いて老女が出てきた。ルカはできるだけ足早にさりげなく通用口に近づき、老女が通りに出ると同時にドア枠に片手を差し込んで、ドアが閉じて錠がかかるのを防いだ。老女が見るので、挨拶代わりに帽子に手を触れた。老女はルカをにらみつけ、傘を開いてよろよろと通りを歩きだした。

ルカは安堵《あんど》のため息をついて建物内に入った。二階へ駆け上がり、シュナイダーの事務所のドアを見つけた。周囲を見まわしてから手袋をはめ、ベルベットで覆われたケースをポケットから出した。ケースを開け、細い金属性の道具を次々と取り出して解錠に取りかかる。がっかりしたことに、すっかり腕がなまっていた。手ごたえを得るのに二十分もかかった。だが、ともかくにもドアを開けてなかに入った。

事務所は狭いが整理整頓されていて、並んだ書類キャビネットのほか、金庫、デスク、回転椅子が置かれていた。壁には、弁護士開業免許証と、凝った装飾が施された模造金の額縁に収められた二枚の風景画がかけられていた。警察がすでに捜索を行なったという形跡を見つけた。指紋検出用の粉がそこかしこについていて、カーペットと床板には泥による足跡——警察支給のブーツのもの——が残っていた。ルカはシュナイダーの椅子に腰をかけて、デスクのひきだしの書類に目を通した。有罪の証拠となるもの、あるいは違法なものが見つかることを期待していた——証拠品だとぴんと来るようなもの、うっすらとでも犯罪に結びつきそうなものが。だが、デスクのひきだしから見つかったのは、漢方薬局で買った風邪薬の領収書とピンカートン探偵社のジョン・ルフェーヴルの名刺だけだ。ルカの頬がゆるんだ。ルフェーヴルの名前はひさしく聞かなかった。この旧《ふる》い知り合いを訪ねてみようと考えた。

事務所にひとつしかない汚れた窓ガラスを雨が午後じゅう打ちつづけるなか、ルカはキャビネットの書類を調べた。書類の内容から見てシュナイダーの専門は不動産法だったらしい。譲渡証書の作成や苦情の申し立てを行ない、境界線争いに巻き込まれた顧客の依頼を引き受け、示談交渉の案を練っていた。顧客は小事業主や大農園《プランテーション》の所有者といった事務労働者《ホワイトカラー》ばかりで、ルカの知っている犯罪者はひとりもいなかった。

金庫の解錠に取りかかった。英国のチャブ社が一九〇〇年に製造した回転式錠の金庫だ。新しいモデルの金庫に比べて回転式錠の音が大きいことで評判が悪いのだが、いまはそれがありがたい。この金庫の錠を破るのに要するとされる一時間半よりも早く解錠できたので、わずかに自尊心を満たされた思いで扉を開けた。なかは空《から》で、警察の残した指紋検出用の粉の跡が残っているだけだった。

ルカは床に座り込んでため息をついた。煙草に火をつけて目を閉じ、頭をのけぞらせて壁にもたせかけた。とうに昼から夕方へ、そして夜になっていた。その間、手を止めたのは、窓のブラインドを閉めてランプをつけ、通りに光が漏れすぎるのを防ぐためにランプの傘の半分にコートをかけたときだけだ。雨に濡れた服はまだ湿っているし、ルカはくたびれきっていた。

たんに床に座っていたのと、ランプが床板にななめに影を落としていたおかげで、目を開けたとき、部屋の反対側の隅についている引っかき傷が目に留まった。傷は二枚の床板の接端についている。なんらかの道具を使い、てこの要領で床板を持ち上げたときにできるたぐいの傷だ。

そこへ行ってよく見た。引っかき傷は数こそ多くないものの深さがあり、床板を留めている釘の周囲は埃が取り払われていた。デスクにペーパーナイフを見つけたので、それを床板のあいだに差し込んでてこ代わりにし、ゆっくりと床板を持ち上げた。はずれた板をどけて床下の空間にランプを下ろし、埃っぽく薄汚れた穴に頭を突っ込んだ。ランプの横に金属製の小型金庫があった。手を伸ばし、金庫を取り出した。床板を戻したとき、下方の通りから物音が聞こえた。ランプの火を吹き消して窓辺へ行った。

ブラインドをずらして通りをのぞくと、この建物に入るときにすれちがった老女の姿が見えた。ふたりの制服警官になにか言いながら、この事務所を指さしている。ルカはさっと窓から離れた。〝アンゴラ〟の光景が頭に押し寄せ、自分の愚かさと勘の鈍りとをのろった。出たばかりの刑務所へ送り返されることに対する強い不安に衝《つ》き動かされて、できるかぎりすばやく行動した。ドアにものをかませてから、そっと事務所の外へ出た。階段をのぞくと、すでに一階の廊下にいるふたりの巡査が見えた。ルカが階段を駆け上がると、その足音を聞きつけた巡査たちがすぐさま追ってきはじめた。

最上階に非常口か屋根へ上がるなんらかの手段があることを祈ったが、いざ最上階に達するとドアがふたつあるだけで、そのどちらも施錠されていた。木製の階段に響く巡査たちの重い足音が近づいてくる。周囲を見まわし、壁のひとつに埋め込まれた収納庫が目に入った。扉を開けた。なかは子どもがひとり隠れられるほどの大きさしかなく、清掃用具が目いっぱい入っている――ブラシ、ちりとり、モップ、缶入りの漂白剤。

シュナイダーの小型金庫を収納庫の奥に押し込んで扉を閉めた瞬間、巡査たちが最後の階段を上がってきた。

「動くな!」どなった巡査たちのゆがんだ顔は紅潮し、怒りをたたえていた。ルカは両手を上げたが、巡査たちに押し倒されて頭を床にぶつけ、気づいたときには両手首に冷たい金属が食い込んでいた。

24

オニール自動車修理工場は、路地のつきあたりに何枚もの波形鉄板をかき集めたといった建物だった。修理工場のあるビュー・カレ地区の工業地域は、アルジェ地区がミシシッピ川の湾曲部に突き出た上端のちょうど対岸に当たる。路地の反対側にそびえ立つような繊維工場があるため、雨が降っているにもかかわらず、大気には木綿を漂白する薬剤の鼻をつく強烈なにおいが漂っていた。

一時間前に、マイクルがリトル・イタリーの郵便局にある公衆電話で分署に連絡して住所をつきとめてもらった。ここに着いたのは黄昏《たそがれ》どきで、暗がりに立つ修理工場を危うく見落とすところだった。だが、金属製のシャッターの上方に吊され、へたな字でオニールの名前が記された小さな看板を、ケリーがたまたま目に留めた。

ケリーが手のひらの底でシャッターをたたくと、金属の表面に波がうねり、騒々しい音をたてた。少し待つと、シャッターの奥に足音が近づき、くぐもった声が聞こえた。

「もう閉店だよ」いらだっているというよりも、疲れた口調だった。

「警察です」ケリーが応じた。

一瞬の静寂のあとシャッターが揺れて巻き上がり、頭が禿げて茶色の濃い顎ひげを生やしたがっしりしたアイルランド人が現われた。近視らしい目でしばらくふたりを見つめていたが、すぐにシャッターに寄りかかり、身を折り顔を真っ赤にして激しく咳き込みだした。そのうち腰のポケットからぼろ布を出し、それに向かって唾《つば》を吐くと、やがて首を振り、向き直って足を引きずるようにして薄暗い工場内へ引き下がった。

マイクルとケリーは顔を見合わせたあと、男に続いてなかへ入った。暗くてなにも見えないが、男がガスランプのつまみをまわすと工場内にオレンジ色の光が満ちた。ベイと呼ばれる作業区画が三つあり、そのひとつにはパッカード・ビクトリア、別のひとつにはスターンズナイトが置かれ、奥の壁ぎわの作業台に工具や機械の部品が散らばっていた。だが、マイクルとケリーの目を引いたのは手前のベイに置かれ、ジャッキで持ち上げられた車だった——黒光りしているキャデラック・タイプ55。いかにも速く走りそうな高級車はガスランプの明かりを受けて輝き、まるで美しい曲線を描く傷ひとつない黒瑪瑙《オニキス》のかたまりのようだ。こんなつややかな車体がこんな汚いおんぼろ修理工場に置かれているとてもこの世のものには見えない、とマイクルは思った。

男は奥の作業台に寄りかかって腕を組み、しょぼしょぼした目でふたりを見つめていた。マイクルは男の顔を見て、夕方のうたた寝から起こしてしまったのではないかという気がした。

「邪魔して申しわけない」と切りだした。「あんたがオニールか？」

「そうだ」男は顎ひげをなでながら素直に答えた。

彼の背後の壁には、雑誌から破り取ったピンナップ写真が何枚も貼ってある。マイクルの知っている顔もあった——ベル・ベネット、コリーン・ムーア、ベティ・コンプスン。銀幕を彩る若い女優たちは捨て猫のようだ——無防備でなまめかしい。そのみんながみんな、同じような写真に収まっている。シフォンやレースを身にまとってソファにもたれかかり、煙草を吸いながらうっとりと遠くを見つめている姿を、撮影スタジオの霞《かすみ》のような背景幕の前で逆光にして焦点をぼかして撮っているのだ。

オニールは、笑みを浮かべたままキャデラックの前に立って博物館の展示品でも見るようにしげしげと眺めているケリーを見やった。

「大型車が好きか？」オニールがたずねた。

ケリーはうなずいた。「キャデラックをこんなに近くで見たのは初めてなんです」キャデラックに圧倒されているような口調だ。

「よく走るぞ」オニールが言った。「〝キャノンボール〟・ベイカーが去年、タイプ51でロスからニューヨークまで走ったんだ。七日かかったよ。タイプ55なら六日で走破できただろうな」

ケリーはにっと笑い、しぶしぶ車から視線を引きはがしてふたりのところへ来た。「聞きましたか？」マイクルに向かって言った。「国の端から端まで六日もかかるなんて」

オニールがまたしても咳の発作に襲われたので、マイクルはそれが治まるのを待つうちに、向かいの繊維工場からこの風通しのいい修理工場内に漂白剤のにおいが入り込んでいることに気づき、大気中の化学物質がこの男の呼吸困難の原因ではなかろうかと考えていた。

「あんたたちがここへ来たのはキャデラックの話をするためじゃないだろう？」オニールがしわがれた声で残念そうにたずねた。「肺を吐き出しそうなほど咳をするおれを見るためでもない」

マイクルはうなずいた。「あんたはロンバルディという男を雇っているだろう？」

「マンノか？　過去の話だ。この一週間、やつの姿は見てないよ」

「なぜ？」

「顔を出さなくなった。ここへ来るのがいやになったんだろうよ。イタリア人どもを雇うとこれだ。あてにできない。その車と同じさ」オニールは顎先でキャデラックを指し、つなぎの作業衣のポケットに手を突っ込んで煙草を探した。「どこへ行けば会えるか、わかるか？」マイクルはたずねた。

「第七区に部屋を借りてるよ。下宿屋だ。おれが知ってるのはそれだけだ。なんだってやつを捜してるんだ？」

「お決まりのことさ。この数日、彼の行動に不審を感じたことは？」

「あったとは言えないな。なにぶん、ふだんから少し妙だって思ってたんだ。言いたいことはわかるだろう」

マイクルはうなずき、オニールに連絡先カードを渡した。

「彼が顔を出したら――警察が捜してると伝えてくれ」

「わかった」

マイクルは挨拶《あいさつ》代わりに帽子に手を触れると、修理工場から出た。ケリーはキャデラックを名残惜しそうに見ながら笑みを浮かべてあとに続いた。


路地はすでに夜のとばりに包まれ、街灯もないため、マイクルとケリーは主要道路に出るまで闇のなかを歩いた。これまで、ふたりの人間がアックスマン事件に関連してロンバルディの名前を出し、そのふたりとも が、彼がアックスマンを知っていると吹聴《ふいちょう》したあと行方がわからなくなったと言っている。細い手がかりではあるが、少なくとも今日一日の成果らしきものだ。住宅局が明日までに住所をつきとめてくれなければ、自分で第七区の下宿屋をしらみつぶしにあたらなければならない。あるいは、ライリーにへつらって教えてもらうかだ。

角を曲がってディケイター通りへ出た瞬間、明かりと喧噪《けんそう》と夕方のラッシュのなかにいた。工場労働者や港近くの会社の事務社員たちが、歩道を歩いたり郊外へ向かう路面電車に乗ったりして家路についていた。商業地区から人がいなくなり、住宅地区や歓楽街に人が満ちはじめていた。血を送り出す巨大な心臓のように、ニューオーリンズは人びとを近隣地区へ送り出していた。だが、マイクルはまだその人込みにまぎれる気分ではなかった。緊張を解く時間が必要だった。

「一杯おごろう」ケリーに言った。

「ありがとうございます」

マイクルがタクシーを止め、帰宅者の流れに逆らってエスプラネード大通りへ向かったあと、バーボン通りに入ってビエンヴィル通りとの交差点に着いた。雨がまだ降りつづき、強まった風にあおられて、フレンチ・クオーター地区に立ち並ぶガス灯の炎がガラスケースのなかで揺れていた。マイクルが料金を払って、ふたりは、錬鉄《れんてつ》製の黒いバルコニーにシダや吊り花かごや鉢植えの低木があふれている古めかしい二階建ての建物の前に降り立った。鎧戸と日よけには明るい黄緑色のペンキが塗られ、表の看板は〈ジャン・ラフィットのオールド・アブサン・ハウス〉と謳《うた》っていた。

マイクルはよくこの店に来るのだが、アブサンを頼むことはめったにない。ときおり、この店の常連客が〝緑色の女神〟と呼びたがる代物《しろもの》を無性に飲みたくなるだけだ。

「アブサン？」歩道を横切ってバーへ向かうあいだ、ケリーは看板を見ていた。「てっきり違法だと思ってました」

「四年前に禁止令が出されたよ」マイクルは笑顔で応じた。「だが、ニューオーリンズでは解釈がゆるいんだ」

マイクルがドアを開け、ふたりは、家へ帰る前に立ち寄った労働者や早くも酔いのまわったよそ者たちで込み合う、暖かくくつろげる雰囲気の店内に入った。隅のテーブル席につくとウェイトレスが来たので、マイクルは地元の人間であることを知らせるために用いられる暗号で〝グリーン〟を二杯頼んだ。ウェイトレスがケリーの制服を見とがめてなにか言いかけたが、マイクルを知っているバーテンダーがうなずくと、笑みを浮かべて注文の品を取りに行った。

「なぜバーの奥に海賊がいるんですか?」ケリーが、頼りなさそうな針金でバーカウンターの上方に吊された巨大な張り子の胸像を顎先で指してたずねた。

「あれはジャン・ラフィットだ。ニューオーリンズの戦いのときのね」説明したマイクルを、ケリーはぽかんとした顔で見た。「一八一五年、英国軍がニューオーリンズに侵攻しようとした。防衛が手薄だったニューオーリンズ側はラフィットに援軍を求めた。海賊で密輸人だが、銃と船を持っていたからだ。ラフィットはこの店の二階でアンドルー・ジャクスン将軍と合意書を交わしたんだ」マイクルは、螺旋《らせん》を描いて二階へ通じている壊れそうな階段を身ぶりで指し示した。

「あの海賊がいなければ」マイクルは続けて言った。「私たちはいまごろ英語を話していたかもしれない」

その冗談にふたりで笑いながら、マイクルはケリーの視線の先、胸像を見た。フランス人のような顔をした肌の浅黒いその男は、大きな口ひげをたくわえ、金のイヤリングをつけ、赤い帽子をかぶっている。この胸像の作者は腕が悪く、素人《しろうと》くささの見られる派手な顔はマルディグラの仮面のようだ。

先ほどのウェイトレスがテーブルに二杯の飲みものを置いた。アブサン・ハウス・フラッペは数十年にわたるこの店の名物メニューなのに、この四年はひそかに注文され、バーの奥で混ぜられて、独特な色を隠すために金属性のカップに入れて出されている。アブサン禁止令が出される前のアブサン・フラッペは、アブサンを甘くするための角砂糖に大理石のずんぐりした給水器からゆっくりと水を落として作られていた。いまは、アヘン窟でひそかにアヘンを吸わせるのと同じで、店内でひそかに作られている。

ケリーはカップの縁から緑色の液体を疑わしげにのぞいたものの、マイクルが自分のカップを持ち上げてゲール語で言った乾杯に応じてカップを合わせたあと、ふたりそろって飲んだ。

「甘いです」ケリーが言い、マイクルはうなずいた。

人の目や不安、皮肉などから解放されてこんなふうに息子とバーで酒を飲める日が来るのだろうかと思った瞬間、それではケリーを息子の代用品として扱っていることになるではないかと考えて、うしろめたい気持ちに襲われた。

「なぜニューオーリンズへ？」とケリーにたずねた。

「はあ？」

「近ごろアイルランド人の多くは北のボストンかニューヨークへ行く」

ケリーは返事を躊躇《ちゅうちょ》して手のなかのカップをのぞき込んだ。

「だって、異国へ来てまで、好きこのんでダブリンみたいに寒くてひどいところへ行く気はしませんから」

マイクルは笑みを漏らしたが、ケリーが無理して軽口をたたいているという気がした。ケリーはまたカップに目を注ぎ、中身のアブサンを軽くまわした。「アイルランド人の多くは家族のいる場所へ行くんです」と言い足した。

「で、きみには家族がいないのか？」マイクルはたずねた。

「施設で育ったんです」ケリーはマイクルと目を合わせずに答えた。悲しみに襲われたかに見えたが、ケリーはそれを振り払うかのようにアブサンをぐいと飲んだ。マイクルは、自分が彼のなかに見たはかなさは根が深いのだと、不意に理解した。

「家族がいないのはさぞつらいだろう」マイクル自身、十年前に家族と絶縁している。両親と兄弟から縁を切られたのだ。

「持ったことがないものを、なくて寂しいと思うことはありませんから」とケリーは答えた。「児童養護施設は問題なかったけど、十八で追い出されるんですよ。施設に残って神父になる気はなかったから、石炭運びの仕事に就いて、移民船の切符を買う金を貯めました」

「信仰心がなくて神父にならなかったのか?」

「信仰心を持つこともありますよ」話題が変わり、気が楽になったらしい。「児童養護施設で働く司祭にはなりたくなかっただけです。司祭の大半は施設の出身者だし、結局は貧しい生活を送ることになると思って。貧困のせいで無理やり神父になったところで、なんの楽しみもないと思います。あなたはどうなんです?」

ケリーが元気を取り戻し、無理に陽気な口調を作ってたずねた。「なぜニューオーリンズへ来たんですか?」

マイクルはポケットから煙草ケースを出した。

「私はこの街の生まれだ」バージニア・ブライトを一本取り出して火をつけた。「だが、そうでなければよかったと思うことがほとんどだ」

煙草の煙を深々と吸い込んで通りに面したドアのひとつに目をやると、糊《のり》のきいた非の打ちどころのない制服を着たドースン巡査が飛び込んでくるのが見えた。ドースンは店内を見まわしてマイクルを見つけると、まっすぐ彼のテーブル席へ来た。

「お邪魔して申しわけありません」ドースンはいささか息を切らしていた。「街じゅう探しましたよ。ルカ・ダンドレアがシュナイダーの事務所に忍び込み、本日夕刻に逮捕されました。いまは分署にいます」

25

篠突《しのつ》く雨が夜の空からミシシッピ川に降り注ぎ、遊覧蒸気船〈ディキシー・ベル〉号は荒れる川面をどうにか進んでいた。豪雨を通して船の標識灯は豆電球の光のように見え、激しい雨音を圧して船内のパーティの音がぼんやりと聞こえていた。

船内メインホールの固定されたシャンデリアの下では、夜会服に身を包んだ男女が、フェイト・マラブルとジャズ・マニアックスが淡々とおざなりに演奏する最新ヒット曲に乗って踊っていた。バンドの面々はタキシード姿が板につかず窮屈そうだった。とくに最年少のメンバーは、昼間の喧嘩《けんか》のショックからまだ立ち直っていなかった。

ルイスは、乗船客を楽しませる演奏者たちに対してめずらしく大きな関心を示した船主でもある船長のジョーから、ステージに立つことを禁じられそうになった。船長はルイスの左目——醜い紫色のあざができている——と頬の側面の切り傷を見て、まるでごろつきだ、〈ディキシー・ベル〉号のステージにごろつきなんてお呼びでない、と断じたのだ。だが、船内接客係のひとりで、街の劇場でメーク係として働きたいという野心を抱いている娘が、問題を解決した。パウダーを混ぜて暗色のペースト状にしたものを塗ってあざを隠し、切り傷に樟脳軟膏《しょうのうなんこう》を塗ってくれた。ごろつきよりはましな見てくれになった姿を船長のジョーに見てもらってようやく、ルイスはほかの演奏者たちとともにステージに上がることを許されたのだった。

ニューオーリンズの有能なバンドの例に漏れず、ジャズ・マニアックスも音楽性が多様で、同じ曲でもさまざまに演奏することができる。白人、クレオール、黒人それぞれの好みに合わせた演奏、さらには、街の安酒場に集《つど》う貧しくみすぼらしい連中の好みに合わせた演奏までできる。今夜は、いつもとちがって船長のジョーがホールの後方に立っていないので気楽に演奏していた。いつも船長はそこに立ってストップウォッチをにらみながら、バンドの演奏速度《テンポ》が正しいかどうか——フォックストロットは一分間に七十拍、ワンステップは一分間に九十拍——を確認していた。船長がテンポをあやまったバンドリーダーをその場で馘《くび》にしたという噂があるが、ルイスは、船長は今夜はほかに用事があるのにちがいないと思っていた。

ワルツの演奏が——三曲終わるごとにワルツを演奏している——終わると客たちが拍手をし、バンドメンバーは席についたまま休憩し、燕尾服を着た赤ら顔の太った司会者がステージに出てくる。

「みなさん、今夜は、このような悪天候のなか、ジョー・ストレックファス船長の美しい遊覧船〈ディキシー・ベル〉号にご乗船いただき、ありがとうございます。ニューオーリンズ市民がパーティを楽しむのを妨げるものはなにもないという説は真実です」

客から賛同の笑いと拍手が起こり、司会者は得意になって先を続けた。

「今夜ご乗船くださったマーティン・ベールマン市長に深い感謝を申し述べたく……」

またしても拍手が沸き起こり、ホールの最前部にいた市長はぎこちなく手を振って応えた。ルイスは市長を見たのは初めてだった。別の夜なら、きっと興奮して、すぐにでも家へ駆け戻ってマヤンに報告していたにちがいない。市長にしては少し小柄で、いささか地味で平凡だ、とルイスは思った。その風貌は、この十六年間この街を治めてきた男よりも銀行員にこそふさわしい。

司会者の話が続いているので、ルイスは今日のできごとを思い返した。少年たちに襲われたあと、ルイスはアイダをなぐさめ、家まで送った。幸い母親が留守だったので、血痕も、破れて泥のついたスカートも見られずにすんだ。アイダが大丈夫だと見届けてから自宅へ戻ってタキシードに着替え、遊覧船での仕事に間に合った。バック・オ・タウンの売春宿や安酒場だったルイスの演奏の場は、ストレックファス社の蒸気船や〈ニューオーリンズ・カントリー・クラブ〉へと移っていた。労働者の多くが一カ月で稼ぐ金額を一週間で稼ぎ、家族四人での生活を支えているが、それでも、黒人のいるべきではない地区にいると襲われることがある。ニューオーリンズを愛している一方で、この街に胸が悪くなるほどの人種差別と偏見が存在するという現実はわきまえている。遊覧蒸気船で白人のために演奏していても、ルイスが境の手すりを越えてダンスフロアへ出ていこうものなら、はっと息を呑む音や怒声が聞かれることになるはずだ。

　さらに一時間の演奏のあと、バンドは最初の正規の休憩をとった。ルイスはウェイターからなんとかコーヒーを一杯かすめ取り、ステージに上がっていないときにバンドメンバーが詰め込まれる倉庫で飲んだ。マラブルをはじめほかのメンバーは、ひとり一本差し入れられたビールを飲み、客の夕食の食べ残しをがっついた。

　フェイト・マラブル率いるジャズ・マニアックスの七人は経歴も多様で、つい数年前まではどこのバンドでも見られなかった異人種混成なので、黒人もいればクレオールもいる。ルイスと同じく、メンバーは全員、ケンタッキー州パデューカ出身のピアノ奏者にして蒸気オルガン《カリオペ》奏者でもあるマラブル本人によって、ニューオーリンズ市内のさまざまなミュージックホールから引き抜かれた。マラブルは赤毛で、白人と言っても通るほど色の薄い黒人なので、出自をたずねられれば、ニューオーリンズ出身のクレオールだと嘘をついていた。たびたびニューオーリンズを訪れるうち、数年前にジャズと出会い、ジョー船長にかけあって、その新しい音楽を聞きやすい形にして遊覧蒸気船で演奏するという許可を取りつけた。ジャズを船内に持ち込み、すばらしい音楽をミシシッピ川全域に普及させるつもりなのだ。もっとも、ミシシッピ川流域の白人たちは黒人音楽を嫌悪していると言われ、とかく暴動を起こすので、無謀なくわだてではある。

ルイスは、ジョニー・ドッズが船倉の反対側から見つめているのに気づいた。このバンドのクラリネット奏者ジョニー・〝ドッツ〟は、ドラム奏者ベイビー・ドッズの実兄で、ルイスのことも弟のように面倒を見てくれていた。そのジョニーがそばへ来て、ルイスの惨憺《さんたん》たる顔に顎をしゃくった。

「なんだって殴られたんだ、リル・ルイス？」にやりと笑いながらたずねた。

ルイスはため息をついて煙草《たばこ》のパックから一本取り出し、〝ドッツ〟にも勧めた。

「アイリッシュ・チャネル地区で数人の貧乏白人《ポーホワイト》に飛びかかられたんだ」ルイスは答えた。〝ドッツ〟はきょとんとした顔で煙草を受け取った。

「そんなところでいったいなにをしてた？」とたずねた。「黒人がアイリッシュ・チャネル地区なんかに行ってろくなことになったためしはない」

ルイスは首を振り、顔をしかめて、その話はしたくないことを示した。一本のマッチでそれぞれの煙草に火をつけて、ふたりは一服した。

「あ、そうだ、ドッツ、モーヴァルって男のことを聞いたことはあるか？」ルイスはたずねた。「ケイジャンだ。毛皮を売ってる男だけど」

「ああ、モーヴァルの噂なら、みんなが知ってるさ」

「おれは知らない」とルイスが言うと、〝ドッツ〟がにっと笑った。

「おまえはみんなじゃないからな」彼は眉を吊り上げた。

「それはどういう意味だい？」

「おまえはめずらしい人間だってことさ、ルイス」〝ドッツ〟のその言葉が賛辞なのか侮辱なのか、ルイスには判然としなかった。

「で、モーヴァルはどういう人間なんだ？」

「質屋よりも手ごわい。表向きは毛皮商人だ。この街の毛皮店すべての情報を握ってる。裏ではストーリーヴィルのかつての大物だよ」

ルイスは苦い顔をした。モーヴァルが売春産業にかかわっているとは思ってもみなかった。政治家やマフィアとつながりのある悪徳実業家というのがアイダの予想だった。あの男が売春業も営んでいると聞いて、奇妙な気がした。

「けど、〝ザ・ディストリクト〟が非合法化されたあと手を引いたって話だ」〝ドッツ〟が続けた。「なんでそんなことを聞くんだ、リル・ルイス？　毛皮でも買おうってのか？」


ルイスは肩をすくめ、首を振った。「べつに理由なんてない。だれかがそいつの名前を口にするのを聞いただけだ」

〝ドッツ〟はなにか言いたげな顔をした。ルイスが嘘をつけばすぐにわかるのだ。

「モーヴァルなんかとかかわったらかならず後悔するぞ、ルイス。あの男は悪魔だ」と言った。

「かかわる気はないよ」ルイスは悠然とした態度を心がけ、淡い笑みを浮かべた。モーヴァルが売春の斡旋《あっせん》をしているのだとすれば、なにをたくらんでいるのかをつきとめる方法は承知している。

第三部

26

ケリーは観察室のドアを開け、自分の存在に気づかれないようにと願いながらなかへ入った。観察室は木製の椅子がまばらに置かれているだけの薄暗く風通しの悪い部屋で、細長いマジックミラーを通して隣の取調室をのぞき見ることができる。裏通りのショーをこそこそ観るようなうさんくさい雰囲気があるうえ、気晴らしを喜ぶ深夜勤の連中が詰めかけたせいで、煙草《たばこ》や紙コップのコーヒー、汗のにおいで室内の空気が淀《よど》んでいた。ヘイトナー刑事も、自分の班の刑事ふたり——ケリーが刑事局で見かけたことのある軽口好きで体の引き締まったジョーンズとグレグスン——とともにいた。その三人が首《こうべ》をめぐらせて、群がっている連中を押しのけて部屋の奥へと進むケリーを見た。ケリーが笑みを送ると、三人は冷ややかにうなずいた。すぐに視線を戻して、爆破直前の爆破作業員のような気がかりそうな顔でマジックミラー越しに取調室をのぞいた。

ダンドレアにまつわる話はケリーも聞いている。かつて刑事局で権勢を振るった才気あふれる男が道をあやまったというやりきれない話を。刑事局はダンドレアが牛耳っていたときのほうがいまよりもうまく機能していたというのが大方の意見だ。働いた時間分の手当てがもらえたし、袖《そで》の下がまかり通っていた。この見る影もない凋落《ちょうらく》はマイクルのせいだ、というのだ。ケリーは観察室の雰囲気を見て取り、ここにいる連中は一様にダンドレアを応援しているという結論に達した。マジックミラーの近くに空いている場所を見つけ、壁に体を押しつけるようにして、色つきのガラスを通して初めて当のダンドレアの姿をのぞき見た。

ダンドレアは取調室にひとり、腕組みをして椅子に背中を預けて座っていた。ケリーが想像していた男とはちがう。整った顔立ちで、椅子にふんぞり返った様子からは傲然《ごうぜん》と言ってもいいほどの落ち着いた自信がうかがえる。だがケリーは、彼の疲れた様子と、うわべの自信の下に別のものがあることにも気づいた。隠しきれない根深い孤独に。

フィッシャーマンズセーターを着て、雨に濡れた髪が顔に張りついたダンドレアは、取調室のぎらぎらした明かりの下では皺《しわ》だらけでみすぼらしく見える。決して署内の伝説に言われているような洒落者《しゃれもの》のモテ男ではない。ケリーは、彼が手錠をかけられていないことと、彼の前のテーブルに真新しい煙草のパックとコーヒーが置かれていることにも気づいた。その事実は、彼が手厚く扱われていることを示している。弁護士はいない。ダンドレアが弁護士の立ち会いを要求していないのをケリーは不思議に思った。こっそり目を向けると、ヘイトナーは依然、前腕をガラスにあてて身をのりだし、先ほどと同じ父親のような気づかわしげなまなざしをダンドレアに注いでいる。

いまマイクルと速記係が取調室に入り、観察室の全員が黙ってマジックミラーを見つめた。劇場映画が始まるときに観客が静まり返るのに似ている。マイクルは片手に書類を持ってきびきびとした動きでルカの向かい側に腰を下ろし、書類を丁寧《ていねい》にテーブルに置いた。そこで初めて目を上げてダンドレアを見て、ふたりは目を合わせた。たがいの顔を見合った瞬間、まるで張りきりすぎた小間使いが布でこすり取ったかのように、ふたりとも感情をぬぐい取られたように見えた。マイクルがうなずき、ダンドレアがうなずき返したあと、マイクルが速記係を見やり、速記係が眉を吊り上げて用意ができていることを示した。そのやりとりを見て、ケリーは、かつてアメリカ開拓期の西部地方《ワイルドウエスト》の移動遊園地を再現した立体模型で見たことのある時計仕掛けのミニチュアのカードプレーヤーたちの場面を思い出した。

「こんばんは、ルカ」どのように切りだしたものかと懸命に考えているせいでマイクルの声はうつろだった。ふだんは取り調べが得意なのだが、いろんなことが頭に浮かんで集中できない。分署へ戻る道中ずっと、ルカとどのように話そうか、シュナイダーの事務所にいた理由をどうやって聞き出そうか、と考えていた。たんなる偶然だったはずがない。ルカがあの事務所にいたのには理由があるにちがいなく、マイクルの思いつく理由はただひとつ――カルロに送り込まれたからだ。カルロはシュナイダーの事務所から自分の罪の証拠となるものを持ち出させたかったのだろう。だが、侵入を命じる相手など、カルロには無数にいる。なぜルカを選んだのだろう？

頭を整理して考えようとしたが、詳細情報と証拠を筋の通るもっともらしい順序に並べることが――ふだんなら自然にできることだ――五年ものあいだ抑えつけようと努めてきた感情に邪魔をされてできなかった。最後に顔を合わせて話をしたのはルカが起訴される前なので、表向きにはいまも友人同士なのに、マイクルは言いわけを山ほど抱えた道楽息子になったような気分だった。

「こんばんは、マイクル」と応じてから、ルカはマジックミラーに向き直った。「そして、みんなも」顎を引き、笑みらしきものを浮かべて言い足したので、マイクルは鏡の向こう側の観察室から笑い声が聞こえる気がした。

「挨拶《あいさつ》は省略していいんじゃないですか」マイクルは言った。「不法侵入、窃盗、殺人事件捜査の妨害の疑い。すべて、仮保釈中にですよ」マイクルはできるかぎり平板な口調を心がけた。「あそこでなにをしていたんですか？」

ルカは笑みを浮かべ、その質問がくだらなすぎて答えるまでもないという顔をした。それを見るうち、ルカがあまり老けていないことや、少年のような魅力も陽気な笑顔も昔と変わっていないということがわかり、マイクルはほっとした。

「迷い込んだんだ」ルカは答えた。「てっきり自分のアパート棟だと思った。この年になると、そういうことがあるさ」

そう言って肩をすくめるので、マイクルは、ルカの口調に険があっただろうか、かろうじて聞き取れる程度の侮蔑の念が含まれていただろうか、と考えた。

「仮釈放条件違反を一挙に三つですよ。悪いようにはしないので、事情を説明してください。さもないと、このまま〝アンゴラ〟に逆戻りです」淡々とした口調で言い、事実を述べているだけであって、自分はどっちでもかまわないと聞こえるように努めた。

「不法侵入に問うのがせいぜいだろう。それも、家主が告訴したがったとしての話だ。刑期は最長でも六カ月」

「カルロはなぜあなたをシュナイダーの事務所へ侵入させたんです？」

ルカは渋い顔で首を振った。「この件にカルロは無関係だ」と言った。「言ったとおり、建物をまちがえた。まだ入居したばかりだから」

ルカに圧力をかける意味があるだろうか？ ルカは取り調べのしくみをだれにも劣らずよく知っている。観察室に見学者が詰めかけていなければ、こんな猿芝居などやめて、ルカに腹を割って率直に話すのだが。

マイクルはため息をついて、型どおりの手順という安全な逃げ場へ引き下がった。

「あなたはシュナイダーの事務所に押し入ろうとしていた。解錠道具を所持していたことはわかっています。

指紋を採取すれば、あなたがあそこにいたことも証明できるんですよ」

「シュナイダーの事務所にだれか押し入ったのか？」ルカは怪訝《けげん》そうな顔で言った。「事務所内におれの指紋は見つからんよ。おれがなかにいるのを目撃した証人もいない。不法侵入の形跡はなく、おれはシュナイダーの所有物などひとつも所持していなかった。おまえたちがつかまえた男は、勘ちがいして建物をまちがえて入ったってだけだ。仮釈放条件違反にさえ当たらない。好きなだけ探ればいいさ。まず、どうがんばっても、不法侵入に問うのが関の山だろう」

マイクルはルカの目にある種の光が宿っているのに気づいた。だれも自分には手出しできないと思っている男の目だ。ルカは目の前に置かれた煙草のパックから一本取り出し、マッチで火をつけた。深々と一服してにこやかにほほ笑み、マッチを灰皿に放って火が消えるまでしばし見つめた。目を上げてマイクルを見ると、冗談めかして悠々《ゆうゆう》と煙草を一本勧めた。

観察室では数人が鼻で笑ったり声をあげて笑ったりした。グレグスンがにやりとしてヘイトナーを見たが、ヘイトナーは険しい顔でマジックミラーに視線を注いだままだった。ケリーはちらりとヘイトナーを見たあと、取調室に目を戻した。いまでは魔法のように人を引きつけるダンドレアの魅力がわかる。質問に答える軽やかさ、身にそなわった超然とした態度。ケリーは取調室の力関係が逆転したのを感じ、どうかするとマイクルが笑いものにされるのではないかと案じた。

マジックミラーを通して流れてきた観察室の笑い声を聞き留めたルカは、だれがいるのだろう、そいつらはこんな芝居を信じるのだろうか、それともおれが疲れ果ててるのを察してるのだろうか、と考えた。なにげないふうを装って一服し、灰皿の側面に煙草を軽く打ちつけ、紫煙を通してマイクルを見た。取調室に入ってきた瞬間から、マイクルが年をとったことに気づいていた。老けたわけではない。顔じゅうに残る瘢痕《はんこん》のせいで、老けたとしてもよくわからない。だが、以前よりも指揮官らしく、知性的になり、自信があるように見える。ルカは弟子を誇りに思わずにいられなかった。

見ていると、マイクルは自分の銀のケースから煙草を取り出してテーブルのマッチで火をつけた。ケースをひと目見て、具体的になんだったかは忘れたが、なにかの節目を迎えた祝いのプレゼントとして何年も前に買ってやったものだと思い出した。

「カルロがこの一連の殺人事件に関係していることがわかれば」マイクルは低い声で言った。「あなたが処される罪は不法侵入ではなく、殺人の共謀です。カルロがあなたをそんな立場に引き込んだ。考えてもごらんなさい――あなたは適役だ。汚職刑事。刑務所を出たばかり。すでに一度、罪を受け、口をつぐんでいる。カルロはどう言ってあなたを巻き込んだんです？　よほどうまい作り話をしたにちがいない」

ルカはにんまりした。マイクルは予想どおりの作戦で来た。カルロとの関係に疑問を抱かせ、溝を築こうというのだ。つけいるすきを与えないようにしなければならないこと、落ち着きはらって超然とした態度をとらざるをえないことを残念に思った。どこかの通りかバーで出会っていれば状況はまるでちがったにちがいなく、おまえになんの恨みも持っていないと伝えたはずだ。だが、目の前に立ちはだかって彼を〝アンゴラ〟へ逆戻りさせる唯一の人間がマイクルだというこの状況では、芝居を続けて優位に立つしかない。

「殺人事件の最初の数件が起きたとき、おれは刑務所にいた」ルカは言った。「その点について、陪審をどう納得させるつもりだ？」

「共謀容疑に問う必要はありませんよ。あなただって、カルロに利用されているのがわかるぐらいの分別はあるはずです。チロの銀行に警察の捜索が入ったのは偶然だと思いますか？　ちょうど釈放されるころに貯金がすべて失われるなんてことが？」

ルカは初めて痛いところを突かれたと思った。黙り込んでマイクルを見やり、うっかり本心を見せてしまっただろうか、マイクルにつけ込むすきを与えるような反応をしてしまっただろうか、と考えた。これまで一度も、チロが警察に逮捕されたことをカルロと結びつけて考えたりしなかった。チロの銀行が捜索を受けたのも、警察によるマフィア弾圧の一環だと考えれば納得はいくが、言われてみれば、マイクルの指摘も筋が通っている。

「カルロがその気になれば捜索を阻止できたはずだと思いませんか？」マイクルは追い討ちをかけた。「それからわずか数週間後、カルロは仮保釈審査委員会に圧力をかけてあなたを早期釈放させた」

ルカはマイクルを見つめて煙草を長々と吸いながら、頭のなかでは仮釈放後にカルロと最初に交わした会話を思い返していた。〝ザ・ファミリー〟と手を切りたいと申し出たところ、驚いたことにカルロがあっさり許可したことを。

「私の見解はこうです」マイクルが続けた。「あなたをこのまま帰せば、カルロはあなたが警察と取引をしたと考える。仮釈放条件違反で起訴すれば、あなたは刑務所へ逆戻りだ。あなたは〝アンゴラ〟で死ぬか、カルロの雇った同胞に始末されるかのどちらかです」

マイクルは平板な口調となにを考えているのかわからない無表情な顔を保っているが、ルカは彼の目に、まるで償《つぐな》いをしたがっているかのような懇願の色が見える気がした。

「あなたがそれを逃れる唯一の道は」マイクルが続けた。「不法侵入容疑で裁判所へ送られた際、検察に色よい話をすることです。かならず保釈されることと都合のいい公判日程を組むことを保証します」

ルカは、マジックミラーをはさんだ見学者たちから離れてマイクルとふたりきりで話をする必要を感じた。マジックミラーに目を走らせ、すぐに美しい弧を描いて視線をマイクルに戻した。マイクルの顔はぴくりとも動かないが、意を察してくれた気配を感じた。

「弁護士と話をしたい」ルカはマイクルの顔から目をそらさずに言った。弁護士に言及するのは、取り調べを中断して留置房へ戻され、時間を無駄にすることを意味する。マイクルが乗ってくれることを願った。

「取り調べはしばらく中断します」マイクルは煙草の火をもみ消し、制服警官ふたりが入室してルカをドアロへ連れていった。ルカは取調室を出るときにマジックミラーに映る自分の姿をちらりと見ながら、鏡の向こう側から険しい顔で見ている連中の存在を感じていた。

十五分後、ルカは暴力的な囚人にあてがわれる隔離独房に座っていた。狭い房にはがたの来た折りたたみ式の簡易寝台とバケツが置かれ、頭上には油汚れでべとべとの換気口と裸電球がひとつあるだけだ。いまにも崩れ落ちそうなレンガ壁はカビに覆われ、房の一隅から石の床にしたたる水の音がしている。房内のすべてが、地下牢、反逆罪、首切り台を連想させた。

扉が開いてマイクルが入ってくると、ふたりは見つめ合った。マイクルの背後でだれかが大きな音を響かせて扉を閉め、錠をかけた。マイクルは簡易寝台にルカと並んで腰を下ろした。銀のケースの煙草を勧め、ルカが受け取ると、それぞれの煙草に火をつけた。そのケースはだれにもらったのかをマイクルは覚えているのだろうか、とルカは考えた。ひょっとすると、そんなことにこだわっているのは自分だけかもしれない。マイクルが煙草ケースをポケットにしまい、ルカは自分が過去に閉じ込められているような気がした。

「元気そうですね」ようやくマイクルが言葉を発し、ルカは手を振って社交辞令をしりぞけた。「元気ではない。年老いて錆《さ》びついてる。でなきゃ、こんな留置房なんかにいるものか」

マイクルは哀れみに近い表情を浮かべてルカを見つめた。いまはふたりきりなので、ルカの虚勢が剝《は》がれ落ち、疲弊しとまどっている年配男の姿をさらけ出している。ある意味では、ルカが正直に接してくれているのをマイクルはうれしく思っていた。この率直さが親密さと好意の徴《しるし》であることを願った。

「あそこで言ったことは本心です」と告げた。「協力してくれれば、できるかぎりのことをします」

「おまえはおれに借りがあると思うが」ルカは床に目を転じて長々と煙草を吸った。

「仮釈放になったあと、仕事をもらうためにカルロに会いに行った。おまえのにらんだとおり、金はすべてチロに預けてたからな。カルロからアックスマン事件について調べるように頼まれた。金と威光とがかかってるらしい。まずはシュナイダーの事務所から取りかかるのが当然だ」

マイクルはうなずいた。筋の通る説明だ。それ以上に重要なことに、ルカが真実を話しているという気がした。黙っていると、カビくさい地下のにおいを感じる。鉱石のにおい、岩底を打ちつづけた淀《よど》んだ水のにおいを。

「彼はあなたをはめようとしているのかもしれない」と言ってみた。

「それはおれも考えた」ルカが切り返した。「だが、まずないだろう。話を聞いた全員が同じことを言う。だれもアックスマンの正体に関する手がかりをつかんでない。もしカルロが嚙《か》んでれば、みんながそれを知ってるはずだ」

マイクルは同意せざるをえなかった。

「たがいの利益になる取引がある」ルカが言うので、マイクルは話を聞く意思があることを身ぶりで示した。

「おれに調査を続行させてくれ」ルカが話を続けた。

「尾行をふたりつけろ。ま、言われなくてもつけるつもりだろうが。万一おれがかかわってれば証拠を固めることができるんだし、おれがかかわってなくて、殺人を犯した人間をつきとめれば、そいつをおまえに差し出す。おたがい同じ事件を調べることになりそうだが、おまえには犯人逮捕の栄誉が保証される。おまえは棚に飾るメダルがひとつ増えて、おたがい気持ちよく別れられる」

最後のせりふは自分に対するあてこすりだろうかとマイクルはいぶかったが、ルカはそれらしいそぶりも見せず、鋭い目で見つめて返事を待っていた。

「私に逮捕させたのでは、カルロと交渉する必要が生じますよ」

「わかってるさ。それはそのときに考える」

マイクルは紫煙を通してルカを見つめた。

「こんなことを私が訊くと愚かに聞こえるでしょうが、あなたを信用できるとどうしてわかります？」

しばし彼を見つめたあと、ルカの顔に笑みが広がったので、マイクルもつい笑みを浮かべていた。ほんの短い一瞬、ふたりの不運な友情も、どちらの運命をも急降下させることになった思わぬ展開も、当のふたりが笑いとばすためだけに宇宙が用意した冗談にすぎなくなった。

「おれを信用しろ」ルカが言った。「おたがい、ほかに選択肢はないんだから」

「担当検察官については検事局に話を通します。あなたを保釈させて、公判日程は一カ月先にする」

ふたりはふたたび笑みを交わし、マイクルはこれまでのいきさつのすべてをルカに謝罪したくなった。だが、口に出すのはどうにか思いとどまった。詫《わ》びを言うことに意味はない。ルカがとうに察しているという気がした。

27

翌朝ルカは、裁判所の奥の一角にある閑散とした法廷の被告人席についていた。廷内を見まわして記者や呆気《あっけ》にとられた傍聴人の姿を探したが、傍聴席はほぼ無人だった。自分などもはやだれの興味も引かない昨日のニュースみたいなものだという証拠だ。背後の席に座っている白髪まじりのいかついシチリア人と目が合った。カルロの顧問弁護士にして〝ザ・ファミリー〟の相談役《コンシリエーレ》でもあるアレッサンドロ・サンドヴァル。彼は平たい顔に退屈そうな表情を浮かべたグレーのスーツのボディガードふたりにはさまれている。サンドヴァルが笑みを浮かべたので、知っている顔を見てほっとしたルカは笑みを返した。

正面に向き直り、判事の入廷を待つあいだ、昨夜の留置房での話し合いを思い返した。マイクルは過去のできごとを悔やみ、償《つぐな》いをしたがっていた。もうおまえを恨んでないと告げてやればよかっただろうか。

せわしげな音がしたので顔を上げると、女性判事が入ってきた。廷内の面々とともに起立し、ふたたび席についたあと、退屈な法的手続きが始まった。検察官はマイクルと打ち合わせたとおりの線で進めた——不法侵入容疑、公判日までは仮釈放条件違反による再収監の請求はなし。判事が保釈金を百ドルとし、サンドヴァルが支払いに同意して、一時間後、ルカは裁判所の騒がしいロビーにいた。雨に濡れた姿で通りから入ってくる法律家や裁判所職員たちが白と黒のタイル張りのすべりやすい床を横切るのを眺めていた。警察官やスーツ姿の男たちは、壁ぎわに配された木製の長椅子にゆったりと座るか、そこかしこに立って事案について議論していた。風の通る正面入口のドアの脇にひとりで立っているルカは、眠気を覚えつつ、そうしたいっさいのことから距離を感じていた。裁判所にいるといやな記憶がよみがえる。ロビーをあわただしく行き交う人びとを眺めながら、二度目の〝アンゴラ〟をどうにか免れたことに鈍い安堵《あんど》を覚えた。

まもなく、ボディガードふたりを従えたサンドヴァルが近づいてきて、ルカと抱擁《ほうよう》を交わした。挨拶《あいさつ》をし、こんな状況で再会するはめになったことをなぐさめ合いながらロビーを出て、雨にそなえて襟《えり》を立て、濡れて光っている正面階段を下りた。待っていたロールス・ロイス・シルヴァーゴーストに乗り込み、体じゅうの湿気を振り払った。ルカは贅沢《ぜいたく》な内装を見まわした。グレーのベルベット張りのシート、マホガニー製のパネル類。

「カルロの新しいおもちゃだよ」サンドヴァルが皮肉っぽい笑みを浮かべるので、ルカも苦笑を返した。すぐにサンドヴァルの笑みが消えて真顔になった。

「悪いが、カルロがおまえを呼んでるんだ」彼が不本意そうな口調で言うので、ルカはそうなることは予想していたといわんばかりに顔をしかめてみせた。サンドヴァルが前の席の背を軽くたたくと、運転手が車を通りへ出した。ルカはサンドヴァルの細い骨格と華奢《きゃしゃ》で年老いた顔をしげしげと見た。七十近い彼はマトランガ・ファミリーの使い走りをする年齢などとうに過ぎている。

「とっくに引退したものと思ってたよ」ルカは言った。

サンドヴァルは大きく息を吸い込み、歯のすきまから音をたてて吐いた。「カルロがどういう男かは知ってるだろう」と答えた。「新しい世代をなかなか信用しない」

ルカはうなずいた。サンドヴァルとは昔から馬が合った。〝ザ・ファミリー〟のなかで、長年ルカを指導してくれた連中のひとりだ。サンドヴァルは、人物という点では厳密にはマフィアの一員ではない。どういうわけかマフィアの世界に引きずり込まれた善良な人間だ。おたがい疲れた顔を見合わせた――〝ザ・ファミリー〟によって人生を破壊され、派手な車の後部座席にとらわれたふたりの男。

「ひとつ頼みがある」ルカは切りだした。「シュナイダーの事務所にだれかを忍び込ませろ。階段の最上階に収納庫がある。そこに隠した小型金庫を持ってきてもらいたい。それと、アレッサンドロ」と言い足した。「このことはカルロには言うな」

サンドヴァルは一瞬、怪訝《けげん》そうにルカを見たものの、すぐにうなずいた。「わかった」無表情な顔で言った。横を向き、日よけを下ろして目を閉じた。どうやら少しばかり睡眠不足を取り戻そうという腹らしい。ルカも横を向いて窓外に目を凝らし、飛び去る雨の通りを眺めた。

「ボス」運転手がサンドヴァルを呼んだ。「茶色のセダンがついてきます。裁判所を出てからずっとです」

サンドヴァルが目を開け、ルカとふたりして背後を見た。問題の車が少しばかり後方に見えた。前部座席の警察官らしきふたりは、警察官に見えないように精いっぱい努めている。

「タルボットがおれを尾行させてるんだろう」ルカは言った。

サンドヴァルがうなずき、肩をすくめた。

「予想はしていた」そう言うと、前に向き直って目を閉じた。

三十分後、ルカはまたしてもカルロの屋敷にいた。カルロの隣の椅子に座って、失態に叱責をくらっていた。今回は飲みものも食べものも勧められることはなく、冷ややかに迎えられてすぐに本題をぶつけられた。

「いきなりこんなことに巻き込みやがって」カルロが言った。「おまえがかかわるなり状況が悪化だ。警察になにを話した？」

ルカは肩をすくめた。「なにも話してない。おれがあの事務所のなかにいたという証拠を、警察はひとつもつかんでいない」

「で、起訴容疑は？」

「不法侵入だ」

カルロが疑わしげな目で見るので、ルカにも彼の考えていることがわかった。不法侵入など、軽すぎる起訴容疑だ。カルロは椅子の肘掛けを指先で打ちながらルカの顔をのぞき込んだ。

「家主と交渉しよう」そのうちに言った。「起訴を取り下げさせる」

「ありがとう」ルカはうなずき、懲罰を覚悟した。カルロはルカをにらみつけていたが、そのうちに首を振った。

「次はこんな愚かなまねをするな」カルロは椅子から立ち上がり、首を振りながら部屋を出ていった。

ルカはひとりため息をついて席を立った。カルロは父親のような温かさを見せてくれたかと思えば、瞬時に態度を変えることがある。ルカは家族の一員のような気持ちから、招かれざる迷い猫にでもなった気持ちに突き落とされる。窓辺へ行って庭を眺めた。雨が芝生をたたき、少し先ではむき出しのブドウの木々が篠《しの》突《つ》く雨にたわみ、よじれ、揺れている。おれに調査を続けさせて油断させる腹だろうか。おれを始末する手配がすでになされているのかもしれない。小型金庫のことをサンドヴァルがカルロに話していないようにと祈り、屋敷の前に停まっているはずの茶色のセダンのことを考えた。庭の裏手に門があり、そこから別の通りに出られることを思い出した。テラスのドアへ行き、雨のなかに出てドアを閉め、ぬかるんだ小道を歩いて屋敷の裏手へと向かった。時間をつぶす必要があり、そのあいだになにをするかはすでに決めているが、まずは酒店へ行って酒を調達しなければならない。

一時間後、ルカはピンカートン探偵社のガラスドアを拳でたたいていた。女のはっきりした声がどうぞと言うので、なかへ入ると、十代後半か二十代前半とおぼしき美しい女が受付デスクについていた。美人だが、目のまわりにあざと額に切り傷がある。この女はどこかシモーンを思わせる――ぴんと伸ばした背筋《こうべ》、しなやかさ、思慮深い目。彼女がわずかに首をめぐらせて目が合うと、ルカをあやしい男だと思っていることがすぐにわかった。

「いらっしゃいませ。どのようなご用件でしょうか？」丁寧《ていねい》すぎる口調に、ルカは彼女が動揺しているという印象を受けた。ひょっとすると、少しばかり怯《おび》えているのかもしれない。

「ルフェーヴルはいるか？」ルカはハンティング帽を脱ぎながらたずねた。

「手空きか見てきます。お名前をおうかがいできますか？」

「旧《ふる》い友人だと伝えてくれ」

女がうなずいて立ち上がり、手のひらでスカートを整えてから間仕切りの奥へ姿を消した。数秒後には出てきて、ルカをルフェーヴルのオフィスに通した。

ルカが入っていくと老人が目を上げて笑みを浮かべた。ルカが不在だった五年のあいだに、ルフェーヴルは十歳も老けていた。皮膚の斑点《はんてん》が増え、白目がますます黄色くなった――この男はアルコールに依存してゆるやかな自殺をしている。向かいの椅子を身ぶりで勧めるので、ルカは腰を下ろし、酒店で買ったライ・ウィスキーのボトルをポケットから取り出した。重さを確かめるようにしばし手のひらに載せたあと、デスクの上、ルフェーヴルがすでに空《から》にしたボトルの横に置いた。

「コレクションにしてくれ」ルカは言った。

ルフェーヴルはルカをひたと見たあと、右へ体を折ってデスクのひきだしをかきまわした。上腹部の脂肪の層を受け止めたシャツが引きつっている。

「仮釈放になったと聞いてる」身を起こした彼は片手にグラスをふたつ持っていた。「またカルロの仕事をしてるそうだな。特別な立場で」

ルカが黙っているとルフェーヴルはそれぞれのグラスにライ・ウィスキーを多めに注いだ。ふたりは乾杯して、ルカは腹に痛みが走りだせば後悔することになるのを覚悟のうえで、ルフェーヴルとともに酒に口をつけた。

「で、どういう風の吹きまわしだ?」

「シュナイダーという男について話を聞きに来た」ルカは言った。「少し前にその男とちょっとしたかかわりがあったと聞いた」

「その話はしてやるが、どうやってそれを知ったのか聞かせてもらうぞ」ルフェーヴルが切り返し、片眉を上げた。

ルカがうなずくと、ルフェーヴルはグラスの酒をまたひと口飲んだ。

「彼はある種の保護を求めてうちへ来た。何者かに狙われてると不安がってて、ボディガードを雇いたいと言った。うちはもうその手の依頼は引き受けてないからと断わったんだが、わずかな手数料をもらって、ある名前を教えた。つまり、彼はわずかな手数料を払い、おれはある名前を教えたってだけだ」ルフェーヴルは話は終わりだというしるしに両手を上げた。

「それはいつの話だ?」ルカはたずねた。

「彼が殺される二週間ほど前だ」

ルカはうなずいた。「あんたが紹介した人物はシュナイダーに望まぬ結果をもたらしたようだな」

「紹介した男にも望まぬ結果をもたらしたよ」ルフェーヴルが言った。「先週の土曜日、オーデュボン公園に埋められたその男の死体を警察が発見した。額にふたつの弾痕があったらしい」

ルカはふたたびうなずき、さまざまな角度から検討した。シュナイダーは殺し屋に狙われると予想していた。食料雑貨店主たちが殺されたのを知って、ボディガードを雇うためにここへ来た。

「シュナイダーが来たことをだれかに話したか？」とたずねてみた。

ルフェーヴルはまたライ・ウィスキーを飲んだ。「だれにも話してない。だが、昨日、警察が来た。あんたにしたのと同じ話をした。ただし、シュナイダーには役に立てないと言って断わった、と話したんだが」ルフェーヴルは大仰にため息をつき、首を振った。「警察もさま変わりしたからな」残念そうに言いながら、両手を大きな腹に乗せた。「昔はおれたちと警察のあいだに絆があった。もはや、そんなものは存在しない。時代が変わってなにもかも悪化した」

ルフェーヴルの言う〝おれたち〟が具体的にだれを指しているのか定かではないものの、ルカはうなずいて形ばかりの同意を示した。クレオールはいつだって、過ぎ去ったよき時代を惜しんで嘆いてばかりいる。クレオールの目に映るニューオーリンズの歴史は着実な衰退にほかならない。フランス統治時代を頂点として、ゆっくりと俗悪なアメリカ化が進むことによって、最初は軽んじられていただけのフランス統治時代の文化がしだいに廃絶されるに至ったというのだ。ルカがこれまでに出会った白人クレオールの例に漏れず、ルフェーヴルもまた過ぎ去った金ぴか時代を惜しんで嘆いている。だが、ルカに言わせれば、そもそも金ぴか時代が虚構にほかならない。

「で、紹介した男の名前は？」ルカはたずねた。

「名前を言ってもわからんだろう。バトンルージュの男だ。シュナイダーがよそ者を希望したのでね」ルフェーヴルは肩をすくめた。「言うなれば幽霊、別世界の人間だよ」

「シュナイダーはだれかに狙われる理由をあんたに話したか？」

「どう思う？」ルフェーヴルは切り返した。ルカはうなずき、しばし考えをめぐらせた。ルカが有罪判決を受ける前、ルフェーヴルは刑事局の抱える情報提供者のひとりだった。依頼人に対する守秘義務など、ルフェーヴルにとってなんの意味もなかった。だが、パートナーのヘスがルフェーヴルの行為に気づき、ピンカートン探偵社本部と地区検事局に話すと言って脅したので、ルフェーヴルがヘスの殺害を依頼し、ルカがその手配を手伝った。そのときからルフェーヴルは酒に逃げ、罪の意識にひたっている。当時のルカは、痛ましい話だと思いはしたものの、わざわざ思い返すようなことはなかった。だがいまは、目の前に座っている男の後悔に苛《さいな》まれたみじめな姿に同情を禁じえなかった。本当に悲しいのは、さっさとすべてを終わらせる度胸がルフェーヴルにないことだ。飲酒などよりも散弾銃のほうが親切かつ手っとり早いのだが。

「とにかく、また会えてうれしかったよ」ルカはハンティング帽の縁を指でなぞった。飲みかけのグラスをデスクに置いて立ち上がった。

「だれから聞いた情報か話してもらおう」ルフェーヴルが促した。

「話すようなことはないんだ」ルカはにやりと笑って答えた。「シュナイダーの事務所であんたの名刺を見つけたんだよ。ああいうものを渡す相手を選ぶことだな」

「くそったれ」

ルカはにんまりしながらルフェーヴルのオフィスを出た。受付の女に会釈をして階段を駆け下り、一階のロビーを抜けた。建物の玄関ポーチで足を止めて上着のボタンを留めているときに、通りの向かい側からこっちを見つめている長身でがっしりした黒人の男に気がついた。男の姿は、通りを高速で行き交う車のすきまからときおり見えるだけだ。眉を凝らして、どこで見た顔だったか思い出そうとした。怒り傷ついた表情をたたえた顔は、前にどこかで見たことがある。〝アンゴラ〟でだろうか？　ルカは上着の襟を立てて通りへ踏み出し、路面電車の最寄り駅をめざして北へ向かって歩きだした。

駅に着くと煙草に火をつけ、路面電車がもう来るかと振り向いた。大通りを見ると、先ほどのがっしりした男が尾《つ》けてきたらしく、やはり駅で路面電車を待っている。何者だろう？　本当に見覚えがあるのか、それとも被害妄想にとらわれているのだろうか？

数分後に路面電車が到着し、ルカは飛び乗った。発車の際に背後をちらりと見た。男はまだ駅に立って別の路線の電車を待っている。ルカはいくぶん緊張を解き、窓ぎわの席についた。飛び去る風景を眺めながら市立公園《シティ・パーク》まで行き、そこで降りて、バイユー・セント・ジョンまでぬかるんだ道を延々《えんえん》と歩きながら事件について考えをめぐらせた。シュナイダーは狙われる覚えがあったからボディガードを雇った。よそ者を希望したということは、おそれる相手がニューオーリンズの犯罪組織とつながりを持つ人間だったということだ。だが、すぐにボディガードが処刑される。プロの手口で。つまり、アックスマンが銃の扱いにも長《た》けているか、別のだれかがアックスマンの邪魔になる人間を始末しているかのどちらかだ。カルロの関与をほのめかしたマイクルの言葉がまたしても頭に浮かび、ルカはサンドヴァルが約束どおりだれにも告げずに例の金庫を届けてくれるようにと祈るばかりだった。

28

やめたほうがいいとわかっていながら、マイクルは今朝《けさ》、ルカの審理を傍聴するために裁判所へ行った。なぜそんなことをしたのか、理由は自分でもよくわからない。深夜に地区検事と判事に話をつけておいたにもかかわらず、なにか重要なことを忘れているのではないかという気がした。かつての師に姿を見られたとは思わない。遅れて行って傍聴席の最後列に座り、保釈が認められるや法廷を出たのだから。留置房で会ったルカは、劣勢に立たされたせいか年老いて衰えて見えた。だが法廷では、サンドヴァルにほほ笑みかけたり、被告人席にふんぞり返ったりして、自信にあふれて見えた。その大胆不敵なさまを見て、五年前の公判の記憶がよみがえった。あの態度を見ていると、あっさり釈放させたのは正解だったのだろうかという疑問に襲われた。分署へ向かう道すがら、ありとあらゆる角度から検討した。ルカは本当にカルロの依頼で殺人事件を調べているのだろうか？　そうだとすれば、アックスマン事件に〝ザ・ファミリー〟が関与しているというマイクルの見立てがまちがっていることになる。あるいは、カルロがルカをだましていて、いずれルカになにかの罪を着せるつもりなのだろうか？

刑事局に着いて自席へ行くと、目をしょぼしょぼさせたケリーが待っていた。ふたりとも腰を下ろすなり、ケリーが手にした山のような書類の説明を始めた。

「ジョーンズとシッピーが最初の監視担当で、裁判所に行っています」いちばん上のメモを読みながら言った。

「よし。捜索報告書は？」マイクルは煙草《たばこ》に火をつけた。

ケリーは書類を繰った。

「二日前にシュナイダーの事務所の捜索を行なったのはヘッセル刑事です。なんらかの罪の証拠になりそうなものはなにも発見していません。ただし……」

ケリーはクリップで留めた二枚の書類をマイクルに差し出した。

「ヘッセル刑事がこれを書いたのは昨日、私たちの外出中です」

マイクルは報告書に目を通した。ヘッセルはシュナイダーの事務所でピンカートン探偵社の名刺を見つけている。その線を追ったヘッセルは、探偵社の人間から、シュナイダーはボディガードを雇いたくて訪ねてきたが空手で帰ってもらったという説明を受けた。

「ルフェーヴルか」マイクルはつぶやくように言った。あの男のことは覚えている。ルカの知り合いの途方もなく太ったクレオール、不安に押しつぶされた飲んだくれだ。あの男がボディガードを見つけてやる程度の簡単な仕事を断わったというのは腑《ふ》に落ちない。そういえば、シュナイダーの枕の下から拳銃が見つかっている。そしていま、彼がボディガードを探していたことがわかった。仮にシュナイダーがボディガードを必要とする理由をあのクレオールの探偵に話していたとするならば、それを探偵から聞き出すことができればシュナイダーが殺された理由の解明に一歩近づけるはずだ。

「ヘッセルに訊きたいことがあるので呼んでくれ」マイクルは言った。

「わかりました」ケリーが言った。「シュナイダーが過去五年間に扱った訴訟案件については、ジョーンズ刑事が市役所で調べました。〝ザ・ファミリー〟とのかかわりを知られている人物、あるいは、アックスマン事件の被害者のだれかが絡んだ案件はひとつもありません。カーターが昨夜、改めて調べました。やはりなにも発見できず、見落としもまったくなかったようです」

マイクルはしばし考えに耽《ふけ》り、指先で顔をなでた。新たな手がかりが現われるたびに、すぐさま役に立たないと判明する。今日の午後、被疑者候補の追跡調査の報告書が上がってくればまた新しい手がかりが浮上するかもしれないが、マイクルはあまり楽観的な気持ちを抱いてはいなかった。

目を上げて、ケリーが笑みを浮かべているのに気づいた。

「なにを笑っているんだ?」

ケリーは得意然として電報を持ち上げた。

「住宅局からです。エルマンノ・ロンバルディの住所がわかりました」

ロンバルディの下宿先は、第七区のオークの並木道に立つクレオール様式の細長いタウンハウスだった。パステルカラーの漆喰《しっくい》塗装が施されたタウンハウスは、夜咲きのジャスミンと柿の木々がある小さな庭の奥に立っていた。年配のクレオールの女が数人、せっせと玄関先の掃除をしているのをのぞけば、この通り自体が閑散としている。

マイクルとケリーは小道を足早に進んでロンバルディの下宿屋の前に立ち、呼び鈴を鳴らした。エプロンをつけた黒人クレオールの丸々とした年配の女がドアを開け、ポーチの網戸ドア越しにふたりを眺めまわした。第七区に住む女たちは百年以上続いている黒人中流階級の主婦で、家が自慢の気むずかし屋ばかりだという評判だ。そんな家の玄関先に警察官が現われるなど、社交界の名花が現われるのにも匹敵するほどの衝撃的なできごとなのだろう。

「はい?」女は警戒するような低い声だった。

「警察の者です」マイクルは言った。「エルマンノ・ロンバルディと話をしたいのです」

眉根を寄せた女の顔に不安そうな表情がよぎった。

「もう何日も見かけてないんですよ」女が強いフランス語なまりで言った。「ときどきそんなことがあるんですけれど」

「彼の部屋を見せてもらえますか？」マイクルはたずねた。

「ええ、もちろん」女は肩をすくめた。

女はしっかり糊《のり》づけしたエプロンで手をぬぐってから網戸ドアを押し開けた。

「靴をぬぐってちょうだい」いかめしい口調で居丈高に言った。

ふたりは網戸ドアを入ったところに敷かれた黄褐色のドアマットで靴の泥をぬぐい落としてからポーチを奥へ進んだ。家のなかは汚れひとつなく、観葉植物や絵、陶器の壺を並べた紫檀《したん》の飾り棚《エタジエール》、磁器の小像、その他の美術品が飾られている。あたりにミントジュレップの香りが漂っていた。女はふたりに誇らしげな笑みを向け、カーペット敷きのきしむ階段を先に立ってのぼった。

四階のあるドアに近づくと、不安を覚えるような腐敗臭に女は顔をしかめ、エプロンのポケットから鍵を取り出して錠を開けた。ドアを開けるや、においはさらに強くなり、糞便のような腐敗臭が三人を襲った。ベッドに全裸でぶざまに横たわるロンバルディがちらりと見えた。絞首用のワイヤーが首に巻きつき、白いシーツに茶色いしみができている。

女が悲鳴をあげ、片手で顔を覆《おお》ってドアから後退した。マイクルはポケットからハンカチを取り出し、鼻と口を覆って室内に入った。死体に近づき、検分した。顔には苦悶の表情を浮かべているが、首の筋肉がよじれて顎を下へ引っぱっているせいでほほ笑んでいるように見える。拳《こぶし》に丸めた両手がシーツを握りしめている。マイクルはケリーに向き直り、刑事局に殺人事件を知らせに行けと命じた。ケリーは最後にもう一度だけ死体を見ると、くるりと背を向け、マイクルひとりをエルマンノ・ロンバルディの亡骸《なきがら》とともに残して階段を駆け下りた。

三十分後、この家には人があふれていた。ロンバルディの部屋では警官隊がふだんどおり犯行現場での職務を地道に果たしていた。監察医が到着し、死体を簡単に検分したあと、死亡時期は少なくとも一週間前だと推定した。ロンバルディは最上階の唯一の下宿人だし、脚の悪い家主はめったに四階まで様子を見に行かない。彼は部屋を数日空けることがたびたびあったので、てっきり今回もそうだと思っていた、と家主は言った。

彼女の語るロンバルディの人物像はオニールから聞いたものと一致した——口数が少なく臆病で、自分の殻に閉じこもっていた。ロンバルディに対する家主の唯一の不満は、たびたび男の客が訪ねてきたことだ。ほかの連中よりもひんぱんに訪ねてくる男がひとりいたと言うが、人相風体については漠然とした説明しかできなかった——イタリア人のような顔をした三十代の大柄な男だ、と。

室内に揉《も》み合った形跡はなく、家主の話では、ロンバルディが帰宅した物音を最後に聞いたのはこの月曜日で、だれかいっしょだったようだが断言はできないらしい。マイクルは死体が全裸だったことを思い出し、監察医にたずねると、死亡する少し前に性交渉があったことが確認できた。マイクルの考える事件の流れはこうだ——ロンバルディがアックスマンについてしきりに吹聴《ふいちょう》していたので、彼の口を封じるべく何者かが報酬をもらって彼を殺害した。男がロンバルディを引っかけて、ふたりで彼の下宿部屋にしけ込み、ことを終えてロンバルディが眠り込んだところを、ワイヤーで首を絞めて殺害した。

ロンバルディの死体が運び出され、悪臭を外へ出すために窓を開け放ったあと、マイクルはロンバルディの所有物を調べた。室内に不審なものはなにもなかった。拳銃も、紙幣の山も、禁制品の入った袋も、暗号で書かれた帳簿もなく、日記すらなかった。だが、ベッドの足もとのチェストから、洗面用具入れ、ツインブレックスの剃刀《かみそり》、マカッサル油の瓶、ゲランの香水〝ミツコ〟の瓶、ブローニー折りたたみ式カメラ、ニューヨーク州ロチェスターにあるコダック社のスタンプを押された写真がいっぱい入った封筒数通を見つけた。

マイクルはベッドに腰かけて、すべての写真に目を通した。家族の写真は一枚もなく、友人たちの写真ばかりで、思い出したようにロンバルディ自身の写真が混じっている。何度か出てくる五、六人の男は、いずれもたくましい体に清潔感のある顔をしていた。ポンチャートレイン湖を訪れたときやピクニックに出かけたとき、野外ステージなどで撮った休日のスナップ写真ばかりで、だれかの家に集まったときの酔態をとらえたものも何枚かあった。彼らとの親密さがうかがえる写真を見て、マイクルは他人の私生活をのぞき見ているような気がした。

ロンバルディと男がふたりで収まっているものもあった。上半身だけの写真はどこかの川辺で撮ったものだろう。ふたりはたがいの肩に腕をまわし、風に髪を乱されて、カメラに向かってほほ笑んでいる。

マイクルはそのスナップ写真を持って一階の居間へ下りた。家主が支援を求めて友人たちを呼んだので、いまは年配のクレオールの女たちがなぐさめ合い、ひどい世の中を嘆いているさなかだった。一様に祈ったり悲しんだりする場にあって、それぞれがほかの女の声を圧して話している。これぞ、みんながいっせいに話す〝ガンボ・ヤヤ〟の状態だと思ったマイクルは、自分の話を聞いてもらうために声を張り上げた。

女たちの注意を引き、家主に写真を見せると、マイクルの考えが裏づけられた。このスナップ写真にロンバルディといっしょに写っているのは、ほかの連中よりもひんぱんに訪ねてきていた男だった。この男ならロンバルディのことをよく知っているはずなので、彼が殺害された理由について手がかりを与えてくれるにちがいない。マイクルは写真を持ってロンバルディの部屋へ戻り、ケリーとふたりで封筒の写真をすべて見直し、この男が写っているものを探すことにした。床に写真を縦横にざっと並べ、それが終わると一歩下がって、目の前の白黒のモザイク画のごとき写真の列をじっくりと眺めた。

マイクルは家主に見せた写真を手に取り、ロンバルディの肩に腕をまわしている正体不明の男をとくと観察した。短く切った爪。左手に比べて明らかに大きい右手。切り傷だらけの左手。この男はナイフを使う仕事に就いている。精肉業か料理人？　ほかの写真を眺めて、だれかの家に集まった男たちの集合写真に目を留めた。この未詳の男は、部屋の奥のテーブルについている。ピーコートを着て、その下は汚れた作業衣だ。その胸もとに文字の記されたワッペンが貼ってあるのだが、コートのかげになって文字は一部しか見えない。マイクルは最初の数文字から〝ノーマンスンズ〟だろうと推測した。港にある水産加工場の名前だ。

29

アイダはダンドレアが出ていくのを待って、ルフェーヴルのオフィスをのぞき見た。ルフェーヴルは電話の受話器を耳にあて、ずんぐりした指でデスクを打っている。交換手が電話をつなぐのを待っているのだろう。アイダは彼とダンドレアの会話の一部を盗み聞きしていた。シュナイダーの名前も聞き留めたので、いまルフェーヴルが電話をかけている相手はあの事件になんらかの関係があるのだろうと踏んだ。自分のデスクに戻り、早撃ち名人よろしく電話機に手をかけて準備すると、すりガラスの間仕切りを通してルフェーヴルの姿が見えるようにつま先立ちになった。

「ムッシュ・ルフェーヴル？」と声をかけた。ルフェーヴルが受話器を耳から離すのが見えると、自分のデスクの受話器を持ち上げた。

「なんだ？」ルフェーヴルが大声でたずねた。

「じきに昼食に出るかもしれません」アイダはいささか言葉をにごした。

「ああ、どうぞ」ルフェーヴルは首を振り、ふたたび受話器を耳にあてた。

アイダは席につき、交換手がルフェーヴルの電話をつなぐのを待った。

「ジョン？　ルフェーヴルだ」彼が電話の相手に言う声が聞こえた。

「よう、ルフェーヴル」

アイダはその声を聞いて相手がだれかわかり、ピンカートン探偵社にジョン・モーヴァルの記録がいっさいない理由も察しがついた。

「話し合う必要がある」ルフェーヴルの口調は歯切れよくきびきびしている。「たったいまルカ・ダンドレ

「アがうちへ来た」

一瞬の沈黙があり、アイダの耳に電話の向こうの音が聞こえた――タイプライターを打つ音、会話、足音。

「やつの用件は？」

「当ててみろよ」ルフェーヴルが皮肉たっぷりに言った。

相手はため息を漏らした。「こっちへ来てくれるか？」

「いいとも。できるだけ早く行く」

ルフェーヴルが受話器を置くのを待ってアイダも受話器を戻した。ハンドバッグとコートをつかんで建物を出て、ルフェーヴルに見つからないことを願って通りの向かい側で待機した。雨のなか、スーツ姿のビジネスマンがふたり、傘の下で笑みをたたえて通りすぎた。彼らが振り向き、ダンドレアという名前らしいさっきの男が事務所に入ってきたときに浮かべたのと同じ表情でアイダを見た。飲んだくれのルフェーヴルは彼女の容貌を損ねている目のあざと額の切り傷に気づきもしなかったが、アイダはそれらを隠そうというように片手で覆《おお》った。人に見られることには慣れっこだとはいえ、こんな怪我《けが》のせいで人目を引くのはごめんだ。

襲われたときの記憶がまたしても脳裏をよぎり、あのときの恐怖にまたしても全身が震えた。怖くてたまらなかったこと、無意識にかっとなって石をつかんだこと、その石で少年ふたりを殴りつけたこと、ふたりがぬかるんだ雨水溝に血まみれの死体のように倒れていたことを思い出した。どれぐらいひどい怪我をさせてしまったのだろう？　彼らはわたしを探し出すだろうか？　スカートを引き下ろされる感覚、悪夢でも見ているような無駄な抵抗、手にした石の重みがよみがえった。彼らに投げつけられた暴言を思い出し、ルイスといっしょではなく自分ひとりだったとしても彼らは襲ってきただろうか、と考えた。

なにより、自分が愚か者のように思えた。すべて自分のせいだという気がした。遊び半分に探偵を気どり、そのせいでわが身とルイスを危険に引きずり込んだ。事務仕事が分相応なのかもしれない。職場の花でいることが。そもそもルフェーヴルが採用してくれたのはそのためだったのでは？

それなのに、ルフェーヴルとダンドレアの話の内容にぴんと来ると迷うことなく盗み聞きしたし、ルフェーヴルの電話を盗聴したし、こうして外へ出てきて彼のあとを尾《つ》けるつもりで見張っている。ショック状態に陥っているあいだに、別の自分が主導権を握って切り抜けさせてくれたような気がする。いままで思っていた以上に自分は立ち直りが早いということがわかった。この新たな自覚のおかげで、ある程度の自信と決意が得られた。この調査を続けるしかない。

数分後、ルフェーヴルが出てきてかすかな外光に目をしばたたいた。帽子をななめに頭に載せて重い足どりで通りを歩きだした。重量級の体と血中アルコールのせいで足もとがおぼつかない。雨のなか、アイダはあとを尾けたが、数ブロックほど行ったところでルフェーヴルは高層の事務所ビルに入っていった。

ビルの外でしばらくぶらぶらし、ルフェーヴルはこのビルの何階かにあるモーヴァルの事務所を訪ねたにちがいないと判断して、アイダはなかの受付区域に入った。金色の縁取りのあるカウンターの奥に座っているとりすました受付係には目もくれずに、鮮やかな緑色をしたシダの脇の掲示板にピンで留めてある入居案内板に近づいた。〈ジョン・モーヴァル衣料品製造会社〉の名前があった——四階全部を借り切っている。アイダはくるりと向き直って受付係に会釈し、事務所ビルを出た。

また通りの向かい側で待機した。今回は店の日よけの下で雨をしのいだ。ルフェーヴルの用件は二十分ほどかかった。不安げな顔であわててビルから出てくると、精いっぱい足を速めて路面電車の駅へ向かった。アイダは通りを渡って彼と同じ側へ戻り、しばらく待った。目当ての路面電車が来てルフェーヴルが乗り込むと、アイダは、席につくまで彼が振り向かないようにと願いながら後部ドアから飛び乗った。後部の指定区域に乗っている黒人の数に応じて前後に移動させることのできる間仕切りまで行ってそっと席につき、見とがめられないように、ニス塗りの施された座席に深く身をひそめた。

路面電車は商業地区を離れて南西部の緑豊かな住宅地区へ向かった。街の外へと広がる細長い住宅地区は、手入れの行き届いた庭園や並木のある大通りなどの寄せ集めだ。チューレーン大学の中庭の横を過ぎ、オーデュボン公園の外周を通り、ペリエ通りに入ったときにルフェーヴルがベルを鳴らしたので、アイダは彼が降りるのを見届けた。次の駅で降りて引き返すと、ちょうどルフェーヴルがヘンリー・クレイ大通りへと曲がるところだった。コロシアム通りを横断する彼のあとを尾けて、巨大化したフランスの城館のような不気味で広大な建物に入っていくのを確認した。立地や規模、格子のつけられた窓、さらにはそびえるほど高いレンガ塀のなかにあるという点から、この施設が精神科病院だと察しがついた。

ルフェーヴルがなかに入ったと確信すると、門に近づいて看板を読んだ。〈ルイジアナ州立精神科療養所〉。名前は聞いたことがある――ニューオーリンズの最富裕層が利用する精神科病院だ。しばらく様子をうかがっていると、表門は人びとが出入りし、雨の降る中庭はこの病院を運営している修道女たちが両手でベールを押さえて小走りに横切ったりしている。職員通用口があるだろうと踏んで、アイダは建物の裏手へまわった。庭園に面した門を見つけてなかに入り、粗末な木製の休憩所のなかで雨から守られているベンチに腰を下ろした。

三十分ほどのち、アイダよりもふたつばかり年下とおぼしき黒人の少女が建物から出てきて、裏のポーチに腰を下ろした。ぽっちゃりしていて、紺色のお仕着せに身を包み、ひっつめ髪に木綿の白い帽子をかぶっている。膝に置いた金属製のランチボックスから黒ソーセージサンドを取り出してひと口ずつゆっくりと食べだした。アイダは休憩所から出て少女のところへ向かった。彼女は近づいてくるアイダを見て怪訝《けげん》な顔をした。アイダはほほ笑みかけながらも、彼女の服から消毒剤の鼻をつくにおいがするのに気づいた。

「こんにちは。ここで働いてるの？」と声をかけた。

少女はうなずき、あざと傷のあるアイダの顔をうさんくさそうに見つめた。アイダは少女の隣に腰を下ろし、またほほ笑みかけた。

「頼みを聞いてくれたらお金をあげる」と切りだした。

少女は食事の手を止め、眉をひそめてアイダを見た。

「どんな頼みですか？」少女は強いアップタウンなまりでたずねた。

「三十分ぐらい前にルフェーヴルという名前の男性がこの建物に入ったの。面会者名簿を調べて、彼が見舞った相手の名前を教えてくれれば一ドルあげる」

少女は品定めをするようにアイダを見ていた。

「どうしてそんなことを知りたいんですか？」よからぬことが起きていると察知した街娼のように、アイダに向けた目を細めた。

「それは話すわけにいかないの」アイダは不本意そうに聞こえるように努めた。

少女は黙ってアイダを見つめつづけている。

「二ドル」そのうちに少女が要求した。「受付係にも一ドル渡さないといけないから」

「いいわ」アイダは少女が嘘を言っているのは百も承知だ。少女のほうは、アイダをまんまとだましてやったと満足したのか、初めて笑顔を見せた。またランチボックスのサンドイッチを食べだし、服に落ちたパン屑を払い落とすと、建物に入っていった。

アイダは十分後には市内へ戻るべく路面電車に乗っていた。ルフェーヴルが訪ねた入院患者はサミュエル・クライン・ジュニア。聞いたことのある名前だが、どこで聞いたのかは思い出せない。そこで、勤務が終わると図書館へ行き、地元の新聞で探した。彼の名前は重要記事のいくつかに出てきた。サミュエル・クライン・ジュニアは上流家庭出身の准将で、キューバやフィリピンにおける戦闘の英雄だった。戦地から帰国後は政界入りしてベールマン市政で役職に就き、ストーリーヴィルでの営業許可を与える権限を持つ委員会の管理責任者となった。だが、記事の多くは数年前の訴訟に関するものだった――未成年者に対する猥褻《わいせつ》行為で起訴されたのだ。彼は辞任して神経障害だと診断され、好意的な判事により、あの療養所へ送られた。ダンドレアがアックスマン事件のことで会いに来たら、ルフェーヴルはニューオーリンズの旧家の一員に会いに行った。新たな関係者が浮上するたびに、より大きな影響力と権力を持つ人物へつながっていくことに、アイダは不安を覚えた。どうも上司であるルフェーヴルがその中心にいるように思えるのだ。

30

　降りつづく雨によってバイユーじゅうの道が水びたしなので、一歩進むごとに泥のなかから足を引き抜くという遅々たる歩みになっていた。シモーンの家まであと数分の人気《ひとけ》のない小道に達したとき、ルカは背後の足音を聞きつけた。振り向くと、路面電車の駅で見かけた男が肩からぶつかってきた。気づいたときには地面に倒されていた。顔をめがけてピストンポンプのように繰り返し浴びせられるパンチが顎に命中し、歯を砕いた。

「八年だぞ、くそったれ！」男がパンチの合間にわめいたので、ルカは遠のく意識のなかで、この男と前にどこで会ったのかを思い出していた――十年前、ある酒場で起きた暴行事件。たまたま居合わせたこの男には前科があった。ルカが改竄《かいざん》した証拠により〝アンゴラ〟に八年の懲役となった。

　応戦しようとしても無駄だ。せいぜい腕を上げて防護姿勢をとり、パンチをかわそうとするぐらいのことしかできない。こっちは年をとって力が衰え、疲弊しているのだから、襲撃者のほうがことごとく有利だ。執拗《しつよう》に顔や腕、腹部を殴られるうちに頭がぼうっとして思考が散り散りになり、意識が肉体から離れた。パンチの衝撃が鈍く遠くなって痛みを感じなくなった。まるで殴られているのが自分ではないようだ。ルカはわが身の運命を予感した。湿地の川の暗く温かい水に落ちていくのだ。それはある意味、回帰であり回復でもある。そう考えると、どういうわけか心が落ち着いた。両腕を脇に下ろして目を閉じた。男はコンクリート・ブロックのような拳《こぶし》で殴りつづけた。そのうちパンチの雨の勢いが徐々に弱まり、スイッチを切ったエンジンのようにやがて止まった。静寂のなかに雨音だけが聞こえていたが、いつのまにか男のすすり泣く声も聞こえてきた。

「八年だ」男はぼそりと言った。込み上げる怒りに声が震えている。「八年」男に抱えられ小道の端へ引きずられるのを感じて一瞬だけ目を開けると、川岸の泥が崩れて水中に落ちるのが見えた。体を持ち上げられたのがわかり、川に放り投げられるのだろうと思った。なぜそんなことをしたのか自分でもよくわからない。一種の原始本能だったのかもしれないが、男が水中に放り込もうとした瞬間、ルカは男のシャツをつかみ、ふたりいっしょに水のなかへと転がり落ちた。

溺《おぼ》れそうになったとき、運命に屈してしまえば美しい平安が訪れる、と聞いたことがある。なぜそんなことがわかるんだ、そんな話は溺れ死んだ船乗りたちの魂を鎮めるために言い継がれる与太じゃないのか、とつねづね思っていた。だが、なにかに屈しかけているいま、永遠の平安が訪れようとしているのを感じた。体から淀《よど》みのようなものが消え、彼の頭は教会の儀式の光景へ飛んでいた——白いローブ姿の人びと、洗礼のために水にひたした顔、心安まる響きの賛美歌。

水面を割って顔を出し、空気を求めてあえいだ。水が急に冷たく感じられ、切り傷や打撲傷が痛んだ。岸まではそれほど離れていない。手探りするうち泥に手がかりを得た。呼吸が苦しく、息を吸い込むたびに肺に鋭い痛みを覚える。全身の力を振りしぼり、転がるように土手に上がって、深く息を吸い込み、息を吐いた。打撲傷と切り傷とひびの入った骨の痛みが、生きている証《あかし》だ。上空の雨雲と、まるで空をなでているような木々の梢《こずえ》や雨に打たれて揺れる葉を見つめた。

水のはねる音と悲鳴が聞こえ、首《こうべ》をめぐらせて川を見やった。あの男が恐慌を来《きた》し、もがいていた。沈みかけては浮かび上がって悲鳴をあげている。あの男を川から引き上げてやるなど愚かなことだとわかっているが、ルカはよろめきながらも立ち上がり、水辺に枝を垂らしている木を見つけて近づいた。力はほとんど残っていないので、幹から分かれた枝の根もとに全体重をかけて倒れかかった。枝の先端が水面に近づき、男は何度か手探りしてそれをつかむと、それを手がかりに体を引き上げるようにして無事に土手に上がった。見ていると、男は咳き込み、体を折って水を吐いた。ルカはやがて目を閉じ、しばらくして意識を失った。

意識が戻ったとき、空はすでに暗くなり、ルカはひとりきりで枝の上に倒れていた。例の男を捜したが、跡形もなく消えていた。やっとの思いでどうにか立ち上がると、放心状態で足を引きずりながらシモーンの小屋をめざした。目が出血していてろくに見えないが、なんとか小屋の前にたどり着き、小道に崩れ落ちた。興奮した鶏《にわとり》たちが騒々しい鳴き声をあげた。

31

ノーマンスンズ水産加工場は港のいちばん端にちょこんと立っていた。湿気を含んで黒っぽくなった木造の建物はすきま風が吹き抜けそうだ。入口脇の事務所が間仕切りで区切られているだけで、だだっ広い床一面に五十ほどの作業台が並んでいる。各作業台で、血まみれのつなぎの作業衣にゴム長靴という格好の作業員たちが大量の魚の加工処理をしていた。

ケリーとマイクルは工場長に話を聞いた。シアーズ・カタログで買った安物のスーツ、同じく安物のポーコニーの靴、蝶ネクタイといういでたちのきまじめな男だ。ロンバルディの下宿部屋で見つけた写真を見せると、工場長は男の顔を認めてしかつめらしくうなずいた。先に立って作業場を横切り、並んだ作業台の横を通りながら加工工程を説明した——魚の内臓は残滓《ざんし》加工場へ、おろした身は缶詰工場へ、魚油は薬局へ、骨はにかわ工場へ、それぞれ運ばれる。作業場内は海水と死んだ魚のにおいが立ち込め、マイクルはケリーが鼻に手をあてて吐き気をこらえているのに気づいた。

三人は、がっしりした体に端整な顔立ちのイタリア人が大きすぎるナイフで魚を切り、部位ごとに仕分けて色の異なるトレーに放り込んでいる作業台に近づいた。大きな図体のわりに男の動きは優雅で速く、魚の頭や胴体や尾に入れたナイフが舞うように動くたびに銀色の刃とそこについた赤い血がちらちらと見えた。

「ロッコ、警察がおまえを訪ねてきてるぞ」工場長が、四方の壁に反響している何百本ものナイフの音に負けじと大声で告げた。

ロッコが顔を上げてうなずいたので、マイクルは例の写真の男だとわかった。無表情でいかつい顔にはあばたがあり、頬骨の下がくぼんでいる。

「警察の用がすんだら事務所へ来い」工場長はいぶかしんでいる様子で嚙《か》みつくように言った。

「わかりました」ロッコは工場長の目も見ず、作業のリズムも崩さずに、こともなげに言った。工場長はロッコに威圧するような目を向けたあと、作業台のあいだを縫《ぬ》うように歩いて事務所へ戻っていった。

「ロッコ、私はタルボット刑事、こっちはケリー巡査だ」

ロッコはふたりをちらりと見た。女のように長く濃いまつげの下に、一瞬だけコバルトブルーの瞳が見えた。

「用件は？」

「ロンバルディのことで話を聞きたい。彼になにがあったか、聞いてるだろう？」

「いや。なにがあったんだ？　殺されたか？」ロッコが太い前腕で額の汗をぬぐいながらたずねた。そのさりげない口調に、マイクルは返答に詰まり、と考えた。自分はふたりの関係を誤解したのだろうか、と考えた。

「そうだ。殺された」ようやく、その知らせにある程度の厳粛さを添えようと努めながら答えた。

「だから言ったのに」ロッコは作業の手を速め、怒りをぶつけるかのように魚にナイフをふるった。

骨や身を部位ごとにナイフの腹ですくってそれぞれのトレーに放り込んだ。マイクルの目に、完璧に身をはがされて黄色く光っている骨がちらりと見えた。ロッコはブラシでまな板をぬぐい、内臓を足もとのバケツに落とし入れた。

「とにかく、あんたにとって状況はかんばしくない」マイクルは言った。

「なんでだ？」ロッコはわずかに凄《すご》みをきかせた。

「ロンバルディの殺された理由はわかっている。アックスマンについて吹聴《ふいちょう》していたからだ。それを知っていた人間はおそらく、彼があんたに話したはずだと考える」

それを聞くと、出会ってから初めてロッコは作業の手を止めた。しばらく考えたのち、自分の身も危険だと理解したことがごつごつした顔にゆっくりと表われた。ふたりをまじまじと見つめ、木製の作業台にナイフの先端を突き立てた。刃はしばらく揺れていた。彼は作業台の脇からぼろ布を取って手を拭き、工場の奥の扉を顎先で指した。

「外で話そう」

彼は先に立って、自分とふたりの警察官に意味ありげな目を向けながら持ち場で単調な仕事を続けている男女の横を通って作業場を横切った。扉を出た先は波止場に突き出た屋根つきの桟橋《さんばし》だった。扉を閉めると加工場の作業音がまったく聞こえなくなり、川面に打ちつける雨の音と遠くの汽笛が聞こえた。椅子が無造作にいくつか置いてあった。上方は屋根の苔《こけ》むした梁《はり》、足もと一面には放り捨てられた吸い殻。

三人とも椅子に腰を下ろし、ロッコが波止場を眺めた。「なにを知りたい?」胸ポケットのパックから煙《たば》草《こ》を一本取り出して火をつけた。

「噂によるとロンバルディは——」

「エルマンノだ」ロッコがさえぎって言った。「彼の名前はエルマンノ。ロンバルディなんて呼んだら、死んだと認めるみたいだ」彼が不意に悲しみをあらわにしたので、マイクルは黙り込んだ。隣に座っている大男はやはり悲しんでいるのだ。

「わかった」マイクルは彼の気持ちを慮《おもんぱか》った。

「噂によるとエルマンノはアックスマンについて吹聴したせいで殺されたらしい。彼があんたにどんな話をしたのかを知りたい」

ロッコはため息をついて首を振り、目の前の汚染された川を見た。水産加工場の屋根の垂木《たるき》で二羽のカモメが騒々しい啼《な》き声をあげた。

「ここだけの話だ。いいか? おれは判事の前に立つつもりはない」

「いいだろう」マイクルは応じた。「あんたは逮捕されたわけじゃない」

ロッコはしばらくマイクルを見つめていたが、そのうち不安げに髪をかき上げてから話しだした。

「えー、数カ月前だったと思う。マンノは一本の電報を受け取った。北部の——ボストンのおじさんから。材木工場を経営してるおじさんだ。ボストンへ来て仕事を手伝う気があるかってね。金をたんまりくれるっていうんで、マンノは行くと返事をして、この街を離れる準備を始めた。そんなときだよ、ある仕事を頼まれたのは。ほら、金に困ると、マンノはよくごろつきどもの仕事を引き受けてたんだ——だれかを脅すとか、金を取り立てるとか。そういうちょっとした仕事をね。で、街を離れようかってころに、バイユーのどこだかへマリファナを届ける仕事を頼まれた。マンノは引き受けて、言われた場所へ荷物を届けた。でも、あやしいと思った。マリファナにしては荷物が軽すぎたし、だれがバイユーなんかにマリファナを届ける？　そうだろ？　で、だれかにはめられてるんじゃないかって考えた。マンノはそういう点では頭が切れたからね。

それで、人気《ひとけ》のない場所へ行って荷物を開けてみた。マリファナなんて入ってなかった。ぼろと新聞紙と詰めものだけ。なかを見ると紙が何枚か。手紙らしいが、フランス語で書かれてて文面は読めなかったって。でも、その手紙にリストみたいなものが書かれてて、ほら、名前と住所をいくつも並べたやつだよ。それだけは読むことができたらしい。で、荷物を元どおり包み直して、指定の場所へ持っていった。

だけど、だれも受け取りに来ない。相手が取りに来ない場合は荷物を道路脇に置けと指示されてたそうだ。とにかく、何時間か待ち、だれかに見られてるって気がするのに、だれも現われない。だから、指示どおり溝かなんかに荷物を置いて帰ってきた」

「その場所は？」マイクルはたずねた。

ロッコは首を振った。「具体的な場所は知らない。バイユーへ向かう道路のひとつとしかマンノは言わなかったから」彼は肩をすくめ、煙草を一服し、波止場を眺めた。

「わかった。話を続けてくれ」マイクルは椅子に背中を預けた。

「帰ってきて、北部へ行く準備を始めたら、また電報が届いた——材木工場を経営してるおじさんが火事で死んだって。材木工場も焼失したから仕事もなくなって、マンノはしかたなくニューオーリンズにとどまった。そのころだ、アックスマン事件が始まったのは。そのあと……よくわからないが、三番目の事件のあとかな、マンノがあることに気づいたんだ——例のリストに載ってた名前と、アックスマンに殺された人たちの名前が同じだってことに」

「そのリストに載ってた名前はいくつだ？」

「知らない。いくつかだろ」ロッコは肩をすくめた。

「これまでに殺された数よりは多いと思うけど」

「で、彼はリストの名前についてどう言ったんだ、ロッコ?」マイクルは食い下がった。

「どういう意味だ?」

「イタリア人の名前だったのか? 男の名前だったのか? 住所の地区は?」

ロッコはまたしても首を振った。

「さあ、覚えてない。名前だとしか言わなかった。どういう名前かなんて言わなかった。名前と住所、としか」ロッコは少しばかり動揺していた。

「わかった。続けてくれ」マイクルが促し、ロッコは話を続けた。

「マンノはなにもかも計算されてたことに気づいた――連中は彼が街を離れると知って荷物の配達を頼んだ、と。でも、街にとどまることになったから、警察にたれ込まないように殺されるかもしれないって。それでマンノは、街を出るために金をかき集めはじめたんだ。逃げつづけるには金が必要だからな。そのあとは、あんたも知ってのとおりだ」

ロッコは肩をすくめて川面を見やった。捨てられた血まみれの魚が、ずぶ濡れの油紙や空き缶に混じって浮かんでいた。

「どうやって殺されたんだ?」彼はマイクルを見て低い声でたずねた。

「首を絞められていた。下宿部屋で」マイクルは努めて穏やかな口調で告げた。

ロッコはうなずき、足もとを見つめた。落ちている吸い殻の何本かをブーツのつま先で押しのけた。

「さっさと逃げろと勧めたのに、マンノは街を離れる前に金を手に入れようとした」彼はため息を漏らした。

「いつ死んだんだ?」

マイクルはロッコを見た。彼の悲しみの深さに驚いた。彼もまた許されざる愛に身を置いているのだと思った。

「数日前だ。あんたが最後に彼と会ったのは？」

「一週間ほど前だ。言い争いになった」

マイクルはそれに対して云々《うんぬん》しなかった。雨が桟橋《さんばし》の屋根や、ごみを上下左右に揺らしている油の浮いた川面をたたく音を聞いていた。ポケットからケースを取り出して煙草に火をつけ、ロッコのほうへ身をのりだした。

「いいか、ロッコ。これはとても重要なことだ。彼はだれから仕事を頼まれたんだ？」

ロッコは首をめぐらせて、険しい顔でマイクルを見つめた。傷心と、〝ザ・ファミリー〟のことを密告する愚かさとを秤にかけている。

「法廷で証言する気はない。あくまでも、ここだけの話だ」

マイクルはうなずいた。

「ピエトロという男だ。おれはそいつのことは知らない。マンノに言わせれば、チャンスを待ってるだけの中身のない男らしい」

「顔や背格好は？」

「グリースで髪をうしろになでつけたイタリア人の小男。背丈はそいつと同じぐらいじゃないかな」ロッコが身ぶりでケリーを指した。

「年齢は？」

「三十代後半だと思う。おれは一度見かけただけだから」ロッコは肩をすくめた。

マイクルはうなずき、笑みを浮かべた。垂木にいた二羽のカモメが飛び立ち、激しく降る雨にあらがって川の上空を翔《かけ》た。三人は遠方に消え去るカモメたちを眺めた。

「どこへ行けばその男に会えるかわかるか？」

ロッコは首を振った。

「マンノは商業地区のあるバーで会って仕事をもらってた。たしか〈ティートズ〉って名前の店だったと思う」

マイクルはまた笑みを浮かべた。「ありがとう、ロッコ」

立ち上がると、ケリーも倣《なら》って立ち上がった。

「教えてくれ。次はおれが狙われるかもしれないって言ったのは本気だったのか?」ロッコがたずねた。

「可能性はある」

「おれはどうすれば?」

「だれかに尾けられていると感じたら私に知らせてくれ」

マイクルはロッコに名刺を渡し、帽子に手を触れて挨拶《あいさつ》すると、ケリーを伴って工場内へ引き返した。

ふたりは作業場を抜けて通りへ出た。マイクルの頭はフル回転していた。ロンバルディの見たというリストには、これまでの犠牲者よりも多くの名前が書かれていた。殺人はまだ続くのだ。

32

ルイスは傘をさしてペルディード通りを歩きながら、数分ごとに足を止め、実家に戻ってひさしぶりに会った知り合いに挨拶《あいさつ》をした。子どものころに住んでいた地区に帰ってきて、幼なじみのなかに戻るのは不思議な感覚だった。彼らに好意を抱いているのに、通りで出くわすとつい憂鬱になる。飛び出しナイフの使い手やばくち打ち、麻薬常用者、売春婦とその客引き――そういう連中がスラム街の住人たちのなかを歩きまわっている。計画も野心も明日への希望もない短く無駄な人生。

ルイスは才能と仕事に恵まれた自分は運がいいと承知していた。生まれ育った貧困という境遇から救い出してくれる手だてがあるということが。六歳で初めてマヤンの家で暮らすようになったころとは状況がまるでちがう。あのころの彼は、半端仕事とごみあさりと日々のやりくりに追われていた。マヤンは彼をフィスク少年学校に入れたが、ルイスの時間のほとんどは家族を食べさせるために費やされていた。フロント・オ・タウンで新聞を売ったり、わずかばかりの金を得るために街角四重合唱団に加わって歌をうたったり、石炭運びの仕事をしたり、ストーリーヴィルで働く女たちの〝部屋〟に届けものをしたりしていた。仕事がないときはごみあさりに行った。シルバーごみ集積場でごみをあさるか、あるいは友だちと港まで行って石炭艀《はしけ》の荷下ろしがすむのを待ち、人のいなくなった艀に入り込んで石炭くずを集め、バック・オ・タウンでバケツ一杯五セントで売るということをしていた。最悪なのは、タンゴ・ベルトに立ち並ぶレストランのごみ容器をあさって捨てられた食べものを持ち帰ったときにマヤンが家にいる場合だ。傷んだ部分をマヤンが切り落とし、ルイスがそれをレストランへ持ち帰って店主が払ってくれる金額で売るというはめになるのだ。

ルイスのごみあさりと、マヤンの家事手伝いの仕事、絶え間なくアパートメントを訪れる男たちのおかげで、食卓にはいつも食べものが並んだが、それは、ルイスが自分の子どもたちに与えたい生活ではなかった。もちろんクラレンスにもだ。クラレンスがあんな事故に遭ったことをルイスはつねに心苦しく思っており、できるかぎり甘やかしてやるつもりだった。医者や特別支援学校の費用にあてるために毎週、貯金をしていた。クラレンスを完治させて、医師たちの診断がまちがっていると証明できるだけの金を貯められるようにと祈った。仮に診断がまちがっていると証明できなくても、クラレンスになにひとつ不自由のない生活をさせてやりたかった。

夕方、家を出る前に、帰ったらベッドでお話を聞かせてねとクラレンスにせがまれた。「新しいお話だよ」とクラレンスは言った。ルイスは新しい幽霊話を考えようとしたが、どうしてもなにも思いつかなかった。クラレンスを満足させてやろうと、ルイジアナに古くから伝わる幽霊話はすでに残らず話して聞かせている。低湿地をうろつき、唯一カエルだけを怖がるフランスの狼人間ルーガルーの話。大農園《プランテーション》を襲う不死身の逃亡奴隷ブラ・クペとその一味の話。人体実験に使う黒人を連れ去るために、夜になると睡眠剤をたっぷり入れた注射器を携えてバック・オ・タウンを訪れるチャリティ病院に勤める白人の医学生たちニードルメンの話。聖史劇《ミステール》まで聞かせてやった。シルクハットにタキシードという格好で、フランス貴族の名前にちなんで犯罪者男爵《クリミネル》、十字架男爵《ラ・クロア》、土曜男爵《サムディ》と呼ばれるブードゥー教の骸骨《がいこつ》たちの話まで。

だがクラレンスのお気に入りは、バイユーに宝物を埋めるたびに仲間の船員を殺し、その幽霊に宝物を守らせる海賊ジャン・ラフィットの話だった。幽霊たちは日が暮れると狐火や鬼火となってバイユーに現われるが、旅人たちが近づくと遠ざかって、安全な道から引き離すと言われている。

ルイスは角を曲がってビエンヴィル通りに入り、目的の場所へと近づいた――手入れの行き届いた小さな庭園の奥に立つ白漆喰《しっくい》塗りの植民地時代様式《コロニアル》の建物〈マホガニー・ホール〉へと。雨から逃れられてほっとしながら玄関ポーチに上がり、ドアをノックした。ドアが開いて、ルイスと同年代で肌の色が薄い黒人の美しい女が現われた。名前を告げると、女がみごとな装飾の施されたホールへ案内してくれたので、ルイスは背部にボタン絞りが施された赤い革張りの肘掛け椅子に腰を下ろした。

ホール内を見まわした――寄せ木張りの床に敷かれたペルシャ絨毯《じゅうたん》、アーチ型の高い天井に吊された金色のシャンデリア、隅に置かれたグランドピアノ。そこかしこに配された長椅子やソファで、下着姿の女たちがトルコ後宮の女奴隷のようにけだるげにくつろいだりおしゃべりをしたりしていた。全員が若く魅力的で、なにより重要なことに、肌の色が薄い黒人だ。〈マホガニー・ホール〉ではオクトルーン――黒人の血が八分の一で、白人の血が八分の七の混血――しか雇わない。歓楽街の常連客である白人の男たちがその割合を望ましいと考えているからだ。

夜もまだ早いため、ホール内は比較的静かだった。ただ一の客はバーカウンターで酒を買っている。たまたま振り向いてルイスが見つめているのに気づくと、若い黒人が客のように座っているのを見てあからさまに驚いた様子をした。ストーリーヴィルではどの売春宿も黒人の出入りが認められていない。少なくとも客としては。その規制が、アップタウンのもう少し先にある黒人向けの赤線地帯、マヤンが仕事をし、ルイスが育ったブラック・ストーリーヴィルの誕生につながったのだ。男は首を振り、笑みを浮かべた女が行儀よく座って指先に髪を絡めながら待っている長椅子に戻った。男がシャンパングラスを渡すと、女がルイスをちらりと見た。ばつが悪そうに見るので、相手が美人なのにルイスは同情を覚えた。

ホールにいる女の何人かも、なぜそこにいるのかといぶかるようにルイスをちらりと見た。女たちを見て、ルイスはアイダを思い出した。見た目の共通点――肌の色が薄い黒人で若く美しい――だけではなく、アイダに感じたのと同じ、社会に根を張らず、だれも信じていないという空気を彼女たちも放っているからだ。彼女たちは流浪の身である悲しさをまとっている。黒人にも白人にも属さずにニューオーリンズの売春宿に流れ着き、社会の定める自分たちの特徴を受け入れて、それを風変わりな魅力として商品に変えた。その魅力を時間単位の金に引き換えて、自分たちを根なし草にした男どもに売っている。

ルイスが笑みを送ると、女たちはそれぞれの個性に応じて、ほほ笑み返したり横柄《おうへい》に目をそむけてそっぽを向いたりした。何年も前、ルイスがベイシン通りにあったころの〈マホガニー・ホール〉で働いていたときに知り合った顔はひとつもない。当時の〈マホガニー・ホール〉は四階建てで、床板は杉綾模様《ヘリンボーン》、窓はどれもニューヨークからはるばる運ばせたティファニーステンドグラスで飾られていた。座付きバンド《ハウス》のリーダーだったジェリー・ロール・モートンが北部で身を立てるために辞《や》めたあと、キッド・オリーが後任として雇われ、ルイスはそのときに結成されたバンドの一員として仕事にありついたのだ。

奥のドアが開き、一分のすきもない身なりをした肌の色の薄い黒人女がルイスのそばへ来た。「リル・ルーイ!」女は強いフランス語なまりのある声を張り上げた。ルイスが立ち上がると、女はその胸でルイスの頭を押しつぶしそうなほどに抱きしめた。

「こんばんは」ルイスはルル・ホワイトの胸に向かって言った。「これじゃ息ができないよ」

ルルがルイスを放して見つめ、笑みを浮かべた。堂々として魅力的な彼女は、短い髪に大きな尻をした恰幅《かっぷく》のいい中年だ。ストーリーヴィルが全盛だった時代からずっと〈マホガニー・ホール〉を経営している。ブルーブックス――有名な売春宿の一覧表や、女たちの美貌と人種と寛容さに応じて作成した目録を載せている〝ザ・ディストリクト〟の手引書――では、〈マホガニー・ホール〉を、ルル自身と同じく黒人の血が八分の一混じった女だけを取りそろえた〝オクトルーン・パーラー〟だと宣伝している。ルルはみずからを〝高級娼婦のダイアモンド・クイーン〟だと称し、それが功を奏した。〈マホガニー・ホール〉を作るのに四万ドルを注ぎ込み、二年たらずでそれを回収した。海軍がストーリーヴィルを閉鎖させると、ルルはホールをこのみすぼらしい場所へ移した。ティファニーのステンドグラスはなくなっても、このホールにはいまも往時の雰囲気が漂い、〝古き良き時代《ラ・ベル・エポック》〟の名残をとどめている。

ルルはルイスを個室に通し、給仕係にペパーミント・シュナップス入りのホットチョコレートをふたつ持ってこさせた。最後に会ったあと数カ月間の近況をおたがいに話し終えると、ルイスは本題であるモーヴァルへと話題を移した。アックスマン事件、モーヴァルが犯行現場を嗅《か》ぎまわっていたこと、モーヴァルが事件に関与しているというアイダとふたりで立てた仮説。ルルに対してこんな説明をするのをいささか愚かしく感じたが、話しながら、自分たちがどれだけのことをつかんだか、事件の解明にどれだけ近づいているかを実感した。

「わからないのは」ルイスは言った。「モーヴァルが売春産業にかかわってたって〝ドッツ〟が言ったけど、ストーリーヴィルで仕事をしてるあいだ、一度も彼の名前を聞かなかったことだ」

「だって、モーヴァルは〝ザ・ディストリクト〟に店なんて出してなかったもの」ルルが言った。「こっそりやってたの。子どもを何人も抱えて、注文があれば送り込んでね。それに、客は大物ばかり。すべてが……秘密に行なわれてた」

「子ども？」聞きまちがいではないことを確認するためにたずねると、ルルがうなずいた。「思春期前後の子ならだれでもいいのよ」ルルはきっぱりと言った。そのあと、人間の犯す蛮行なんてとうの昔に受け入れたとでもいうような目でルイスを見て肩をすくめた。

ルイスはいまの話についてしばらく考え、モーヴァルは悪魔だと〝ドッツ〟が言ったことを思い出した。たがいの顔をひとしきり見つめていたが、やがてルルが自分の飲みものを飲み干して、給仕係にまた二杯持ってこさせた。

「それが——モーヴァルの売春組織が」ルルが続けた。

「アックスマン事件と関係があるとは思えない。モーヴァルはストーリーヴィルが非合法化されたころに商売をたたんでる。市長が保護を解除して、モーヴァルは別の事業に鞍替えした」

「モーヴァルが〝ブラックハンド〟の仕事をしてるってアイダが言ってた」ルイスは言った。「モーヴァルが商売をたたんだことと関係があると思う?」

「あるかもしれない」ルルが言った。「マトランガもベールマン市長も、新しい条例が出たときに手を引いたし。それと関係があるかもしれない」

ルイスはうなずいた。その話は知っている。海軍がストーリーヴィルを閉鎖させた際、カルロ・マトランガは新しい条例を無視して売春宿の経営を続けた。そのことが、戦争委員会に対するベールマン市長の立場を悪くした。だが、マトランガ・ファミリーと密接な利害関係にある市長には、カルロを抑える手だてがなかった。

「モーヴァルには何度か会ってるの」ルルが言った。「目が死んでるというのかしら、いやな空気を発してるのよ。そばにいるだけでぞっとする」ルルは片手を振った。モーヴァルの不快さは言葉ではとても言い表わせないらしい。

「モーヴァルを知ってる人を知ってる? おそろしくなくて、おれに話を聞かせてくれそうな人を?」ルイスがたずねると、ルルは笑みを浮かべた。「知ってるわよ。住所を教えるわ」

ルイスがルルの店を出たのは午後八時近くだった。ストーリーヴィルに夜のとばりが降り、バーや酒場、レビューの看板の照明が真っ黒な空に煌々《こうこう》と浮かび上がっていた。キャバレーからかすかに漏れ聞こえる音楽、笑い声や酔客のしゃべり声。通りはどこも人で込み合っていた——観光客、売春婦の客、街娼、韻《いん》を踏んだ下品なせりふや気のきいた言いまわしで客をクラブへ誘い込もうとする呼び込み係。いまだ存続しているとはいえ、売春産業は以前とはすっかりさま変わりした。そのちがいはルイスにもわかる。なにかが失われ、真ん中にぽっかりと穴が開いているのだ。ルルと〈マホガニー・ホール〉について考えても、やはりなにかが失われてしまったのだと感じる。ストーリーヴィルが前時代の名残のように思えてきた。バイユーの幽霊海賊と同じで、もはや属していない世界にしがみつき、とうに失われた宝物を探しているのだ。

ルイスは押し寄せる人の流れに逆らってバック・オ・タウンへ向かった。ポケットに手を入れ、ルルにもらった紙片を指で確かめながら、これが雨に濡れないようにと願った。角を曲がったとき、通りの喧噪《けんそう》に混じって教会音楽が聞こえてきた。おごそかな音楽はひたむきでありながら軽快だ。さらに通りを進み、音の出所に行き当たった。交差点に、厳粛な面持ちの中年女が五人ほど、円弧状に並んで立っていた。房のついた幕を何枚も掲げてビラを配っているが、通行人の大半は首を振り、別の方向を見つめて足早に通りすぎていた。

ルイスは足を止めて幕を読んだ――〝酒に触れた唇でわたしたちに触れないで〟、〝禁酒か死か〟、〝最初の一杯を我慢しろ〟。女のひとりが近づいてきて、笑みを浮かべてビラを差し出した。

「ありがとう」ルイスは言った。帽子に軽く手を触れて女に礼を言ったあと、ビラをちらりと見た。酩酊過程とか言われるものが漫画で描かれ、その下には禁酒運動がこの国にもたらす恩恵が並べられている。

憲法修正第十八条が今年の初めに批准されたので、禁酒法が発効されるのも時間の問題だ。ルイスはこれまで深く考えたことはなかったが、禁酒法が発効してもニューオーリンズではたいした変化はないだろうと思った。現に、ストーリーヴィルは連邦政府によって非合法化されたが、売春産業はいまも存続している。

禁酒法も同じ道をたどるにちがいない。少なくともここ〝ビッグ・イージー〟では。ニューオーリンズ市が連邦政府の命令に従うことなどめったにないのだから。

ルイスは、ニューオーリンズに住む黒人という立場の抱える厳しい現実に我慢がならないとはいえ、他人の権威やニューオーリンズ市以外の世界を軽視するという姿勢は正しいという気がしていた。行儀のいい反逆はルイスの性格に合っている。受け取ったビラでルルにもらった紙片をくるんでポケットに戻し入れ、ひとり悦に入って、人込みを押しのけて家へ向かった。残る気がかりは、クラレンスに話してやる幽霊話を考えることだけだ。

33

ケリーは、手紙をきつく握りしめた手をポケットの奥までしっかりと突っ込んで分署から出た。署内の窓口経由で出しても、あるいは分署から一ブロックのところにある郵便局へ行ってもよかったが、重要な手紙なので、発送するにあたっておごそかな形式を踏んだほうがいいと考えた。そこで、夜の散策に出て、ストーリーヴィルを抜けてタンゴ・ベルトまで行き、そこの郵便局で手紙を出すことにした。

夜の遅々たる流れの車をよけて通りを渡りながら、こんなささやかな儀式でもなければ友人も家族もいない人間が重要な節目を刻むのがいかにむずかしいかを実感していた。この街で唯一の友人ができたとはいえ、当のタルボット刑事に自分のやろうとしていることを話すわけにはいかない。自分の探しているものについて、アックスマンの犯した過去の事件を見つけたときに捜査資料を嗅《か》ぎまわっていた本当の理由について、タルボット刑事に話すことはできない。初対面のときに嘘をついたが、それは彼のことをよく知らなかったからだ。親しくなったいまは、本当のことを打ち明けるのがむずかしい。もっとも、向こうも秘密を抱えている。ケリーはあれこれと噂を聞きつけていた。タルボットが家に黒人女を置いているとか、その女に子どもを何人か産ませたとか、錠をかけてその子たちを人目につかないところに閉じ込めているとか。女も閉じ込められているとほのめかす連中もいた。黒人女と加虐的な情事に耽《ふけ》っている、と。とても信じられない。タルボット刑事は他人に苦痛を与えるたぐいの人間ではない。それだけはわかる。すべてがうまくいったらタルボット刑事に打ち明けよう、とケリーは決心した。

まずはストーリーヴィルに向かった。ケリーはかつての赤線地帯が気に入っている。ストーリーヴィルには、ダブリン市内のどこともちがう存在感としたたかさがある。交差点で教会音楽が聞こえ、似つかわしくないなと思いながら音をたどってその出所へ行ってみた。いかにも慈善宗教団体に所属していそうな中年女の集団が禁酒運動の集会を開いていた。足を止めて、女たちが歌をうたい、幕を振るのをしばらく眺めた。ニューオーリンズではどんなことにも音楽がつきものだと気づいた。この手の集会から、葬列、宣伝馬車、街角の行商に至るまで。まるで、なんらかの歌をうたわないことには市民が満足しないとでもいうように。

見ていると、女のひとりがスーツ姿のぽっちゃりした黒人の若者にビラを渡し、若者は笑みを浮かべてしきりに礼を言った。別の女は、手に持った聖書をたたきながら、通りを早足で行き交う人びとに講釈を垂れている。ケリーは自分の運のなさを悔やんだ——アメリカに着くなり、アルコールが非合法化されようとしている。首を振り、散歩を続けた。この界隈《かいわい》の空気にひたった。そうすれば孤独感が薄まるからだ。手紙を出し終えたあとはどうしようかと考えた。また夜勤の連中と徹夜で酒を飲むのも、地下の乏しい光のもとで折りたたみ式ベッドに横たわって資料を読むのもごめんだ。映画館へ行って〝デブくん〟ことロスコー・アーバックルの出ている新作映画を観ようかと考えた。

郵便局に着き、入口から巨大なワシの石像が守護者のように見下ろしている大理石造りの階段の脇にあるポストへ向かった。驚いたことに、上階のオフィスのいくつかにまだ明かりがついていて、窓のオレンジ色の光が建物の外観にモザイク画を描いているようだ。ポストに着くと笑みが漏れた。ポケットから折りたたんだ手紙を取り出して広げ、手のひらでまっすぐに伸ばすと、深呼吸をひとつしてから投函口に放り込んだ。やるべきことはやった。あとは待つだけだ。ケリーはポストに背を向け、雨の降る暗い通りをのんびりと歩きながら、ぬくもりと匿名性《とくめい》を与えてくれる映画館へ向かった。夜もまだ早く、カナル通りを横切りながら行き交う人びとを眺めた。劇場やレストランへ向かう笑顔の男女、毛皮と真珠を身につけた女たち、スーツ姿で煙草を吸っている男たち。買いもの帰りなのか、袋をたくさん抱えた連中もいる。ケリーは口もとに笑みをたたえて、上方の広告看板の明かりが反射する黒い水たまりを踏みながらまばゆい店の照明に見えつ隠れつする人影を眺めた。

34

シモーンがモスリンのカーテンで小屋の一隅に隠していた傷や変色の見られる銅製の浴槽のなかで、ルカは緊張をほぐしていた。昨夜、シモーンが手ぎわよく傷を洗い、体を洗い、傷口の消毒のために棚の瓶に入っている軟膏《なんこう》を塗ってくれた。だれに殴られたのか訊かれて、それはわからないし知りたいとも思わないと答えると、シモーンはその意を汲んで、それ以上の詮《せん》索《さく》はしなかった。夜はシモーンのベッドで過ごし、朝になってルカは風呂に入りたいと言った。打撲には湯ではなく冷たい水のほうが効くというシモーンの助言に反するのだが、ルカは頑として譲らなかった。

見ていると、シモーンは重い片手鍋を持って近づいてきて、湯気の立っている湯を浴槽に注ぎ足した。そのあと片手鍋を置いてローブを脱ぎ、つま先で湯の水面を割って浴槽に入ってきた。ルカが上体を起こして彼女のために場所を開け、ふたりはしばらく無言で湯につかっていた。室内を見まわしたルカは、前回ここへ来たときに床のそこかしこに置かれていた鍋やなにかがなくなっていることに気づいた。

「屋根を修理したのか？」

「とりあえずはね」彼女は肩をすくめた。

ルカはうなずいたあと頭をうしろへそらして、浴槽から上がった湯気が屋根の垂木《たるき》に達し、板の表面で凝結して冷たく透明な水滴になって床に落ちるのを眺めた。

「ひとつ質問してもいいか？」首《こうべ》をめぐらせて彼女を見ながらたずねた。シモーンは彼を見て、返事の代わりにまた肩をすくめた。

「なぜ結婚しなかった？」

彼女はすぐには答えず、時間をかけて言葉を選んだ。

「『かわいそうなマドモアゼル・ジジ』って知ってる？」と訊くので、ルカは首を振った。

「クレオールの古い歌。恋に落ちることの危険を歌ってるの」その歌のことを持ち出したのが答えだというように、低い声でなつかしげに言った。

「そっちこそ、なぜ結婚しなかったの？」とたずねた。

ルカはすぐには返事ができなかった。それについてはたびたび自問しているが、いまだにこれだという確答が得られていない。

「女は何人もいた。だが、結婚するほど好きになった女はひとりもいなかった」一部は真実だ。少なくとも彼の胸中としては。「いまさら手遅れじゃないかと思うこともある」シモーンがかすかに眉根を寄せて思案するように彼を見つめた。

「なにごとも手遅れなんてことはないわ」シモーンはきっぱりと言って首を振った。それきり目を閉じ、ふたたび黙り込んだ。ルカは湯のなかで揺らめいている自身の裸体を見下ろした。腹部も胸部もあざや切り傷だらけだ。そのうち彼も目を閉じて浴槽の温かい湯にもう少し身を沈め、ふたりはくぐもった雨音に聞き入った。

二時間後にシモーンの家を出たのに、ホテルに帰り着いたのは午後になった。あの襲撃でも脚は無傷だったが、腹部に負った怪我と、ひびが入ってそうだとシモーンが言った肋骨《ろっこつ》の痛みとで、体を動かすのが困難だった。ホテルの通り向かいの店先に私服の刑事ふたりの姿を認めて、サンドヴァルは例の小型金庫を届けてくれただろうかと考えた。ホテルに入ると、丸々とした体に皺《しわ》だらけの顔をした年老いたシチリア人のコンシェルジュがイタリア語で小声で話しかけた。

「シニョール。昨夜お届けものがありました。部屋のベッドの下に置いています」

「ありがとう、パオロ」ルカは言った。

コンシェルジュがしげしげと見つめながらルカの顔を顎先で指した。「なにがあったんです？」

「ガキどもさ」と答えてルカは階段を上がった。部屋に入ると、床の上で楽な姿勢を取り、コンシェルジュが突っ込んでおいた小型金庫を引っぱり出した。黒く塗った金属の薄板でできた箱型の金庫は、ふたについた留め金式の錠で閉じられている。ルカはナイフを使ってやすやすと錠を解き、中身を見た。色のくすんだ紙幣と数枚の法律文書だ。書類を取り出して目を通した——公証人からの手紙、シュナイダーが起草したある土地の売約確認書。その土地、ラフォーシェ郡にあるベル・テールと呼ばれる屋敷を、テネブル・ホールディングスという会社が売り渡した売買証書。その社名に聞き覚えがあった。ルカは自分の記憶をふるいにかけた。頭のなかで大量の新聞紙、まだインクのしたたる茶色い文字列、木製の原板のあいだを歩きまわった——マイクルの資料で見た犯行現場写真だ。マッジオの家の裏手に記されていた落書き。

〝私が入っていくときミセス・マッジオと同じくミセス・テネブルは起きていることだろう〟。

ルカはしばし考えをめぐらせたのち、公証人の手紙を折りたたんでズボンのうしろポケットに突っ込んだ。ほかのものはすべて小型金庫に戻し入れ、表面の指紋をきれいに拭き取ると、それを持って一階へ下り、どこか安全なところへ隠してくれとコンシェルジュに頼んだ。そのあと雨のなかへ出てタクシーを呼び止めた。

十五分後、ルカは市役所で記録保管室の受付係の年配女と話していた。言ったことはすべて、尾行してきた刑事たちに筒抜けになるとわかっているので、よけいなことを口にしないように気をつけた。

商業登記簿の閲覧コーナーへ案内され、受付係が席へ戻ったことを確認してから、分類カードに目を通した。一八八八年にオーリンズ郡で登記されたテネブル

・ホールディングス社の詳細を見つけた。同社が届け出ているのは、ラフォーシェ郡のベル・テール屋敷の購入にかかわる取引だけだ。評議会の決定により同社は九カ月後に解散している。営業中は、ラフォーシェ郡ベル・テール在住のミセス・マリア・テネブルという女が同社の単独所有者だった。

分類カードを慎重にひきだしに戻し、ほかのカードよりも目立っていないことを確認すると、受付の年配女のところへ戻った。足を引きずるように近づく彼を眼鏡《めがね》の縁越しに見た受付係は、かすかに不快な表情を浮かべた。

「すみません」ルカは言った。「オーリンズ郡以外の土地登記簿を探すときはどうすればいいですか?」

受付係はルカの顔の打撲傷と切り傷、目のまわりのあざを見ると、とがめるような色をあらわにした目でにらみつけた。

「土地登記簿の保管場所は二カ所にあります」とりすました口調だった。「その土地が登記された郡の郡庁所在地と州都のバトンルージュの二カ所です。登記書類はどちらでも閲覧可能ですが、バトンルージュでの閲覧をご希望でしたら、事前に閲覧希望届の提出が必要となります」

ルカが受付カウンターを指先で打つと、受付係はかさぶただらけの彼の拳《こぶし》に目を落とした。

「ありがとう、たいへん参考になりました」ルカは笑顔で言い、帽子を頭に載せて出口へ向かった。被害者たちはラフォーシェ郡のマリア・テネブルとなんらかの接点があったにちがいない。その女を見つけ出そう、とルカは考えた。そうすれば、彼らが殺された理由がわかるはずだ。

35

一八五七年に商業地区の北端に建てられた聖母マリア無原罪懐胎《かいたい》教会は、イエズス会の愚行の表われとしてそびえ立っている。イエズス会は質素なことで名高いのに、この教会にはその質素さがみじんもない。ビザンチン建築の特徴であるモザイク、ムーア風の円屋根《ドーム》、ヴェネツィア風の尖塔《せんとう》、ゴシック様式のアーチが渾然となって、これ見よがしに空までそびえる目のくらむほど豪華な建物だ。信徒席の最後列に座ってタマネギ型のドームの下の祭壇を見上げていると、教会というよりも、魔術師の隠れ家に見せようとして作られた大きく立派な舞台セットにでもいるような気がした。

マイクルは敬虔《けいけん》な人間ではないのだが、数年前からアネットが日曜日の朝にトマスとメイをアップタウンのバプテスト教会へ連れていくようになり、ひとりで家にいても退屈で張りもなくいらいらするので、三人が留守のあいだ市内を散策することにした。ある冬の朝、荒れ模様の天気から避難するために入った教会で、大人になって初めてミサの終盤の席につき、気がつくとその体験を楽しんでいた。だからといって信仰心をかきたてられることはなかったものの、ミサの終わったあとで込み上げた温かい気持ちと笑み、ステンドグラスの窓から差し込んで大理石の床を色とりどりの光だまりにしている日光さえもが快く感じられたのだった。

祭壇では司祭が神羔誦《アニュス・デイ》の暗唱を終え、信徒たちが聖体拝領をたまわる用意を始めた。期待に満ちたざわめきが起こり、マイクルはいくぶん目が覚めた。祭壇に近づいたことは一度もない。足音をたてないように行き来する信徒たちを眺めるほうがいい——老女たち、子どもたち、厳粛な顔をした女たち、偏屈そうな老人たち。

信徒席にひとりで座っていると、決まってアネットと子どもたちのことを考えている。いまこの瞬間、肌の色のちがいによって、そしておそらく神によってさえも引き離されて、街の半分ほどの距離が離れたアップタウンにあるいまにも崩れそうな教会の信徒席に座っている三人のことを。アネットは分別があり、いつまでも分離された生活を送る必要はないと考えている。北部のもっと大きく進歩的な街へ移り住むことを夢見ている。パリについて流れている噂を口にもした。憎悪の蔓延《まんえん》したアメリカ深南部よりも遠く離れた別の大陸にある異国のほうがよりよい未来を望めると考えて、黒人の兵士たちが終戦後もパリにとどまったという噂を。

この街を逃れて新しい生活の場を得るという話はふたりの関係に落とす影のひとつにすぎず、マイクルはこれまで、実際に行動を起こすなど非現実的で、遠い夢物語だと思っていた。だが、世間の注目とストレスにさらされてきたこの数カ月で、しだいにアネットの考えへと傾いていた。ますます、なにかが終わりかけている、アックスマン事件が行動を強いている、と感じるようになっていた。

聖体拝領のあと、信徒たちは立ち上がって祈りを唱え、ミサが終わると教会を出ていった。マイクルもアルハンブラ風の柱やアーチを過ぎ、ムーア風の扉からバロンヌ通りに出た。帽子をかぶり、教区民たちが話をしたり噂を仕入れたり情報を交換し合っているのを眺めた。アネットと子どもたちもまもなく家に帰り着くだろう。アネットが温かい食事を用意し、家族で食卓を囲んだあと、マイクルは子どもたちと遊んだり新聞を読んだりする。子どもたちを寝かしつけたら、暖炉の前でアネットと身を寄せ合ってソファでくつろぐ。

マイクルは頬をゆるめ、煙草《たばこ》に火をつけてから雨の通りへと足を踏み出した。日曜日の商業地区は死んだように静かで、どの道路も人気《ひとけ》がなく、ときおり車が路面電車が水をはね飛ばしながら通るだけだ。マイクルはバロンヌ通りを進み、カナル通りに出ると右へ曲がった。自宅までの最短距離ではないが、途中で寄りたいところがあるのだ。

昨日の午後、探偵社を切り盛りしているクレオールを分署に呼んで話を聞いたが、収穫はなにもなかった。あの男の話は一貫して変わらなかった――シュナイダーはボディガードを雇いたくて訪ねてきたが空手で帰ってもらった、と。あくまでも、シュナイダーは身辺警護を必要とする理由を話さなかったと言い張った。あのクレオールは信用ならないと思っているマイクルだが、その点については彼の言葉を信じた。だから、哀れに思いつつあの男を帰したのだ。捜査が行きづまれば、またあの男を呼びつける。次はもっと押してみる。

ここ数日で少しずつ入ってきた被疑者候補の追跡調査についても、マイクルの予想どおり、重要な結果はなにも得られていない。刑務所と精神科病院の記録から拾い出した八十人もの被疑者候補のうち、四十人には犯行のあった夜のうち少なくとも一夜はアリバイがあり、二十人は殺人を犯すような健康状態ではなく、残りは居所がつかめない。彼らを見つけ出すために人材を増員することをちらりと考えたが、すぐに、そんなことをしても無駄骨を折るだけだと断じた。改めて一九一一年の殺人事件に関する報告書を隈《くま》なく読み、いまはヘイトナーの判断は正しかったと考えている――一九一一年の殺人事件はアックスマン事件とは無関係だ。当時の事件には、現在の事件に表われている残忍さも暴力をふるうことの快楽もまったく見られない。だが、それが捜査の手順である以上、この線を最後まで追わなければならない。そうすれば、仮に過去の殺人事件について報道機関に嗅《か》ぎつけられたとしても、考えうるつながりについては徹底的に捜査したと言明できる。とにかく、残された唯一の手がかりはロッコが教えてくれた情報、エルマンノ・ロンバルディに金を渡して被害者たちの名前を含むリストをバイユーまで届けさせた男の名前だけだ。それと、その男が酒を飲むバーの名前。

〈ティートズ〉は教会から北へわずか二ブロック、オキーフ大通りとの交差点にあった。外から見るかぎり閉まっているようだが、念のためにドアを押してみたところ、驚いたことに開いた。なかに入ると、ダークウッドの細長いバーカウンターがあってスツールが並んでいるだけの狭く活気のない酒場で、気の抜けたビールと紫煙のにおいがした。ひとつしかない窓に下ろされたブラインドが外界とのつながりを完全に遮断し、店内はまるで墓の埋葬室のようだ。常連とおぼしき連中がグラスにかがみ込むように静かに酒を飲み、黄ばみかけた肌着を身につけたがっしりした胸のイタリア人はバーカウンターの奥でいささか退屈そうな様子だ。客の何人かが興味なさそうに彼のほうを見て、すぐに目の前の飲みものに視線を戻した。この連中はなぜ人気《ひとけ》のない陰気な商業地区のさびれた陰気なバーで日曜日を過ごしているのだろうか、とマイクルは思った。昨日、分署で話を聞いたクレオールのことをまたぼんやりと思い出した。この店にいる常連どもと同じ陰鬱な空気をまとい、アルコールで身を持ちくずし、うるんだ目をしていた男のことを。

バーテンダーが服を引っかけてマイクルに会釈した。

「なににします？」低く濁った声でたずねた。

「あんたが店主か？」マイクルは警察官バッジを呈示した。

「そのドアの上に掲げてるのはおれの名前だ」バーテンダーが答え、顎を突き出した。マイクルはバッジを内ポケットに戻し入れ、帽子を脱いでバーカウンターにそっと置いた。

「ピエトロという男がここで飲んでると聞いた。なんとしても彼と話をしたい」

バーテンダーは眉根を寄せてしばらく考えていたが、嚙《か》んでいた楊枝《ようじ》を転がすようにして口の端から端へ移した。

「うちで飲む連中はたくさんいる」そのうちに答え、顎先で店内を指した。マイクルはこれ見よがしに首を伸ばして、半分ほど空席のバーを見まわした。

「そいつの人相風体は？」バーテンダーがたずねた。

「私ぐらいの年齢のイタリア人で、髪をグリースでうしろになでつけている。背丈はこれぐらいだ」と言いながら、ちょうどいいと思われる高さに片手を上げた。

バーテンダーは自分に納得させるかのようにかすかにうなずいた。

「たしかに、その男なら知ってる。問題ばかり起こす厄介者だ」と言った。「もううちには来てないよ」

マイクルは常連どもがじわじわと離れていくのを目の端でとらえた。指先でバーカウンターを打って笑みを浮かべた。

「どこへ行けば会えるか、わかるか？」とたずねた。

「わかるよ」バーテンダーが笑顔で答えた。「タンゴ・ベルトの〈キティ・キャット・クラブ〉でドアマンをしてるんだ」バーテンダーがにこやかにほほ笑むので、マイクルは彼がピエトロに面倒をもたらしてやることを喜んでいるという印象を受けた。「やつには、ティートに聞いて来たって言いな」

マイクルはうなずき、笑みを送った。

「そうするよ。協力ありがとう、ティート」席を立ち、帽子をかぶった。

「で、やつはなにをやったんだ？」マイクルが背を向けて店を出ようとした瞬間、バーテンダーがたずねた。

「また子どもに性的ないたずらを？」

マイクルは足を止めて向き直った。いままで別の男の話をしていたのだろうか。

「それでうちへ来なくなったんだよ」バーテンダーが説明した。

マイクルはしばしバーテンダーを見つめ、そのうちに、また帽子を脱いだ。

「なにがあった？」

「うちの常連のひとり、ジョーって名前の古顔が噂を聞きつけてなじったんだ。あの人でなしは、ジョーが六十近いってこともおかまいなく、チャリティ病院送りにしやがった。ああいうやつにはうちの店へ来てもらいたくない。おれにも子どもがいるんでね」彼は人差し指で胸を軽く打ちながら続けた。どういうわけか彼の怒りは嘘っぽく見えた。たんに期待に応えて怒れる男を演じているとでもいうように。

「それは感心だな」マイクルは皮肉っぽく聞こえないように努めた。


笑みを浮かべ、向き直ってバーをあとにし、喜んで寒い雨の通りへ出た。人通りが少ないにもかかわらず、陰鬱な空を映すほど路面が濡れているせいで、歩いて自宅まで帰るのに四十分はかかる。道すがら、この新たな展開についてじっくり考えた。あのバーテンダーが言ったピエトロの人物像には驚いた。てっきりマフィアの一員だと思っていたのに、まさか、この街のナイトクラブのひとつでドアマンをしている凶暴な男だったとは。おまけに、子どもに性的いたずらをしていたという。殺人事件を首謀しているのが〝ザ・ファミリー〟だという見立てはあやまりなのだろうか？　事件は本当に、どこだかの売春組織あるいはタンゴ・ベルトの抗争に関係があるのだろうか？　この事件は様相を変えつづけ、のたうつ魚のごとくマイクルの手中で身をくねらせている。だが、何週間も苦汁を嘗《な》めたあとだけに、大づめが近づいているのがわかる。被害者たちのリストを殺人者に届けるように手配したのはピエトロだ。勤め先がわかったいま、彼を見つけ出すのは容易だろう。事件解決まであとひと息だ。

36

アイダが傘を二本見つけるべく家じゅうを駆けまわっているあいだ、ルイスは台所に座っていた。明るい台所は清潔な家具が置かれ、壁のひとつには一枚ずつ光沢のある薄い金属製の額に収められた写真が並んでいる。時間をつぶすために写真を眺めて思い出に耽《ふけ》っていたルイスは、一枚の写真にことさら目を引かれた。淡い白黒写真に写っているのは、ハンティング帽をかぶり、サイズの合っていないチュニックを着て、埃っぽい中庭で何列にも並んで座っている十五人の黒人少年だ。各自が楽器を持ち、いちばん下に写っている大太鼓に文字が刻まれている——〝黒人浮浪児養護施設吹奏楽団《ブラスバンド》〟。

笑顔の少年はひとりもなく、誇りをたたえた顔は板についていない。とまどいと気どりと、芽ばえはじめた自尊心とが入り混じった表情だ。写真のいちばん下には少年たちの名前が銅板印刷で記されている――アイザック・〝アイキー〟・スムース、トマス・〝クリケット〟・ウォーカー、ガス・ヴァンザン……後列の左から四人目の少年の名前は〝リトル〟・ルイス・アームストロングと記されている。写真のその少年は、いまよりも体が小さく細く、頼りなげな顔をしたルイスだ。

この壁一面に飾られているのは、異なる年に撮られたブラスバンドの写真だ。ルイスはほかの写真を次々に眺めて、写っている少年の顔の変化と、メンバーの出入りがあることに気づいた――写真の一枚に写っている少年が別の写真の何枚かに成長して写っていたり、次の写真には写らずに新顔に変わり、次からはその新顔が固定メンバーになったりしている。かならず写っているのが、どの写真でも中央に座り、年を経るごとにどんどん猫背になっていく中年男――アイダの父親であり、黒人浮浪児養護施設の音楽教師だったピーター・デイヴィスだ。

養護施設はニューオーリンズ市郊外の、酪農場と未舗装道路とスイカズラの森がある農村地域にあった。スイカズラの花のにおいを嗅《か》ぐと、ルイスは決まって施設での日々を思い出す。好ましい思い出の日々だ。もっとも、施設に入ることになった経緯は決して好ましいものではなかった。施設に送られたのは十二歳のとき、人生で二度目の苦難のときだった。大晦日《おおみそか》に夜空に向けて拳銃を発砲して逮捕されたのだ。バック・オ・タウンでは筒型花火を打ち上げ、あらゆる銃を発砲して年末を祝うのがならわしだった。あの年の大晦日、ルイスはマヤンがベッドの足もとに置いていた杉材製の収納箱にこっそり近づき、おじさんの三八口径の拳銃を取り出して空包を詰めた。街角四重合唱団の面々とランパート通りで落ち合い、いかめしい顔をした警察官がすぐうしろに立っているとも知らず、お祝いの最中に銃口を空へ向けて六発放った。十八時間後、留置房でひと晩過ごしたあと、悲しげな顔をしたほかの黒人の少年たちともども警察馬車の後部に乗せられて街を出た。自分の裁判に出廷せず、弁護士にも母親にさえも面会しないまま、少年裁判所で有罪判決が下され、本人不在のまま養護施設での無期刑が決まっていた。

入所当初、デイヴィス先生はルイスをあまり評価していなかった。ニューオーリンズでももっとも環境の劣悪なリバティ通りとペルディード通りの近辺の出身なので問題児だと決めつけていた。そのため、ブラスバンドの練習に参加が認められるまでルイスは六カ月も待たされた。しかも、参加を認めたデイヴィス先生は、ルイスにタンバリンを担当させた。ルイスがその冷遇をうまく受け流すうち、デイヴィス先生がコルネットの吹きかたを教えてくれるようになった。ルイスはずば抜けて腕がよく、やがてバンドリーダーになった。スペイン砦やミルンバーグ地区、ウェストエンド地区、フロント・オ・タウンでのパレードでメンバーを率いて行進した。ルイスの生まれ育った地区を行進したときには、マヤンが息子の姿を見ようと通りに出てきたし、地元住人たちが硬貨の雨を降らせた。

デイヴィス先生はきわめて高水準の指導を行ない、教えてくれたレパートリーにはリストやハイドン、ラフマニノフ、バッハ、マーラーなどの曲も含まれていた。ルイスがいまも手まわし蓄音機で聴いている音楽だ。毎週日曜日の夜にフレディ・ケパード率いるジャズバンドが演奏を行なっていた音楽堂が養護施設からそう遠くなく、簡易ベッドに寝ていると音楽が聞こえてくるので、夢中になって聞き入る少年もいた。夜気にスイカズラの花のにおいが濃厚に漂っていた。

台所のドアが開き、アイダが入ってきてルイスの回想を断ち切った。彼女は笑みを浮かべて、手にした二本の傘のうち一本を彼に差し出した。

「準備はいい？」

ルイスがうなずき、アイダは彼の目を引いた写真に気づいた。そばへ来てしばらくその写真を眺めていたが、アイダにとっては毎日その前を行き来しているなかの一枚にすぎない。

「ルイス？」しばらくして、大まじめな顔をルイスに向けて言った。「ここは写真展の会場じゃないのよ」

ふたりは、歩いてシティ・パーク大通りまで出たあと路面電車を乗り換えて街を横断した。道中、いつになく黙り込んでいるルイスを、アイダは何度かこっそりと様子をうかがうように見た。まだ養護施設の写真と、あれを見てよみがえった思い出について考えているのかしら、それとも、アイリッシュ・チャネル地区で受けた襲撃にまだ動揺しているのかしら。乗り換えのために路面電車の駅から別の駅まで歩いている途中で、ルイスはアイダを見て、あの襲撃のあとどうしていたのかとたずねた。アイダは肩をすくめて、眠れない夜が何度かあった、ショックから完全に立ち直るまでにはもうしばらくかかるんじゃないか、と答えた。調査をあきらめることを考えた、とも話した。だけど、心のどこかで、始めたことは最後までやり抜けと言われた気がしたし、あきらめなくてよかったといまは思っている、と。

だが、石を振り下ろしたときにあの少年たちに致命傷を負わせたか、一生治ることのない障害を負わせてしまったのではないかという最大の不安については口にしなかった。その代わり、ルイスが助けてくれたことと、家まで送ってなぐさめてくれたことに対して礼を言った。ルイスは笑みを浮かべた。どこか悲しげな笑みだと思ったが、アイダはここぞとばかりにルイスの近況をたずねた。

「なんとかやってるよ」困難に陥るのは慣れっこだと言うが、それは嘘だとアイダにはわかった。自分と同じであのことについてはあまり話したくなくて、心のなかで消化するほうがいいのだろう、と思った。あの一件で、ふたりとも、この街に根強い憎悪が存在することと、その大半が自分たち黒人に向けられていることを思い知らされたのだ。それを見せつけられると気が滅入るが、つねに悪意の存在する社会で何年も生きていると、他人の憎悪についてくよくよ考えても意味がないということがわかる。

そのあとはふたりとも無言で目的地をめざした。アイダが掃除道具入れの奥から引っぱり出してきた、虫食いの穴から雨の漏れる傘をさして、駅から別の駅までを歩いた。ロバートスン通りのはずれにあるいまにも倒壊しそうな建物に着いたときには、ふたりともびしょ濡れだった。ルイスはそこがルル・ホワイトの教えてくれた住所にまちがいないと再確認してからドアをノックし、ふたりは一歩下がって建物をしげしげと眺めた。木材はたわんで朽ちかけ、建物は自重で崩れないようになんとか持ちこたえている。

ほっそりした八分《オクトルーン》の一黒人の少女がドアを開けた。少女は裸足で、ほつれたスカートと胸を圧迫している白い木綿の肌着を身につけていた。顔立ちは美しいが、片目の紫色のあざがそれを損ねている。

「カルメリタ・スミス?」ルイスがたずねると、少女は眉根を寄せ、このふたりは何者だろうかと考えた。

「あんたたちは刑事?」そのうちに見下したような笑みを浮かべて言うので、アイダはたちまち反感を抱いた。

ルイスがうなずき、挨拶《あいさつ》代わりに帽子に手を触れた。

「リータって呼んでよ」そう言うと少女は奥に入った。

先に立って階段を上がり、ドアの並んだ通路を進んだ。各ドアの奥が売春婦の部屋だ。アイダは家畜市場、積み重ねた檻《おり》に入れられた家禽を連想した。

リータは二・五メートル×三メートルほどの湿っぽくて暗い部屋にふたりを通した。剝《は》がれた壁紙がシダの葉のように弧を描いて垂れ下がっている。家具は実用的なもの——鉄骨のベッドと戸棚と洗面台——だけなので、アイダはまるで作業場か工場みたいだと思った。ネズミが開けた幅木《はばき》の穴とカビくさいにおいに気づいて、思わず口をゆがめていた。リータがその表情に目を留めてにらみつけた。すぐに煙草に火をつけ、窓台に寄りかかって立った。

「ふん、怪我した三人組じゃない？」皮肉めかして言い、アイダとルイスの顔を顎先で指した。「座りなよ」と言い足して、身ぶりでベッドを示した。ルイスとアイダは精いっぱいの笑みを浮かべて腰を下ろした。

「さっさとすませてよね」リータが言った。「見ず知らずの人間にとやかく言われたくないんだ。あんたたちと話をすることにしたのは、ルルがあんたたちと知り合いだって言うし、この顔が治ったら仕事をくれるって言ったからだよ。だから、訊きたいことをさっさと訊きなよ」

ルイスとアイダは、少女のすれた様子のぞんざいな口のききかたにむっとして顔を見合わせた。

「あいつにやられたの？」アイダがリータの顔を指してたずねた。

「モーヴァル？」リータが小馬鹿にするような笑みを浮かべた。「ちがうよ。あいつが紹介した客のひとりだよ。我慢の限界ってやつ。だからルルの店へ移るんだ。こうやって怪我《けが》させられたこともあるけど、モーヴァルの客の何人かに言わせると、あたしは少し年をとりすぎなんだってさ」

リータは淡々と言った。人生に疲れたような態度、現状を受け入れてあきらめたような態度で。だが、アイダはそこに不自然さを感じた。彼女の強がりは本心を世間から隠すためのただの虚勢だという気がした。

「ルルの話じゃ、モーヴァルは新しい条例が施行されたときに売春組織をたたんだって」ルイスが怪訝《けげん》そうに言った。

「ルルは勘ちがいしてるのさ」リータはとげを含んだ目をルイスに向けた。「たたんでなんかない。うんと用心深くなっただけ」

彼女が室内に向けて煙草の煙を吐き出したので、カビのにおいに煙草のにおいが混じって、息を吸うのがますます不快になった。

「おれたちは、えー、アックスマン事件を調べてて、モーヴァルが関係してるんじゃないかって考えてるんだ」ルイスがようやく切りだした。

「モーヴァルのやってるのは違法なことばっかり」リータは眉を吊り上げた。「でも、斧なんかよりナイフのほうが好きだったけど。なんだってモーヴァルを疑ってんの?」

「モーヴァルがジョンスンとかいう男に犯行現場を嗅《か》ぎまわらせてたからよ」アイダが言うと、リータがうなずいた。

「ジョンスンはモーヴァルの腰巾着《こしぎんちゃく》だからね」と言った。「モーヴァルがコカインで釣ってるから、命令されたらなんでもやるよ」

リータが煙草を深々と吸い込み、腕に黒い斑点《はんてん》と紫色の筋が浮かんだのをアイダは目に留めた。

「謝礼金が出るんだってね」リータがだしぬけに言った。「数千ドルとか。あたし、あんたたちの役に立ちそうなことを知ってる。分け前をくれる?」

「いいとも」ルイスは肩をすくめた。

「千ドル欲しい」

ルイスが目を向けるとアイダがうなずいた。

「いいだろう」ルイスが答えた。「おれたちが謝礼金を受け取ったら、きみに千ドル渡す」

リータが言い分の通った子どものような笑みを浮かべた。また長々と煙草を吸ってから話を始めた。

「モーヴァルの売春組織について、あんたたちがなにを知ってるかは知らないけど、子どもばかりなんだ。毛皮の買いつけに行った田舎町の親どもに金をつかませてる。街で縫製《ほうせい》とか工場での作業に子どもの手が必要だって言って。そんな話を阿呆みたいに信じる親もいるだろうけど、金に目がくらんだだけの親もいると思うよ。あいつは子どもたちを街のあちこちの家に住まわせてる。そして、パーティとか自分が知ってる連中のところへ行かせるんだ。

で、ある女の子がしばらくのあいだ、あたしと同じ家で暮らしててね。あいつが街の北のなんとかって村から連れてきた子だよ。アナって名前。十歳になるかならないかぐらいのひょろっとした子——ブロンドで緑色の目をしてた。モーヴァルの工場で働くためにこの街へ来たって思ってたんだ。この商売に慣れるまで、昼も夜も泣いてたよ。

とにかく、ある朝、帰ってきたその子が、ほかの子たちと行ったパーティの話をしたんだ。どこだかの大きなお屋敷だったたって。帰り道で、モーヴァルがどこだかのイタリア人に〝証拠を始末しろ〟とか〝隠し場所が必要だ〟とか言ってるのを聞いたって。それが自分たちのことだってアナは思ってて、自分は殺されるって不安がってた。次の日、モーヴァルはアナを、この街の反対側のどこだかの家族のところへやったんだ。

あたし、いっしょにいるうちにあの子のことが好きになってね。ほら、同情とかってやつ。それにあの子も、あたしを月かなんかみたいにあがめてたし。そんなふうに思われたのって初めてでさ。だから、何日かしてあの子を訪ねていったんだ。本当は家族なんかじゃなくて、〝パパ〟と呼ばれてる男とふたりの少女だった。〝パパ〟は少女たちを少し気に入りすぎちゃったから、本当の親に余分な金を払ってモーヴァルの売春宿で働かせてたんだよ。アナは、ふたりが同じぐらいの年だし、そこでの暮らしが気に入ってるって。あたし、あんなに怖がってたくせにってからかってやった。そうしたら、モーヴァルがよくその家へ来て地下室に行くのを見るって言うんだ。あのときモーヴァルが言ってたのは、証拠品を新しいどこかに隠さないといけないって意味だったたって。

なんかおかしいと思った。だってほら、なんだって売春宿なんかにものを隠したりする？　だから、あの子に訊いたんだ。そうしたら、モーヴァルかジョンスンがときどき夜に来て地下室でがさごそやってるって。それでアナと少女たちが目を覚ますんだって。少女たちはなにが起きてるか知ってるって言ったみたい。

〝パパ〟がモーヴァルとアックスマンのことを話してるのを聞いたことがあるし、きっとアックスマン事件と関係があるはずだって。どういう意味って聞いたけど、ふたりが教えてくれないってアナは言ってた。

〝パパ〟にばれたら大変なことになるから秘密だって。その次の日、モーヴァルがあたしに会いに来た。顔を真っ赤にして目を剝《む》いて、しこたま殴りつけてやるって脅した。いったいなんだってあの家へ行ってアナと話をしたんだって。あの子と仲良くなったし、友だちだからって言った。それだけだって」

リータが黙り込み、アイダは彼女の顔を悲痛な表情がよぎったのを見た。ふたりが訪ねてきて以来、初めて隠しきれなかった感情のかけらだ。

「二週間ぐらいして、別の女の子のひとりから、アナがいなくなったたって聞いた。それもあんたたちに話す理由のひとつ。あの悪魔が報いを受けるのを見たいんだ。あんたたちがモーヴァルをアックスマンに結びつける証拠を見つけたければ、すごく簡単さ。あの家の地下室に忍び込めばいい。住所なら、あたしが知ってる」

数分後、アイダとルイスはその建物からふたたび雨のなかへ出た。路面電車の駅まで歩くあいだ、ふたりとも気持ちが沈み、思案に暮れて無言だった。リータの態度にはとげがあったものの、アイダはあの少女を気の毒に思った。それに、あの子はなぜ暴力と売春という生活に身を落とし、家ではなく牢獄のようなアパートメントで暮らすはめになったんだろうかと考えた。年齢も見た目も、人種に関しても、アイダとリータはたいしてちがわない。ほんの紙一重のちがいであの子よりもはるかに恵まれた生活を送られるだけなのだと考えると、寒気を覚えた。

重い足どりで墓地の脇を歩きながらルイスを見やると、眉間に皺《しわ》を寄せて考えに耽《ふけ》っている。アイダよりは売春産業にくわしいルイスですら、リータの置かれている状況にショックを受けているのだとわかる。リータがわずかなりとも希望を持てるとすれば、ルルの店で少しはましな人生を見つけられるということだけだろう。

路面電車を待ちながら、リータの言っていた少女のことを考えた。ブロンドで緑色の目をしたひょろりとした子はどうなってしまったんだろう。と、ついこのあいだ目にした少女のことを思い出した——波止場で倉庫を探しまわっていた日に川から引き上げられた少女の死体のことを。数日後に読んだ新聞記事によれば、死体を引き取りに現われた親はいないらしい。リータが言ったこと、わが子をモーヴァルに売り払う田舎町の親たちについて考えた。

路面電車が通りの水をはね飛ばしながら到着した。アイダはそれに乗り込みながら、この事件はもはや、たんに調べたいだけのものではなくなったと感じていた。調べる責任、モーヴァルを止める義務感を覚えていた。

第四部

《タイムズ・ピカユーン》
一九一九年五月八日　木曜日

アックスマン語る！

この数カ月われらが美しい街を恐怖に陥れているアックスマンだと名乗る男からの手紙が、昨日の朝、タイムズ・ピカユーン社に届いた。市民のみなさんのためにも、ここに同手紙の全文を掲載する。われらが街は、そこに記された日の夜、この頭のおかしい男の脅しに屈して街じゅうを〝ジャズで満たす〟

のだろうか？　その答えは時が経てばわかるだろう。

一九一九年五月六日　地獄より

敬愛する人間どもへ

過去も未来も、私は絶対につかまらない。大地を包む輝く空気《エーテル》のごとく透明な私の姿はだれの目にも見えないからだ。私は人間ではなく霊であり、灼熱《しゃくねつ》の地獄から来た悪魔である。私は、おまえたちニューオーリンズ市民および無能な警察が〝斧男《アックスマン》〟と呼ぶものである。

気が向いたらまた新たな命を奪いに行く。犠牲者がだれであるかは私だけが知っている。血塗られた斧だけを証拠として残そう。私のそばに置くために地獄へ送った者の血と脳みそがべったりついた斧を。

お望みなら、私を怒らせないように気をつけろと警察に伝えてもかまわない。むろん、私はものわかりのいい霊だ。警察のこれまでの捜査方法に対して気分を害してはいない。それどころか、あまりの無能ぶりは、私だけではなくフランツ・ヨーゼフ悪魔陛下などをも楽しませてくれた。だが、用心しろと伝えろ。私の正体をつきとめようとするな、アックスマンの怒りを招けば生まれたことを悔やむことになる、と。こうした警告が必要だとは思わないがね。これまでがそうであったように、警察はいつまでも私を避けると確信しているからだ。利口《りこう》な警察は危害を受けることを避けるすべを知っている。

きっと、おまえたちニューオーリンズ市民は私をもっともおそろしい殺人鬼だと思っているはずだ。現に私はもっともおそろしい殺人鬼だが、その気になればさらに残虐にもなれる。その気になれば、毎晩おまえたちの街を訪れることができる。死の天使と緊密な関係にある私は、気の向くままに何千何万ものニューオーリンズ市民を殺すことができる。

さて、正確に言うと、次の火曜日の零時十五分(現世の時間で)、私はニューオーリンズを通過する。無限の慈悲をもって、ささやかな提案をしよう。以下のとおりだ——

私はジャズが大いに気に入っているので、いま告げた時刻にジャズバンドが演奏中の家にいる人間全員を見逃すことを、地獄にいるすべての悪魔にかけて誓おう。みんながジャズバンドを演奏させれば、まあ、それは大歓迎だ。ひとつ確かなことは、火曜日の夜にジャズを奏でていない者は(ひとりでもいれば)斧をくらう、ということだ。

とにかく、こうも寒いと故郷である地獄の暖かさがなつかしくてたまらない。そろそろおまえたち人間の世界を離れることにして、この手紙を終えるとしよう。おまえがこの手紙を紙面に載せること、それがうまくいくことを願っている。私は、現実および空想の世界に存在したなかで、過去・現在・未来において最悪の霊である。

アックスマン

37

ベールマン市長は翌朝早くに市役所前で記者会見を開き、アックスマンを名乗る手紙に対する市行政当局の対応を発表した。防水布の張り出し屋根の下に設けられた低い演壇にマクファースン警部、マイクル、市職員たちが並び、その前に市長その人が立っていた。彼らのほうを向いて、市役所前の階段や通りで雨にさらされてずぶ濡れになり、腹立たしげな記者連中が濡れそぼった手帳にかがみ込むようにしてメモをとっていた。

マクファースンはマイクルに、話をする必要はないと言ったが、それでもベールマン市長の言う〝団結を示す〟ために出席しろと求められた。原稿を読んでいる市長のよく通る声を、マイクルはぼんやりと聞いていた。先ほどからずっと、頭上の垂れ下がった防水布に気を取られていた。夜が明けてすぐ、作業員たちが市庁舎の表階段の上方に防水布で急ごしらえの屋根を設け、それ以後この青い防水布はきしみをあげながらも雨を受け止めている。その水の重みで中央部分がたわんでいるので、巨大な生きものの腹の下に立っているような気がして、マイクルは冥府の入口の番犬ケルベロスさながら油断なくその腹のようなふくらみを見上げていた。

すでに知っている情報の断片を聞き留めた——行政当局はあの手紙を偽物だと考えているが全警察官の休暇を取り消すこと、夜間はずっと警察官が通りに立つこと、私服刑事が一般市民にまぎれて警戒にあたること。そして、警戒をおこたらず外出を控えてほしいという市民へのお願い。最後の訴えには記者連中から皮肉と不満の混じった笑いが漏れた。市長は、州兵を配置することも考えていると言った。それを聞いたマイクルは顔をしかめてマクファースンを見たが、警部はかろうじてわかる程度に首を振った。市長は声明を発表し終えると質問を受けつけた。記者連中が雨音に負けない大声で矢継ぎ早に浴びせる質問を、市長は持ち前の冷静さで切り抜けた。

マイクルは記者連中の顔を見まわし、後方でうろついているライリーに気づいた。目を合わせると、ライリーが会釈して笑みを浮かべた。いつにも増してやつれて見えるし、これだけ離れていても、煙草《たばこ》を口もとへ運び深々と煙を吸い込む際に手が震えているのがわかる。マイクルが頭をかすかに横へ向けて合図をし、ライリーがその意図を理解した。うなずいて、手に持った懐中時計を軽く打った。

会見が終わると、市長と側近たちはおのおの暖かいオフィスに引き取り、マクファースンは第一分署へ戻り、記者連中は濡れた服を着替えて記事を書くためにそれぞれのニュース編集室へ急ぎ戻った。マイクルが階段を通りまで下りて近づいていくと、ライリーはコーヒーを二杯、調達していた。一杯をマイクルに渡し、ふたりは通りの向かい側へ渡って屋根のあるドアロへ移動した。それぞれ自分の煙草に火をつけ、市庁舎を見つめた。無人となった灰色の粘板岩の階段が上方の防水布の鮮青色を映している。

「正直に答えろ」マイクルは切りだした。「あんたたちのでっちあげか?」

ライリーは首を振った。「おれがこの手で郵便箱から取り出した。あれを送りつけた男は、頭がおかしいか野心的なジャズ演奏者かのどっちかだ」

マイクルは苦笑し、コーヒーに口をつけた。

「あるいは帰還兵か」記者が言い足した。

マイクルはしばし考えた。「フランツ・ヨーゼフに関するくだりか?」

ライリーがうなずいた。

「そうかもしれないな」マイクルは言った。「ドイツ語の綴りを使っているから」

年が変わってからというもの、ヨーロッパにおける戦争からの帰還兵がニューオーリンズ市内にあふれ、帰国したはいいが社会復帰できない元兵士による犯罪の数が増えていることにマイクルは気づいていた。

「いずれにせよ、あの手紙でイタリア人どもが動揺するだろう」ライリーが言うので、マイクルはいぶかるように彼を見た。

「手紙の日付だ」ライリーが説明した。「聖ヨゼフの祝日。イタリア人どもの守護聖人だ。教会のパレードがジャズバンドをよけざるをえなくなる」

ふたりは声をあげて笑ったあと、それぞれにコーヒーを飲んだ。

「あんたは貸しを取り立てる気があまりないようだな」マイクルは言った。

肩をすくめて通りに目を凝らすライリーを見て、そわそわした様子に気づいた。もともと、おどおどして人目を嫌うタイプだが、いまは集中力まで欠いている――心ここにあらずといった体《てい》なのだ。

「なにかと忙しかったんだ」と彼が言った。「で、ロンバルディの線は成果があったか?」

「あったさ」マイクルは答えた。「どうやって彼のことをつかんだ?」

「そっちの見解を聞かせろ。こっちの話はそのあとだ」

マイクルはため息を漏らした。「ロンバルディの線からピエトロという名前のちんけな犯罪者に行き着いた。そのピエトロがロンバルディに、バイユーのどこだかにいる実行者のもとへ被害者のリストを届けさせた。バイユーということは、よそ者だ。このあとピエトロにあたる。私の見解? 抑えのきかなくなった〝ブラックハンド〟による犯行だ」

ライリーは煙草を一服して煙を吐き、うなずいた。

「おれのつかんでる話と一致する」と言った。「それはよかった。さあ、どうやってロンバルディのことをつかんだのか聞かせてもらおう」マイクルは促した。

「こういう仕事をしてるとたくさんの人間に会うんだよ、タルボット。なかにはかなり地位の高い人間もいる。あんたの見立てた〝ブラックハンド〟による犯行という線――あんたに面倒をもたらすかもな。あんたがピエトロから話を聞いたら、貸しを返してもらう」

ふたりが顔を探り合い、マイクルはうなずいた。ライリーは笑みを浮かべて帽子に手を触れて挨拶《あいさつ》し、自分のコーヒーを歩道に流し捨てたあと、重い足を雨のなかへと踏み出した。

マイクルは彼を見送って首を振り、ドアロのくぼみにもたれかかってコーヒーを飲み干し、煙草を吸い終えた。きしむような音と怯《おび》えた叫び声が聞こえたので、はっとして市庁舎の階段を見やると、防水布の屋根を建物の側面に留めていた綱が音をたてて切れた。防水布もそこに溜まっていた雨水も大きな音とともに階段に落ちた。ひとつの肉体のようだった水が砕けて何十万もの水滴となり、爆弾の金属片のように飛び散った。

38

目覚まし時計が午前四時三十分にルカをたたき起こした。ルカはベッドを出て闇のなかを探るようにして窓辺へ行き、綿モスリンのカーテンを二センチほどめくった。下方の通りでは、このブロックの百メートルたらず先、この街の駐車規制を犯す地点に、黒いセダンが一台停まっている。ルカが警察にいたころと同じやりかたで張り込みを行なっているとすれば、あの車に乗っている刑事はふたりとも眠り込んでおり、日勤の者が交代に来るまでは目を覚まさないはずだ。

窓辺を離れ、ナイトテーブルへ行って肌着を脱ぎ、鏡に映る自分の姿に目を凝らした。あざと切り傷が紫色と赤の混じったカビのように腹部全体に広がっている。肋骨《ろっこつ》が損傷していると思うあたりの皮膚に片手を押しあて、痛みに顔をしかめた。そのうち鏡に目をそむけてナイトテーブルの水差しを見ると、なかの古くなった水を洗面器に注ぎ、布と棒状石鹸《せっけん》でそっと体を洗った。

傷口に新しい包帯を巻き、服を着てこっそりとホテルを出る。厨房《ちゅうぼう》の通用口から出て夜陰にまぎれた。人影がなく、雨音がする以外は静まり返っているカナル通りを歩き、ストーリーヴィルの外側をまわる。ベイシン通りへと折れて、新古典《ネオクラシック》様式の高いアーチをくぐり、ニューオーリンズ駅の構内に入った。新聞売店で足を止めて《タイムズ・ピカユーン》紙の早版を買い、第一面に載っている異様な手紙にざっと目を通した。

駅構内は人通りもなくて薄暗く、二十四時間営業の食堂から不快な電気雑音とともにどぎつい黄色の照明がコンコースに漏れているだけだった。

ルカはボックス席を選び、怪我をしている体をかばってゆっくりと席につくと新聞をテーブルに広げた。長年の夜勤のせいで腫《は》れぼったい目をした白い肌着姿の太ったギリシャ人の店主が、ポットに入れたコーヒーを持ってのんびりと近づいてきた。

「並みの神経じゃないよな?」店主はルカのテーブルのカップにコーヒーを注いだ。

ルカはぽかんとした顔で店主を見上げた。

「アックスマンの手紙のことだ」店主は首を振りつつ言った。「奇想天外なやつだよ。言わせてもらえば、問題の夜にジャズを演奏したら街じゅうのバーもクラブもレストランも客でごった返すだろう。おれたちの商売にとっちゃあ、役所の悪党どもなんかよりアックスマンのほうが恩恵をもたらしてくれるってもんだ」

ルカはうなずき、卵とトーストを頼んで、店主が厨房へ戻るのを寝ぼけ眼《まなこ》で見つめた。その食堂に二時間いた。大半は、コーヒーを飲み、煙草《たばこ》を吸っていた。

乗る予定の列車の発車時刻三十分前になると駅の近

辺を歩きまわった。すでに日も昇り、歩道も店舗も観光客で込み合っている。屋根の垂木《たるき》のあたりを飛びまわっている鳩たちが、食べものの屑を拾うためにときおり舞い下りてくる。〈クラウス百貨店〉の裏手の路地でストリート・チルドレンたちがわずかな金をかけてサイコロ遊びをしていたので、そのなかのひとりに二十五セントやり、切符売り場へ行ってラフォーシェ郡までの往復切符を買ってきてもらった。発車まぎわに列車へ近づき、最後にもう一度だけ駅を見まわしてだれにも尾行されていないことを確かめてから、手すりにつかまって客車に飛び乗った。

空席を見つけて腰を下ろし、たてつづけにコーヒーを何杯も飲んだのにまだ眠気を覚えながらも、目的地に着くまで窓の外を眺めた。

ラフォーシェ郡の郡都ティボドーの本通りは駅から歩いてすぐのわびしい通りで、農産物販売店や食料雑貨店、酒場が立ち並び、郡庁舎もあった。

記録保管室の係員は笑みを浮かべた華奢《きやしや》な女で、どうやらだれかと話ができるのがうれしいらしく、記録文書保管システムについて説明してくれた。ルカはベル・テール屋敷について調べ、関係のあるファイルを見つけた。大半は不明な点を埋めるために必要な情報だった。テネブル・ホールディングス社の代理人としてエドヴァルド・シュナイダーが作成した登記申請書が提出されたのが一八八八年。同社の社主マリア・テネブルはその数カ月後に遺言書を残さずに死亡。会社の運営を移譲された評議会は、数カ月後にはベル・テール屋敷を競売にかけ、ティボドー・ベンチャー社に売り払っている。テネブル社が購入した半分の金額で。屋敷はいまもティボドー社が所有している。ティボドー社はここティボドーで登記されているのだろうか。

先ほどの笑顔の係員にたずねると商業登記簿の保管室へ案内してくれ、ルカはそこでティボドー・ベンチャー社のファイルを見つけた。そこに記された同社の役員たちの名前は、ルカの予想していたとおりのものだった。ファイルを戻し、この町にいるあいだに二重に確認をしておこうと考えながら通りへ出た。

道順を教えてもらって郵便局へ行き、公衆電話でジェイク・ヘイトナーにかけた。交換係が電話をつなぐのを数分待ったあと、雑音に混じってヘイトナーの声が聞こえた。

「おはよう、ルカ」気がかりそうな声だ。

「ジェイク、ひとつ頼みがある。ティボドーの警察に電話して、マリア・テネブルという名前の故人について調べさせてもらえるか？ ベル・テール屋敷。ラフォーシェ郡だ」

数秒ばかりゆがんだ音が聞こえたので、通話が切れてしまったのだろうかと思った矢先、ヘイトナーの声がふたたび聞こえた。

「了解。なぜそんなことを？」ヘイトナーがたずねた。「当ててみろ。その女は一八八八年当時、ティボドーに本拠を置くテネブル・ホールディングスという会社の社主だった」

「テネブル？ わかった。一時間くれ」

ルカは受話器を戻し、駅から歩いてくる途中に通りかかった酒場のひとつへ向かった。店内に入ると、バーカウンターにいる地元の連中が振り向いて渋い顔をした。ルカは挨拶《あいさつ》代わりに帽子に手をあててから、空いているテーブル席についた。地元の連中は自分たちのビールと会話に戻った。

いかめしい顔のバーテンダーが来ると、ルカはステーキと薄切りポテトのフライとサヤインゲンを注文した。運ばれてきたステーキは肉が固く、サヤインゲンは茹《ゆ》ですぎで風味がそこなわれていた。一瞬、野菜にかけるオリーブオイルがあるかたずねようかと思ったものの、思いとどまった。食事をすませて煙草を何本か吸ったあと、勘定書を頼んで金を払い、郵便局へ引き返した。約束の一時間より数分早くヘイトナーに電話をかけ直した。

「マリア・テネブルという女の記録は一件だけだ」ヘイトナーが声をひそめて言った。「一八八八年八月に死亡。詳細を知りたいか？」

「教えてくれ」

「橋から転落したことによる頭部損傷。午前二時に泥酔状態で家へ帰る途中だったようだ。側溝に落ちたんだ」

ルカはうなずき、指を打ちつけながら考えをめぐらせた。

「住所は不明」ヘイトナーが続けた。「だが、逮捕歴がある。どうやら村の大酒飲みだったようだな。一八七〇年から一八八八年のあいだに公衆酩酊罪で三回、逮捕されてる。三回とも起訴猶予になってる。だが、起訴されたのが一件——一八八五年に飲酒により酒場で逮捕され、二十ドルの罰金と三カ月間の身柄拘束を科された」

ヘイトナーの声がしばらくやみ、そのうちにまた雑音まじりに聞こえた。

「これで知りたいことはわかったか？」ヘイトナーがたずねた。

「おおむねは。ありがとう、ジェイク。恩に着る」

「気にするな」

しばらくの沈黙のあと、ヘイトナーが言った。

「タルボットの部下から聞いたんだが、殴られたそうだな」いたわりと気づかいが表われた口調だ。

「たいしたことじゃない」

「それならよかった」完全に納得したという口調ではなかった。「じゃあ、気をつけてな」

ルカは電話を切り、記録保管室へ戻った。ふたたびティボドー・ベンチャー社のファイルを取り出して読み直し、書き連ねられた名前を改めて眺めた。いくつかのできごとが頭のなかでひとつにつながった。ある連中がベル・テール屋敷を手に入れたいと考え、地元の飲んだくれ女マリア・テネブルを代理人として利用した。彼女が屋敷を買い取る。連中は数カ月待ち、彼女を橋から投げ落とす。所有権を評議会へ移し、評議委員はまずまちがいなくそれなりの賄賂《わいろ》をもらって、屋敷を本当に欲しがっていた連中に売り払う。連中の弁護士シュナイダーが事務処理のすべてを行なった。ニューオーリンズ市でテネブル社を、ティボドーでティボドー社をそれぞれ登記し、その書類を自分の事務所の床下に隠した金庫のなかにしまい込んだ。

警察が被害者同士の接点をまだ発見できないのは、それを証明できるものがいまルカが手にしている書類だけだからだ。片田舎の小さな町の埃だらけの書類キャビネットから取り出した一枚の紙。ルカは改めてその書類に目を凝らした。ベル・テール屋敷の所有者は、いずれもオーリンズ郡に在住のミスタ・チャールズ・コルテミーリア、ミスタ・ジョセフ・ロマーノ、ミスタ・スティーヴン・ボカ、ミスタ・マイクル・ペピトーネ、ミスタ・ジョセフ・マッジオ。アックスマンはベル・テール屋敷の所有者たちを殺害しているのだ。ひとりずつ。彼らがあらゆる手を尽くし、屋敷の所有者であることを隠しているにもかかわらず。ニューオーリンズ市の食料雑貨店主たちが、なぜどのようにして片田舎の農地を所有するに至ったのだろう？

ルカは手中の書類を再度眺めた。これを持ち出すべきだろうかと考える。ここティボドーに置いたままにすれば、だれかが探しに来てこれを見つけ、断片的な情報をつなぎ合わせて全貌をつかむかもしれない。そのだれかは、おそらくマイクルだろう。なおもしばらく考えをめぐらせたのち、ルカはファイルをまた元の場所に戻した。

39

その日の午前中、アイダとルイスは、バック・オ・タウンにある古びた安酒場のバーに座ってルイスの友だちが来るのを待っていた。その安酒場は元酒店で、床はおがくずだらけ、飲みもののメニューには自家製ライ・ウィスキーと高濃度のラガービールしか載せていないようなみすぼらしい店だ。ビール酵母やマリファナ、汗と小便のにおいでむっとする店内には、バーテンダーをのぞけば、ルイスとアイダ、空《から》のグラスが載ったテーブル席にめかしこんだ黒人の男が三人いるだけだ。アイダとルイスがその店に着いたときには正体なく眠り込んでいたところを見ると、三人は夜どおし飲んで朝を迎えたにちがいない。バーテンダーがバーカウンターの蓄音機でマリオン・ハリスの『ジャズ・ベイビー』をかけていて、三人は眠っているくせに頭を縦横に揺らすので、アイダはまるで催眠状態のまま音楽に合わせて体を動かしているダンサーみたいだと思った。

ルイスから友だちはたぶん遅れてくると聞いていたアイダは、時間つぶしにしようと新聞を持ってきていた。いまはアックスマンの手紙を声に出して読み、ルイスとバーテンダーがそれを聞いている。ルイスはアイダの隣でスツールに腰を下ろしてビールをちびちび飲み、バーテンダーは奇怪な声明を一文ずつアイダが読み上げるたびに、まるでだれかの犯した罪に対する報いを聞いてでもいるように首を振っていた。

「こんなの、あいつに合わない」読み終えたアイダは、バーテンダーの耳を意識してモーヴァルの名前を出さなかった。

「これっぽっちも筋が通らないな」ルイスが言った。

「たぶん新聞社が新聞を売るためになにもかもでっちあげたんだよ」

「おれが新聞社の社長ならそうするね」バーテンダーがふたりを見つめ、わけ知り顔で言った。

「あんたが社長なら」ルイスがにんまりして言った。「新聞社はとっくにつぶれてるよ」

バーテンダーがルイスをにらみ、バーカウンターの反対端へ歩み去った。

「フランツ・ヨーゼフの綴《つづ》りもまちがってるし」アイダが言った。

「それはたぶんなんの意味もないよ」ルイスが目をこすりながら応じた。

〝些細《ささい》なことより重要なことはありません〟と、アイダは心の内でシャーロック・ホームズのせりふをつぶやいた。「だれかが自分の行動の痕跡を隠そうとしているのかもしれない」

店のドアが開き、ふたりよりも少し年上のひょろりとした黒人男が颯爽《さっそう》と入ってきた。店内を見まわし、ルイスを見て笑みを浮かべると、ルイスは手招きをした。

「調子はどうだい？」男が笑顔でたずね、振りつけでもされたような複雑な動きでルイスと抱き合い、握手を交わした。やり手のような意気揚々たる歩きかたで、服装もそれに見合っている——フェルトの茶色いステットソン帽、バートナード・アンド・ウェイジャーのズボン、ウィングチップの靴、ベルベットのヴェストから垂れている懐中時計の金鎖。ルイスと男はしばし相手をじろじろと眺め合っていたが、そのうちに男がにっと笑って首を振った。

「くそ、おれよりひどいな。そんなに太っちまってるから、ここに入ってきたとき、バーカウンターにビリヤードの黒い球が座ってると思ったぜ」と言い、ルイスとふたりして大きな笑い声をあげるので、テーブル席の三人が目を覚ました。三人はしばらくあたりを見まわしていたが、すぐにまた目を閉じて寝入った。

「アイダ、コカイン・バディだ」ルイスが紹介した。「バディ、こちらはアイダ・デイヴィスだ」

バディが笑みを浮かべ、ステットソン帽を傾けてアイダに挨拶《あいさつ》したあと、その帽子を仰々《ぎょうぎょう》しく脱いだ。

バディのビールを注文したあと、バーテンダーに話を聞かれないようにテーブル席へ移った。ビールが運ばれてバーテンダーがテーブル席から離れると、三人はビール瓶を合わせ、笑みを交わした。

「で、なにか変わりは？」ルイスがたずねた。

「なんも変わんないよ」バディが言った。「あいかわらず白人どもがてっぺんにいる。で、おれになんの用だ？」

ルイスが自分たちの調査についてくわしく話すあいだバディは笑顔で聞いていたが、説明が終わると笑い声をあげ、首を振った。

「あきれた。あいかわらずどうかしてるぜ、リル・ルイス。面倒な目に遭いたいのか？　モーヴァルの噂を聞いたことないのかよ？」

「あるさ」ルイスは言った。「この話をルルにしたからね」

「ルル・ホワイト？」バディが煙草に火をつけた。「あのレズのばばあか？　まだくたばってなかったとはね」

アイダはバディの無神経な言葉とひどいもの言いとに顔をしかめた。いばってて、傲慢《ごうまん》で、口が悪くて、いやな男だと思った。バック・オ・タウンにはこの手の男が山ほどいる。アイダに言わせれば、バック・オ・タウンをいまのようなスラム状態にしたのはこの手の連中だ。

リータから住所を聞き出したあと、アイダは、どうやってその家の地下室に忍び込むのがいちばんいいかをルイスと相談し、ルイスがバディの手を借りようと言ったのだ。バディは旧《ふる》い友だちのひとりで家宅侵入の名人だという。アイダは自分の知らない人間を引き込むことに迷いはあったものの、ルイスの言ったとおり、ずぶの素人《しろうと》の自分たちがどこかの家に忍び込もうとするなど愚の骨頂だ。まして、侵入先はモーヴァルがなにかを隠している家なのだから。協力者が必要であり、それがバディだった。

「わかったよ。取り決めはこうだ。ちょっと聞きまわって、下見をして、やる価値があるかどうか判断する。あくまでも昔なじみへの好意からだ。で、決行の期限は？」

ルイスは肩をすくめ、向き直ってアイダを見た。アイダは咳払いをしてから言った。「期限はない。でも、できるだけ早く決行したい」

バディは笑みを浮かべた。「魅力のある女だな」ルイスに向かって言いながら身ぶりでアイダを指し示し、ますますアイダをいらつかせた。「二日ほど時間をくれ」バディがビールをひと口飲んでから言った。「なにができるか見てみよう」

彼はまたふたりに笑みを向けたあと、ステットソン帽をかぶって店を出ていった。アイダは、目当ての家に忍び込んでリータがあると言っていた証拠を見つけ出すまでにどれぐらい時間がかかるのだろうかと考えながらバディを見送った。ふたりはもうしばらく店に残り、蓄音機が繰り返し奏でるマリオン・ハリスの歌を聞きながらビールを飲み終えた。この安酒場は客が自分を忘れるために来るような悲しい場所なので、アイダはようやく出ていけることにほっとしながら、教会用の一張羅《いっちょうら》を着て眠り込み、酔夢に溺《おぼ》れている三人の横を通った。

40

記者会見のあとマイクルは分署に戻り、タンゴ・ベルトのナイトクラブのひとつでドアマンとして働いている屈強でおそらくは小児性愛者のピエトロという男についてなにか情報はないかと、刑事局内のさまざまな捜査チームにたずねてまわった。風俗取締課の目もとのたるんだ愛想のいい若い刑事が、何カ月か前に子どもに性的いたずらをした容疑で逮捕した男がたしかピエトロという名前だった、と言った。姓は思い出せないとのことだったが、人相風体が一致するので、マイクルはその刑事の逮捕記録に目を通し、ようやく目当ての男を見つけた。

ピエトロ・アマンゾ――直近の逮捕はクリスマスイブだった。法定年齢に満たない少女と午前四時にストーリーヴィルに停めた車内にいるところを、風俗取締課の刑事に押さえられたのだ。自分は少女の父親と友人であり、少女を田舎の滞在先から自宅へ送り届ける途中だ、とアマンゾは主張した。どういうわけか少女の父親がその言葉を裏づけたため、アマンゾはその件では不起訴処分となっていた。

マイクルはその他の逮捕報告書と裁判記録が綴じられた分厚いアマンゾの個人ファイルに目を通した。彼は十代のころから、激しい暴行とも児童虐待とも判断のつきかねる違反行為により警察の厄介になっている。妹に暴行を加えたとして十四歳で少年院に送られ、十八歳で退所後はよく知られたストリートギャング連中の下で働きはじめた。以降、彼のファイルに逮捕報告書がたびたび綴じられることになる――正当な理由のない暴力行為あるいは法定年齢に満たない少女と性的な関係を結んでいる現場を押さえられるかのいずれかにより、数カ月おきに逮捕されている。六カ月の刑で二度、十八カ月の刑で一度、〝アンゴラ〟に収監された。彼の仲間として知られているなかに、〝ザ・ファミリー〟の下位の連中や風俗取締課の情報屋がいた。ファイルには彼の自宅住所も記されていた。タンゴ・ベルトのある店舗の上階のアパートメントだ。

マイクルは書類手続きをして警察馬車を借り出し、ケリーと、万全を期して三人の制服警官を伴い、その住所へ向かった。一ブロック手前に馬車を停め、あとは歩いてその建物に向かった。玄関ドアに錠がかかっていなかったので、建物内に入って階段を上がり、アマンゾの部屋のドアをノックした。イタリア系の浅黒い短身の男がドアを開けた。

「ピエトロ・アマンゾか？」マイクルはたずねた。

「ああ、そうだ。で、あんたは？」わかりきった質問に、マイクルが向き直って制服姿の警官たちを見つめると、アマンゾは気のきいた冗談でも言ったかのように満面の笑みを浮かべた。

「歯の妖精にでも見えるか？」マイクルは警察官バッジを呈示した。「エルマンノ・ロンバルディが殺害された件について話を聞きたい」

「あのゲイ野郎の？」アマンゾが問い返し、そっけなく不快な笑い声をあげた。

「なんなら逮捕してもいいんだぞ」マイクルは怒りを抑えた。

アマンゾは彼をにらみつけ、そのうちにうなずいた。

「行こう」と言ってドア脇の棚からコートをつかむと、マイクルを押しのけて階段へ向かった。

分署に戻ると、マイクルは小さいほうの取調室のひとつでアマンゾを座らせて手錠をはずしてやった。アマンゾは唇をゆがめて正面の壁を見つめ、思春期の若者のようにふてくされていた。マイクルは彼に目もくれず、テーブルにペーパーバックを置いた。読みたいからではなく、すでに不利となる重要な証拠が挙がっているとアマンゾに思わせたいからだ。次に、ポケットから銀製の煙草ケースとマッチを取り出してペーパーバックに並べて置き、ふたりで使うために灰皿をテーブルの中央へ動かした。

ケリーがふたりにコーヒーを運んできてテーブルに置き、手帳を手にかたわらに腰を下ろした。

「では、始めようか？」ケリーが椅子に収まると、マイクルが言った。「エルマンノ・ロンバルディという男とは知り合いだったのか？」

「そうだ」アマンゾが答え、木製のテーブルの向こう側からマイクルをにらみつけた。

「どういう知り合いだった？」

「やつはシチリア人、おれもシチリア人。顔見知りだった」アマンゾはマイクルを見すえたまま肩をすくめた。マイクルは煙草ケースを開けてバージニア・ブライトを一本取り出し、火をつけた。一本勧めたが、アマンゾは顔をしかめて首を振った。マイクルは肩をすくめ、一服して笑みを浮かべた。

「ロンバルディと仕事をしたことは？」

「ゲイ野郎と？　あるもんか」

「おまえが彼をだましてひと仕事させたと聞き込んだが」

アマンゾはそれには答えず、マイクルをにらみつづけた。ひたすらにらみつけるのは相手をどぎまぎさせるためのストリートギャングのやり口なのだが、もう何年も前からマイクルには効果がなくなっている。

「この一週間のあいだにロンバルディが殺害されたことは知ってるか？」

「知ってるさ」

「どうやって知った？」

「噂が流れるからな」アマンゾは答え、青ざめた薄い唇をもゆるめて満面に笑みをたたえた。マイクルの耳に、アマンゾの両足が白黒格子模様のリノリウム張りの床を打つ音が聞こえた。この部屋にはテーブルと数脚の椅子しかないので、がらんとした空間にその音が異様に鋭く響いた。

「ロンバルディが殺害された夜、おまえはどこにいた？」マイクルはこの男にぶつけたい質問をたたみかけた。

「職場だ。〈キティ・キャット・クラブ〉」

「そうなのか？　そいつは妙だな」

「なんでだよ？」アマンゾがたずねた。

「殺されたのがいつの夜か、言ってないのに」

アマンゾはしばしマイクルを見つめたあと、顔をしかめた。「おれは毎晩クラブにいるんだ」

「そうなのか？　先週の月曜日におまえがクラブにいたと証言する人間はいるか？」

「いない。だが、用意できる」アマンゾがにやりと笑った。

マイクルは笑みを浮かべて椅子に背中を預け、腕組みをした。

「ロンバルディがアックスマンについて吹聴《ふいちょう》しはじめたから、おまえがワイヤーで始末したと聞いたが」

アマンゾがぎくりとした。ほんの一瞬の反応だったが、マイクルは気づいた。

「それはまちがった噂だ」アマンゾの返答はいささか早すぎた。

「そうなのか？　彼が街を離れると聞きつけて仕事を頼んだのに、結局この街にとどまることになったから、おまえが自分につながる証拠を消すために口を封じたと聞いたぞ」

アマンゾはマイクルを見つめた。ほんの一瞬、その目がたたえていた敵意に代わって、思った以上にマイクルが事情をつかんでいると理解した色が浮かんだ。

「おまえはロンバルディに、アックスマンの犠牲者のリストをバイユーに置いてくるように頼んだそうだな」

マイクルはアマンゾの顔に広がる不安と、それを隠そうという努力を見て取った。その機を逃さず、ある提案を持ちかけた。

「白状しろ、アマンゾ。こっちには、おまえがロンバルディに仕事を頼んだと証言する人間がいる。その証言だけで、おまえを電気椅子にかけるには充分だ」

アマンゾは椅子の背にもたれてゆっくりとコーヒーを飲み、カップの縁越しにマイクルを見つめた。立ちのぼる湯気の向こうで褐色の目が光って見えた。

「死刑だ」マイクルは追い討ちをかけた。「泥酔状態での暴行とはちがう。知っていることを話せば、おまえの関与を忘れよう。これまでどおりの生活を送ればいい。ドアマンとして働き、子どもたちの体を触《さわ》り、幼い少女とファックするのが好きなおまえは一人前の男じゃないとなじるやつを殴ればいい」

その瞬間、アマンゾがマイクルに飛びかかろうとした。マイクルがそれをかわしてテーブルを蹴りつけると、テーブルがアマンゾの腹をとらえた。アマンゾが体をふたつ折りにしてあえぎ、ケリーがすばやく背後にまわって彼の頭をテーブルに押しつけた。アマンゾはもがき、殴ろうとしたが、マイクルが押さえつけ、ケリーがふたたび手錠をかけた。ふたりで彼を立たせ、椅子に座らせた。

「大丈夫か？」マイクルが訊き、ケリーは荒い息をしながらうなずいた。アマンゾを見やると、脂《あぶら》ぎった髪は乱れ、あえぎながらも、凶暴な目でふたりをにらみつけていた。

「くそったれのポリ公どもが」ぼそりと言った。「おれは逮捕されてもないのに」

マイクルは彼を見つめて肩をすくめた。

「いま逮捕する。警察官に対する暴行容疑だ」マイクルが吐き捨てると、アマンゾは笑いながら首を振った。

「弁護士を呼んでくれ」唇を引き結び、感情を欠いた声で言った。

「弁護士を呼んでほしいだと？　上等だ。それなら暴行容疑で起訴する。私の質問に答えれば、十五分後には帰っていいんだぞ」

アマンゾは黙ってしばし考えをめぐらせた。目の前のテーブルの傷を見つめていたが、ジレンマに陥って不意に身震いした。

「あんたに話せば、おれの命はない」

マイクルはため息をつき、腰を下ろした。

「いいか、アマンゾ。こっちはロンバルディ殺害当夜のおまえのアリバイを確認し、家宅捜索をし、おまえの友人にも敵にも話を聞く。なにか見つける。私がなにか見つけることはおたがいわかっていることだし、面倒を省いてくれれば、おまえは自由の身でここから出ていけるんだ」

「そのあと、あんたはあのゲイ野郎のことを忘れるだけだろう？　そのころにはおれは死んでる」

アマンゾが椅子にふんぞり返ってにらみつけるので、マイクルはその表情を見て、この男は話す気がないのだと理解した。残された手だては、この男が口をすべらすことを期待して圧力をかけつづけることだけだ。アマンゾを暴行容疑で逮捕し、弁護士の到着を待つあいだ留置房へ戻した。

マイクルにはこの先の展開がわかる。数時間後に弁護士が来て、アマンゾは明日には判事の前に立ち、保釈になるか刑務所送りになる。結果がどちらであれ、この男を始末したい何者かに殺される可能性が高い。逮捕されたという噂が広まれば、何者かが彼を始末したがるに決まっているのだから。アマンゾを分署へ連行したことにより、マイクルは時限スイッチを入れたことになる。アマンゾに対して、あるいはマイクルに対して、何者かが行動を起こすのは時間の問題だ。それにそなえる必要がある。大づめに近づいてはいるものの、次の一手をどう打ったものか、マイクルにはまったく見当がつかなかった。

殺人事件報告書

警察

ニューオーリンズ市警察第四分署

一九一九年五月八日　木曜日

被害者氏名　カルメリタ・スミス、黒人
同　住所　ロバートスン通り一五〇三
同　職業　売春婦
被疑者氏名　不詳
同　住所　不詳
同　職業　不詳
殺害場所　ロバートスン通り一五〇三
犯行日時　五月八日　木曜日　午後六時
届出人　ウィリアム・キングマン巡査部長
届出受付者　ジョセフ・J・カーター巡査部長
届出時刻　五月八日　木曜日　午後六時
逮捕の有無と
　逮捕行使者　いまだ逮捕に至らず
逮捕場所　なし
逃亡の有無と
　逃亡方法　警察官の到着前に逃亡
証言者　マーサ・シェリ
ヘンリエッタ・ラッセル
コリン・エドワーズ
ロバートスン通り一五〇三
全員、黒人

詳細報告

ジョセフ・J・カーター巡査部長は、本日五月八日木曜日午後六時、ロバートスン通り一五〇三において争う物音が聞こえるとの電話による通報が当分署にもたらされた旨《むね》を報告する。ウィリアム・キングマン巡査部長とジョン・メイヤー巡査を同行させてただちに当該住所へ向かい、到着しだい、十七歳の黒人売春婦カルメリタ・スミスが同商売に用いていたひとり部屋にて死亡しているのを発見した。家具類が荒らされており、枕やマットレス、シーツ、床板に血痕を見つけた。脱がされていたズロースにも当該被害者の血しぶきが見られた。

被害者は衣服を着用しておらず、白い肌着のみつけている状態だった。両脚の大腿上部と股間、および腹部全体と顔に、ナイフによる切り傷が見られた。また、首には、左顎から右鎖骨にかけて深い切り傷があった。凶器は当該現場で発見されていない。

ベッド脇のキャビネットから総額三ドル四十セントの現金と、マットレスの下から金の十字架が発見された。

市警察本部への通知は午後六時三十五分。セントクレア・アダムズ地区検事には午後六時四十五分、ジョセフ・オハラ監察医には午後六時五十分に、それぞれ通知した。ダニエル・モーニー主任刑事およびジョセフ・レッジオ巡査がただちに当該現場に到着し、捜査に協力した。

監察医の指示により、死体は御者《ぎょしゃ》のジョージ・ブラントとフランシス・D・ペイロニン巡査の責任において第四分署の馬車により死体安置所へ運ばれた。地区検事の指示により、証拠品として用いるべく、寝具類——シーツ、枕、マットレス、タオル二枚、ズロース、肌着——も同じく監察医事務所へ運ばれた。

当該建物内に個室を持つ黒人売春婦である前記証言者全員の供述は別紙添付する。

敬白

第四分署署長
ジョセフ・J・カーター
A・J・エスクード事務官

41

「アックスマンがおれたちをもうけさせてくれるんだ!」ベイビー・ドッズがわめいた。午後八時を過ぎたところで、バンドの面々は〈ディキシー・ベル〉号の船倉で休憩をとっていた。ベイビーがビールを一気に飲み干してにんまりするので、ルイスはぼそりとなにか答えた。壁に頭をもたせかけてひと眠りしようとしていたため目がとろんとしているのだが、ベイビーはまったく気づいていない。ある蒸気船での仕事の際に、泥酔したベイビーが乗船客の前でどなったり悪態をついたせいで激怒した白人連中にバンドの全員が海中に投げ込まれそうになったという一件以来、ルイスは酒を飲んでいるベイビーのそばにいると落ち着かない。ベイビーはドラマーとしての腕は第一級で、ドラムをたたきながら立ち上がってダンスをしたり、ビートを刻みつづけながらドラムセットの周囲で肩や上半身を揺すってみごとなシミーダンスをするなどという芸当ができる。そんな技を披露すると、決まって聴衆から歓声とチップの雨を浴びるのだが、アルコールを口にしたベイビーは喧嘩腰《けんかごし》で手に負えない酔っぱらいに成り下がるのだ。

「ポップスが言わなかったか?」ベイビーがたずねた。「アックスマン・ナイト。一曲二十五ドル。それに加えてチップだ」

ルイスが少しばかりしゃっきりして、怪訝《けげん》顔でベイビーを見た。

「冗談抜きで?」とたずねた。

「冗談抜きだ、リル・ルーイ。みんな、ジャズバンドを入れないのを不安がってるからな。本当だろ、フェイト?」ベイビーは船倉の反対端でベース奏者のポップス・フォスターと話し込んでいるフェイト・マラブルに大声でたずねた。フェイトとポップスは船倉の反対端からベイビーを見た。

「アックスマン・ナイト」ベイビーが繰り返した。

「一曲二十五ドル」

「ああ、本当だ」マラブルが甘ったるい声で言った。「それに、新譜を覚えないとな。楽譜に二ドルもかかったんだ」

ルイスがきょとんとした顔でマラブルを見ると、バンドリーダーの彼は壊れたバスドラムの上に置いたカンバス地の鞄《かばん》のところへ行った。留め金をはずして楽譜を取り出し、ルイスに渡した。ルイスは表紙を眺めた。いちばん上にカッパープレート体の大きな文字で『謎のアックスマンのジャズ(怖がらせないで、パパ)』と曲名が記され、その下にはもう少し小さな文字で〝クーン゠サンダース・ノベルティ楽団の名曲『夫を返して、たっぷり手もとに置いたでしょう』のジョセフ・ダヴィラによる作曲〟とあった。

タイトルの下方には、《タイムズ・ピカユーン》紙で見た覚えのあるひとコマの漫画——自宅のピアノでジャズソングを演奏しようとしている白人一家のペン画——が描かれていた。両手から何本も出ている黒い波線は、彼らが恐怖に震えていることを表わしているのだろう。背景には、散弾銃を持って玄関で見張っている家族の一員が描かれている。ルイスは表紙をめくり、なかの楽譜を見た。ページ全体に黒い線と丸が踊っているさまは、まるでグリルに載せた虫どものようだ。

ルイスはキッド・オリーのもとで楽譜の読みかたを覚えはじめ、マラブルのもとで勉強を続けていたが、まだ初見で譜面を読めるレベルには到達していなかった。マラブルはルイスを雇い入れた際にその点を了解していた。楽譜を読むのはクレオールの能力であり、アップタウン出身の黒人演奏家にその能力はまずそなわっていない。ルイスは中間地点にいた——少しは譜面を読めるものの、二度ばかり聞いて曲を覚え、暗譜で演奏するほうが簡単だった。ルイスの記憶力と、あっという間に新曲をものにする才能のおかげで、演奏をともにする者の多くは、彼が初見で譜面を読めるのだと思い込んでいた。ルイスもわざわざ誤解を正しはしなかった。

「明日、少し練習しよう」マラブルが言い、不安な気持ちはわかると伝える笑みを浮かべてルイスを見た。ルイスはマラブルに笑みと楽譜を返した。

「今夜の演奏のあと、話がある」マラブルが声をひそめて言った。「かたづけが終わったら、ここへ来てくれ」マラブルは楽譜を鞄に戻し入れ、ルイスは校長室に呼び出された生徒のような気持ちになった。

〈ディキシー・ベル〉号がカナル通りのはずれの係留所に戻り、その夜のわずかばかりの客が下船したあと、ルイスが船倉へ行くと、マラブルとポップス・フォスターが待っていた。不安な顔をしていたにちがいなく、入っていく彼の顔を見たマラブルとポップスが吹き出した。

「心配いらないよ、ルイス」マラブルといっしょになって笑いながらポップスが言うので、ルイスはまだ若干の不安を覚えながらも笑みを返した。ポップスが向かい側の壊れかけた椅子を身ぶりで示し、ルイスはそこに腰を下ろした。するとマラブルが満面に笑みをたたえて近づいてきた。目をきらきらさせている。

「この夏の〈シドニー〉号での演奏にきみを採用したい」マラブルが切りだした。「ニューオーリンズからクルージングに出る船だ」

ルイスはふたりにほほ笑み、安堵《あんど》のため息をついた――昇格だ。

「四カ月間ニューオーリンズを離れることになる」ポップスが説明した。「船はミシシッピ川をさかのぼる――セントルイスを経てミネソタ州までだ」

「報酬は破格だぞ」マラブルが言った。「週給三十七ドル五十セント。個室料金と乗船料、旅を終えたら週あたり五ドルの特別手当《ボーナス》がもらえる」

ボーナス抜きでも、報酬はオリーのバンドで演奏していたときの二倍だ。

「さらに甘いおまけがもうひとつ」マラブルが続けた。「ジョー船長がきみにコルネットを買ってくれるそうだ。いま使ってるやつはオリーに返せばいい」

ルイスは満面の笑みでふたりを見てうなずいた。

「とんでもなくありがたい話です、ミスタ・マラブル」と言った。「すごく感謝します」

「きみは腕がいい」マラブルが言った。「もう少し練習が必要だし、アンブシュアを固める必要もあるし、楽譜を読んで自分の分担と楽句《フレーズ》に取り組む必要がある。だが、そういったことはすべて、おれたちが教える。ま、大学へ行くようなものだ」

マラブルが向き直って見ると、ポップスがうなずいた。

「おれもマラブルと演奏をするようになるまでは楽譜なんぞ読めなかった」ポップスはバンドリーダーを顎先で指しながら言った。「サンシールと〝ドッツ〟もだ。おれたちが手を貸す。次の段階へ引き上げてやる」ポップスは温かみのある深い声で母音を引き伸ばしてゆっくりと話した。

ルイスは笑顔でふたりを見ていたが、その表情が徐々に変わっていくことにマラブルもポップスも気がついた。

「すばらしい話だし、ふたりには感謝します。考える時間を少しもらえますか?」

マラブルとポップスはふたたび顔を見合わせた。こんないい話を考える必要があること自体に驚いていたが、そのうちにポップスがルイスに向き直って言った。

「初めてきみの演奏を聞いたときのことは覚えてるよ、リル・ルーイ。『ハイ・ソサエティ』のクラリネット・ソロのパートをコルネットで吹いていた。クラリネットでも演奏しづらいあの分散和音をコルネットでいったいどうやって演奏してるのか、おれには見当もつかなかった。それもまだ十七歳で」ポップスが最後のひと言を口にしながら目を転じると、マラブルがうなずいて同意を示した。ポップスはすぐにルイスに視線を戻し、父親のようなやさしい口調で続けた。「おれが言いたいのは、街を離れるのがちょっと不安だというだけの理由でそれほどの才能を無駄にするのは惜しいってことだ。なりうる自分になりたいなら、ニューオーリンズを離れるべきだ」

波止場に渡した板が雨に濡れてすべりやすいため、ルイスはそろそろと歩きながら、マラブルの申し出とそれに伴うあらゆることがらについて考えた。報酬はこの街で得られるよりもはるかに多い。週給四十ドル以上で四ヵ月。ニューオーリンズ市内では、黒人の技術職である大工でも週当たりの平均給与はせいぜい十五ドル程度だ。だが、ニューオーリンズを離れるなど、考えるだけでも怖い。

大金を約束されてこの街を離れた演奏者が、あこぎな興行主《プロモーター》やうさんくさい音楽プロデューサーによって、この街へ戻る手だてもないままどことも知れない場所に置き去りにされたという話は何度も耳にしている。打ちのめされ、ぼろを着て戻ってきて、二度とニューオーリンズを離れないと誓う演奏者を何人も見てきた。レコード会社の人間が巨額の契約を携えて訪ねてきても、腕のいい演奏者はことごとく拒否している。ソロ演奏のレコードを制作すれば、自分の楽句《フレーズ》をだれかに盗まれるおそれがあるからだ。あのフレディ・ケパードなど、ライブ演奏の際には、指の動きを見て演奏技術を盗まれないように手もとをハンカチで隠している。それぐらい不信感が蔓延《まんえん》しているということだ。ルイスより年上で分別もある演奏者がみんなそういう考えである以上、きっと疑ってかかるのも道理なのだろう。

とはいえ、かつての師ジョー・〝キング〟・オリヴァーの例もある。彼はシカゴで大成功を収めた。それに、オリジナル・ディキシーランド・ジャズ・バンドは、ニューヨークへ出て、初めてのジャズのレコードを制作した。さらに、ハリウッドに移ったジェリー・ロール・モートンとビル・ジョンスンの例もある。

もっとも、遊覧船の行く先はニューヨークでもシカゴでもロサンゼルスでもない。中西部のいくつかの州を北上しながら、主として白人の乗船客の前で演奏をする。ジャズなどある種の悪魔の音楽だと、いまだに考えている連中の前で。ニューオーリンズには人種分離と偏見が存在するかもしれないが、黒人の身の安全は大いに守られている。その点においては、ルイジアナ州のほかの場所や、地獄とも言える隣のミシシッピ州に比べれば天国だ。

だからこそ、南部のそこかしこから何千何万という黒人がニューオーリンズへ流れ込んでいるんじゃないのか？　ほかのどこよりもましに見えるからでは？　五人ほどの黒人が遊覧船に乗り込んで荒野の真っただ中を旅するのは安全だろうか？　その瞬間、マヤンとクラレンスのことを考えた。別居中の妻がどんな反応を見せるだろうかと考えたのは最後の最後だった。

波止場に降り立ち、路面電車の駅へ向かおうとしたとき、波止場の端で待ちかまえている人物に気づいた。ほぼびしょ濡れになって凍えた様子のアイダは、青ざめた顔で取り乱しているように見えた。ルイスは彼女に駆け寄り、両肘をつかんだ。

「彼女が殺されたの、ルイス」アイダは嗚咽《おえつ》まじりに言い、雨に濡れてどろどろになった新聞紙を差し出した。

「モーヴァルがリータを殺した。新聞に出てる」アイダの声はかすれていた。「わたしたちのせいだったらどうしよう？」

十分後、ふたりは港のそばの人気《ひとけ》のない簡易食堂で熱いコーヒーを飲んでいた。簡易食堂と呼ぶのもどうかと思われるその店は、ガスコンロが一台と、ごみ置き場から拾ってきたテーブルがいくつかあるだけのあばら屋だ。港で働き、波止場に点在するほかの簡易食堂に入ることが許されない黒人に食べものや飲みものを提供するために建てられた。痩《や》せ衰え、背中も曲がった年老いた寡黙な店主が、ふたりの頼んだカフェブリュロの添え菓子としてビスケットと糖蜜を載せた皿を運んできた。

ルイスが礼を言うと、店主はみじめな様子のアイダをちらりと見たあと、カウンターに戻った。アイダはルイスに会い、暖かい簡易食堂に腰を落ち着けて、少し気分がましになっていた。悲報を分かち合う相手を得て気持ちがいくぶん落ち着いたとはいえ、ひどいありさまであることに変わりはない。髪は頭に張りつき、ドレスはぐしょ濡れで、化粧は崩れている。

「わたしたちに話したせいで、あの男が彼女を殺したんだとしたらどうしよう?」アイダは同じことを言いながら、コーヒーカップをくるむように持って両手を温めた。

「そんなことで彼女を殺さないよ」ルイスは首を振った。「そもそも、モーヴァルが殺したなんて、どうして断言できるんだい?」

アイダは顎先でテーブルの上の新聞を指した。

「あの男はナイフが好きだって彼女が言ったわ。あいつが彼女になにをしたか、読んだでしょう。もしも、あいつがだれかに見張らせてて、彼女がわたしたちに話すのを見てたんだとしたら?」

「その可能性は低いよ」ルイスが言った。意図した以上に険を帯びた声になった。「たとえ彼女を殺したのがあの男だったとしても、おれたちのせいだってことにはならない。彼女はあの男の売春組織を抜けたばかりだった。そうだろう? 元締めはそういうことを嫌うんだ。それに、客に殴られたばかりだって本人が言ってた。あの男が抱えてる客とじかに取引しようとして、それが見つかったのかもしれない」

アイダは完全には納得せず、ため息をついてカフェブリュロに目を落とした。またひと口飲むと、カフェインとブランデーの混じった飲みもののおかげでショック状態がやわらぎはじめた。

「バディがなにか考えつくのを待たなきゃしょうがないんだ」ルイスが言った。「あれこれ推測してもなんにもならないよ」

「そうね」疲れきり、意気消沈したアイダの声はまだ震えていた。蝶番《ちょうつがい》でぶら下がってななめに傾いているドアへ目を向けて波止場を眺めた。悪天候でこんな遅い時刻なのにもかかわらず二、三隻の船が到着し、最小限の人数の役人と港湾労働者によって乗客と積荷が降ろされている。うろたえているのは気のとがめのせいだけではない、とルイスに言えなかった。またしても自分が愚か者のように思えた。探偵ごっこに興じたあげく、そのせいで人がひとり亡くなった。悪夢がおそろしい現実となり、愚かしさと恥ずかしさと幻滅とを味わわされていた。

カフェブリュロをまたひと口飲んでルイスを見つめた。「アックスマンの夜にはなにをしてる?」とたずねると、話題の転換に驚いたルイスが怪訝《けげん》そうな顔で見た。

「キャバレーで演奏してる」と答えた。「どうして? おれにくっついていたいのか?」

アイダが笑みを浮かべ、ルイスが笑みを返し、ふたりはしばらく無言で座っていた。と、いきなりアイダが自分の手をルイスの手に重ねた。

「ありがとう、ルイス」と言った。その言動の意味がよくわからず、ルイスは眉根を寄せて彼女を見て、そのうちに肩をすくめた。

ふたりはもうしばらく簡易食堂にいてカフェブリュロを飲み干してから別れた。ルイスはバック・オ・タウン行きの路面電車に乗り、アイダは家までタクシーで帰るために歩いてタクシー乗り場へ向かった。タクシー乗り場に近づくと、目の前の通りの角に立つ建物から光が漏れているのに気づいた。人が動きまわり、皿にナイフやフォークの当たる音が聞こえる。街のこの地区でこんな夜遅くに食堂が開いていて、客でにぎわっているなんて奇妙だと思った。

その建物に近づいたが、そこがどういう場所かを示す看板もその他の標示も見当たらなかった。湯気でくもった板ガラスの窓ふたつとそのあいだにある木製のドアが建物の正面を占有している。ドアには〝オープン〟の札が吊されていた。アイダは近いほうの窓に歩み寄り、なかをのぞいた。粗末な室内に細長いテーブルとベンチが何列もぎっしりと詰め込まれ、みすぼらしい身なりの男たちが各テーブルに数十人ずつ座ってパンとスープを食べている。奥では、エプロンをつけた五、六人が、コンロの上で湯気を上げている大鍋の番をするか、トレーに並べられたボウルにスープをよそうかしている。

室内には静寂が充満しているようで、隣の席同士で会話をする者はひとりもいない。それに、絶望の空気が室内を支配している。ここは簡易宿泊所なのだろう、路上生活者に食べものを提供するべく慈善家が組織した無料配給の食事ができる施設の一種だろう、とアイダは思った。だが、ベンチに座っている連中はみな若そうだし、目にはある種のうつろさをたたえている。その瞬間、彼らが大戦から帰還して貧窮している元兵士たちで、戦場での体験により心に痛手を負い、この手の救護施設を運営している人たちのほどこしにすがっているのだとわかった。

湯気でくもった窓ガラスと、そこから漏れている黄色い光から後退しようとした瞬間、奥の壁に貼られたポスターが目に留まった。一瞬遅れてその意味に気がついた。〝ニューオーリンズ軍人会　大戦従軍兵救護施設　サミュエル・クライン・ジュニアの寄付金に支えられています〟。この食堂は、ルフェーヴルが〈ルイジアナ州立精神科療養所〉へ面会に行った男から資金援助を受けている。その瞬間、ぴんと来るものがあり、ルフェーヴルが戦争の英雄を訪ねた理由がわかった。

《タイムズ・ピカユーン》

一九一九年五月十三日　火曜日

特集ページ――ほろ酔い記者の論説

アックスマンが来る！

先週、アックスマンからニューオーリンズ市に宛てた悪意に満ちた手紙を独占掲載して以来、街じゅうが熱に浮かされたように今夜の準備をし、アックスマンがもたらすであろうあらゆる事態にそなえてきた。あの手紙が偽物だと公言したに等しいにもかかわらず、ベールマン市長は、市行政当局が笑いものにならないように万全の手を打ってきた――全警察官の休暇を取り消し、予備人員を投入し、周辺の各郡から応援部隊を呼び（考えるだにぞっとする）、ニューオーリンズ市警の警察官全員が超過勤務を（警察筋からの情報によれば、ふだんの二倍の割合で）行なった。考えてもみてほしい。《タイムズ・ピカユーン》紙が人心の恐怖をあおって利益を得ようとしているなどと示唆したのは市長その人であることを。

しかし、おそらく読者諸氏がそれ以上に関心を寄せているのは、市民の練っている計画のほうであろう。この状況を利益に転じようとするナイトスポットの店主たちのたくましい商魂のおかげで、今夜、タンゴ・ベルトのキャバレーやバー、レストランの各店は予約で満席だという噂だ。はたして〝アックスマンの夜〟はここクレセントシティ史上最大規模のパーティとなるのだろうか？　だれに聞いても、その可能性は大だそうだ。

むろん店主たちの商魂は別として、このおぞましい状況を取り巻く興奮をあおっているのがなにかについては議論の余地がある。筆者は、ビッグ・イージーにそなわっている楽しみを求める精神にあると考えたい。この精神はもともと毎春のマルディグラで発揮されるのだが、世界に名だたるパレードがヨーロッパにおけるドイツ野郎どものせいでこの二年は中止されたこともあり、抑えつけられ蓄積されていた〝生きる喜び《ジョワ・ド・ヴィーヴル》〟が少しばかり余分に発揮され、爆発して日の目を見るのではなかろうか。

もちろん、この機を金にしようともくろんでいるのはナイトスポットの店主たちだけではない。今夜のために選ばれた歌（賛美歌の『主よ、御許に近づかん』を別として）は、ここニューオーリンズ出身の作曲家ジョセフ・ジョン・ダヴィラによる『アックスマンのジャズ』である。その楽譜が数日前に発売されるや、たちまち人気を博し、版元はすぐさま増刷を決めた。無償の特派記者が〈リバーサイド・カフェ〉で酒を飲みながら作曲家本人に取材をしたところ、驚いたことに彼は《タイムズ・ピカユーン》紙で見た漫画にヒントを得てこの歌を作ったのだそうだ。

ニューオーリンズに生まれ、現在はエリジャン・フィールズ大通りに住まいを構えているダヴィラはこう語っている――「これは、この三年で作った十番目の曲なんだ。すべて黒人の歌ばかりだよ。過去に少しばかり成功を収めたけど、この曲がすでにそのすべてを上まわった。この曲はニューオーリンズ市警察音楽隊に捧げたいね」

今夜、娯楽を求める市民の選択肢は豊富にあるが、筆者にはちょっとした夜会の予定がある。そして、心をこめてアックスマンを招待したい。出席者限定のささやかな夜会であり、これまで存在したなかで最悪の霊だと自称しているアックスマンの私設秘書が欠席の返事をもたらさないことを、心より願っている。会場はロワーライン通り五五二。ドアはすべて開け放たれているであろう。

アックスマン、大歓迎だ。

敬具

ほろ酔い記者

42

ルカがベッドから出たのは昼前だった。昨夜のうちに封筒と便箋《びんせん》を買っておいたので、目が覚めてベッドに起き上がったあと、ベル・テール屋敷の管理人に手紙を書こうとした。だが、文章を書くのが得意ではないため、言葉の選びかたがむずかしく、手紙に盛り込もうとした情報が複雑なせいで、途中まで書いては便箋を破って丸めて床に放り捨て、ようやく納得のいく手紙を書き上げたのだった。

立ち上がり、床に捨てた便箋を残らずごみ箱に放り込み、洗面台の冷たい水で顔を洗って着替えた。書き上げた手紙とごみ袋を持って階段でロビーへ下りた。コンシェルジュはいつもどおりカウンターの奥にいて注文帳に記入をしていた。近づくルカの足音を耳に留めて顔を上げ、笑みを浮かべた。

「おはようございます、シニョール」

「おはよう、パオロ。ひとつ頼まれてくれるだろうか。この手紙を投函したいんだが、外にいる刑事どもに知られたくなくてな」

「なるほど」パオロは、患者から体の不調を打ち明けられた医師よろしくうなずいた。顎をなでながらしばし考えていたが、そのうちに顔を輝かせた。

「買いものがあるんですよ」笑顔で言った。「しばらく出るので、ここをお願いしてもいいですか?」

「もちろん」ルカは言った。

「それはよかった。では……」年配のコンシェルジュは懐中時計を見た。「五分待ってもらえますか?」

ルカが頭を下げると、老人はうなずき、目の前の注文帳に視線を戻してゆっくりと不明瞭な文字でなにごとか書きつけた。

「パオロ、ボイラー室にはどうやって行くんだ?」ルカはたずねた。

「えっ?」パオロがルカをまじまじと見た。

ルカがごみ袋を持ち上げると、コンシェルジュは笑みを浮かべてカウンターの奥の階段を指さした。ルカはそちらへ向き直り、階段を下りた。暗い通路を進むと、途中にボイラー室があったのでなかに入った。中央にボイラーがあり、ねじれた真鍮管《しんちゅうかん》が上方の闇のなかへと消えている。

ルカは埃まみれのゆがんだ火かき棒を使って格子のふたを開け、ごみ袋を火中に放り込んで、書き損じの便箋が丸まってうねるのを眺めた。火熱で目が乾いた。

ロビー階に戻ると、出かけるコンシェルジュを見送ってカウンターのなかへ入り、煙草《たばこ》を吸いながら待った。宿泊客名簿に目を通して、どうやら現在このホテルに宿泊しているのは自分だけらしいと知った。カウンター後方のコルクボードに、コンシェルジュがピンで写真を留めている——家族や友人の灰色の画像、赤ん坊の写真、外洋船のスナップ写真、ナポリ郊外の丘陵地帯で撮られた写真をプリントした絵葉書。ルカはその絵葉書をコルクボードからはずして見入った。大きな弧状の湾へ向かって広がるナポリの街を高所からとらえた写真だ。波止場には、撒《ま》き餌に群がる魚のごとく小型船が集まり、かなたには空へ向かって優美な線を描くヴェスヴィオ火山の姿が淡い影のように見えている。街自体は建物の屋根しか見えない。通りという切れ目が入り、ピンを刺したように何十もの鐘楼が配された、四角い小さな赤いタイルをでたらめに並べたモザイク画のような街並みだ。

ルカは一日だけナポリに滞在したことがある。もう何十年も前、両親とともにアメリカへ渡ってくる船に乗ったときのことだ。ルカはあのとき初めて都会に触れた。どの通りも狭く、しのぎを削るように高いビルが立ち並び、市場は騒々しく、側溝で物乞いや酔っぱらいが寝ていることにとまどったのを覚えている。乗り継ぎの船を探して波止場を歩きまわりながら、観光客に特有のかすかな不安を覚えて父を見つめ、父も自分と同じくこの街の光景にとまどっているのだと気づいたことを。

そんな思い出にも郷愁をかきたてられることはなく、〝アンゴラ〟でベッドに横たわってまんじりともせずに過ごした夜にモンレアーレでの幼少時に思いを馳せたのとはちがって、帰りたいという思いに駆られたりはしない。この絵葉書の街はまるで別世界のようで、落ち着かない気持ちになるほど現実感があった。建物はどれも小さく見え、背景の火山は、祀《まつ》りかたのわからない異国の神のようだ。この街はルカにとってはサンクトペテルブルクやマニラ、アテネとなんらちがわない。たとえイタリアへ戻ったところで、自分は故郷も持たない流浪の身であることに変わりはないのだと気づき、にわかに不安を覚えた。故郷とは、住んでいる場所ではなく、ここで死ねたら幸せだと思える場所だからだ。

絵葉書をコルクボードに戻して蝶の標本のように丁《てい》寧《ねい》にピンで留め、新しい煙草を吸いながら待った。数分後に戻ってきたコンシェルジュは、笑みを浮かべて傘の雨水を振り払った。任務を果たしたという合図に、ルカに向かってうなずいた。

ルカは部屋へは戻らず、そのままホテルを出た。肩をすぼめ、帽子のつばの下から世界を眺めるような感じで、雨に濡れた通りを歩いた。行くあてもないまま歩を進めた。モンレアーレへ帰ることに疑問を感じはじめているのはすでに自覚し、胸の痛みを覚えていた。刑務所の寝台に横たわる年老いた男の愚かな夢にすぎないのだろうかと考え、モンレアーレへ帰ると告げたときにカルロが笑ったことを思い出した。歩道を歩きながら思案し、頭のなかであれこれ考えた。ときおり肩越しに見ると、ふたりの刑事が雨のなかを歩かされていることにとまどいながらも顔を赤くして尾《つ》けてくる。

十五分ばかり歩きまわり、気がつくとタンゴ・ベルトに来ていた。歩道では新聞売りの少年たちが「アックスマン・ナイトの号外だよ！」と売り声をあげ、キャバレーやレストラン、酒場の前の看板やポスターには、それぞれ今夜の出演が約束されたジャズバンドの名前が宣伝されていた。

キャバレー・オアシスの
アックスマン・スペシャル――
今宵　オンワード・ブラスバンド来《きた》る！
斧による殺人はなし　あった場合は料金返金！
タキシード・ブラスバンド！
今夜はヘイマーケットに出演！

夜どおしジャズを演奏！
斧は家に置いてきてね

そうした看板の病んだユーモアと通りの喧噪《けんそう》はルカの不安を強めるだけだった。まだ食事をしていないことを思い出して、ディケイター通りにあるイタリア人が経営する食堂〈グローサリー〉へ行くことにした。うつむいて両手をポケットに突っ込み、頭のなかでめぐらせている考えになんらかの方向性を見出すにはほど遠い状態で歩きつづけた。食堂に着くと客はほとんどいなかった。マフレッタ・サンドイッチとコーヒーを頼み、空いているテーブルについた。

煙草に火をつけ、料理を待つあいだ店内を見まわしてようやく、隅に設けられた祭壇に気づき、今日が聖ヨゼフの祝日だということを思い出した。街じゅうの人間が聖ヨゼフに捧げる祭壇を設け、赤い火の揺れる蠟燭《ろうそく》と聖家族の像を置いて、そのすきまに三つ編みパンやケーキ、果物、ペストリー、ワインなどを並べる。各個人、家庭、職場、教会が、隣の祭壇に勝とうとするので、どの祭壇にもあふれんばかりに供物が並んでいる。

〈グローサリー〉の店主バルトロメオがコーヒーとマフレッタ・サンドイッチ――ボローニャソーセージと刻んだオリーブ、プロヴォローネチーズを平たいパンにはさんだサンドイッチ――を運んできた。ルカは食べながら祭壇を眺め、食べものと蠟燭と聖ヨゼフの像を見つめて、アックスマンは聖ヨゼフの祝日と重なるようにわざとこの夜を選んだのだろうかと考えた。ほかの客たちが店員に今夜の予定を話しているのが聞こえた。どのキャバレーのショー・チケットを買ったかとか、〝ジャズで盛り上がる〟ことの利点や欠点について話している。

それを聞きながら食事をし、胸焼けを覚えつつ今夜の予定を考えた。いつもなら聖ヨゼフの祝日にはフレンチ・クオーター地区の教会のパレードに行って敬虔《けいけん》な信者たちが聖ヨゼフの像を肩に載せて運ぶのを眺めたあと、カルロの屋敷へ戻り、ファミリーが集まって食べたり飲んだりする祝宴に参加する。ルカが顔を出さなければ、カルロは軽んじられたように感じるだろうが、まだあの屋敷へ行ける気がしなかった。あの男どものいつわりの誠意とやさしさ、陰謀でもくわだてるように交わし合う冗談――ほかのだれかといっしょに過ごすほうがはるかにましだ。調査を欠席の口実にしてもいいが、例の手紙を出したいま、あとはただ待つだけだ。シモーンがニューオーリンズにとどまるための錨《いかり》のような存在だと気づき、彼女の小屋へ行くことに決めた。きっとあそこまで尾《つ》けてくるにちがいないふたりの刑事をまこうとすることに意味はあるだろうか。

コーヒーを飲み終え、勘定書を持ってカウンターへ行った。バルトロメオが、上等のコートを着た青白い顔の金持ち女ふたりに散弾銃を見せびらかしていた。彼は、今夜〈グローサリー〉は徹夜営業すると得意げに言い、アックスマンが来ようが来まいが黒人どもの音楽なんぞ演奏する気はない、と言い切った。女たちは奇妙なイタリア人老人に声をあげて笑い、手袋をはめた手で口もとを押さえた。

ルカは勘定書を渡して代金を支払い、通りへ出た。両手で包むようにして雨を防ぎながら煙草に火をつけ、シモーンの小屋までの長い道のりを歩きだした。

数時間後、ルカは彼女の小屋のポーチに腰を下ろして湿地の水面に打ちつける雨を眺めていた。ここまで尾行してきたふたりの私服刑事は、小道の反対側のあばら屋のかげに身を隠している。ふたりは一時間はそこにとどまり、雨にそぼ濡れ、体も冷えきって、いらだった顔をときおり角から出してこっちを見ていた。だが、きっと監視義務を逃れて分署に戻ったのだろう。

いや、最寄りのバーへ行った可能性のほうが高い。

背後のドアがきしんだので首《こうべ》をめぐらせて見ると、ケイジャンの夫婦が出てきた。夫は片手を腹にやって温かい笑みを向け、ルカには意味のわからないフランス語でなにか言った。あとに従う妻が頭にショールをかぶると、夫婦は雨のなかへと足を踏み出した。

夫婦は一時間前にやって来た。そのときルカはシモーンとなかにいて、刑事たちに尾行されている理由を説明しようとしていた。ケイジャンの夫婦がノックをし、シモーンに親しみのこもった挨拶《あいさつ》をした。夫は長身で肩幅が広く、髪は黒っぽく、もじゃもじゃの口ひげをたくわえていた。白いシャツにつば広の帽子というでたちなので、ひと目でケイジャンの漁師だとわかった。妻も長身で褐色の髪をしているが、日なたで働いているわりには驚くほど青ざめて見えた。ふたりの相談に乗るあいだ外へ出てくれとシモーンが言うので、ルカはポーチに座って煙草を吸いながら雨を眺め、自分は邪魔者であると同時に流れ者だと感じていた。

ルカは、どこだか知らないがもと来た片田舎へと向かって小道を歩いていく夫婦を見つめた。そのうちに立ち上がり、煙草を中庭に放り捨てて小屋に入った。

シモーンはコンロのそばで立ち働き、なにかのスープを作っていた。調理に集中している様子を見て、話をする気分ではないのだとルカは察した。そこでテーブルにつき、まな板で野菜を刻んで鍋に放り込むシモーンを見ていた。

「例の阿呆どもはまだ外にいるの?」シモーンが顔も上げずにたずねた。

「ケイジャンの夫婦か?」

「ちがう。刑事たちよ」冗談につきあう気分ではないらしく、そっけない口調だった。

「姿が見えなくなった。帰ったんだと思う」

シモーンがうなずき、作業を続けた。ここに着いたときからシモーンがあまりによそよそしかったので、あのケイジャンの夫婦がノックをしたとき、ルカは邪魔が入ったことにほっとしたほどだ。

「あの患者はどうだったんだ?」ルカは無難な話題を選んでたずねた。

「胃潰瘍《かいよう》。あなたと同じ」シモーンはすげなく言った。

「薬草を少しあげた」

上の空の彼女は把手《とって》に布を巻かずにコンロの鍋を持ち上げた。彼女が悲鳴をあげ、鍋が床で音をたてた。ルカはすぐさま立ち上がって彼女のそばへ行った。

「くそ《メルド》」彼女は火傷《やけど》した手を押さえて毒づいた。

「大丈夫か?」

彼女はうなずいてルカを振りほどき、コンロの足もとに置かれたバケツの冷たい水に手をひたした。

ルカは雑巾《ぞうきん》をつかみ、床にこぼれた鍋の中身を――まだシチリア島で暮らしていた当時、九月になると祖母がよく作ってくれたイチジクジャムを思わせるねっとりした茶色いものを――ぬぐった。シモーンは冷たい水に片手を突っ込んだまま膝をついてルカを見つめていた。その目には、この災難をルカのせいにでもしているのか、怒りのようなものが浮かんでいる。

彼女が立ち上がり、並んだガラス瓶のところへ行った。そのひとつのふたを開け、アルニカの黄色い葉を一枚出して手のひらの火傷に押しあてると、その上から包帯をゆるく巻いた。コンロのところへ戻って手を突き出すので、ルカが包帯をしっかりと巻いてやった。

「ありがとう」シモーンは言った。

ルカは笑みを返し、包帯を蝶結びにすると立ち上がった。ふたりは見つめ合っていた。彼がここに着いてから、初めて顔を近づけた。身をのりだしてキスをすると、意外なことに彼女がキスを返した。シモーンはすぐに背中を向け、布巾《ふきん》をつかんでかがみ、床板の汚れを拭き終えた。

ルカはふたたびテーブルについて、拭き掃除をしている彼女を見つめた。洟《はな》が垂れているのが自分でもわかる。午前中ずっと雨のなかを歩いたせいで風邪《かぜ》でもひきかけているのだろうか。

「そこになにか風邪に効くものがあるか？」ルカは身ぶりで棚を指した。

「風邪に効くものならたくさんあるわ。ピメント茶、ペパーグラス、ヤチヤナギの葉、スイカズラ。ここを拭き終えたらチザンを淹《い》れてあげる」

「チザン？」

「煎《せん》じ薬よ」

三十分後、ふたりはポーチに腰を下ろしてチザンを飲んでいた。かすかにカモミールのような味がする黄色いシデリティス茶だ。黙って座ったまま、泥道ではねたり向かい側の小屋の金属薄板の屋根に耳ざわりな音をたてて打ちつけたりしている雨を眺めていた。シモーンは先ほどよりは冷静になり、いらだちも減じた様子だった。

「〝そして天の窓が開かれた〟」彼女が言った。「〝雨は四十日四十夜、地に降り注いだ〟」

ルカは眉根を寄せ、首《こうべ》をめぐらせて彼女を見つめた。

「まる二週間も雨が降ってる」シモーンが言った。「これほどの大雨は一九一五年のハリケーン以来よ。あのハリケーン、覚えてる？」

ルカは首を振った。「その年は〝アンゴラ〟にいた」こともなげに答えた。シモーンは彼を見てうなずき、すぐに沼の水面に滝のように降り注ぐ雨に目を戻した。

「雨が一週間も降りつづけたあと嵐が来た。そして……」彼女は、ことが大きすぎて言葉では言い表わせないと示すように片手を振った。「ダムが決壊したときの音を覚えてる――雷のようだった。次の日には、あらゆるものの死体が通りを流れていった。人、牛、犬。膨《ふく》らんだ真っ白な死体が水に揉《も》まれながら通りを流れていったの」

シモーンが首を振り、手のなかのカップを見つめ、チザンをまたひと口飲んだ。

「今度もハリケーンが来ると思ってるのか？」ルカはたずねた。

「二週間も雨が降ってる」彼女はにべもなく言った。それがすべての説明になるとでもいうように。

「五月にハリケーンが？」

彼女は肩をすくめた。「前例はあるわ」

ぬかるんだ小道を見やり、かなたのバイユーとその上空に集まる淡灰色の嵐雲を不安そうに見つめた。

ふたりは荒涼とした景色を眺めつづけた——あばら屋、風に揺れている木々、沼、愚かにも地面をたたきつける雨。その光景にルカが萎縮するのは当然だった。圧倒的なわびしさを感じさせるのだから。これは行き場のない状況に立たされた人間、混沌《こんとん》状態のさらに一歩先に置かれた人間にこそふさわしい光景だ。だが、ある種の美しさも感じていた。説明しがたい安心感、そして、バイユーという見捨てられた形であるにせよ、この不完全な世界こそが命の始まる場所だという印象を受けていた。

いつのまにか例の対岸の住人がマンドリンで曲を弾きはじめていた。今回はフィドルの演奏も加わり、その二重奏が雨音に邪魔をされてとぎれとぎれに聞こえてきた。ルカは、この演奏は例のアックスマンの手紙が原因だろうか、ふたりの演奏者はこの調べで身の安全を図ろうとしているのだろうか、と考えた。合奏者が現われたことによってマンドリンの奏でる曲の孤独感が薄れたとでもいうのか、今夜の音楽には先日耳にしたときほどのもの悲しさを感じなかった。

シモーンを見やると、温かい笑みが返ってきた。先ほどまでの不機嫌さは完全に消えている。差し出した手を彼女が握り、ふたりで嵐の光景を眺めた。今日一日ルカの心にあった不安がゆっくりと解け、その威力を完全に失って無意味なものとなり、不安が存在したことさえも忘れることができた。闇が深まれば、火をおこし、野菜と鶏肉のシチューを食べる。そのあとは、音楽が奏でられ、火が室内にオレンジ色の光を放つなかで、抱き合って夜を過ごす。そうすれば、ふたりとも、小屋のブリキ屋根の上方で渦巻く嵐のことなども う気にもならなくなるだろう。

43

こんな光景をルイスは初めて見た。街じゅうにジャズがあふれている。バック・オ・タウンの安酒場からタンゴ・ベルトのナイトクラブ、ふだんは静かな民家やカフェに至るまでがジャズを奏で、無数の曲が通りに流れている。マヤンの家からキャバレーへ向かう道中でも、音楽を奏でる道具になりうるすべてのものが使われているように見えた。バンドのいない場所では、さまざまな蓄音機や自動演奏ピアノからさまざまな曲が流れ、趣味で音楽をやっていた人たちが長らく埃をかぶっていた楽器を引っぱり出してきて、調子はずれの音を出す連中と合奏したりしていた。まるでなにかの妖精が街じゅうの楽器を支配し、呪文で曲を演奏させはじめたようだった。どの通りでも、いろいろな音がひとつに溶け合っている。まだ宵《よい》の口だというのに早くも酔っぱらい、おぼつかない足どりでバーやクラブをうろついている連中を、ルイスはよけて歩かなければならなかった。

キャバレーに着き、店内に漂う緊張と期待に気づいた。店は今夜のために熱帯風の飾りつけが施されている。輪にしたクレープ紙が天井から何本も吊され、色とりどりのランタンが虹色の光を放ち、バーカウンターとステージはヤシの葉やココナッツ、作りもののハワイの葦《あし》などで飾られていた。ダンスフロアに余分にテーブル席を設けるか、あるいはテーブル席を取り払ってダンスフロアを広くするかで店主たちが議論しているのが聞こえた。

バンドが新しい曲を何度か稽古《けいこ》したあと店の入口が開けられると、三十分と経たないうちに店内は客でいっぱいになった。だれもが踊ったり床板を踏み鳴らしたり、拍手をしたりして、酔っぱらい、汗みずくの興奮状態だった。真珠の首飾りは糸が切れ、シャツの袖《そで》は裂け、ドレスはシャンパンと汗でびしょ濡れ。ふだんは奥の席でふんぞり返り、興奮した態度など見せたこともない大物連中までもが、ほかの客といっしょになって踊っていた。客が熱を帯びすぎてきたためバンドはタンゴ・ベルトにおけるふだんのレパートリーからはずれて、いつもならバック・オ・タウン以外では決して聞かれることのないブルース調のうなるような曲を演奏しはじめた――『キス・マイ・ファンキー・アス』や『ブラウン・スキン・フー・ユー・フォー？』だ。

ルイスは、奴隷解放以前の時代について祖母が聞かせてくれた話を思い出した。ニューオーリンズの奴隷がみんなフランス語を話し、毎週日曜日の午後にはコンゴ広場に集まってドラムやスライドホイッスルや角笛やベルを――手に入るかぎりの音をたてるものならなんでも――鳴らすアフリカ音楽に合わせてバンブーラなどのアフリカンダンスを踊っていた時代の話を。祖母は、そこで踊る人びとの情熱について話してくれた。ルイスは、祖母に聞かされたのとよく似た光景を生まれて初めて目の当たりにしている、と思った。

『タイガー・ラグ』の演奏を始めて二分ほど経ち、テーマのメロディ演奏を一コーラス終えたとき、ルイスは、ドラムの半小節の即興的な演奏《フィルイン》とスネアドラムのふたつ打ち《ダブルストローク》によるベイビーからの合図を聞き留めた。目を閉じてソロ演奏を始めたが、いつもの演奏はふさわしくない気がして、まったくちがう演奏をした。今夜の客とその興奮とに刺激された即興演奏だ。コルネットを吹きながらルイスの心は曲を離れ、子どものころの川辺のこと、あの原で老人が傷だらけのブリキのラッパで吹いていたブルースのことを思い出していた。あの音は、これまで一度も再現できたことはないまでも、いつも心の奥底にあった。だが、いま、なんとかはっきりと思い出せたので、ソロ演奏で使ってみた。記憶を頼りに音を選ぶことで、ルイスの演奏はふだんなら出せない音調を帯びた。

その他の思い出も一気によみがえった――子どものころに聞いた教会の鐘の音や、わずかばかりの金を得るために街角四重合唱団で歌をうたったこと。バディ・ボールデンやシドニー・ベシェ、ジェリー・ロール・モートンといったあこがれの演奏者たちがステージで活躍する姿を友だちと〈ピート・ララズ・カフェ〉や〈ファンキー・バット・ホール〉の壁の穴からのぞき見るために、夜にこっそり家を抜け出したこと。黒人浮浪児養護施設吹奏楽団《ブラスバンド》で弱音器の使いかたや行進のやりかたを教えてくれたジョー・〝キング〟・オリヴァーのことを思い出した。彼が、いまはなくなってしまった売春宿で午前四時に売春婦たちのためにブルースの演奏までしてやっていたことを。そうした数々の思い出が自然とひとつの音楽になり、ルイスはそれを演奏していた。いくつもの思い出が、永遠に続くかと思える美しい平安をルイスにもたらしていた。

だが、その平安は訪れたのと同じ速さで消え失せた。するとルイスはたちまち不安を覚えた。自分がどこにいるのかを忘れてしまっていた。なにを演奏していただろう？ ベイビーがまた半小節のフィルインでソロ演奏の終わりの合図をし、バンドはまたテーマのメロディ演奏に戻った。ソロ演奏の十六小節があっという間に終わったと思うと、ルイスは落胆と憂鬱を覚えた。目を開けて状況を見た。

まず店内の喧噪《けんそう》が一気に戻ってきた——聴衆が満面に笑みを浮かべて歓声をあげている。ぽかんと口を開けてルイスを見つめている人もいる。向き直って見ると、フェイトが誇らしさだとおぼしき色をたたえた目で見返した。客たちの歓声はアンコールを求める叫びへと変わり、ルイスは温かい安堵《あんど》が、続いて無限の喜びが体じゅうを駆けめぐるのを感じた。聴衆はアンコールを求めているが、なにを吹いたのかは自分でも覚えていない。アイダを見やると、ダンスフロアの端から彼に向かってにこやかにほほ笑んでいた。フェイトがベイビーにうなずいて合図し、すぐさまベイビーがダブルストロークをした。ルイスはまた目を閉じて、ふたたび闇と美しい光の世界へと飛び込んだ。

二回目のソロ演奏は、バンドメンバーが小節の第一拍だけを鳴らすストップタイム中だった。バンドの奏でる和音の合間にルイスは精緻な演奏を披露し、曲芸のような跳躍を縦横に駆使して静寂を陽気に飛び越えた。彼の楽句はいつになく長くなり、アルペジオで駆け上がったあと、完璧で澄み渡ったハイBの音をまる四小節分もキープした。そのあと天から舞い下りる鳩のごとくアルペジオで駆け下りた。

大歓声が湧き上がり、アイダは首《こうべ》をめぐらせて聴衆を見た。ルイスが彼らを魅了したのだ。自分の楽器すら持っていない十八歳の若者が語りかけたこれほど優雅で自然な音を、聴衆は無意識のうちに理解し、その演奏に匹敵する美しい喜びをもって応えている。アイダは満足の笑みを浮かべ、もう一杯飲もうとバーカウンターへ向かった。いつもなら感じる緊張をまったく感じずに聴衆を押し分けて進んだ。いつもとちがって、近づいてくる男も、ちょっかいを出そうというような目で見つめている男もいない。今夜のパーティに性的な要素はいっさいなかった。だれもが、酒を飲み、踊り、いい気持ちになることしか頭になかった。性的な探求をすれば、いま味わっている喜び、いまの美しさから引き離されることになるからだ。

バーカウンターには五人が並んでいたので、アイダは順番を待つあいだに、金ビーズの縁飾りがあるピンク色のモスリンのワンショルダードレスを整えた。糸くずを払い落とし、前へ進みながら顔を上げて、店の反対側にいるふたりの女に気づいた。アイダよりいくつか年上で、髪型はボブ、体にぴったりしたドレス、痩《や》せ形、陶器のような顔。一方がもう一方に小声でなにか言ってふたりで声をあげて笑うので、アイダはたちまち孤独感を覚えた。今夜いっしょに過ごす友だちがいればいいのにと思った。前の男が飲みものを手にして列から離れると、アイダはバーカウンターに近づいてウィスキー・オン・ザ・ロックを注文した。さっきの女たちのほうを振り向いたが、すでに姿はなかった――いまは、ピンストライプの黒いスーツを着た長身の男がひとりで立っている。不動の雰囲気が漂っている。うつろな表情、この店の空気にそぐわない直立姿勢。この世の者とは思えない目でひたと見つめるので、アイダは落ち着かない気分になった。前にどこかで会った男だろうかと考えながらバーカウンターへ視線を戻した。

バーテンダーがカウンターに飲みものを置いたので、アイダは代金を払い、客たちをかき分けて、先ほどまでいたダンスフロアの端に戻った。バンドを見ようと振り向いた瞬間、男が人込みを縫《ぬ》ってこちらへ向かってくるのが見えた。リータが殺された記憶がなまなましく、アイダは恐怖に襲われた。あの男が脅威を感じさせているのだろうか、それとも、リータの死に動揺しているせいで被害妄想に駆られているだけだろうか。近づいてくる男を見ていると、ダンスをしている男女の横を通るときに一瞬だけ上着がめくれて、シャツのかげからなにか光るものがのぞいた。ナイフ？ 拳銃？ アイダはまたしても恐怖に襲われ、どうしたらいいかと考えた。男はどんどん近づいてくる。こんなに込み合っているのでは、あの男はだれにも気づかれることなくアイダの脇腹にナイフを突き刺すことができる。トイレへ駆け込んで個室に隠れるという手もあるが、男が入ってきて見つけ出すかもしれない。そうなればもう逃げ場はない。通りへ出たほうが安全だ。走って逃げることもできるし、人びとに悲鳴が聞こえるだろうし、警察官が巡回している可能性が高い。そこで、踊っている人たちに眉をひそめられながら、できるだけすばやく人込みをかき分けて出口へ向かった。背後を見た。男は進路を変更してこっちへ向かってくる。

足を速めて人込みの端、手荷物預かり所《クローク》と玄関ドアのあいだに達し、外へ出ようとした瞬間、肘《ひじ》をつかまれて背筋がぞくっとした。

「もう帰るの？」

振り向くと、先ほどバーカウンターのところから友人といっしょにいるのを見た痩《や》せ形の女だった。ほっと安堵《あんど》の息をついてから、黒いスーツの男を肩越しに見た。アイダが話しているのを見るや、男は不意に足を止めて横を向き、店の反対側にあるものを調べているようなふりをした。アイダが向き直ると、女はまだ笑みを浮かべていた。優美な顔、頭上の虹色の光を映した目。

「悪いけれど、もう行かなくちゃ」一瞬、女を見つめてから言った。すぐに向き直ってキャバレーを飛び出した。込み合った通りに出ても、行き交う人びとは店内と大差ない。酔っぱらって足もとのおぼつかない連中や踊っている連中、くっついて体を支え合っている男女にはうんざりだ。群衆を押し分けて進みながら振り向くと、男がキャバレーのドアから走り出てきて、人込みのなかに彼女の姿を見つけようとしていた。男がアイダに気づき、目が合った。

　アイダは人びとにぶつかりながら通りを駆けた。数秒ごとに背後を見ると、男は人込みを押しのけてぐんぐん近づいてくる。アイダは歩道から、邪魔になる人の少ない車道へ下りた。角を曲がろうとしたとき、追いついた男に手首をつかまれた。それを振りほどき、一台の車が警笛を鳴らして大きくハンドルを切った瞬間に、通りの反対側へ飛びのいた。車をあいだにはさんで一瞬だけ男と目が合った。次の瞬間、その車を追ってすぐさま警察官たちが通りを駆けてきた。

「おまわりさん！」アイダが呼ぶと、ひとりがほかの巡査たちから離れてアイダの前で足を止めた。なにを追っていたのかは知らないが、息を切らしている。アイダは巡査に向かってほほ笑み、黒いスーツの男を見やった。男はすでにアイダに背中を向けて、通りを反対方向へ駆けだしていた。アイダは巡査に目を戻した。

「ごめんなさい。別の人とまちがえました」

　巡査は彼女をにらみつけたあと通りを駆けて同僚たちのもとへ戻り、アイダはまだ心臓をどきどきさせながら最寄りのタクシー乗り場へと走った。タクシーで家へ帰る道中、たびたび後方を見やってだれにも尾《つ》けられていないことを確認したが、家に入っても完全に安全だとは感じなかった。厳重に戸締まりをし、何十回も窓の施錠を確かめたのに、ベッドに横になったまま明け方まで眠れなかった。闇のなか、どこか近くからかすかに聞こえてくるジャズ音楽が不安と緊張をもたらしてアイダの心に影を落とし、わたしを殺すためにあの男を差し向けたのはだれだろうと考えていた。

44

この夜ライリーは、大学時代の旧《ふる》い友人たち――ライリーが《タイムズ・ピカユーン》でくすぶっていた歳月のあいだに資産と影響力とを手にした連中――とともにキャバレーをはしごしていた。御者《ぎょしゃ》つきの馬車で隊を組んでキャバレーをめぐり、いちばんいい席に陣取ってシャンパンを飲み、葉巻を吸い、かくも順調な人生を大いに喜んでにぎやかな笑い声をあげた。今夜はこの街の歴史上もっとも楽しい夜だということで意見が一致した。ジャズについては、これだけ普及しているのだからこのジグ音楽にもいい点があるのかもしれない、と。というわけで彼らは、こんなすばらしい夜をもたらしてくれたアックスマンに乾杯を繰り返した。

そんな状況も四軒目のキャバレーで変わった。ライリーは彼らの浪費についていけなくなった。彼らはライリーの気まずそうな様子に気づいて事情を察し、酒をおごって、ねっとりした恩着せがましい口調で気にするなと言った。だが、彼らの仲間意識はライリーをいっそう気まずくさせただけだった。夜が深まるにつれ、ライリーはますます自分の殻に閉じこもった。

仲間のひとりが、今夜は妻から解放されたことだし売春宿へ行って楽しもう、と言いだした。ほかの連中が騒々しく賛成の声をあげ、勘定書を頼んで、紙吹雪《ふぶき》でもまくようにテーブルに金を放り、おぼつかない足どりで人込みを抜けてキャバレーの出口へ向かった。ライリーの気持ちは沈んだ——連中がよく行く売春宿で楽しむと、ひと晩で一週間分の給料が飛ぶ。それに加えて、毎夜の吐き気に襲われていた。連中につきあうのはかまわない——ポケットに、小型の真鍮《しんちゅう》パイプと非常用のアヘン樹脂を収めた漆塗《うるし》りの小箱が入っている。だが、どういうわけか、あの洗濯店で得られるやすらぎと匿名性《とくめい》とを求めていた。

飲酒による赤い顔をしたタキシード姿の五人の中年男が千鳥足で通りへ出た。外には混沌《こんとん》とした光景が広がっていた——アルコールと気ままなふるまいのせいで重い雰囲気のなか、雨に打たれながらふらふらと歩く群衆で通りは込み合っていた。

ワインで熱くなった頭に新鮮な外気がしみわたり、ライリーは急に酔いと吐き気を覚えた。友人たちはふらつきながら自分たちの馬車の御者に手を振り、人込みのかなたに呼びかけた。ライリーが歩み寄り、今夜はこれで失礼すると告げると、友人たちの酔いがいくぶん醒《さ》めたようだった。黙り込んだあと渋い顔で問いただすので、ライリーは苦しい言いわけをし、あまり気が乗らないのだと告げた。友人たちはひどく残念がりながら別れの挨拶《あいさつ》をし、ライリーは自己嫌悪を覚えながら通りを進んだ。友人たちに背を向け、この街がこれまでに経験したこともない盛大なパーティにも背を向けて、エリジャン・フィールズ大通りのつまらない洗濯店の床にひとり座り込もうというのだから。

タンゴ・ベルトを離れ、北へ向かう通りを進むうちに人込みと喧噪《けんそう》が薄れ、やがて完全にひとりになった。まばゆい光も飲み騒いでいる連中の姿も見えないが、そこかしこの通りに流れている音楽はまだかすかにぼんやりと聞こえている。あたりにキャバレーは一軒もなく、ライリーは、この曲は街のどこから聞こえてくるのだろうかと考えた。

頭を去来する考えに没頭していたため、ハンティング帽をかぶった二人組が後方の暗がりを尾《つ》けてきていることに気づかなかった。川に達すると、二人組の一方が上着のポケットから取り出した棍棒《こんぼう》を手に持ち、もう一方が肩に下げた鞄《かばん》のなかのロープを確かめた。ライリーがノース・ピーターズ通りの角――エリジャン・フィールズ大通りと、闇に包まれたミシシッピ川の養分を含んだ水流との中間地点――に達したとき、二人組が彼に近づいて時刻をたずねた。

45

通りのお祭り騒ぎの音は、第一分署の開け放たれた窓から入ってきて、二階の刑事局内にまで漂っていた。マイクルは広げた新聞に顔を伏せてうとうとしていた。通りの喧噪が夢に忍び込み、正視したくないような悪夢と——ニューオーリンズ市が体験する最悪のシナリオと——渾然一体となっていた。夜だというのにマルディグラのように通りはどこも人で込み合っているが、どの顔も醜悪にゆがんで、冷笑か目を細めた笑みのいずれかを浮かべている。シルクハットをかぶったブードゥーの呪術師や顔を白く塗った黒人、黒人のような服装をした白人といった群衆にまぎれた天使や悪魔の姿が見える。骸骨《がいこつ》のように痩《や》せたクレオールが街角で火にかけた大釜をかきまわしているので、マイクルは足を止めて中身をのぞき込んだ。子どものころに知っていて、とうに亡くなった人びとの切り落とされた手脚や頭部の煮込みだった。

おぼつかない足どりで先へ進み、燃えている建物の前を通りすぎる。錬鉄製のバルコニーが白熱してアラベスク模様のように夜空に浮かんでいる。別のどこかでは、通りを吹き抜けた強風がにこやかにほほ笑んでいる男女を空中に巻き上げている。こうした混沌《こんとん》状態のなかで、人びとは声をあげて笑いながら密造酒を飲むか、ふらつきながら抱き合うかしている。燃えるような赤い目をして、転ぶたびに服が破れる。悪魔と腕を組み、市境の外の闇の国でブラスバンドが奏でている異様な小夜曲《セレナーデ》に乗って踊っている連中もいた。音楽がしだいに大きくなり、太鼓の重い大きな音のように執拗《しつよう》に耳に響きはじめ、とてもやみそうになかった。

マイクルは夢から醒《さ》めて目もとをこすった。天井照明の光がまぶしく、刑事局の床がぼやけて見えた。電話の呼び出し音を止めるためだけに受話器を持ち上げた。午前二時。第七分署の管区ではなんの問題も生じていない――アックスマンの目撃情報も襲撃もなく、飲酒紊乱《ぶんらん》その他の軽犯罪による逮捕が続出しているだけだ。一分後にまた電話がかかってきた。――第四分署から、午前二時現在なんの問題も生じていないという報告だった。十分のあいだに十二の分署すべてが電話をかけてきた。異状なし。アックスマンが予告どおり午前零時十五分に襲撃を行なったのだとすれば、警察がとうに発見しているか、朝まで発見できないかのどちらかだ。

マイクルはまた目もとをこすって刑事局内を見まわした。ケリーがデスクの向かい側の椅子で眠っている。あと二時間ばかりここにいて、それで切りあげることに決めた。何時間も署内に閉じこもっていたため、いらいらが募り、外へ出たくなった。その日の朝、ほかの面々がそれぞれの任務を割り当てられたあと、マクファースン警部から今夜は署に残るようにと命じられた。「きみには刑事局に残って情報を整理してもらいたい」と、警部は事務的な口調で告げた。「情報の集中化。それにより、アックスマンの襲撃がどこで起きてもすばやく駆けつけることができるだろう」

それが冷遇的措置ではないと安心させようとして、マクファースン警部はマイクルが署に残ることが重要であるかのような言葉を口にしたのだ――ニューオーリンズ市警史上もっとも重要な日にマイクルを街へ出さないために。理由はまったくわからないが、今夜マイクルは担当事件からはずされた。信じがたい思いでマクファースンを見つめたものの、腹を立てたりせずにうなずき、言われたとおりにさせてもらった。大づめが近いとわかっているおかげで冷静でいられた。そうでなければ怒りをぶつけていただろう。

午後にはアマンゾが判事の前に立ち、保釈になった。

彼には尾行をふたりつけてあるし、ロンバルディが殺害された夜のアマンゾのアリバイも証明された。彼の勤めるナイトクラブの同僚と支配人、コーラスラインの女たち――その全員が彼の主張を裏づけた。アマンゾの部屋を家宅捜索してもなにも出なかった。あとは、アマンゾがなにかまちがいを犯し、尾行中の刑事たちが彼を逮捕することを期待するだけだ。それか、アマンゾの上の人間が彼を始末しようとして失敗するのを。だが、アマンゾがこの街を出る可能性のほうが高い。マイクルに残された唯一の手がかりが国内のどこともしれない場所へ消えてしまうおそれがあった。

マイクルは重い足どりで窓辺へ行き、眼下の通りを眺めた。お祭り騒ぎに飲み込まれた通りは、雨でずぶ濡れになりイブニングドレスに身を包んだ、足もとのあやしい人びとや酔っぱらいでごった返している。この分署が面しているのは本通りですらない――タンゴ・ベルトの中心部ではもっとひどい状況にちがいない。アネットと子どもたちはどうしているだろうかと考え、そのうち冷水器のところへ行って紙コップふたつに水を入れた。自席へ戻り、ケリーをつついて起こした。ケリーが寝ぼけ眼《まなこ》で見た。髪が片方の頬に張りついている。

「ほら、水だ」マイクルは言った。「ちょっと外の空気を吸ってくる」

「いっしょに行きます」ぼんやりした口調だった。

ふたりは水を飲んでから外へ向かった。受付区域を小走りで抜け、分署前の階段へ出た。マイクルは煙草に火をつけ、あくびをした。鉄をまとったような夜の湿気が活力を奪った。両手を腰にあて、飲み騒いで通りをぶらついている群衆を眺めた。夢で見た放縦《ほうじゅう》や放蕩《ほうとう》の光景と似ていなくもない。人込みのなかに〝ベビードール〟たちの姿まで見える。パレード用にベビードレス風の肌もあらわなレースの衣装をつけたアップタウンの黒人売春婦たちだ。上等の服を着た酔っぱらいの男女がつまずいてベビードールたちにぶつかった。ベビードールたちが舌打ちをしてにらみつけるので、男が笑みを送り、持っていたシャンパンの瓶から一杯ずつ飲ませてやった。

このブロックの先でブルーのパタースン・ツーリングカーがエンジンをかけ、こちらへ向かってゆっくりと通りを走ってきた。川の流れが割れるように群衆が割れた。車は分署の前を過ぎて数メートル先で停まり、人込みに隠れて見えなくなった。ケリーがあくびを漏らしたとき、マイクルは車から飛び出してきた男たちに気づいた。男たちの手になにかが光っている。上着から取り出した黒っぽい筒状のものをこの分署に向けた。

マイクルがケリーに大声をあげた瞬間、耳をつんざく銃声があがった。ふたりの周囲で銃弾を浴びた階段が欠けて、石の破片がまるで空へと引き上げられるかのように上へ跳ねた。マイクルはケリーの襟《えり》をつかみ、建物の横手にめぐらされた低い石壁のかげに駆け込んだ。銃弾の降り注ぐなか、ふたりは石壁の裏の地面に伏せていた。銃撃で欠けた石片はまるで生きもののようだった。銃弾が花崗岩《かこうがん》に当たる甲高《かんだか》い音だけがマイクルの耳を聾《ろう》さんばかりにつんざき、それ以外の音はなにも聞こえなくなった。銃弾が焦げ跡を残して階段に当たるたびに石粉が音もなく宙に舞い上がった。次の瞬間、頭のなかの無音の空間に音が満ちた。夢のなかで聞いた曲、あのブラスバンドが奏でていた死のセレナーデだ。

頭を上げて見た——ブルーの車は正体不明の男たちに取り囲まれていた。全員が散弾銃を持ち、雨のなかで一瞬だけオレンジ色の花が開いた。車を取り囲んでいる集団の姿が銃口炎に黒く浮き上がった。居合わせた群衆が悲鳴をあげながら安全な場所を求めて逃げていた。上等の服を着た男女はある店のドアロにうずくまっている。

銃撃がどれぐらいの時間続いたのか、いつ終わったのかはわからないが、気がつくと耳鳴りがし、そのうちに悲鳴が聞こえた。続いて車のタイヤのきしむ音。目を開けてすぐ前の通りを見まわした——車は警笛を鳴らしながら通りを遠ざかっていた。追いかけようと立ち上がったが、危うく倒れそうになった。足もとの階段がぐらぐらしている。壁に手をついて体を支え、ケリーを見やった。血だまりに倒れているケリーの手脚は、放り投げられた藁《わら》人形さながら不自然な角度に曲がっている。

マイクルは彼を見つめ、膝をついて抱き上げようとしたが、そうするあいだにも彼の口から血が噴き出した。息をしようとしているが、気管に血が詰まっている。散弾のいくつかが肺に達していた。恐怖とショックの色を浮かべた痛ましい顔でマイクルを見つめたものの、すぐに目が白く濁ってうつろになった。ふたりの身を震わせるほどの痙攣《けいれん》とともにケリーの全身から息が抜けるのをマイクルは感じた。

めまいと吐き気を覚えた瞬間、抱えていたケリーの体が急に重くなった。両腕に痛みのようなものを覚えた。重みも痛みもすぐさま消えたので、死体を地面に横たえ、数秒かけて深呼吸をした。この分署の古株の何人かがまわりで忙《せわ》しく動きまわっている。肩に手を置いてくれる者もいたし、通りを駆けていく者もいた。改めてケリーの顔を見た——青ざめ、怯《おび》えた表情。森のような緑色の瞳に雨水が溜まりはじめている。手を伸ばし、まぶたを閉じてやった。そうするあいだに激しくすさまじい怒りが全身に込み上げて、めまいと混乱と痛みが消え去った。身を震わせながら立ち上がり、集まりだしたやじ馬どもをねめつけ、通りを走りだした。

拳銃を振り上げて人込みにどけとどなりながら、例の車を追跡している古株連中に追いついた。酔っぱらいどもが悲鳴をあげ、動転した顔で見つめるなか、警察官の一団が彼らを押しのけて通った。角まで行くと、通りの先に車が見えた。なにかに行く手を阻《はば》まれ、運転者が激しく警笛を鳴らしている。後部座席の男どもがうしろを見ていた。マイクルが拳銃を空に向けて何発か放つと、通りの酔っぱらい連中があわてて身を隠した。車の男どもが窓から身をのりだして撃ち返したが、マイクルは彼らに向かって走りつづけた。一発撃つたびに命中すればいいと願いながら、車に向けて発砲した。だが、拳銃が弾づまりを起こし、次の瞬間、車の前の障害物がなくなった。車は大きく弧を描いて角を曲がり、夜の闇のなかへと走り去った。

追いつける見込みなどないことは承知で、マイクルはなおも追いつづけた。走りつづけるうち、不意に脚の力が抜け、吐き気を覚えた。地面に崩れ落ちると、リボルバーが路面に跳ねた。次の瞬間、マイクルは吐いていた。

しばらくして古株連中が追いつき、発砲や動脈や血について相談しはじめた。マイクルは頭がぼうっとして、彼らの言っていることが理解できなかった。だが、自分の肩に目を向けて血が流れているのを見て、被弾したのだとわかった。古株連中が立たせてくれて、人込みのなかをよろよろと歩いて分署まで連れ帰ってくれた。分署に着くと、まだ階段にぶざまな格好で倒れているケリーの死体にちらりと目を向けた。数人の制服警官が規制線を張ってやじ馬どもを後退させ、別の数人がケリーの死体にブランケットをかけてやっている。階段をしたたり落ちたケリーの血は、雨水に飲み込まれて、泥のたまった雨水溝へと流れていった。

第五部

《タイムズ・ピカユーン》

天気

農務省ルイジアナ州ニューオーリンズ支局発表の五月十四日の気象状況——ルイジアナ州ニューオーリンズ、一九一九年五月十三日午後九時

異常な天候が続く見通し
暴風雨警報発令か

ドミニカ上空の気圧と強風の状況から、バハマの気象当局はバハマ東部上空で大気の擾乱《じょうらん》が発生している可能性を示唆している。米国立気象局は、フロリダ地域に嵐が上陸するおそれがあるとの夕方の気象観測報告をバハマ気象当局より受けている。風向きが変わればハリケーン警報が発令されるだろう。

予報

ルイジアナ州——水曜日は、北部で雨風が続く見通しで、南部の一部で嵐になるおそれ。気温は変化なし。木曜日は、風が弱まるものの、南部の一部で雨が降る予想。

46

翌朝、目を覚ましたアイダは二日酔いでまぶたが重かった。たちまち、昨夜あとを追いかけてきた男と、その冷ややかな顔つきとを思い出した。男の目に宿っていた冷酷な凄《すご》みと、上着の下に隠し持っていた武器のきらめきを。動揺が胸を刺し、吐き気をもよおした。ベッドを出て新たな一日を始めようという気持ちを奮い起こすのにしばらく時間がかかった。ルイスとバディに会うまで時間があるので、顔を洗って着替え、ずっとびくびくと背後を気にしながら路面電車の駅へ行った。

昨夜ルイスと話したとき、バディが例の家の偵察を終えて明日の夜に忍び込む手配を整えた、と告げられた。だが、あのキャバレーであのようなことがあり、それでも忍び込むのは賢明なのだろうか、だれかがつねに自分たちを監視しているのではないか、とアイダは不安だった。調査をしていることがもはや秘密ではなくなり、多くの事情が変わった。でも、どうしてばれたのだろう。アイダが話を聞いただれかが別の人間に話したにちがいない。リータ？　バディ？　ルル・ホワイト？　それとも、ルフェーヴルだろうか？

路面電車の後部に腰を下ろし、だれにも尾《つ》けられていないことがわかって、ようやく少しばかり緊張をゆるめた。隣の席にだれかの置いていった新聞があるのに気づき、くよくよ考えごとをしないために手に取った。アックスマン・ナイトが展開されるはるか前に発行された新聞だったので、一面はおおむね昨夜の準備に関する記事で埋められていた。かならずや市民を守るという市長と警察の分署長の言葉が引用され、アックスマン事件の捜査担当者がマイクル・タルボット刑事だと言及されている。

　アイダはその刑事と面識はないが、ルフェーヴルがその名を口にしたのを何度か聞いたことがある。つい数日前、ふたりの刑事がオフィスへ来て事情を聴きたいので署まで来てもらいたいと言ったときも、ルフェーヴルはタルボット刑事をあしざまにののしっていた。あれこれ取り沙汰されていて、その多くはタルボット刑事が自宅に隠しているとされる黒人女に関する噂だった。

　ようやく降車駅に近づいたのでベルを鳴らして降り、〈ルイジアナ州立精神科療養所〉まで歩いて、今回は正門からなかへ入った。二日前の夜に帰還兵たちのための無料食堂を見てアックスマン事件との関連性を理解したときは、その情報をどうすればいいのかよくわからなかった。だが、調査をしていることがばれてしまった以上、謎の中心にいる人物にじかに接触したところで失うものはなにもない。小道を進んで本館のポーチに達し、建物内の受付区域に入った。

　傘の雨粒を振り落として受付デスクへ歩いていくと、中年の修道女が唇に淡い笑みを浮かべてこっちを見つめていた。

「こんにちは」修道女はアイダの傘を顎先で指した。「外はひどい天気ですね」

「ええ、本当に」アイダは笑顔で答えた。「クライン准将に面会に来ました」

　修道女はしばし彼女をまじまじと見つめた。「どういったご用件ですか？」やさしい口調だが、不審の色を帯びている。

「わたしはジョン・ルフェーヴルのもとで働いています。そう伝えてくだされればおわかりになるはずです」

　修道女はなおもしばらくアイダを見つめていた。笑みがわざとらしい。

「お手すきか見てきましょう」ようやく言って立ち上がり、自在ドア《スイングドア》を通って受付区域から出ていった。スイングドアは大きな音をたてて閉じた。待つあいだ、アイダは周囲を見まわした。内装は質素で、タイル張りの床は白黒の格子柄だ。そこかしこの隅に置かれた球根のような形をしたテラコッタ製の植木鉢にはシダが植えられている。受付デスクの奥に中世の修道士の肖像画がかけられ、その下に、この精神科療養所の運営母体の守護聖人〝聖ヴァンサン・ド・ポール〟の名前を記した金属板が貼ってあった。アイダはしばらく、黒い司祭平服を着た慈悲深い老フランス人の肖像画を眺めていた。物音がしたので顔を上げると、先ほどの修道女がにこやかな笑みを浮かべて戻ってきた。「面会者名簿に記入をお願いします」と言い、受付デスクの台帳を身ぶりで指し示した。「そのあと、ご案内します」

修道女が興味津々《しんしん》の目で見ているので、アイダは面会者名簿にカルメリタ・スミスの名前を記入した。すぐに、修道女の案内で受付区域を出て、カーペット敷きの長い廊下を進んだ。番号の記されたあるドアに近づくと、修道女は拳《こぶし》にした手でドアを軽くたたいた。

「どうぞ」なかから声がした。

修道女がドアを開け、アイダに入れと身ぶりで示した。アイダは笑みを浮かべてなかへ進んだ。室内は、精神科療養所の病室というよりもホテルの特別室のようだった。広々としていて清潔で、フランス統治時代の家具類が配されている。一角にマホガニー材のデスクと書棚があり、別の一角にコーヒーテーブルと、背部にボタン絞りが施された肘掛け椅子が数脚置かれている。大きな窓は建物の裏手の庭を望んでいる。雨の降りしきる裏庭は、前回ここへ来た際にあの小間使いの少女を賄賂《わいろ》で釣った場所だ。窓の前、ベーズ張りの椅子には、紺色のラウンジスーツにワインレッドのクラバットという優雅な装いに身を包んだ年老いた白人男が顎の前で手を組んで座っていた。

老人はわずかに困惑の色を浮かべてアイダにほほ笑

み、おぼつかない手を広げて向かい側の椅子を指した。アイダは笑みを返し、勧められた椅子に端然と腰を下ろした。

「准将」と切りだした。

「サミュエルで結構」老人が温かい口調で言った。

彼にはローマ貴族のような風情がある。愛想のいい洗練された政治家のような雰囲気を放っている。頭がおかしい気配も、悪魔めいたところも、みじんも感じられない。

「ジョン・モーヴァルのことで話をうかがいに来ました」アイダがはっきり言うと、クラインは薄い眉を吊り上げた。


一時間後、アイダは精神科療養所をあとにした。望みうるかぎりにおいてアックスマンの謎は解けたが、意気揚々どころではなく、達成感もまったくなかった。ただ気持ちが重く、恐怖に引き裂かれそうな気がするだけだった。路面電車で市の中心部へ出て、わずかばかりの預金をしているヒバーニアン信託銀行に立ち寄り、ほぼ全額を引き出した。そのあと、弁護士を探そうと、雨のラファイエット通りを歩いた。

47

夜明け前の薄暗いなか、ルカは市の郊外を川へと向かって重い足どりで歩いていた。港湾作業員たちが集団で職場へ向かっているので、そのなかにまぎれ、湾曲するミシシッピ川沿いを南下した。まだ夜も明けきらず、激しい雨が降っているのに、川は重工業地区のにおい――ガソリンとテレピン油と下水と煤煙《ばいえん》のにおい――を発している。市の中心部に入ると、ルカは西へ向かい、フレンチ・マーケットをめざした。早くも出勤してきた商人たちが屋台を組んでいるので、足を止めてまだ荷馬車に積まれているコーヒーとペストリーを買った。市場の入口の向かい側にある郵便局へ行き、そこの公衆電話でホテルにかけた。今朝《けさ》ルカ宛ての手紙が一通届いたとコンシェルジュが言い、まだホテルの外に刑事がいるかとルカはたずねた。いるという返事だったので、手紙の封を切って中身を読んでくれと頼んだ。詳細を書き留めたあと、手紙を焼却するようにコンシェルジュに申しつけた。手紙はベル・テール屋敷のかつての管理人からのもので、ルカが出した手紙に対する返事だった。元管理人は話をする用意はあるが金が欲しいという。

ルカは電話を切り、商業地区に設備の整った部屋を三つもそなえているサンドヴァルの弁護士事務所へ向かった。ルカが着いたとき、サンドヴァルはなにかに気を取られている様子で、ろくに問いただしもせずに金を用立ててくれた。ルカは礼を言ってふたたび通りへ出た。

〈クラウス百貨店〉に寄って新しい衣類一式を買い、それまで着ていたものを捨ててくれと店員に頼むと、五分後には鉄道駅にいた。構内を二度まわって尾行者が目に留まらなかったので、切符売り場へ行ってラフォーシェ郡までの往復切符を買い、人込みにまぎれて列車に乗り込んだ。

少し待ったあと列車が走りだすと、窓ガラスを走る雨粒のせいでゆがんで見えるビル群や家並みが後方へ飛び去るのを眺めた。音をたてて車体を揺らしながらミシシッピ川に架かった橋を渡った列車は、郊外を走り抜けた。ふたたび川の湾曲部を渡る際、ルカはあることに気づいた――土手にいる港湾作業員たちが必死で土をどかして土嚢《どのう》を積み上げている。川の水があふれているのだ。まだたいした量ではないと思うが、このまま雨がやまなければ、あふれる水量が増して洪水に至りかねない。列車が田舎に入っても状況は同じだった――作業員や農民たちが不安と懸念の色を浮かべて大声で指示を飛ばし合いながら土手で作業をしていた。

おんぼろ駅長室があって線路の両側に木製の通路が設けられているだけの駅でルカは列車を降りた。駅の外に建物群が見え、その先は地平線のかなたまでなにもない野原が広がっている。

三十分ほど歩いて大農園《プランテーション》に着くと、敷地内を探検し、敷地境の小道をたどろうとした。屋敷所有の畑ではサトウキビが栽培されている。畑はゆるやかな起伏の丘陵地帯に幾重にも広がり、新芽が出たばかりのサトウキビは丈が低いので、一帯がよく見晴らせた。一時間後、屋敷の外周と思われるところをまわり終えたが、不審なものはなにも目につかなかった。麻薬植物もウィスキー蒸溜所もなければ、屋敷の所有者たちが違法な貨物や農作物を隠している可能性のある雑木林や森もない。

ぬかるんだ小道の先に屋敷の案内板があったので、それに従って進んだ。数分後、南北戦争以前に建てられ、いまは使われていない大農園主邸が見えてきた。

オークやマグノリア、ペカンの長い並木のつきあたりに立つ広大な屋敷だ。屋敷のまわりの庭は、かつてはよく手入れされていたのだろう。ツバキやツツジをはじめとする繊細な植物があふれる庭の世話にはたくさんの人手が必要だ。だが、管理者たちが手をかけて保っていた整然たる庭も、放置されてとうに秩序が崩壊し、いまや休耕地と見まがうありさまで、野草や低木、若木がはびこっている。

並木道のつきあたりに達し、足を止めて屋敷を見上げた。損傷いちじるしい外観を眺めるうちに不安が湧き上がった。三階建てで、玄関前の張り出しポーチにドリス式の白い円柱が立ち並び、各階にバルコニーが設けられ、切り妻屋根には点々と屋根窓が見えている。だが、朽ちるがままに放置されている。窓はどれも板でふさがれているが、建物の外張りの板は幾度もの嵐にさらされてゆがんだり壊れたりしてぼろぼろだ。軒下に巣を作った鳥たちが外壁を汚し、かつて塗られていた白いペンキにひび割れや傷が見える。住む人もなく荒廃が進んでいるのに、この屋敷はなにかが棲《す》んでいるような陰気な雰囲気を放っている。

ルカは乱雑な藪《やぶ》や低木、建物に絡みついている蔓《つる》を通り抜けて張り出しポーチに上がった。玄関ドアへと進みながら、この屋敷から死のにおい、朽ちかけた肉体のにおいがすることに気づいた。動物たちがこの廃墟にどうにかして入り込んだものの出られなくなったのではなかろうか、あるいはクマたちが邪魔をされずに獲物をむさぼるためにここに持ち込んだのだろうか、と考えた。崩壊過程にあるこの屋敷から発せられる悪意を感じた。

玄関ドアの脇の窓に張り渡された板のすきまからなかをのぞいた。わずかにしか見えない。がらんとした埃だらけの空間だ。やはり腐敗しかけている肉体のにおいが外へと漂ってくる。おそらくは舞踏室だったのだろうと思われる室内を二匹のネズミが駆けまわり、みごとなカーペットと寄木細工の床を覆《おお》っている雨水の池に波紋を広げた。壁のそこかしこにカビが生えているし、かつては壁の上部に張られていた金色の帯状《フリ》装飾《ーズ》が床に落ちて妙な角度に転がり、埃のなかで光っている。奥にはカーペット敷きの大階段が見える。手すりはまだ残っていて、闇に包まれた上階へと弧を描いて延びていた。

屋敷そのものと腐敗臭、屋敷が発散しているように思える悪意にどぎまぎして、窓から一歩後退した。屋敷に背を向けて張り出しポーチを横切り、藪を抜けて並木道に戻った。屋敷から離れてほっとし、ふたたび方向を確認して、右へそれる小道を進んだ。

数分歩いて小高い丘を越え、荒れ果てた製糖所を過ぎると、小川の脇に大きな丸太小屋が立っていた。近づいていくと、ひとりの老人がポーチのロッキングチェアに座って雨の降りしきる畑を眺めていた。静かに椅子を揺らしながら安物の両切り葉巻を吸っている。

さらに近づくと、老人の脇に、高く積み上げた本と灰皿と磁器のカップが載ったサイドテーブルが見えた。

「おはようございます」ルカは帽子を取って挨拶《あいさつ》した。「あなたに手紙を送った者です」

老人がルカを見つめてうなずいた。

「承知している」と言った。「訪ねてくる者など多くないから、人が来れば何者かわかる」老人は慎重に言葉を選んでゆっくりと話した。深みのある間延びした声だ。「雨に濡れないようにこっちへ入りなさい」老人が続けた。「ロージーがタオルと着替えを用意する」

彼と同じぐらい年老いて痩《や》せた女が小屋のドアロから出てきて温かい笑みを浮かべた。

「まあ、ずぶ濡れじゃないの。入って、乾いた服にお着替えなさい」

「ありがとうございます」

老女が浴室に案内し、湯を入れたたらいとタオル、粗い木綿のシャツとズボンを持ってきた。ルカはたらいのなかで体を洗ってタオルで拭き、出された服に着替えた。着てきた服を乾かすために吊し、サンドヴァルに借りた金を着替えたシャツに移した。

ポーチに出ると、老人はまだ椅子を揺らしながら畑を眺めていた。

「座りなさい」老人は言った。「ロージーがそこのテーブルにきみのお茶を置いている」

ルカは老人に礼を言い、座ってお茶を飲んだ――糖蜜がたっぷり入ったミント茶だ。ふたりは畑に目を向け、作物に打ちつける雨を眺めた。遠くの丘のてっぺんに、先ほど立ち寄った屋敷が見えた。雷雲を背景に映し出された屋敷は地平線上にそびえ立っている。

「作物はほぼ壊滅状態だ」老人がぽつりと言った。残念がっている様子などみじんもない口調だ。「サトウキビは水びたしの土壌を嫌う。きみは農業を？」

ルカが首を振り、老人がうなずいた。

「残念だ」と言った。「いまできるのは雨がやむのを待つことだけだ。わしはジェイコブという」老人が首《こうべ》をめぐらせ、ルカの目を見すえた。

「ルカです。はじめまして」ルカは握手しようと片手を差し出した。

「イタリア人だな？」老人はルカの手を取ろうとしない。

ルカがうなずき、老人が疑わしそうな目を向けた。

「やはりな。あの小道をやって来るのを見たときからそうだと思っていた。心配いらんよ、きみになんら恨みは持っておらんから」

老人がようやくルカの手を取り、握手をした。

「まずは大事なことをかたづけようか」老人が言った。「どんなに年をとっても、この手の話が気まずいことに変わりはないな」

ルカは笑みを浮かべ、シャツのポケットから金の入った封筒を取り出した。老人はそれを受け取って紙幣を数え、封筒ごと内ポケットにしまった。「たいへんありがたい」と言った。ロッキングチェアに背中を預け、ふたたび椅子を揺らしはじめた。「で、すでになにを知っている？　なにを知りたい？」

　ルカはしばし考えてから話しだした。

「この屋敷の所有主がある持ち株会社であることと、その会社の所有者たちがアックスマンによってひとりずつ殺されていることを知っています。その連中がマリア・テネブルという名前の地元の大酒飲みの女をだまして仲介人に仕立て、一八八八年にこの屋敷を手に入れたことと、その数カ月後にその女を殺害したことを。それに、いっさいの手配をした弁護士が秘密を守るべく最大限の努力をしたことも、あなたが一九〇二年から引退するまでこの屋敷の管理人として登録されていたことも」

　ルカがひたと見つめると、老人も一瞬タカのような目で見つめ返してから答えた。

「きみの知っているのがそれだけだとしたら、それはまだ全貌の半分にすぎんよ」

　老人はにっと笑い、椅子を揺らすのをやめてサイドテーブルに身をのりだした。ブリキの煙草缶から両切り葉巻を一本取ってくわえ、しばらく口のなかで左右に転がしていた。ルカにも勧め、ルカが一本取ると、それぞれ火をつけ、老人はロッキングチェアに体を預けた。

「ひとつ聞くが」老人は言った。「幽霊話は好きかね？」

48

「もうすぐ子どもたちが起きてくるわ」アネットはなんの含みもない口調を保っていた。マイクルを見つめ、キッチンテーブルから立ってカウンターへ行った。夜になって冷えきった床にそっと下ろされた素足は音をたてない。マイクルは彼女の足がタイル張りの床に残した跡を見つめた——足の熱が残したすぐに消え去る島と環礁を。子どもたちに見られる前に身なりを整えてほしいのだろうか。シャワーを浴びて服を着替えるか、せめてトマスとメイが家を出るまで寝室に隠れていろと言いたいのか。血まみれの姿を子どもたちに見られるという考え、睡眠不足のせいで遅れて訪れた動揺、胆汁と腹に収めたライ・ウィスキー——そのすべてが重なり合って、不安になるほど慣れっこになりつつある吐き気とむかつきをもたらした。

アネットがコンロのやかんを手に取って蛇口の下へ持っていき、水道の栓をひねった。水がいっぱいになるのを待つあいだに、窓のカーテンを少しめくって裏庭をのぞいた。空が白みはじめ、塀の上方からななめに差す淡い光が、裏口の脇で雨をしのいでいるふたりの警察官の姿を映し出した。アネットは彼らが肩に下げているライフル銃の輪郭《りんかく》をまじまじと見つめた。白む空に向いている銃口、分厚い木製の台尻。子どもたちは登校準備をする際に洗面所の窓からあのふたりの警察官の姿を見るだろうか。

アネットはマイクルの同僚たちによって午前四時過ぎに起こされた。彼らはマイクルの鍵を使って勝手に家に入り、夫を居間へ引きずり入れて暖炉脇の肘掛け椅子に座らせた。そこへアネットが出ていった。物音が聞こえ、ベッドの隣が空《から》だったので起き出したのだ。

自分でもばかばかしいと感じながら、タルボット刑事の小間使いだと自己紹介した。事情を察した気まずい一瞬の間のあと、責任者とおぼしき男が、マイクルの身になにがあったかをくわしく話してくれた。アネットはねまき姿で寒さと心細さを感じながら胸の前で腕組みをして、その説明に耳を傾けた。男は冷ややかな威厳をたたえた口調で、彼女のむき出しの肩にときおり視線を向けながら話した。家族の身の安全のために四人の警察官をこの家に配置すると言った――ふたりは表に停めた車のなかに、ふたりは裏口に。マイクルの肩の弾傷についてたずねると、骨まで達しない浅い傷で痕もきれいに治る、マイクルが病院へ行くのを拒んだのだ、と言われた。男たちはすぐに、官給品の重いブーツで絨毯《じゅうたん》に泥の跡を残して立ち去った。アネットはふたりを送り出して居間へ戻りながら、大切なものを壊された気がした。家を汚された気分、侵害を受けた気分だった。

居間に入ると、マイクルはライ・ウィスキーのボトルとグラスを前に置いてキッチンテーブルの椅子に腰かけていた。台所側の明かりはつけていないため半身は闇に包まれ、半身は居間からななめに差す煌々《こうこう》とした明かりにさらされている。明かりの当たる角度のせいで顔の瘢痕《はんこん》がきわだち、見知らぬ悪霊のように見えた。

アネットは彼を見すえたまま台所へ行き、食器棚からもうひとつグラスを出してキッチンテーブルについた。マイクルがふたつのグラスにたっぷりとライ・ウィスキーを注ぎ、帰宅してから初めて口をきいた。

「この件がかたづいたらニューオーリンズを離れたいか?」彼女のグラスを押して渡しながらたずねた。まるでなにかを告白するような口調、なにか大きな秘密を打ち明けるような口調だ。アネットはつらい思いをこらえて彼を、破れてしわくちゃになっているスーツを、青ざめた彼の顔を見た。

「いつ終わりそう？」〝この件〟というのがなにを指しているのか、アネットにはよくわからない。

マイクルは肩をすくめてライ・ウィスキーを飲んだ。

「まもなくだと思う」

アネットは分別があるので、自分たちの身がどれぐらい危機に瀕しているのかとたずねたりはしなかった。彼を殺そうとしたのは何者なのか、警察官が自宅の警護につくのはどういう意味なのか、と問いただすこともしなかった。ただ、そばに座って、彼が酒を飲むのを見ながら話を聞いてやり、母親のような目で見守りつづけた。マイクルはライ・ウィスキーを飲みつづけ、あの若者の死に顔について語り、あの若者が死ぬなんて痛ましいし不公平だと言った。アネットはその若者のことは前にも聞いたことがあり、指導する相手のできたことがマイクルにとってどれほど意味のあることかはよくわかっていた。他人ごとのように話し、生気を欠いたあきらめきった目は、酒を飲みつづけるうちにますます表情を失っていった。

アネットがカウンターの脇に立って裏庭に訪れた夜明けを眺めるころには、マイクルはライ・ウィスキーを一本空けて次のボトルに手をつけていた。窓から外を見ていると、警察官の一方がたまたま振り向き、目が合った。アネットが驚いて顔をそむけ、カーテンがすっと閉まった。アネットは、自分の家にいるのに気まずく感じたわが身をののしった。

蛇口を閉めて、やかんを持ち上げた。カーテンを通して、いまの警察官が向き直って同僚になにか言っているのが見えた。ふたりで笑っているらしく、ライフル銃の輪郭が揺れている。アネットはやかんを乱暴にコンロに置いて木ぎれで火をつけ、マイクルのためにコーヒーとトーストの準備を始めた。壁の時計を見て、子どもたちが起きてきてあれこれと質問をしはじめる前に夫に朝食をとらせてベッドに入れる時間が充分にあると判断した。戸棚を開けて、挽《ひ》いたコーヒーを入れた瓶を取り出した。

「朝食を用意するから、食べるのよ」意図した以上に厳しい口調になった。

返事がないので向き直って見ると、驚いたことに台所にはだれもいなかった。眉根を寄せて考えた次の瞬間、玄関ドアの閉まる音が聞こえた。アネットはためを息をつき、台所を横切って居間の窓へ行った。途中で、カーペットについている乾いた泥に気づいた。家の前の通りで、マイクルがパトロールカーにもたれかかって助手席側の窓からだれかに話している。彼の背中に雨が降りつけているので、それで少しは血が洗い流されることを願った。

マイクルがパトロールカーの屋根に拳《こぶし》をたたきつけた。ふたりの警察官が顔を見合わせ、そのうち助手席側の一方が車を降りると、そこにマイクルが乗り込んだ。運転席の警察官がエンジンをかけ、助手席から追い出されたほうは玄関前の階段を駆け上がってポーチで見張りについた。運転席の警察官がギアを入れ、パトロールカーは雨に洗われた人気《ひとけ》のない通りを走り去った。アネットは車が角を曲がって見えなくなるまで見送り、窓から離れた。状況が悪化したというどうしようもない思いにとらわれ、孤独を感じながら台所へ戻った。


二十分後、マイクルはよろめきながら分署前の階段を上がっていた。黙って家を出てきたことに気はとがめるが、声をかければアネットは止めようとしたにちがいなく、言い合いにでもなれば彼女の良識が勝利を収めただろう。マイクルは自分を殺そうとしたのが何者なのかわかっている。手遅れになる前に行動を起こす必要があるということも。

昨夜ケリーの死体が横たわっていた場所を過ぎる際、すでにだれかが血をこすり落としたことに気づいた。死体はいまどこにあるのだろうかと考え、すぐに、おそらく死体安置所で引き出し式の浅い箱に全裸で冷たくなって収められていると思い至った。銃弾を浴びて砕け、自分の顔と同じようにあばたや傷痕の残った敷石を見ると、胃に苦いものが込み上げた。階段の片側に花束やリースがいくつも置かれていた。安物雑貨店で買った、警察官の守護聖人である大天使ミカエルの絵葉書の前に、ガラス瓶に入れた蠟燭《ろうそく》が置いてある。蠟燭の火はとうに消え、雨ざらしの瓶には早くも茶色くどろりとした水が満杯に溜まっていた。

豪雨の戸外から人気《ひとけ》のほとんどないロビーに入った。署内が静まり返っているので、ケリーの死が原因かと思ったが、すぐに、日勤組の大半はおそらく家で眠って夜勤の疲れを癒《い》やしているのだろうし、いま残っている連中は二十四時間勤務の終わりが近いのだろうと思い直した。受付前を通ると、昨夜のパーティでひと晩じゅう大量の逮捕者の留置手続きに追われていた受付係の連中が疲労困憊《こんぱい》していらいらしていた。彼らは通りかかったマイクルに気づいて顔を上げ、しかつめらしくうなずいた。マイクルはうなずき返し、階段へ向かった。

刑事局内にはロビーよりも多くの人員がいた。日勤組の半数がすでに出勤し、騒々しく活動していた。マイクルが入っていくと、同僚たちは、愕然《がくぜん》とした表情と言ってもいいようなめんくらった顔で見つめた。やがて次々に歩み寄って悔やみを述べた。肩をたたき、握手をしながら、あの若者を好いていた、とても残念に思っている、と口にした。マイクルはぼそりと礼を言った。これまで何年も彼の人生をみじめなものにしていたくせに、連中が友人のようなふるまいをすることに腹が立っていた。わめき散らしたい気持ちをこらえ、目的のことだけを考えた。彼らと握手を交わしながら、ジェイク・ヘイトナー刑事の姿を探した。

だが、彼を見つける前に、人垣を割って出てきたマクファースンがマイクルの肩に手をかけて刑事局長室へ連れ込んだ。刑事たちは静まって各自の仕事に戻り、マクファースンは局長室のドアをそっと閉めた。

マイクルはデスクをはさんで向き合う椅子に腰を下ろし、ふたりはたがいの顔を見合った。マクファースンは探るような、問いただしたそうな表情を浮かべている――マイクルの顔からなんらかの徴《しるし》を読み取ろうとしているが、それがなにかはマイクルにはよくわからない。

「酒くさいぞ」マクファースンが言った。「それに、上着についてるのは死んだ若者の血ではないのか？」

マイクルは、まるで初めて目にするかのように着衣のしみを見たあと、渋い顔でマクファースンに目を戻した。警部の口調はどこか妙だが、どう妙なのかはわからない――昨夜、刑事局での待機を命じたのはマクファースンだ。そのせいでマイクルは襲撃者どもの格好の標的になった。

「どんなときも、同僚警察官を失うのはつらい」マクファースンはため息をついた。「気持ちはわかる。一八九〇年の一件の際、私は勤務中だった」

マクファースンがうなずくので、マイクルはなんの話かわからないままうなずき返した。会話に集中できなくなっていた。アルコールと空腹と睡眠不足のせいで頭がぼうっとしてきた。マクファースンの姿が視界に入ったり消えたりしている。

「少し休暇を取ったほうがいいと思う」

「えっ？」マイクルは呆気《あっけ》にとられた。

「しばらく休暇を取れ」マクファースンが命じた。

マイクルは怪訝《けげん》顔で警部を見た。ふだんまとっている威厳を欠いて、まるで別人のようだ。彼の骨張った面長《おもなが》の顔、かつては畏怖を抱かせた鋭い目を見つめた。だが、いまの警部にはなんの感情も湧かない。警察官にありがちな疲れ果てて老いた顔だ。

「休暇など取りたくありません」

マクファースンは次の言葉を選ぶあいだ、しばしマイクルを見つめていた。

「勤務を続けたいなら、しゃんとしたところを見せる必要がある。そんな状態でここに姿を見せるなど、まるで説得力がない。とにかく今日は休め。明日、きちんと話そう」

「わかりました」だがマイクルは、なんであれマクファースンの助言に従うつもりはこれっぽっちもなかった。うなずき、のろのろと席を立ち、ドアへ向かった。おぼつかない足どりで刑事局の大部屋に出ると、ヘイトナーを探しながらどうにか殺人捜査課まで行った。ようやく、休憩室の奥のコーヒーポットからコーヒーを注いでいる彼を見つけた。髪はぼさぼさで、どこか不機嫌そうだ。

〈ジュール食堂〉はハンガリー系ユダヤ人の家族が経営している店で、第一分署の通り向かいの角にある。料理はこってりしていてまずいという評判だが、近いことと、経営者一家の愛想がいいことから、分署の連中に人気があった。もっとも、ヘイトナーとマイクルが入っていったとき、店内に客はほとんどいなかった。ボックス席につき、ヘイトナーがコーヒーと目玉焼きとトーストをふたり分注文した。食べものが運ばれてくると、卵のにおいでマイクルは吐き気をもよおした。

「寝たのか？　ひどいありさまだぞ」ヘイトナーはトーストに卵の黄身を少しばかり塗りつけてかぶりついた。

「ある人物からある情報を引き出すために手を貸してほしいんです」

ヘイトナーは一瞬ためらったものの、マイクルが自分になにを望んでいるのかを理解してうなずいた。

「正義の刑事が悪に転向か」マイクルをひたと見すえて、にべもなく断じた。マイクルは目をそらし、自分の前に置かれている手つかずの皿を見た。半球型の黄身のつややかな表面に映っている電灯の光を。

「アマンゾか？」

マイクルはうなずいた。

「あの男がすべての事件の鍵です」と言った。「なのに口を割らない」

ヘイトナーはしばらく考えをめぐらせていた。卑屈な顔に真剣な表情を浮かべた。そのうち自分の皿を見て、目玉焼きをフォークですくって口へ運んだ。

「やつがまだこの街から姿をくらましてないと、なぜわかる？　おれがやつの立場なら、昨日の夜に逃亡を手配する。できるだけ早く列車に乗ってる」

「逮捕後ずっと、ふたりを張りつかせています。彼はまだこの街にいる」

「なるほど。ま、いつまでもいないだろうな」ヘイトナーが言った。「今夜やるしかない」

マイクルは顔を上げてヘイトナーを見た。「やってくれるんですね？」

ヘイトナーは緊迫の色を宿した厳粛な目でうなずいた。

「あの若者のためだ。おまえのためじゃない」

「ありがとう」マイクルは言った。コーヒーを見つめ、ひと口飲むことにした。鉛のかたまりでも飲み込んだ気がした。顔をしかめ、ヘイトナーが哀れみと好奇心の入り混じった表情を浮かべて見つめているのに気づいた。

「血への欲望は心身にさわるぞ、タルボット」ヘイトナーが言った。「本当にやりたいんだな？」

マイクルはうなずいた。

「頭に血がのぼっているあいだにやりたい。いまやらなければ永遠にやらないかもしれないので」

ヘイトナーが同じ表情のまま見つめつづけているので、完全には納得していないのだろうとマイクルは察した。ややあってヘイトナーはうなずき、皿に残った黄身をトーストの切れ端でぬぐい取って口に放り込んだ。

「やつに死んでもらいたいのか？　それとも、たんに情報が欲しいだけか？」彼が大きな顎を回転させて嚙《か》みながらたずねた。マイクルはいままで、その選択についてて考えていなかった。アマンゾを痛めつけてやりたいと思っているのは確かだ。ケリーの復讐のため、事件の真相を探るために。だが、死んでほしいと心底から思っているだろうか？

「わかりません」ようやく答えた。「ケリーは孤児だったんです。知ってましたか？　気にかけてくれる人間がこの世にひとりもいなかった。一度も持ったことのない父親の代用に私を選んだんですよ」

「あの若者を殺したのはおまえではない、タルボット。アマンゾだ」ヘイトナーが答えて言った。その思いやりのある口調にマイクルは驚いた。だがすぐに、ヘイトナーが先ごろ息子を亡くしたことを思い出し、自身と同じ苦悩を感じ取ったのだろうと思った。

「で、どのようにやるんですか？」ルカと組んでいた当時も、ヘイトナーのやり口は漠然としか知らなかった。

「対象を捕捉し、人目のない場所へ連れていく。おれと仲間しか知らない場所だ。で、仕事に取りかかる。洗練されたやりかたではないが……対象は最後にはかならず口を割る」その口調には悪念がみじんもなく、ヘイトナーがたんに事実を述べているにすぎないことにマイクルは気づいた。油と卵のにおいを鼻から取り去るために煙草に火をつけた――二日酔いに陥りかけ、頭がずきずきしはじめていた。

「なあ」ヘイトナーが言った。「本当に一枚嚙みたいのか？　ある種、特異なことだし、もしもばれたらキャリアを棒に振ることになるんだぞ」

マイクルは煙草を深々と吸い、頭がぼうっとなった。「私のキャリアはとうに終わってますよ」と言った。「それに、あの若者の敵《かたき》を討ちたい」

殺人事件報告書
ティボドー警察

ラフォーシェ郡ティボドー警察
一九一九年五月十四日　水曜日
被害者氏名　ジョセフ・フィッシャー
同　住所　プランテーション通り三三六
同　職業　会計士
被疑者氏名　不詳
同　住所　不詳
同　職業　不詳
殺害場所　プランテーション通り三三六

犯行日時　五月十三日　午前零時から零時三十分のあいだ
届出人　デイヴィッド・ペッタション巡査部長
届出受付者　マーティン・シュレップ巡査部長
届出時刻　五月十四日　午前六時
逮捕の有無と逮捕行使者　いまだ逮捕に至らず
逮捕場所　なし
逃亡の有無と逃亡方法　警察官の到着前に逃亡
目撃者　なし
証言者報告書　ネヴィル・クラーク　住所不定（黒人）

詳細報告

デイヴィッド・ペッタション巡査部長は、一九一九年五月十四日午前六時、デュポン石炭会社の従業員ネヴィル・クラーク（十三歳）が当署受付を訪れ、夜勤の受付担当ウィリアム・ジョーンズ巡査部長に対し、毎日行なっている石炭配達の途中でプランテーション通り三三六において死体を発見した旨《むね》を届け出たことを報告する（添付の証言者報告書N・クラーク#2373-1919を参照のこと）。

私はマーティン・シュレップ巡査部長とともにただちに当該住所へ向かい、到着しだい、当該現場にてフィッシャーの死体を発見した。フィッシャーの死体は建物内廊下に横たわっており、頭部を鈍器で激しく殴打されていた——顔面および頭蓋《とうがい》に執拗《しつよう》な殴打を受け、大量に出血していた。台所より廊下へと血の跡がついていることから、被害者は最初に台所で襲われ、当該住宅より逃げ出そうと試みたものの、多数の傷を負ったことにより力尽きたと考えられる。被害者の右目には万年筆が押し込まれていた。廊下および当該住宅の表側に位置する書斎に、会計帳簿から引きちぎられた血まみれの紙片がまき散らされていた。

当該住宅内にて急ぎ捜索を行なった。台所の床に、何カ所もの血だまりと、長さ四十センチたらずの金属棒を発見した。また、台所の家具が乱れていたことから、揉《も》み合いがあったと考えられる。不法な侵入が行なわれた形跡は認められなかった。

警察本部のレジナルド・ハースト巡査とデイヴィ

ッド・フォーネス巡査への通知は午前六時五十五分ごろ。同時に郡監察医のドクタ・サム・コノリーにも通知した。

監察医の指示により、死体はティボドー地域病院内の死体安置所へ運ばれた。地区検事の指示により、被害者の着衣、金属棒、万年筆、その他台所より回収された血の付着したもの（カーペット一枚、カトラリー三点、ウィスキーグラス一個）、および廊下と書斎より回収された血まみれの会計帳簿は、証拠品として用いるべく、監察医事務所へ運ばれた。

当報告書は証言者報告書および証拠品概要報告書を添付のうえ、ラックポートのラフォーシェ郡保安官事務所の刑事課へ送付し、応援を要請した（控え用として添付したカーボン紙による写しを参照のこと）。

敬白

ティボドー警察署署長

ドナルド・グリア警部補

49

老人は生気のない目を雨ざらしの畑に向けたまま思い出話を語った。ごくたまに、ルカがまだそこにいて話を聞いているのを確認するかのように目を向けるだけだった。

「当時この屋敷を所有していたのはあるクレオールの一家——つまり、黒人クレオールだ。名をボーデといった。夫婦と子どもふたり。今日ではいささか奇妙に聞こえるな——ああ、黒人地主のことだ。だが、当時は状況がまるでちがっていた——このあたりはフランス統治時代の影響がまだ根強かった。こんな片田舎では世のなかの動きに追いつくのが遅れるんだろう。とにかく、フランス人の姿勢はちがったんだ。いまでも黒人奴隷を抱えてる黒人がいるぐらいだからな。いささかややこしい話だろう？」

老人がルカを見て片眉を吊り上げた。すぐに両切り葉巻を軽く一服し、目をふたたび畑へ向けた。

「どんなことも、いずれは変化するんだろうな」と言った。「世界は前進している、とだれもが言う。わしにはそうは思えないときもあるがね。十二歳のときに、ボーデ家の主人が農場の働き手として雇ってくれたんだ。以来、わしはこの地にいる。あの屋敷は、荒れ果てたいまとはちがって、当時はじつに美しかった。一家の長ムッシュ・ボーデは、いまのきみぐらいの年齢のでっぷりした男で、フランス語を話した。そりゃあ上品なところがあったが、いい意味でだ。昨今の高慢なクレオールどもとはちがって、そばにいて心地よかった。一家の母は、まあ、あれほど美しい人を見たのは初めてだったな。〝生まれながらの貴人〟という言葉を聞いたことはあるかね？　たしか、最初にその表現を使ったのはトマス・ジェファースンだったと思うが。ある人物が高貴で優雅なのは、その人が王子か王女かなんかだからではなく、そのように——一段すぐれたものとして——生まれついたからだ、という意味だ。とにかく、彼女がそんな女性だった」

老人の顔に笑みらしきものが浮かび、しばらく黙っていた。そのうち笑みは消え、代わりに悲しみの表情が浮かんだ。この世から消えた美を悼《いた》む表情だ。

「彼女はよく地元の黒人たちの病気を診《み》てやっていた。フランス系のなんとかいう学校で医学を学んだが、それをアフリカ人の知恵と結合させてね。近ごろはブードゥーと呼んでいるものだが、民間療法となんら変わらない。水薬、軟膏《なんこう》、湿布。そういうたぐいのものだ。屋敷の前に行列のできる朝もあった——治療してもらいたがってる地元の連中が並ぶんだ。いまでも覚えてるよ——ぼろをまとった黒人連中が寒いなか白い息を吐いて並んでる。彼女はそういう連中もちゃんと診てやり、金は一セントたりとも請求しなかった。

その数年前から新参者がやって来はじめていた——自分の小さな農場を開こうっていう連中だ。ドイツ人、スペイン人、スウェーデン人やなんか。だが、おもにイタリア人だった。そういう連中の心情は理解できる。こんな片田舎へ来て、手に負えない小さな土地を耕さなきゃならないんだから。わが子が飢えているのを見ながら、いい暮らしをしてる。見ると、黒人の一家が自分たちよりはるかにいい暮らしをしてる。思い描いてたのとは異なるそんな状況に、とうてい納得できない。緊張が生じる。すぐに形となって表われるわけではなく、数年は蓄積されるが、やがて肌に感じるほど緊張が高まる。そうなると、気づかないはずがない。

連中は、黒人野郎の農場で働いてると言って、わしにまで嫌がらせをしはじめた。恥を知れ、と言いやがった。そんな状況だったから、悪いことが起きるのが怖くて土曜日の夜にバーへ行くことができなかった。

町の雰囲気も変わってしまった。仕入れのために町へ行くと、どこもかしこも静まり返っていた。それが前兆なんだろうな。人びとがたがいに口をきかなくなるのが。

一家の母がこの郡の住人たちの医者であることも状況を悪くした。イタリア人たちの目には、彼女が魔女《ストレガ》に映った。新参者は年々増えつづけ、町の連中は脅威を感じていた。ほかのクレオールたちは都会へ越していった。次々と。新参者どもが彼らの土地を無償で買い取った。とうとう、残ったのはボーデ一家だけになった。彼には空手で出ていく気などなかったんだ。

とにかく、一八八八年の初めのことだ。ボーデは北部のどこかから、たぶんコネチカット州からだと思うが、化学薬品をよく取り寄せていた。作物が病気になったり枯れたりするのを防ぐ薬品を。で、一八八八年、なんらかの植物病でどこの農場の作物も枯れてしまったが、ボーデの農場だけは無事だった。化学薬品をまいていたおかげだ。

だが、新参者どもはそうは考えなかった。魔術のせいだと決めつけた。それをその後のできごとの口実にするつもりだったんだろう。マダム・ボーデが連中の農場に呪いをかけた、だから連中の農場の作物は全滅したのにボーデの農場だけは無事だったんだ、という噂が町じゅうに広まった。連中が待ち望んでた口実だよ。

当時は屋敷の脇に細長い小屋があって、毎年、夏の数ヵ月間の仕事を求めて町へ出てくる季節労働者たちがそこで寝泊まりしてた。実家が十キロも離れたところにあったから、わしもときどきそこに泊まってた。二段ベッドが並んでて、すきま風が入ったりなんかする木造の古い小屋だった。あの一件が起きたとき、わしら全員が夜中に目を覚ました――悲鳴、叫び声、駆けまわる足音。いったいなんの騒ぎかと起き出したが、外へ出るまでもなく、なにが起きているかわかった――

―ドアの下のすきまからオレンジ色の光が見えたからな。朝の二時にそんな明るい光が見えるなんて妙な気がしたのを覚えてるよ。

外は空襲でも受けたみたいな火災だった。見渡すかぎり農場は火の海で、夜空を照らしていた。まるで地獄絵図だった。人びとが駆けまわって、精いっぱい消火用の水を確保しようとしていた。ボーデと農場作業員数名が追跡して、火をつけた犯人を見つけ出した。彼らはイタリア人の若者の肘《ひじ》をつかんで戻ってきた。わしはそいつを知っていた。町で見かけたことがあったからな。怯《おび》えきってて、呆然《ぼうぜん》としてるようにも見えた。ジュレップでも飲んで酔っぱらってたんだろう。若者ひとりにあれだけの火をつけられるはずもないから、ボーデたちは屋敷の前でそいつを問いただしはじめた――だれとやった？　だれかの名前を挙げてみろ。ジュレップで酔ってたせいか、ボーデたちが連れ戻す途中で殴ったせいかはわからないが、そいつの話は要領を得なかった。

とにかく、仲間のイタリア人どもはそいつがいなくなったと思って捜しに来た。散弾銃を持ち、徒党を組んで小道をやって来た。ボーデと農場作業員たちは拳銃を数挺しか持ってないし、数で負けていることはわかった。

今日に至るまで、なぜあんなことが起きたのか、よくわからない……イタリア人どもが銃を構えた。やはり酔っぱらってて、あることないことをわめき散らした。そのあとは、取っ組み合いになって連中のひとりがボーデの頭を締めつけて地面に押し倒したことしか覚えてない。気がつくと、斧が振り上げられてた。続いて斧の刃がたたきつけられる音。いつもあの音を思い出す。ボーデが悲鳴をあげたが、わしが覚えてるのは斧の刃がたたきつけられた音だ。いまでもはっきりと聞こえる。

マダム・ボーデは一部始終を見ていた。屋敷の玄関ポーチの階段にいたんだ。ふたりの子とそこに立っていた。ふたつの手が押しとどめていたが、事態を目にした彼女はそれを振りほどいた。夫に駆け寄り、地面に崩れ落ちた。自分の屋敷の前で血を流して死んでいく夫の頭を抱きかかえて泣きわめいた。イタリア人どもは声をあげて笑っていた。やがて彼女を魔女だとののしりだした。この女に正義を見せてやろうって話になった。農場作業員たちはすでに散り散りに逃げていた――だから、そこにいたのはボーデ一家とイタリア人どもだけだった。

　連中は彼女を地面に押し倒してスカートをたくし上げた。夫が血を流しながら死んでいくすぐ横で、まわりが火に包まれているなかで、泣きわめきながら足で蹴りつけて抵抗する彼女を、連中が交代で陵辱した。ことがすむと、連中は我に返ったのか、証拠を消す必要があると考えた。それで彼女にも斧を振り下ろした。そのとき悲鳴が聞こえた。屋敷の玄関ポーチの階段からだ。連中は子どもたちのことを忘れていた。男女の子どもを。まだ十歳にもならない子どもたちは、両親の身に起きたことをただ見ているしかなかった。

　イタリア人どもは屋敷へ駆けつけ、逃げられる前にふたりをつかまえようとしたが、ふたりは屋敷に駆け込み、裏の畑へ逃げた。姿が見えなくなった。それで連中は夫妻の死体を燃えている畑に投げ捨て、火に焼かれるにまかせた。悲しいことに、わしは一部始終を目撃していた。作業員小屋のかげから。わしには止める手だてなどなかったが……それでも、この罪は墓場まで持っていくつもりだ」

　老人は言葉を切り、ため息を漏らした。ルカはその顔に初めて慚愧《ざんき》の表情を見て取った。やがて老人は、両切り葉巻の先で農場を指した――先端の火が雨中の蛍に見えた。

「きみがアックスマンを探しているのであれば」老人が言った。「ボーデの息子なら年齢が合うと思う。それに、両親を殺した連中を殺してるんだから、わしには正義が行なわれているように思える」

老人が畑の先を見やったので、ルカは彼の視線の先、地平線上に載っている荒れ果てた屋敷を見つめた。ふたりはしばらく黙り込んだ。

「〝おお、ルイジアナ。南部のうるわしき楽園よ。荒廃してなおさほど美しいなれば、栄光の日にはいかにあらん〟」老人が言うのを、ルカは横目で見た。老人は笑みを浮かべ、横のテーブルに積まれた本を軽くたたいた。

「ラフカディオ・ハーンだ」説明として言った。

ルカはうなずいた。「本はあまり読まないので」

「多くの人がそうだ」老人が答えた。「わしら農場作業員が北部州との内戦から帰還したあと、ボーデは地元の学校へ行かせてくれた。週にひと晩。わしはその学校で文字を覚えた。そのことも大いに感謝している。この年になると、本を読む以外にそうそう楽しみはないからな」

ふたりはふたたび沈黙し、ルカは椅子にもたれかかってテーブルのカップを手に取った。甘いミント茶をひと口飲む。磁器のカップが冷えきった指先を温めてくれた。煙草《たばこ》を吸いたいと思った瞬間、老人が煙草缶に手を伸ばし、また両切り葉巻を勧めた。ルカが一本取ると、身をのりだして火をつけてくれた。

「次になにが起きたのですか?」ルカはたずねた。

「なにも」老人が答えた。「それが悲しい現実だ。わしらにはあんなまねをしたのがだれかはわかっていたが、向こうのほうが数が多かった」老人は、世の中に憤慨し、嫌気がさしているというように肩をすくめた。「連中は警察に賄賂《わいろ》を贈り、やがて屋敷は競売にかけられた。最初からの計画だったのかたんなる偶然だったのかはわからんが、あの惨殺を行なった連中が共同で屋敷を買い取った。それも格安で。郡が販売を委託した競売人が悪党だったからな。むろん、連中は表立って購入するような愚か者ではなかった。きみもすでに知っているとおり、テネブルという女に代理で購入させて、充分に時間が経ってから女を始末した。あの一件のことをみんなが知ってるこの地に住みつづけるのは具合が悪かったらしく、連中はニューオーリンズへ引っ越していった。屋敷を管理人に預けて。この地に二度と顔を見せなくても利益を手にできるように手配して。最初の管理人が引退したあと、わしが管理を引き継いだ。それがいいことかどうか、わしにはよくわからんが、ボーデ夫妻がどこかで見てるなら、自分たちの農場の作業員だった男が屋敷の世話をしていると知れば喜んでくれるかもしれないだろう」老人は間を置いて両切り葉巻を一服したあとルカを見て、唇に奇妙な笑みを浮かべた。「これで、知りたかったことの答えは見つかったかね?」

「はい。ありがとうございます」ルカはうなずきながら答えた。

「そうか」老人の口調は哀惜に満ちていた。「だれしも探している答えをかならず見つける。だからこそ、ボーデの息子もあんなことをしている」

ルカは怪訝《けげん》顔で老人を見た。「どういう意味です?」とたずねると、老人は肩をすくめた。

「世の習いというものに対する私見だ。アックスマンの謎、説明できない心の穴。人間は心の穴ってやつが苦手だ。心に穴を見つけるとかならず埋めようとしはじめる。それを埋めるのは頭の奥底にあるもの——自分でもおそれている暗い考えだ。ボーデ夫妻を殺したイタリア人連中は、自分たちには理解の及ばない状況を目にして、おそれているもので頭がいっぱいになった——魔術だ。アックスマンについても同じだと思う。イタリア人連中がアックスマンを見れば黒人だと思う。警察がアックスマンを見れば〝ブラックハンド〟だと思う。そして黒人はおそらく、アックスマンは大きくて力の強い悪魔のような白人だと思うだろう。同じものを――なんてことのないものを――見ても、人によって見えかたが異なる。頭の奥底でおそれているものが人によって異なるからだ。みんな、頭の奥底で決めつけていた答えを現実の答えとして見つけるだけだ。恐怖が作り上げた空想を」

老人がロッキングチェアの背に体を預け、ふたりはしばらく黙って両切り葉巻を吸い、ミント茶を飲み、雨を眺めていた。

「ひとつ、きみに知っておいてもらいたいことがある」そのうちに老人が切りだした。「新聞記事で見た被害者のリストとやらはボーデ夫妻を殺した連中とは一致していない。ふたりの名前が抜けている」

ルカは眉根を寄せた。「抜けているのはだれです?」

「連中のためにお膳立てを手伝った会計士がいた。ティボドー通りのはずれに住んでいた。先日、やはり殺されたそうだ。ニューオーリンズでアックスマン・ナイトの大騒ぎがあった夜のことだ。あれもボーデの息子のしわざだと思う。あの一件に関与した全員を殺すつもりなんだろう。となると、前の管理人も狙うかもしれない。屋敷の所有者リストに載りはしないが、あの男があの一件に関与していたのはまちがいないからな」

「その男の名前は?」ルカはたずねた。

「ロドリゴ・ビアンキ」老人はゆっくりと発音した。「いまは引退している。仕事を辞《や》めてニューオーリンズへ行ったから、息子の家で暮らしているかもしれない。まだ殺されてないとしても、あの男も殺害リストに載っているはずだ」

「住所はご存知ですか?」ルカがたずねると、老人は首を振った。

「知らない」

ルカはうなずき、しばし考え込んだ。

「ボーデの子どもたちはどうなったんです?」とたず

ねると、老人はつらい質問ばかりされてうんざりだという顔をした。

「そっちも悲惨でね。あの一件の直後の数週間は屋敷の近辺にとどまっていた。畑に隠れていたよ。何度か姿を見かけたんだ。できるときには食べものを持っていってやった。町へ戻るように説得しようとしたが、ふたりは怯《おび》えきっていた。その後、姿を見なくなった。田舎に身を隠したという噂だった。どんな暮らしをしていたことやら。田舎の連中がふたりを不憫《ふびん》に思ったんじゃないかな。何年も前から、沼地に隠れ住む男の話を耳にする。それがあの子だろうと、わしは思ってるんだ。娘のほうはわからない」

老人はテーブルに手を伸ばし、震える手で天板の下のひきだしを開けた。しばらくかきまわしたあと、一枚の古い写真を引っぱり出してルカに差し出した。ルカはまじまじと見て、ボーデ一家の写真だとわかった。ルカはおそらく一八八〇年代に撮られたものだろう。一家は正装している。堅苦しい服装、昔風の堅苦しいポーズで、日差しを受けて白く輝く屋敷の前に立っている。

「これがムッシュ・ボーデとマダム・ボーデだ」老人がふたりを指さした。ルカは目を凝らして夫妻の顔を見た。マダム・ボーデの顔にどこか見覚えがある。

「これが子どもたち、ダヴィデとシモーンだ」老人が言った。ルカは両親の前に立っている子どもたちを見た。意気消沈していると言ってもいいほど厳粛な面持ち。それを見てようやく、写真の少女がだれなのか気づいた――弟と並んで立っているのは、いまより三十歳若いシモーンだ。

50

リトル・イタリーに車を停めてから一時間以上が経っていた。ファイルに載っていたピエトロ・アマンゾの住所から半ブロックの場所だ。今夜の目的のためにジョーンズ刑事が調達したクリーム色のシボレーは、速度は出るものの、信じられないほど狭苦しい。とくに、ヘイトナーのような体格の男にとっては。彼がグレグスン刑事とともにいつもどおり後部座席についているので、マイクルはジョーンズと並んで前部座席にいた。細君が仕事に出ているあいだにマイクルが帰宅して着替えたことに、ヘイトナーは安堵《あんど》していた。もっとも、とろんとした目を見るかぎり、睡眠はとらなかったようだが。

マイクルが〈ジュール食堂〉を出ていったあと、ヘイトナーはルカの滞在先だと承知しているホテルに電話をかけてコンシェルジュと話をした。年老いたシチリア人は警戒するような口調で、ルカなどという人物は知らないと言った。ヘイトナーはその電話を切り、何本かほかに電話をかけてようやくサンドヴァルの事務所にかけることができたのだった。サンドヴァルはヘイトナーからの電話に驚いたが、状況を説明すると、ルカは今日はニューオーリンズを離れていると教えてくれた。ヘイトナーは、洗いざらい話したものかどうか考えた。ヘイトナーの知るかぎり、アマンゾはまだ〝ザ・ファミリー〟の正式な一員ではなく、ただの準《ア》構成員《ソシエーテ》だ。どうせなら話したほうがましだと判断し、マイクルの要望について説明した。サンドヴァルは、しばしの沈黙のあと、問題ないと請け合った。アマンゾが〝ザ・ファミリー〟の許可なく警察官を殺害しようとしたのかどうか、なんとしても知りたい、と言った。

そこでヘイトナーは分署に戻って今夜の手配を整えた。ジョーンズとグレグスンに連絡し、車を用意させ、必要な道具をかき集めた。夜になり、三人は車でマイクルを自宅まで迎えに行った。彼の家の警護についている連中には言い含める必要があった。もしもだれかに訊かれても、自分たちは断じてここには来ていないしマイクルは今夜は家にいた、とヘイトナーは言い聞かせた。警護の連中はそれをあっさり受け入れ、ヘイトナー一行は車でリトル・イタリーまで来た。アマンゾの住まいのある通りに着くと、彼に張りついているふたりの刑事たちにも同じように言い含めた――だれかに訊かれても、今夜アマンゾはアパートメントから一歩も出ていない、と。話をすますと、必要がないかぎりアマンゾの部屋に押し入りたくはないので、シボレーの座席について窮屈な車内で待った。

ヘイトナーは待つことにいらだちを募らせていた――車のキャンバス屋根から雨が漏れて座席に水滴が落ちるし、タルボットとジョーンズがたてつづけに吸う煙草の煙で喉がひりついている。この種の仕事を引き受けはじめた若いころの自分を思い出した。いよいよという状況、期待、いまにも噴き出しそうなほど満ちあふれていたエネルギー。あのころは、手順が乱れることに対するいらだちと、なにか不具合が生じるかもしれないというかすかな不安を覚えるだけだった。弟子であるジョーンズとグレグスンの顔、暗い車内で不気味に見えるふたりの顔に目を凝らし、自分がしてやったことは彼らのためになるのだろうかと考えた。そして、フランスのどこだかのぬかるんだ戦場で倒れた息子に思いを馳せた。窓外に目を向け、窓ガラスを流れ落ちる雨粒と、その先のゆがんだ光景を眺めた。

しばらくして、ジョーンズがはっと身を起こした。

「なあ、おい。やつじゃないか」マイクルを肘《ひじ》でつついた。

全員が身を起こし、窓から見た。通りの反対側、数軒先の家の玄関ドアが開いており、背の低いイタリア人が片手にスーツケースを持って雨のなかへ出てきた。

「あの男だ」マイクルが言った。

ジョーンズが車のエンジンをかけてギアを入れ、いつでも発車できる状態で待機した。アマンゾがあと一メートルたらずにまで近づいてきたところで、ジョーンズがアクセルを踏み込んだ。車が急発進して歩道の縁石に乗り上げ、アマンゾの前で急停止した。ヘイトナーが後部座席のドアを開けてアマンゾのコートをつかんだ。アマンゾが腕を振りまわし、スーツケースの角がヘイトナーの腹に当たった。グレグスンが車の反対側から駆け寄ってアマンゾの股間に膝蹴りをくらわせ、ヘイトナーが車内から引っぱり、グレグスンが外から押してアマンゾを車に放り込んだ。グレグスンが覆《おお》いかぶさるように車内に飛び込むと、ジョーンズが車をバックで車道に出し、後部ドアをばたばたさせながら猛スピードで走り去った。アマンゾは座席の上でもがき、体をひねって、相手かまわずパンチや蹴りをくらわせようとしていた。ヘイトナーが上着から拳銃を取り出し、枝でも折るような音をたててアマンゾの頭をたたくうちにアマンゾが気を失った。やがてグレグスンが身を起こし、ばたついている後部ドアを引いて閉めると、たちまち嵐の音が鈍くなった。

51

ルカが鉄道駅に戻ったときには、列車の到着まであと十五分もなかった。駅長室の電話を借りてサンドヴァルにかけ、交換係がつないでくれるまでの数分間をじりじりしながら待った。

「アレッサンドロ? ルカだ」ようやく電話がつながるとそう言った。

雑音まじりにサンドヴァルの声がした。「ルカ? 回線状況が悪いな。いまどこにいる?」

「市外だ」ルカは、デスクについてこっちを見つめている駅長に話の内容を知られないように、イタリア語に切り替えた。「正体がわかったとカルロに伝えてくれ。ダヴィデ・ボーデという名前のクレオールだ」

ルカが目をやると、駅長はわざとらしく懐中時計を見て立ち上がり、プラットホームへ出ていった。

「ロドリゴ・ビアンキという男について調べてほしい」ルカは言った。「まだ生きているなら、次に狙われるのはその男だ」

「住所はわかるか?」サンドヴァルがたずねた。

サンドヴァルが話しているあいだに列車の近づく音が聞こえた。エンジン音、運転手がブレーキをかけたことによる車輪のきしみ。

「住所はわからない」ルカは列車の音に負けないように大声で告げた。「サンドロ、なんとしてもその男を見つけろ」

列車が停まり、エンジン音が静まった。プラットホームを見やると、乗降客が列車に群がっている。

「わかった、さっそく取りかかる」サンドヴァルがふたつ返事で引き受けた。「いつ戻る?」

「今夜だ。住所はホテルにことづけてくれ」

ルカは受話器を置いて駅長室を出た。人込みを押しのけるようにプラットホームを進んで列車に飛び乗った瞬間、駅長が発車の笛を吹き、列車が動きだした。

帰りの車中では、ずっと窓の外を眺めて、これまでにわかったことについて考えをめぐらせた。ベシェははなから知っていたのだ。アックスマンを見つけ出すのに手を貸してくれそうな人間を教えろと言うと、ベシェはアックスマンの姉のもとへとルカを送り込んだ。〝その女があんたの役に立つかもしれん。いろんな意味で〟というベシェの言葉の意味を、ルカは誤解していた。あのときのやりとりを頭のなかで思い返すうちに、ベシェの言葉が腑《ふ》に落ちはじめた。〝はかりごとには魔術もかなわない〟。あの言葉に心から耳を傾けていなかった。シモーンのことを考えた。彼女のふるまいも腑に落ちはじめた――ルカをそばに置きたがった理由も、ふたりの刑事が彼女の小屋までルカを尾行したときにあれほどいらだった理由も、嵐が近づいているのをあれほど心配した理由も。嵐になれば沼地で暮らす弟が洪水に巻き込まれて死ぬかもしれない。

それに、この事件の複雑な細部の数々も腑に落ちはじめた。アックスマンが新聞社に送りつけた手紙、悪魔とジャズに関するくだりは、ダヴィデ・ボーデが街を出て会計士を殺害する夜、警察の目をニューオーリンズ市内に向けさせた。普通の状況であればボーデは逮捕された可能性が高い、とルカは考えた――黒人がひとりで辺鄙《へんぴ》な田舎へ出向いて凶行に及ぼうというのだから。だが、あの手紙のおかげで人員がニューオーリンズ市内に注ぎ込まれたため、周辺の各郡では法執行者が手薄になっていた。とはいえ、彼はなぜ、会計士をほかの被害者たちとは異なる方法で殺害したのだろう？ それに、なぜ殺害現場にタロットカードを残さなかったのだろう？

その必要がなかったのかもしれない。ボーデは、両親を殺した連中が用いたのと同じものを使って復讐を果たすべく、彼らを殺害するのに斧を用いた。タロットカードも復讐の一環だった。どの殺害現場にもタロットカードを残し、ドアと窓を施錠したことも。イタリア人どもが彼の母親を魔女だと決めつけたからこそ、ボーデは自身を悪魔に見せようとし、犯行を超自然的で奇抜なものだと装った。ルカは、この世のものではないなにかが正義を行なっているのではないかと考えた被害者たちの思いを想像した。その瞬間、かつて農場作業員だった老人が恐怖について、人の頭の奥底にひそんでいる悪魔について語った言葉を思い出した。ボーデは連中の恐怖心につけ入り、それを現実のものにしたのだ。

ニューオーリンズ・ターミナル駅からシモーンの小屋まで二時間かかった。嵐が街に暴風雨をもたらし、バイユーまでの道は水びたしで危険だった。着いたときにはくたくたで、全身がずぶ濡れだった。

彼が入っていったとき、シモーンはテーブルで繕《つくろ》いものをしていた。彼を見て、その険しい表情を見て顔を引き締めたので、彼が真実をつきとめたことを察したのだろう。ルカは風に逆らってドアを押して閉め、テーブルに歩み寄った。

「きみの弟だった」冷ややかに告げた。

彼女はなにも言わなかった。繕いものを置き、無表情な顔で彼を見た。ふたりはしばらくそのまま無言で見つめ合っていた。重苦しい時間が続いた。非難、逆襲、涙という展開を覚悟していたのだが、いまはその気力もなく、落胆と不思議な冷静さとを感じていた。シモーンも同じだという気がした。ふたりとも喧嘩《けんか》をしたくないのだ。相手を傷つけ合うほど若くもなく、運命のつまらないいたずらにすぎない状況を責めたて合うほど愚かでもない。

ルカは彼女の向かい側に腰を下ろし、片手で自分の頭を押さえた。

「話してくれてもよかっただろうに」ようやく、こめかみをさすりながら言った。

「そうね。でも、話せるはずないでしょう。あなたがどういう人かもわからなかったんだから」彼女はいったん間を置き、目を伏せてテーブルを見た。「弟は病気なのよ、ルカ。両親が死んでからずっと」

ルカは彼女をしげしげと見つめた。震えもせず物音をたてるでもなく、声も震えていないが、目に涙が浮かびはじめたので、ルカはあの老人が彼女の母親について優雅で冷静な女性だったと言ったのを思い出した。

「わたしが弟のことを考えてやらないと。あなたならどうした?」

ルカは彼女の手に自分の手を重ねた。

「どうやってわかったの?」

「今日ベル・テール屋敷へ行ってきた。かつての農場作業員に話を聞いた。きみの家族に起きたできごとについて話してくれた。気の毒だったね」


「昔の話よ」彼女はきっぱりと言うが、その頬を涙が伝いはじめた。

「可能なら弟さんを保護する」ルカが言うと、彼女は笑みを浮かべ、手の甲で頬の涙をぬぐった。

「弟はやめると言った。あとひとりで。あとひとりだって言ったわ」

ルカはうなずいた。「わかっている」

「やらせてやって。そうすれば弟は二度と世間を騒がすことはない。約束する」彼女は洟《はな》をすすって涙をこらえ、そのうちに首を振った。片手で顔を隠すので、ルカは席を立ってそばへ行き、身をかがめて抱きしめた。ルカに顔を見られなくなって初めて彼女は泣きだした。

しばらくすると身を振りほどいて立ち上がり、コンロの前へ行った。棚からラム酒の瓶とグラスをふたつ取り出してテーブルに戻った。彼女がふたつのグラスにラム酒を注ぎ、ふたりは飲んだ。濃厚な色の甘いラム酒でルカの腹が鋭く焼けつくように熱くなった。

「彼はどこにいる？」ルカはたずねた。

「わからない。ここから北東の沼地で暮らしてるの。ときどき食べものを求めてここへ来る」彼女はまた洟をすすって涙をこらえ、ルカの目を見すえた。「弟は、自分がなにをやっているかわかってないの」

それはあやしいとルカは思った。ポケットに手を入れ、湿って用をなさなくなった煙草《たばこ》のパックを取り出した。

「なにか吸うものはあるか？」

彼女が顎先で背後の棚を指し、ルカは刻み煙草の入った袋と煙草を巻く紙を見つけた。それを持ってテーブルに戻り、煙草を巻きはじめた。

「きみたちが逃げたあと、なにがあった？」とたずねた。

シモーンは自分のグラスにまたラム酒を注いだ。

「しばらくは沼地にひそんでいた」彼女は肩をすくめた。「自分たちの手で生活を築かなければならなかった。ダヴィデは罠を仕掛けて動物を獲っていた。農場作業員のひとりがよく食べものを届けてくれた。そのうち、沼のそばの漁村に住んでたケイジャンの一家に引き取られた。少し大きくなるまでその家にいた。わたしはニューオーリンズへ出て、その後ここに。ダヴィデは軍隊に入った。ほら、〝バッファロー・ソルジャーズ〟と呼ばれる黒人部隊よ。キューバやフィリピンなど、各地を転々とした。戦って敵を殺し、戦功メダルをいくつももらった」

彼女は席を立って小屋の壁ぎわに並んでいる書棚のひとつに行った。ブリキ缶を開けて一枚の写真を取り出し、テーブルに戻った。それを差し出すのでルカは受け取った。軍隊時代の弟のスナップ写真だ。若く厳粛な面持ち、上着はたくさんの戦功メダルで飾られている。ルカは弟の顔にシモーンと似たところを見つけた――高い頬骨、深くくぼんだ目、生まれながらにそなわった優雅さ。

「弟は軍隊で特別任務を負わされるようになった」彼女が話を続けた。「どういう任務だったかは言おうとしない。でも、除隊になってここへ戻ってきたとき……すっかり別人になっていた」

ルカはうなずいた。過去の軍歴が影響したのであれば腑に落ちる。特別任務を与えられたのは秘密の訓練を受けたからにちがいなく、それで彼が周到な襲撃計画を立てることができたことも、だれにも見つかることなく建物を出入りできたことも、説明がつく。長年の軍務期間中にボーデの身に起きたことが、ただでさえ不安定だった彼の精神を病ませたのだろう。

「しばらく前に会いに来た。ニューオーリンズのだれかから、両親を殺した連中の居所を聞いたって言った。正義を行なうつもりだ、って。そんなことをしてもなんにもならないって言ったんだけど、耳を貸そうとしなかった」

彼女が話をやめ、ふたりは見つめ合った。ルカは巻き終えた煙草を彼女に差し出した。彼女がそれに火をつけ、ふたりで交互に吸った。乾いた濃い煙を深々と吸い込んだ。

「弟さんが殺したがっている男。最後のひとり」ルカは言った。「その男には警護がついている」

シモーンは眉根を寄せたあと、懇願するような表情で彼を見つめた。

「ルカ、わたしに残された家族は弟だけなの」そう言って首を振るので、ルカの心は沈んだ。自分がなにをしたのかを、いまはここを立ち去るしかないことを悟った。ニューオーリンズへ戻って、自分が引き起こした事態の結末を見届けるしかない。

「可能なら弟さんを保護する」低くいかめしい声で繰り返した。

立ち上がって彼女にキスをし、暗い気持ちで見つめ合った。すぐにルカは部屋を横切って小屋のドアへ行き、うなる嵐のなかへと足を踏み出した。

52

午後八時過ぎに始動音がし、走りだした車のエンジン音が遠ざかって聞こえなくなると、バディがアイダとルイスに向き直ってうなずき、いよいよ行動開始だと伝えた。ここ数日この家を偵察していたバディは、夜はたいてい八時に〝パパ〟が少女ふたりを連れ出し、零時過ぎまで戻ってこないことをつかんでいた。そこで、夕方にルイスとアイダと落ち合った際、家の裏手の路地にひそんで車が出ていくのを待とうと提案した。それにアイダも納得したのだが、暴風雨のなか戸外に立って待つはめになり、いまは三人とも濡れねずみになっていた。

無言のままバディは家の裏塀を飛び越えてなかに入

り、ふたりのために裏門を開けた。三人は暗い庭を横切って裏口に達した。屋根つきポーチのある勝手口だ。バディが膝をついてポケットから懐中電灯を出し、すぐさまスイッチを入れて錠を照らした。二秒ばかり錠を眺めると、すぐさま懐中電灯を消した。つづいて、上着の内ポケットから太い葉巻ぐらいの大きさの脂《あぶら》じみたキャンバス地の筒状の包みを取り出し、それをポーチに広げた。布で作った輪をいくつも縫《ぬ》いつけて、そのひとつひとつに解錠道具が収めてある——いずれも光沢のない金属製の細い道具だ。バディはそのなかからふたつの道具を手に取って鍵穴に挿《さ》し、解錠作業に取りかかった。両手に息を吹きかけたりこすり合わせたりして温めながら、わずか五分あまりで、舌打ちのような音をたててタンブラー錠のピンが解錠された。バディがにっと笑って把手《とって》をまわし、ゆっくりとドアを開けた。

三人が足音を忍ばせて入ったところは台所だった。暗いが、部屋の奥にあるドアの形は見える。忍び足でそのドアへ行って廊下に出ると、階段下に別のドアがあった。おそらく地下室に通じるドアだろう。ルイスが開けようとしたが、錠がかかっていた。ルイスが目顔で知らせると、バディはおどけて目玉を上に向けてあきれた顔をしてみせたあと、膝をついて同じ手順を繰り返した——懐中電灯で照らし、キャンバス地の包みを取り出し、解錠作業に取りかかった。数分後には地下室のドアが開き、バディはにんまりして立ち上がり、膝をさすった。

彼は上着から蠟燭《ろうそく》を二本取り出し、アイダとルイスに一本ずつ渡した。

「地下室に下りるまでは火をつけるな」と言った。「おれは家のなかを見てまわる」

バディはアイダにウインクをしたあと、廊下を悠然と歩いていった。アイダは渋い顔でうしろ姿を見送った。バディは今夜はずっとアイダにべたべたしていた。

思わせぶりな目つきと笑みを浮かべて、気があるようなことばかり言うので、アイダは彼に対していらいらしどおしだった。もっとも、不機嫌の原因はバディのことだけではない――証拠などひとつも見つからない、これといった理由もないのにふたりを危険に引きずり込んだ、といういやな予感がするせいだ。昼間に精神科療養所を訪ねたことにより、この秘密が大物へとつながることと、モーヴァルの罪を立証するためには動かぬ証拠が必要だということがわかった。確たる証拠が見つかる可能性がきわめて低く、確たる証拠など存在しない可能性がはるかに高いと考えると、ますます胃がきりきりと痛んだ。だが、すでにバディとルイスのあいだで話が決まっていたし、最後までやり通すのがリータに対する義理だと感じていた。どんなに困難だろうと、リータの読みが正しかったことを証明し、彼女があるといった場所で決定的な証拠を見つけたかった。なにより、アイダに残された手がかりはこれしかないのだ。

ふたりは階段を下りる途中で蠟燭に火をつけた。オレンジ色の光が階下に長い影を映し出した。地下室はこの家の床下全体を占める広さで、水が三十センチ近い深さまで溜まっていた。水面に蠟燭二本の火が映っている。ふたりは目を見交わして顔をしかめた――大雨のせいでこの地下室が水びたしになっているので、水のなかを歩きまわらなければならない。蠟燭を動かしながら、地下室内で一部が水につかっている大きな形のものを照らした――埃をかぶった古い家具だ。一角に置かれた段ボール箱の山は、いちばん下の箱がびしょ濡れになっているせいで一方に傾《かし》いでいる。

ふたりは冷たく暗い水に足を踏み入れ、段ボール箱の山に近づいた。アイダが自分の蠟燭をルイスに渡し、中身をあらためはじめた。どの箱にも書類が入っていた――大半は業務報告書や会計帳簿、経費一覧表、契約一覧表、不動産権利書を収めたファイルだった。

四番目に開けた箱に証拠が入っていた――〝ザ・ディストリクト〟の売春宿の会計に関係のあるファイル、雇用者リスト、営業免許料や収入源の一覧表、イニシャルと住所と日付と金額が記された小型の帳簿。アイダはその帳簿を取り出し、階段に腰を下ろして食い入るように目を通した。モーヴァルが金を払って殺人を実行させていた人物の名前を見つけることができれば、その人間がモーヴァルの罪を証言してくれるかもしれない。この帳簿に記されたなかにその人物につながる手がかりがあるかもしれない。イニシャルのどれか、あるいは住所のどれかが、糸口になるかもしれない。

「なにがわかった?」しばらくしてルイスがたずねた。

「わからない」

アイダはしばし考えたあと、この小さな帳簿が唯一の物証らしきものだと気づいて落胆した。腰を落ち着けてじっくりと目を通し、クライン准将が話してくれた男、クライン准将と同じ部隊に所属していた男、モーヴァルが雇った男の居所に関する手がかりがあるかどうかを確かめる必要がある。だが、この家の父親にいつ見つかるかしれない危険な場所でじっくり読むわけにはいかない。

「ここを出ましょう」アイダは帳簿をコートのポケットに突っ込んだ。

「どうしたんだい?」階段を上がりながらルイスがたずねた。

「この帳簿にモーヴァルが雇った殺人者の名前が書かれてるかもしれないと思って」

「モーヴァルの売春組織に関する手がかりはなし?」ルイスが問いを重ねた。

「モーヴァルの売春組織はあの事件と無関係よ」アイダは答えた。「すべては市長とマトランガ・ファミリーの対立が原因。モーヴァルがあの人たちを殺させたのは、市長に頼まれたからよ」

「市長に?」

ふたりは階段の最上段に達し、蠟燭の火を吹き消した。

「見返りとして、モーヴァルはストーリーヴィル以外の場所で売春宿を経営することを許された」

ルイスは彼女を見つめて眉根を寄せた。

「でも、ストーリーヴィル以外の場所に売春宿なんてひとつもないよ」と言った。

「いまはまだね」

ふたりは廊下へ出て居間に入った。バディは奥のソファに座っていた。頭をうしろへそらし、無言で口もとに笑みをたたえている。ルイスは彼の目が異常な色を宿していて笑みが不自然だと感じた。すぐに、喉に走る紅い線が目に入った。

「バディ?」声をかけた瞬間、なにかが振り下ろされて目の前が真っ暗になった。

53

不治患者のための病院は、街の南西部の低木地でカミソリ鉄条網の柵の奥に広がる廃墟と化していた。数年前に市行政当局によって閉鎖され、今後の方針が決まるまでは警察が警備責任を負わされている。どういうわけかヘイトナーがその施設の鍵を手に入れていた。敷地が広大なため、建物のなかで行なわれていることの音は外には聞こえない。車からアマンゾの体を引きずるようにして入る際、ジョーンズがまがまがしい笑みを浮かべて、病院内の焼却炉はいまも使えるんだぞ、とマイクルに告げた。

本館に入ってふたつのガスランプに火をつけ、ちらつく淡い明かりを得た。ヘイトナーが先頭に立って薄汚れた長い通路を進み、白いタイル張りの窓のない部屋に入った。おそらく手術室として使われていた部屋だろうとマイクルは思った。中央に置かれた医療機器が死刑執行用の電気椅子を連想させる。木と革と金属でできたおそろしい代物《しろもの》のおぼろげなイメージを。グレグスンとジョーンズはガスランプを床に置き、まだ意識を失ったままのアマンゾを医療機器に座らせて革ひもで手首足首を留めた。彼らはマイクルに見張り役を命じた。マイクルは、椅子の脚もとにできるすり傷や血だまり、あるいはその椅子に座らされている人間を――ガスランプの明かりで不気味な濃淡がぼんやりと見えている――見ないように努めて、部屋の隅で煙草を吸った。ときおり目を向けると、三人は道具――医療器具、ロープ、バケツ――を準備していた。

支度を終えると、ヘイトナーの合図を受けてグレグスンがバケツを手に取り、中身をアマンゾにぶっかけた。冷水を顔に浴びたアマンゾの上体がびくりと動き、鋭く息を吸い込み、まばたきをして目を開けた。

ぼんやりした目で室内を見まわし、ゆっくりと頭が働きだした。

「ここはなんだ?」はっきりしない声でたずねた。

「治る見込みのない連中が入る病院だ」ヘイトナーが目に光を宿して答えた。「おまえもそう診断された」

ヘイトナーは医療器具を並べた台に行った。古びて錆《さび》の浮いた器具類をなでた――切断のこぎり、メス、鉗子《かんし》、ヒルツ・コンパス、乱切器。話しながらひとつひとつ確かめている。手に取って仔細《しさい》に眺めながら、アマンゾにちらりと見えるようにして、これからなにが起きるかを理解させている。

「同僚のマイクルの話では、おまえはアックスマンについて役に立つ情報を持ってるそうだな」お手のものの淡々とした口調で言った。「だが、その情報を提供しようとしないとか」

彼はメスを手に取り、錆に覆《おお》われた刃をガスランプの鈍い光のなかでとくと調べた。

「錆《さ》びたメスは最悪だ」ジョーンズが口を出した。「すぱっと切れない。裂けるんだ」

ヘイトナーはにこやかな笑みを浮かべ、メスを持ったままアマンゾに歩み寄った。

「ここにいる以上、おまえに選択の余地はない。いま話すか、あとで話すかだ」

アマンゾがヘイトナーを見上げ、瞬時に状況を理解して怯《おび》えた様子を見せたので、マイクルは同情の念に駆られて胸が痛んだ。が、次の瞬間、アマンゾがガスランプの光に歯をきらめかせてあざ笑った。

「くそったれ《ヴァッファンクーロ》」

ヘイトナーは肩をすくめ、アマンゾの顔にメスをふるった。切るのではなく、なにかを抉《えぐ》るように手首をひねった。アマンゾは悲鳴をあげた。しゃがれた深い悲鳴は四方の壁に跳ね返っていつまでも響き渡った。苦痛とショックで過呼吸状態になり、空気を求めてあえいだ。その顔にはとまどいと凶暴さと怒りがあらわになっている。

「それで終わりか？」うめきながらも鼻で笑った。

ヘイトナーがふたたびアマンゾの顔にメスをふるった。今度はさっきとは反対側に。アマンゾが悲鳴をあげ、マイクルの目が、真っ赤な海に浮かぶ氷山のような白い頬骨をとらえた。マイクルは壁を向いて吐いた。喉に込み上げた胆汁が勢いよく床にこぼれた。グレグスンとジョーンズの笑い声が聞こえ、壁を手探りするうちにドアの把手《とって》に触れた。ふらつく足で通路に出て、乱暴にドアを閉めた。室内のガスランプからオレンジ色のかすかな光が漏れている以外、通路は闇に包まれている。口もとの胆汁をぬぐい、通路の壁に寄りかかってそのまま座り込んだ。両手で頭を抱えて深呼吸をすると、嘔吐物《おうとぶつ》のにおいがした。ドアの下のすきまから通路に漏れて、床のタイルを淡い色に染めているオレンジ色の筋を見つめた。

またアマンゾの悲鳴が聞こえ、闇のなかにいるせいでいっそう寒気がした。煙草《たばこ》を取り出してくわえ、震える手でマッチをすった。リンが燃え上がった瞬間、通路の光景が目に飛び込んできた。埃に覆《おお》われた薄汚れた通路は左右に延び、闇のなかへと消えている。煙草に火をつけ、マッチを振って火を消すと、ふたたび闇に包まれた。

その後、悲鳴のあがる頻度が増し、促したり怒りをぶつけたりするヘイトナーのどなり声も聞こえた。そのうち、低い話し声と泣き声が聞こえた。それがどれぐらい続いたかわからないが、途中で室内からだれかが――グレグスンかジョーンズが――マイクルを呼んだ。家事の手伝いを頼むような淡々とした口調だった。

マイクルは深呼吸をひとつして立ち上がり、室内に戻った。アマンゾの顔は血まみれで、輪郭《りんかく》がゆがんでいた。ガスランプの明かりにきらめく目は揺らぎ、頭は一方に傾いでいる。血がシャツを染め、床のタイルにまで飛び散っている。胸が激しく上下している。ショックと失血のせいで過呼吸状態に陥っているのだ。連中は彼をぎりぎりの状態に追い込んでいた。もはや嘘をつく気力は残っていないが質問に答えることはできるという、死の一歩手前の状態に。生死の境界線はどれぐらい細いのだろう、とマイクルは考えた。対象をこの状態にとどめる技術を完成するまでにヘイトナーは何人殺したのだろうか。

ヘイトナーがアマンゾにうなずくと、ゆっくりと、最初は気づかない程度に小さくアマンゾがうなずき返した。ジョーンズが歩み寄り、ポケットから携帯用《スキット》の酒瓶《ル》を取り出した。アマンゾの手首の一方の革ひもを解き、スキットルを握らせた。アマンゾは指先に力をこめて持ち、口もとへ運んで飲んだ。手が震え、むき出しになった顎の肉に酒がこぼれた。

「あんた……煙草を持ってるか？」アマンゾがたずねた。

マイクルはそばへ行き、煙草に火をつけた。彼の手からスキットルを取り、指に煙草をはさんでやった。そのとき、間近に見て初めて、椅子の脚もとに粘土で作ったなめくじのようなものが五つ落ちているのに気づいた。アマンゾのまだ革ひもで固定されているほうの手に目をやると、指を切り落とされた五つのつけ根から血が床にしたたり落ちていた。

「少し待ってくれ」アマンゾが言った。

煙草をくわえ、手を顔に運んだ。メスで抉られた箇所に触れた。煙草をもう一服し、口から離した。

「質問しろ」アマンゾが震える声で言った。自分は死者を見ているのだ、とマイクルは思った。

「アックスマンの正体は?」

「ある……あるフランス系黒人。沼地に住んでる男」

アマンゾがあえぎながら答えた。「会ったことはない。だれもだ」

「そいつにリストを届ける仕事をおまえに依頼したのはだれだ?」

「サム・カローラ」アマンゾが囁くような小声で吐き捨てた。

マイクルは理髪店でカローラと会ったときのことを思い返した。カローラがアネットを侮辱するような軽口をたたいたこと、別れぎわにアックスマンが幽霊だと言ったことを思い出した。ばらばらだった証拠の断片がひとつまたひとつとつながりはじめ、まるで錨《いかり》につながれた鎖が海底の泥のなかから一環ずつ顔を出すように、連続して起こったできごとが頭のなかで証拠と合致しはじめた。

「おまえの知っていることを話せ」マイクルは言った。

アマンゾが時間をとって息を深く吸い込み、耳ざわりな音をたてるので、彼の肺に血が溜まっているのにちがいないと思った。

「アックスマンには復讐したい相手がいた。カローラがそのリストを持っていた。それを届けろって、おれに命令した」

「カローラは、その仕事をやれば、そしてそのことを口外しなければ、おまえを〝ザ・ファミリー〟の正式な一員にしてやると約束したんだろう」マイクルは言った。「おまえはいまだに実績のない準構成員《アソシエーテ》だから」

アマンゾはうなずいた。

「だが、おまえはその仕事をロンバルディに丸投げした。なにかおかしいと感じたし、殺されるのではないかと心配だったし、そもそも、ロンバルディが街を離れると耳にしたからだ。ただ、あとになって、彼が街に残ることがわかった」

アマンゾがうなずいた。ヘイトナーとあとのふたりは彼らを交互に見ていたが、そのうちヘイトナーが怪《け》訝《げん》顔をアマンゾに向けた。

「マトランガがなぜ連中に死んでもらいたがった？」

「マトランガではない」マイクルが口をはさんだ。

「この件の黒幕はカローラだ。そうなんだろう？」

アマンゾがまたしてもうなずいた。

「カローラはドンを排除したがってたんだ」と言った。「長年ナンバーツーだったからな。だが……」呼吸が苦しそうだ。

「だが、抗争は避けたかった」

マイクルは、もっと早く気づくべきだったのに状況が見えていなかった自分をののしった。カローラはアックスマン事件を利用してカルロ・マトランガに揺さぶりをかけた。殺人の実行者をこの街の外に見つけた。〝ザ・ファミリー〟とは無縁の人間を。幽霊を。カローラは連続殺人を通じて街じゅうを不安に陥れ、警察が〝ザ・ファミリー〟の活動を厳しく取り締まるように仕向けたのだ。それによってカルロ・マトランガのボスとしての立場が弱まり、やがて引退を余儀なくされる。つまりカローラは、無血クーデターによってボスの座を引き継ぐことになり、ドン・カルロにとってはすべてが純然たる不運にしか見えないという計算だった。

そう考えれば、ニューオーリンズ市民のだれひとりとして殺人者の正体を知らない理由も説明がつくし、カルロに調査を依頼されたというルカの釈明が真実だったことの証明にもなる。なぜもっと早く気づかなかったのだろう？　なにしろ、理髪店で顔を合わせた際、カローラはあれほどまでに自信過剰なふるまいを見せたのだ。あれは、捜査の手がまっすぐ自分に伸びてきたことに対する不安を隠すためだった。クレオールあるいは黒人の犯行に見せかけるため、捜査の目をそらすために、それぞれの殺人現場にタロットカードが残されていたことについて考えた。新聞社に送りつけられた常軌を逸した手紙について、地獄やジャズや悪魔に言及したあの手紙について考えた。あれもまた、人種間の不安をあおり、捜査の目をあやまった方向へ導き、街じゅうを混乱に陥れる狙いだったのだ。

アマンゾが咳をすると口から血が噴き出し、音をたてて床に落ちた。マイクルは彼をまじまじと見て、彼の目が焦点と生気を失いつつあることに気づいた。苦しい呼吸に胸が大きく上下しているので、やはりすでに死の世界に足を踏み入れた男を見ているのだという気がした。「連中は分署の前であんたを殺そうとした。またやるつもりらしい。今夜」アマンゾが必死で呼吸をしようとしながら、かすれた声で言った。「自宅で」

マイクルはアマンゾを見つめた。アネットと子どもたちの身に危険が迫っていることを理解するや、恐怖と不安に襲われて寒気がした。両手を握りしめ、アマンゾに拳《こぶし》をくらわせた。パンチが命中し、胸の悪くなるような音をたててアマンゾの頭が反《そ》り返った。マイクルは彼に背中を向けて部屋を飛び出した。

「おまえは署へ行け」ヘイトナーがグレグスンに命じた。「なにが起きてるかを伝えたら、タルボットの自宅に合流しろ。ジョーンズ、おまえはアマンゾを始末したあと、タルボットの自宅に合流だ」
「了解」ジョーンズが言った。「焼却炉に点火する」

54

脛《すね》までの高さの水が、ルカの両脚の周囲をめぐって目の前の斜面を流れ落ちていく。彼は坂のてっぺんに立ち、自分の行く手を見渡していた――両側に住宅の立ち並ぶマリニー通りへと通じる小道を。大水は坂のなかほどで白く泡立つ急流と化し、最後は滝となって、坂の底に溜まった水のなかへ流れ落ちている。

先にホテルに立ち寄った。サンドヴァルがビアンキを見つけ出し、ホテルに住所をことづけていた。フレンチ・クオーター地区の北部、街全体を湖へと変えつつある洪水を越えた先のどこかにあるアパートだ。吐き気がし、両手が震え、呼吸も荒い。一日じゅう濡れた服を着ていたせいで熱が出たのだ。

話し声が聞こえ、水面に揺らめく光が見えて、横手からにぎやかな一行が近づいてきた。避難者のようだ。あわてて着替え、うんざりした様子の連中が、防水コートを着てそれぞれ全天候型の電灯を手にした三人の巡査に先導されている。一行はルカを見て足を止め、とまどった様子で目を見交わした。

「なにをしてるんです?」巡査のひとりが、嵐の音に負けまいと大声でたずねた。

「友人の家へ行くんだ」ルカは答えた。

巡査は渋い顔をして、坂を指さした。「この坂の下へ?」

ルカはうなずいた。

「聞いてませんか?」巡査が雨と風の音を圧して言った。「川が増水して土手が決壊したんです。住民は避難中です」

「警告をありがとう」ルカも大声で返した。「だが、なんとしても友人を見つけなければならないんだ」

巡査はあやしむような目でルカを見た。きっと、家や商店から盗みを働くつもりだと疑ってでもいるのだろう。

「そんなことはさせませんよ」と言った。

「どうするつもりだ? 逮捕するか? おれの逮捕と、全住民の避難とを同時には行なえない」彼の同僚ふたりの背後にいる避難者の集団を顎先で指し示した。

「おれなら大丈夫だ。心配してくれてありがとう」

巡査は彼をまじまじと見たあと、同僚たちと手短に相談した。

「わかりました」と言った。「自己責任でどうぞ」

巡査が手を振って合図し、一行は通りを進みだした。避難者たちはよろよろと前進しながらルカをにらみつけた。

ルカは一行を見送ったあと、水流にふくらはぎを押されて足をすくわれそうになりながら、おそるおそる坂を下りだした。なかほどまで達したとき、なにかが脚にぶつかった。水にさらわれたがらくただ。重くごつごつしているので、ルカはバランスを崩した。倒れて流れに飲まれ、もみくちゃになりながら坂をくだった。体が回転するたびに路面に打ちつけられ、ひびの入っている肋骨《ろっこつ》が激しく痛んだ。

数秒後には、なにか固いものにたたきつけられた。やみくもにそれをつかみ、胸部に拷問を受けたような痛みを覚えながら体を引き上げた。目を開けて周囲を見まわした。通りの底にできた池の真ん中で街灯の支柱につかまっていた。坂のてっぺんを見上げたあと——流れ落ちる水に九十メートルは押し運ばれたようだ——水を押し分けて歩き、対岸をめざした。

手がかりとなりそうな建物の壁につかまりながらゆっくりと進むうち、池から脱し、登り坂のふもとに達した。今度は水がこちらへ向かって流れてくる。登山者のように、足もとを確認してから足を踏み出して坂をのぼっていった。てっぺんに達し、水の流れに対して垂直に歩くことになって、進むのが楽になった。通りを三本渡り、ようやく目当てのアパートメントに着いた。ビアンキの部屋は二階だ。足を踏みつけるようにして階段を上がり、ドアをノックすると、ややあってグレーの木綿のスーツを着たがっしりしたシチリア人がドアを開けた。

「ルカ」シチリア人が満面の笑みを浮かべた。「まるで魚だな」

ルカはふらつく足でなかに入って崩れるように肘掛け椅子に身を沈め、手を顔に添えてできるかぎり深く息を吸い込み、胃から込み上げる吐き気を抑えようとした。意識のきれぎれに周囲の声が聞こえ、だれかに体を揺すられるのを感じた。ルカは目を上げた。サンドヴァルがすぐそばに立って、心配そうな顔で見下ろしていた。

「ルカ、大丈夫か？」

ルカはうなずいた。サンドヴァルは信じていない様子で見つめている。

「浴室へ行って、体を拭いてこい」

ルカはよろよろと立ち上がり、室内を見まわした。

薄暗い明かりのついた居間には、角張った顎をして、拳銃で膨《ふく》れた上着を身につけた五人ほどのマフィアの兵隊どももいる。離れた位置に置かれた肘掛け椅子に座っているのがビアンキだろう。七十代初めの痩《や》せた男は怒りで血走った目をしている。

ルカは廊下の先に浴室を見つけてなかに入った。電灯のどぎつい光が白いタイルに跳ね返って目を刺した。湯を出して顔を洗ったあと、服を脱ぎ、今日はこれで二度目になるがタオルで体を拭いた。兵隊のひとりを呼びつけて、ビアンキの服を持ってこさせた。

着替えをすませて居間に戻った。

「なにか飲むか?」サンドヴァルがたずねた。

ルカはうなずいた。「強いやつを」

サンドヴァルが酒の並んだ棚に行き、ライ・ウィスキーの瓶を手に取った。

「ご自由にどうぞ」ビアンキが皮肉たっぷりの口調で言った。

サンドヴァルはそれを聞き流してふたつのグラスにライ・ウィスキーを注ぎ、ルカのそばに戻った。内ポケットから煙草《たばこ》ケースを出してルカにも一本勧め、どちらの煙草にも火をつけた。

ルカは椅子に頭をもたせかけて、ため息を漏らした。

「いままでどこにいた?」サンドヴァルがたずねた。

「街の外から戻ってきたんだ」ルカは、話したくないと明確に伝える口調で答えた。

サンドヴァルはうなずいた。「この男がすっかり話してくれた。カルロには報告した。いい仕事ぶりだったな、ルカ」

ルカはうなずき、ライ・ウィスキーに口をつけて一気に飲み干した。グラスを渡すとサンドヴァルがもう一杯注いだ。

「この男が最後のひとりにまちがいないのか？」サンドヴァルがたずねた。

「そうだと思う」ルカは答えた。

サンドヴァルがグラスを返し、ルカはまた飲んだ。

依然、両手を腹の前で組んで座っているビアンキをじろじろと眺めた。痩身《そうしん》で白髪《しらが》頭、鳥を思わせる目は反抗的で、まるで農場作業員のように皮膚ががさがさだ。ビアンキはルカが見つめていることに気づき、ふたりの目が合った。

「なぜ逃げなかった？」ルカはたずねた。「仲間が次々と殺されるのを見ながら、あんたはこの街にとどまった」

「なぜ逃げねばならんのだ？」老人はすごい剣幕で食ってかかった。「死ぬときは自分の家で死ぬ」

この老人はルカに敵意を抱いている。思い上がった独善的な態度は不快で、どこかわざとらしい。ルカはさらにしばらく老人を見つめたあと、立ち上がって窓辺へ行き、ブラインドを少しずらして下方の通りに目を凝らした。いつのまにか水位が増しており、谷のてっぺんに立って荒れる川を見下ろしているような気がした。吹きすさぶ風を受けて街灯が何本も倒れている。勢いを増す洪水と周囲のアパートの明かりが闇のなかにぼんやりと見える以外、たいしてなにも見えない。

向き直って室内を見まわした。ビアンキはまだ椅子に座っている。サンドヴァルは台所に通じるドアのそばに立ってグラスをもてあそんでいる。兵隊たちはコーヒーテーブルに身をのりだすようにしてナポリ式トランプでカードゲームのブリスコラをしている。

ルカは煙草の煙が呼吸をいっそう困難にしていると気づいた。灰皿のなかでもみ消し、自分でライ・ウィスキーを注ぎ足して、椅子に戻って腰を下ろした。しばらく目を閉じていると、いつのまにかうとうとして、熱に浮かされた夢の真っただ中にいた。シチリア島の畑の夢を見ていた。子どものころに父と耕していた畑だ。父は少し離れたところに立っている。近づいていくと父が泣いている。畑が石と焼けた切り株だらけの荒れ地だからだ。父が涙で濡れた目を上げてルカを見た瞬間、その男が父ではないとわかって気が動転する。

大声と騒がしい動きで目が覚めた。

「いまいましい嵐め」兵隊のひとりが言っている。

「ブレーカーはどこだ？」

室内が闇に包まれている――停電だ。立ち上がり、手探りで窓辺へ行って外を見た。周囲のアパートの明かりはついたままだ。

「嵐のせいじゃない！」とどなったが、すでに手遅れだった。

表側の窓のひとつがたたき割られ、ガラスの粒と雨が室内に吹き込んだ。うなりをあげる風でブラインドが激しくはためき、男たちがわめきはじめた混乱のなかで、ルカは人影を見た。後退して壁に背をつけ、闇のなかに目を凝らして、なにが起きているかを把握しようとした。家具類が床に倒れる音が聞こえた次の瞬間、悲鳴があがった。

「やつだ！」だれかが叫び、室内に閃光が走った。男たちが闇のなかで恐慌を来《きた》して発砲しはじめた。

「撃つな！」ルカは殺し合いになることを案じて、嵐のうなりや銃声に負けまいと声を張り上げた。壁に寄りかかったまま体をすべらせて座り込み、流れ弾が飛んでこないことを願った。いくつもの銃口炎がひらめき、割られた窓から漂ってくる洪水のにおいに硝煙のにおいが混じった。またしても悲鳴が聞こえた瞬間、長いコートを着た肩のがっしりした人影が向き直るのがわかった。銃声がやみ、窓でなにかがはためくと、たちまち室内が静まり、風の音と、割れた窓ガラスにブラインドのぶつかる音だけが聞こえていた。

ルカは立ち上がり、手探りで棚に近づいた。たしか、そこにランプがあった。マッチも。数秒後、火がついたランプを持って被害の状況を調べた。兵隊たちは家具類にもたれかかるようにして床の上で死んでいた。斧でたたき切られた者もいるが、大半は仲間の放った銃弾をくらっている。サンドヴァルはカーペットにうつぶせに倒れていた。仰向《あおむ》けにしてやった。顔の側面に銃弾が命中していた。しばらく見つめたあと、ため息をついて首を振り、十字を切った。ビアンキが腰かけていたあたりを見やる。まだ肘掛け椅子に収まっているが、頭のてっぺんがなくなっていた。膝にはタロットカード。ランプの揺らめく明かりで、カードに描かれた姿がちらりと見えた。翼を持ち、頭に角《つの》が生えていて、火のついた太い松明《たいまつ》を持っている。

　ルカは窓に駆け寄り、下方の通りに目を走らせた。非常階段の下端に人影が見えた。コートがなにかに引っかかっているらしく、体をもぞもぞさせて振りほどこうとしている。ルカは死んだ兵隊のひとりの手から拳銃をつかみ取り、弾が残っていることを確認すると、非常階段へと飛んだ。着地の足音が響き、殺人者が顔を上げた。ルカは階段を駆け下りた。意識が遠のきそうだし、重い足を進めるごとに肋骨が痛んだ。殺人者はコートをぐいと引っぱって身を振りほどき、水に飛び込んで通りを逃げていった。

　ルカが非常階段の下端に達したときには、早くも角を曲がろうとしていた。ルカも水に飛び込み、着地でよろめいたものの、ボーデを追って洪水に見舞われた闇の街を走りだした。

55

意識を取り戻したアイダは、殴られたせいで頭がぼんやりして、吐き気も覚えた。セメントの床が頬に冷たい。身を起こして頬をさすると、乾いた血がはがれて指先についた。隣に気絶したルイスが横たわっている。額の打撲箇所が腫《は》れていた。アイダはルイスを揺り起こしながら、周囲を見まわした。広くて工場のような作業場。見覚えがある。何列ものハンガーラックに吊されたコートが、まるで軍隊の行進のようにずっと奥まで並んでいる。中央には箱や生皮が床に散らばり、むき出しの電灯の光がすべてにわびしい明かりを投げかけている。

「なにが起きたんだ?」ルイスが力のない声でたずねた。

「わからない」アイダは答えた。「とにかく、ここから出ましょう」

ふたりは立ち上がって室内を見まわした。生皮の山の脇にある作業台に置かれた皮はぎ用のナイフがアイダの目に留まった。一瞬迷ったものの、手に取った。思ったよりもずっしりと重く、どうにも手になじまない。念のためにポケットに収めた。ルイスが向き直ってなにか言いかけた瞬間、目を剝《む》き、音をたてて床に崩れ落ちた。

「ルイス!」アイダは彼に駆け寄った。

「吐きそうだ」ルイスは額を押さえた。息が浅い。

「歩けそう?」

だが、ルイスが答える間もなく奥のドアが開き、グレーのスーツを着てむっつりした荒くれ者がふたり入ってきた。ひとりはもう一方よりもゆうに三十センチは背が高い。しばしルイスとアイダを見つめたあと、背の高いほうがもうひとりのほうを向いた。「こいつらが意識を取り戻したとボスに伝えろ」鼻づまりのような声で命じた。

背の低いほうがうなずいて出ていき、背の高いほうが番犬のような目つきでふたりをにらみつけた。数秒後、モーヴァルが入ってきた。年齢のわりに若い体を維持しているようだ——広い肩幅、ぴんと伸びた背筋、電灯の強烈な光を受けてつややかに見える髪。無表情な目でアイダとルイスを見つめ、首を傾けてわずかな興味を示した。飼い犬が主人を見るような態度だ。上着を脱いでハンガーラックのひとつに引っかけると、シルク地のシャツの下で腕の筋肉が盛り上がっているのがアイダにもわかった。ヴェストを整えてからふたりに向き直り、すぐに二人組にうなずいた。

「あの台まで連れていけ」と命じた。

部屋の隅に緑色のベーズをかけた円テーブルがあり、その上にトランプのカードと灰皿が散らばっている。

二人組がアイダとルイスの肘《ひじ》をつかんで引っぱりながらテーブルまで行き、一対の椅子に座らせた。モーヴァルが近づき、テーブルの上からウィスキーの瓶を取った。グラスに注ぎ、ルイスに差し出した。

「これが必要そうだ」父親のような温かい口調だった。

「ありがとうございます」ルイスが礼を言って受け取り、ひと口飲んだ。モーヴァルは自分にも一杯注いで腰を下ろし、葉巻に火をつけながらふたりを見つめた。その小さな茶色の目に死の影が宿り、無情や人間性の欠如といったものが漂っているので、アイダは不安を覚えた。葉巻に火がつくと、モーヴァルは少しばかり煙を吸い込み、ふたりにほほ笑みかけた。

「私の家でなにをしていた?」いかなる脅威も感じさせない口調でたずねた。

「なにもしてません」アイダは甘い声で答えた。「あそこでひと晩過ごそうと思って忍び込んだんです。わたしたち、路上生活をしているので、洪水から逃れたくて。悪気はなかったんです」

「なるほど。そんなきれいな身なりの路上生活者を見たのは初めてだ」モーヴァルが皮肉たっぷりに言った。「嵐を逃れたいのであれば、なぜ地下室で私の書類を読みあさっていた？」

自分の質問など取るに足りないゲームの一部だとでもいわんばかりの気軽な口調だった。

「火をおこすためのたきつけを探してました」アイダは精いっぱいの笑顔で苦しまぎれの弁解をした。

モーヴァルは笑みをたたえてゆっくりと首を振った。ポケットからなにかを取り出してテーブルに放った。アイダがコートのポケットに突っ込んだ黒い小型の帳簿だ。

「ポケットのなかで火をおこすつもりだったのか？」

彼は葉巻をふかして、口のあたりに煙を漂わせた。

「押し込み強盗だと思っていれば、とっくにきみたちの命はなかった。高価なスーツを着たご友人のようにね」モーヴァルが言うので、ソファに座っていたバディの姿が脳裏によみがえって、アイダは不安と気のとがめに襲われた。

「きみたちを生かしておいた唯一の理由は」モーヴァルは話を続けた。「きみたちが私のなにに関心を持っていたのかを具体的に知りたいからだ。だれに頼まれたのか、話してもらおうか？」

「だれにも頼まれてません」アイダは答えた。

モーヴァルはため息をつき、首を振った。立ち上がって背伸びをすると、ヴェストの生地が胸に張りついた。いちばん近いハンガーラックに歩み寄り、天井からぶら下げられた滑車つきフックからロープをはずした。

「女を縛れ」と命じて、背の低いほうの男にロープを放った。男はロープをつかみ取ってアイダの背後へまわった。男が両手をつかんでロープで縛りにかかると、アイダは不安に心臓を貫かれ、急に息苦しさを覚えた。

リータのことと、モーヴァルに関してさんざん受けた警告を思い出し、不安と同時に、自分の愚かさを恥じる気持ちにも飲み込まれた。縛られないように抵抗したほうがいいだろうか、それとも、抵抗すれば状況が悪化するだけだろうか、と考えた。すぐに悪夢のように全身が麻痺《まひ》して筋肉が凍りつき、気がつくと、粗いロープが手首を締めつけるのをじっと座って受け入れていた。男がアイダを縛るのを、モーヴァルは口もとに淡い笑みを浮かべて見ていた。男が縛り終えるとうなずいた。

「黒人野郎を外へ連れ出して日を浴びさせてやれ」と言った。「女の始末は私がつける」

アイダは悲鳴をあげ、ルイスはどうしていいかわからない不安に駆られてアイダを見つめた。背の低いほうが上着から棍棒《こんぼう》を取り出してルイスの頭に打ちつけた。

肩が重いという感覚に襲われ、意識が戻った。男たちに脇の下をつかまれてどこかへ引きずられている。あたりを見まわして、ここがじめじめした通路で、かんぬきのかかったドアへ向かっていることがわかった。男の一方がかんぬきを蹴りつけるとドアが開いた。嵐が通路に吹き込み、雨粒が全身に打ちつけたかと思うと、風圧でドアが閉まった。

「くそっ！」男の一方が肩を使ってドアを押し開けると、またしても、うなる風の音が耳を襲った。嵐のなか、男たちは川に突き出た桟橋《さんばし》までルイスを引きずっていった。川面をたたく風によって波が激しく打ちつけ、桟橋は大きく揺れて酔いそうなほどだ。男たちは桟橋の板にルイスを放りだし、背の低いほうがポケットから拳銃を取り出してルイスに銃口を向けた。

「なにをする？」背の高いほうが、嵐の音に負けないようにどなった。

「なにをすると思う？」

「こいつを桟橋の先端まで運べ」

ルイスはまた脇の下をつかまれ、桟橋の板の上を引きずられるのを感じた。真下に荒れている川が見えるや、右手からなにかが迫ってきた。うねりながら膨《ふく》らんでいく白い泡の壁だ。その直撃を受けた瞬間、男たちは悲鳴をあげた。四メートル以上もの高い壁と化したミシシッピ川の水が桟橋の側面にぶつかった。爆発のような音がし、周囲の板が粉々《こなごな》に砕けて空へ飛び散ったように見えた。気がついたときには水中にいた。

流れはルイスを藁《わら》人形のように引っぱり回転させて、静かなる闇の世界へ連れ込んだが、そのうち、まっすぐ立っている固いなにかにぶつかったと感じるや、水面を割って顔を出していた。やみくもにそれをつかみ、あたりを見まわした。さっきまで桟橋があったところに、川面に突き出た支柱だけが並んでいた。周囲には、無数の破片となった桟橋の板の残骸《ざんがい》が、まるでぎざぎざのとげだらけの海草を広げたかのように浮かんでいる。

自分が支柱の一本につかまっているのだとわかり、並んだ支柱に次々とつかまりながら波止場をめざした。堤防のレンガ壁に足がかりを得ると、体を引き上げるようにして川から脱した。しばらく横になって呼吸を整えたあと、立ち上がった。あたりを見まわして男たちを探したが、どっちの姿もないので、さっきの大波にさらわれたのだろうと考えた。もう一度、深呼吸をして、まだ手遅れではないようにと祈りながら、おぼつかない足どりで工場へと引き返した。

56

早くもエンジンをかけてシボレーを出そうとしたとき、マイクルの目にヘイトナーが病院から飛び出してくるのが見えた。ヘイトナーは手を振って待たせ、助手席側のドアを開けた。

「助けが必要になるだろう」乗り込みながら言った。

マイクルは一瞬、彼を見つめたものの、すぐに車の操作に気持ちを集中させた。まともに運転できるかあやしい。サイドブレーキを解除してギアを入れると、車は急発進して小道を進み、病院をあとにした。

ふたりとも無言だった。マイクルは前方を見すえ、ヘイトナーは助手席側の窓から外を眺めていた。市内に近づくにつれて路面のぬかるみがひどくなり、エンジンが苦しげにうなってタイヤがすべったが、マイクルは可能なかぎり車をとばしつづけた。自宅の警護についている四人の警察官が不意打ちをくらっていないことを、いや、カローラに金で買収されていないことを願った。

自宅まであと数ブロックというところで警察の非常線にぶつかった。マイクルが車を停めると、防水コートを着た巡査が近づいてきて、窓を開けろと合図した。車内をのぞき、ふたりが刑事だと気づいた。

「一帯の道路は車輛通行止めです」マイクルに向かって言った。「嵐のせいで洪水が発生しました。われわれは住民の避難を——」

だが、巡査が言い終えないうちに、マイクルはギアをバックに入れて車を後退させていた。方向転換をして脇道へと曲がった。ヘイトナーが見つめている。

「この道路を行けば高い場所へ出るので」マイクルは説明した。

五分後、ふたりはマイクルの自宅がある通りを見渡せる丘のてっぺんにいた。車を降りると、ヘイトナーはトランクを開けろとマイクルに合図した。なかにはチェスターフィールドの散弾銃が三挺と実包《じっぽう》の箱がいくつか――ここまでの道中で中身がちらばっている――入っていた。

ふたりはそれぞれ散弾銃を手に取って実包が込められているか確かめ、予備の実包を手づかみでポケットに詰め込んだ。それがすむと道路をくだりはじめた。マイクルが急《せ》かすので、ヘイトナーはよろめきながらついてきた。歩道を流れ落ちていくすべりやすい黒い流れに足をとられないように努めながら、どうにか斜面を駆け下りた。もうマイクルの家に着くというところで、ヘイトナーが通りの向かい側に停まっている車を身ぶりで指した。警護の四人のうちふたりが詰めているランドーレット型の黒い覆面警察車輛だ。近づいて車内をのぞき見た。ふたりは座席でぐったりしていた。絞首用のワイヤーが首に巻きつき、血の気の失せた顔に斑点《はんてん》が浮かんでいる。

「発砲した形跡はない」ヘイトナーが小声で言い、マイクルはその意味を理解してうなずいた。銃による応戦がなかったということは、裏口を警護しているふたりも不意打ちをくらった可能性が高い。

「うちのふたりが合流するまで待ってもらうぞ」ヘイトナーが言った。

マイクルは彼をきっと見たあと、くるりと背を向けて家へと駆けだした。ヘイトナーはしばしマイクルを見送ったものの、すぐさま改めて散弾銃を確認してからあとを追った。雨に濡れてすべりやすい通りを横切り、表側から入った。ふたりが玄関前の階段に近づいたとき、背後から銃声がとどろいた。階段を駆け上がり、家屋の表側にめぐらされた腰までの高さのレンガ壁のかげに身をかがめた。銃弾がレンガや背後の板壁に当たり、板壁が砕けたり割れたりした。銃撃が続いているので、マイクルとヘイトナーはたがいを見て無事を確かめ合ったあと、レンガ壁の上端からのぞき見た。通りの向かい側に停まっている車からふたりに向かってオレンジ色の花を次々と投げつけるかのように、銃口炎がいくつも見えた。

「おれはここに残る」ヘイトナーが言った。

マイクルがうなずくと、ヘイトナーは散弾銃で壁越しに応戦を始めた。マイクルは背を向け、銃床で玄関ドアを押し開けて家に入った。廊下を進みつづけ、やがて大きな音をたてて表側の壁を襲っている銃弾が届かない位置に達すると、いったん足を止めてから、すぐさま居間へと歩を進めた。ドアの前で立ち止まって物音がするかと耳をすました。なんの音もしない。深呼吸をひとつして、そっとドアを押し開けた。明かりはついたままだが、居間にはだれもいない。周囲に目を走らせながら台所へ進んだ。アネットが料理中だった鍋がコンロに載ったまま中身が煮えたぎって、だれもいない室内に湯気が上がっていた。マイクルはコンロに近づいて火を止め、裏庭を見た。警察官ふたりの死体が裏の階段で折り重なるように横たわっている。

窓辺を離れ、冷静になろうと努めた。家のなかは静まり返っており、音はすべて外から聞こえるものだ——雨、風、通りの銃声。と、背後で物音がしたのではっと向き直り、さっと弧を描くように散弾銃の銃口を振り動かした。

動きも音もまったくしない。だが、たしかにきしみが聞こえた。おそらくは床板を踏む音、あるいは戸棚の扉が開く音だ。だれかが身をひそめていそうな場所を見定めようとして改めて室内に目を走らせていると、またしてもきしみが聞こえた。台所の奥に、壁にはめ込んだ戸棚がある。その扉がゆっくりと開き、戸棚の底で麻布の下に隠れていたトマスとメイが見えた。恐怖で茫然《ぼうぜん》としたふたりの顔に涙の跡がついている。マイクルが人差し指を唇にあてると、子どもたちがまねをしたので、戸棚に近づいた。

「ふたりとも、大丈夫か？」すぐそばに膝をつき、小声でたずねた。

ふたりともうなずいた。マイクルはトマスが腕をまわして妹のメイを守ってやっているのに気づいた。それが誇らしくなり、息子の頭をなでてやった。

「もう大丈夫だ。それで、なにがあった？」

「ママが通りの音を聞いてぼくらをここに隠したんだ。そのあとまた音がして、ママの叫び声が聞こえた。でも……出てきちゃだめってママに言われてたから」

トマスが泣きだし、メイもつられて泣きだした。マイクルはふたりを抱きしめた。

「よく聞きなさい。おまえたちはここにいれば安全だ。それはわかるな？　だけど、音をたててはいけないよ。ママはパパが探しにいく。わかったね？」

子どもたちがうなずいた。

「とにかく、音をたててはだめだぞ」差し迫った口調で繰り返した。「それに、パパがいいと言うまで出てきてはだめだ。わかったな？」

ふたりがまたうなずき、マイクルは笑みを浮かべた。立ち上がると、トマスがなかから扉を閉めた。マイクルはなにが起きたか想像しようとした。カローラとその手下どもが来て警護の警察官たちを始末し、私を探して家に押し入ったにちがいない。だが、連中はアネットをどこへ連れていったのだろう？　これだけ手間をかけながら、私が見つからないからといってあっさり立ち去るとはとても考えられない。きっと、まだこの家のなかにいる。私を待ち伏せているはずだ。

マイクルは忍び足で台所のカウンターまで戻り、ゆっくりと窓を上げて開けた。室内に吹き込む雨が手を打った。半分ほど開いたところで、物音をたてないように気をつけてすきまから外へ出た。裏庭の敷石に下りた。雨と寒気に襲われ、表側の通りでヘイトナーと相手との銃撃戦の音が聞こえないことに気づいた。家の横手に目をやると、寝室の窓から漏れている光が見えた。

足音をしのばせて裏手の壁ぎわを進み、警察官ふたりの死体のところに達した。一方は首に両手をまわしている。まるで、まだ絞首用のワイヤーをはずそうとしているかのようだ。ふたりの目を閉じてやり、十字を切ったあと、また壁ぎわを進んで寝室の窓に達した。首《こうべ》をめぐらせて室内をのぞいた。アネットの姿は見えないが、カローラともうひとりの男――布製の帽子をかぶってピーコートを着た短身の若者――が見えた。ふたりとも、ニッケルメッキされたコルトの拳銃を手にして、閉じたドアの脇に立っている。おそらく、表の銃声を聞きつけて、どう行動するかを話し合ったのだろう。

そのとき、アネットに気づいた。連中は彼女の手首を縛ってベッドの足もとの床に横たえている。マイクは窓から離れて安堵《あんど》のため息をつき、すぐさま計画を立てはじめた。あたりを見まわして、自分たちが越してくる前から裏庭に放置されていた錆《さ》びた金属製のガーデンテーブルが目に入ると、その重さと自分の腕に残っている力とをすばやく見積もった。

三十秒後、ガーデンテーブルが寝室の窓ガラスを突き破る音が響き渡り、雨と風が吹き込んだ。ガーデンテーブルは室内を飛んでベッドに着地したあと、跳ね上がってふたたび宙を飛び、奥の壁にぶつかった。若者が拳銃をさっと裏庭へ向けて発砲しはじめた。撃ちながら窓に近づき、窓とほぼ同じ高さに達したとき、外の闇から放たれた銃弾が顔の側面をとらえた。若者はよろめき、体勢を立て直そうとしたものの、すぐに前にのめって、割れ残ったガラスの上へ倒れ、腹部を串刺しにされた。

若者が死にかけているあいだにも、カローラは窓に背を向け、手探りで寝室のドアを開けようとした。マイクルは窓に近づいた。

「動くな!」嵐の音を圧してどなった。カローラは足を止めてこちらへ向き直りながらゆっくりと両手を上げた。ふたりはガラスの割れ残っている窓越しに見合った。カローラは寝室の電灯の光を受けて青白く見える。天井からぶら下がる電球が彼の真上にあってじかに照らしているので、くぼんだ目が闇に包まれた洞窟のようで、その顔はまるで死面《デスマスク》だ。マイクルは、これまで気づかなかったものをカローラの表情に読み取った。なにかを欲する強い気持ち、渇望。そのなにかにはこれだけの死や不幸と引き換えにするほどの価値があると思っているのか、とたずねてみたかった。だがその瞬間、ある音を聞きつけて視線を落とした。

ガラス片に串刺しになった若者はまだ息があり、血の溜まった喉が音をたてているのだ。マイクルが若者に気を取られたのを見たカローラはくるりと背を向けて寝室から逃げ出そうとした。はっと目を上げた瞬間から、マイクルは時間の進みかたが遅くなった気がした。銃の狙いを定める手が震えた。どういうわけかロバートスン通りの墓地を思い出し、古い墓室、天使や聖者の石像を目の前に思い浮かべながら、深呼吸をして銃弾を放った。

57

男たちがルイスを引きずるようにして通路へと出ていったあと、モーヴァルはアイダに背を向け、奥のドアから出ていった。すぐに戻ってくるはずだとアイダは思った。助かる望みはこれしかないので、両手をよじってポケットのナイフをつかもうとした。指先が柄の端に触れるものの、親指が届かないためつかむことができない。体を傾けるとポケットの位置が少しずれ、ナイフが床にすべり落ちそうになるが、それでもまだしっかりつかむことができない。あとは、体をひねってナイフをポケットから出し、床に落ちる前につかむしかない。タイミングをあやまれば、手でつかむ前に床に落ちてしまい、拾えなくなる。またしてもリータのことを、そして外へ連れ出されたルイスのことを考えた。深呼吸をして、体をぐいとひねった。ナイフがポケットからすべり出たので手を伸ばした。

つかんだのは空気だった。ナイフが床に落ちた音がして、恐怖で吐き気に襲われた。失敗した。最後の望みが消え失せた。

アイダは泣きだした。絶望の波に体をかきむしられているようだ。だが、身もだえするうち、握っていた手の甲がなにかをかすめた。洟《はな》をすすって涙をこらえ、手を開いた。親指と人差し指でつまんだ。ナイフの柄の端だ。刃の先端が、座らされている椅子の下の床板に突き刺さっているにちがいない。体を深く沈めてナイフを引き抜いたあと、指先を柄の根もとまで這《は》わせてしっかりと握り直した。刃の向きを変えてロープに押しあて、できるかぎり早く上下に動かした。古いロープは頑丈で、完全に切断するには時間がかかりそうだ。モーヴァルがすぐには戻ってこないことを祈ったが、数秒後には足音がしてドアが開き、モーヴァルが入ってきた。片手に黒い革ケース、もう片方の手に拳銃を持っている。

彼が近づいてくるので手を止めた。ロープを切ろうとしていることに勘づかれるのが怖くて、続けることができなかった。モーヴァルはアイダと向き合う椅子に腰を下ろし、拳銃をテーブルに置いた。銃口をアイダに向けて。笑みを浮かべ、革ケースを開けた。中身はきらめく皮はぎ用ナイフのセットで、いまアイダが握っているものとほぼ同じ大きさのスペースが空いているのを別にすれば、すべてそろっている。

「わたしの身にもしものことがあれば、わたしの知ってることはすべて警察に届きます」自分でも愚かしく思いながら小声で告げた。

モーヴァルは下唇を突き出してしばし考えをめぐらせた。テーブルのウィスキーグラスを取ってひと口飲んだ。

「だが、きみが知っていることというのがなにかを知らないかぎり、その言葉は脅しにはならんな」アイダは彼を見つめて、先ほどと同じ印象を得た。わたしがなにを知っていようとこの男は気にしていないし、質問とそれに答える時間はたんなるお遊び、この男が与えようと考えている恐怖の前置きにすぎない。この男にたっぷり話をさせれば、このお遊びをこっちの有利になるように利用して、わたしを解放させることができるかもしれない。

「あなたが市長の代わりにアックスマン事件のお膳立てをしたことを知ってます。市長はカルロ・マトランガを排除したかったんです。証拠は弁護士に預けています。わたしの身にもしものことがあれば、それが警察に提出されます」

モーヴァルはしばし考えていた。小さな茶色の目はきらめき、揺るぎもしない。やがて首を振り、葉巻を一服した。

「そんな言い分は信用しない」と言った。テーブルに身をのりだし、ケースのナイフを一本取った。「証拠を持ってるなら、証拠を手に入れるために私の家のひとつを嗅《か》ぎまわるはずがない。そうだろう？　きみにあるのは仮説だけだと思うね」

「本当のことです」アイダは言った。「弁護士事務所で陳述書をまとめて、預けています。わたしの身に悪いことが起きたら、弁護士がそれを警察と新聞社に送ります」

モーヴァルはその言葉を無視して、たったいま気づいたというように手中のナイフを見つめた。アイダは彼の視線の先を見た。鋸歯《きょし》状の刃がきらめき、光沢仕上げを施された柄が光の屈折により虹色の反射を見せている。ナイフを眺めながらモーヴァルが笑みを浮かべた。生まれたばかりの赤ん坊を抱いてでもいるようなやさしい笑みだ。

「どこからそんな仮説が浮かんだ？」彼がいきなりたずねた。目を上げてアイダを見つめ、もはや唇にも笑みはなく、淡々とした口調で。「その小さな頭にそんな仮説を吹き込んだのはだれだ？　外にいる男友だちか？」

「自分で考えました」

「ほう、頭のいい女じゃないか」モーヴァルがほぼ笑んだ。「頭のいい女は好きだ。この種の商売をしてると、頭のいい女になんぞめったにお目にかかれない。仮にきみが真実を話していて、それをその小さな頭のなかで考えついたのであれば、私にはきみを生かしておく理由はない。そうだろう？」

彼はにんまりしてナイフを宙に放り上げ、柄をつかんだ。すぐに立ち上がり、氷のように冷たい目でアイダを見つめた。葉巻を一服し、震えているアイダに近づいた。アイダは彼がそばへ来るのを待ち、両脚にありったけの力をこめて彼の足首を蹴りつけた。彼が倒れ、もう少し時間を稼げることを願って。だが、思ったほどの力が出なかったか、思った以上にモーヴァルが頑丈だったせいで、彼の両足はしっかりと床についたままだった。アイダを見すえて、初めて感情らしきものを見せた。かすかな怒りの表情を。目を細め、ナイフを手にアイダに襲いかかった。

アイダは振り下ろされるナイフをすばやく認め、体を横に動かした。ナイフは狙いをはずしたものの、完全にかわせるほどアイダの動きも俊敏ではなかった。腰の真上に刺さり、激烈なまぎれもない痛みが体を貫いた。時間が止まったような気がして、全身を駆けめぐる苦痛しか感じなかった。あえぐと体から空気が抜け、心臓がふだんの二倍の速さで打ちはじめた。

モーヴァルが首をつかみ、アイダの顔を引き上げるようにして自分の顔に近づけた。いかめしい目でにらみつけている。温かい息はウィスキーのにおいがし、指は万力のように喉を締めつけている。それで張力が働いたのかアイダの手首のロープが――ナイフで切った箇所はすでにほつれていた――さらにほつれたので、このまま両手が自由になることを祈った。

モーヴァルがナイフをアイダの膝の内側に当てて切っ先を押し込んだ。そのまま刃をゆっくりと上へ引いていく。顔は突き合わせたままで。アイダが息を深く吸い込んで両手をぐいとうしろへ引くと、手首のロープがぴんと張った。もう一度、両手をうしろへ引く。

ロープが切れた。

腕を前へ振り出し、ありったけの力をこめて、握っていたナイフをモーヴァルの胸に突き刺した。モーヴァルが苦しい息を吐き、目が丸くなり、よろめいて後退した。反射的に、持っているナイフで反撃し、アイダの頬をとらえた。

だがそれは死の反撃、反射的な攻撃にすぎなかった。またよろめいて後退し、床に崩れ落ちたあと、仰向《あおむ》けになってむせた。傷口から血があふれ出している。アイダは、殺してしまったのではないかというショックと、生き延びるかもしれないという不安とで息苦しさを覚えつつ、モーヴァルを見下ろした。だが、彼の呼吸が徐々に浅くなって胸の動きが止まり、室内が静まり返った。嵐の音がかすかに聞こえる以外、なんの音もしない。

ショックで凍りついたようになって、彼の死体を、そのまわりに広がる血だまりを見つめるが、どれぐらいの時間が過ぎたのか、アイダにはよくわからなかった。心はどこか遠いところにあった。いまこの場所から遠く離れたどこかに。物音がしたので目を上げると、通路にルイスが立っていた。胸が詰まってわっと泣きだしたとたん、ルイスが駆け寄って抱きしめてくれた。

「もう大丈夫だ」ルイスが言った。「もう終わったんだ」

アイダは答えなかった。ここで起きたことに茫然《ぼうぜん》とし、頰や腰の上部、太ももの内側の痛みで頭が混乱していた。ルイスは彼女を眺めまわし、モーヴァルが刺した腰の上部に目を留めた。ルイスの顔に驚愕と心配の色が浮かんだのを見て、アイダが彼の視線の先を見やると、傷口からよどみなく流れ出た血がドレスの裾《すそ》まで垂れて、そこから床にしたたっていた。

「ここから出ないと」ルイスが言った。膝をついてモーヴァルの胸からナイフを引き抜き、モーヴァルのシャツで指紋を拭き取ってから、死体の横の床に置いた。

「行こう」ルイスが言い、アイダは不意に情けない思いが込み上げた。

「歩けない」と告げて、うろたえ、不安になってルイスを見た。ルイスが背中に腕をまわして彼女の体重の半分ほどを引き受けて、ふたりは足を引きずりながら倉庫から中庭へ出た。ルイスは、この嵐のさなかにどうすればアイダを病院まで連れていけるだろうかと考えていた。

58

ルカはボーデを追って北へ向かい、通りに流れ込む大量の水に逆らいつつどうにか進んでフォーバーグ・マリニー地区へと入った。嵐が街を解体している。嵐が家々の塀や囲いの柵や屋根を引きはがし、木々を引き抜いていた。それらよりは小さいがらくたが水の流れに押されて脚にぶつかり、ルカは数秒ごとによろめいて膝をついた。拳銃を濡らしてはならないので、完全に水中に沈まないように努めた。

ボーデは広い通りへ折れて坂のてっぺんをめざしたが、車道の真ん中で不意に足を止めた。水位が低く、鉄道線路と交差している箇所で。なにを待っているのだろうと思ったが、すぐにわかった。大きな音が聞こえたかと思うと、揺らめく光が闇を照らし、水面に反射した。あっという間に列車が目の前に現われ、轟音とともに通過していく。スモーキー・メアリー――ニューオーリンズ市中心部からエリジャン・フィールズ大通りを走ってミルンバーグ地区の歓楽街へと向かう蒸気機関車だ。ボーデはそれに乗って帰るつもりらしい。

彼が列車に飛びつき、濡れた金属で足をすべらせたものの、なんとか踏んばって二台の客車のあいだに体を引き上げるのが見えた。ルカが線路に達したときには、最後の客車が通過するところだった。拳銃をポケットに収めて飛びつき、車体の側面に激しくぶつかった。なにかをつかむと、振り子のように体が外へ振り出されたあと、高速で動いている金属の壁にふたたび衝突した。手がすべって体が少しずり下がり、大きな音をたてて回転している重さ百トンもの車輪に近づいた。足がかりを得ようと両脚を左右に振ると、数秒後には車輪のほんの十センチほど上に突き出した板状のものに足が乗った。

深呼吸をして周囲を見まわし、客車の最後尾まで窓ふたつ分しか離れていないことがわかった。体を引き上げながら手も上げていくと、客車の角に取りつけられている金属棒に手が届いた。それをしっかりつかんで体を振り、最後尾のデッキに着地した。しばしその場で息を整えた。鼓動が速まっているのに気づき、心臓に負担がかかりすぎているのがわかった。ポケットに拳銃があることを確かめ、さらに何度か深呼吸をしたあと、扉の掛け金をはずして車内に入った。

乗客はなく、明かりのスイッチが切られているので、この列車は洪水を避けるべく市外へ向かっているのだろう。街灯の光が弧を描いて車内を移動すると、闇が亡霊のように飛びまわる。ルカは列車の揺れにそなえて座席のヘッドレストにつかまりながら、前方へ向かってゆっくりと通路を進んだ。この車輛のいちばん前に着くと、ドアを開けて前方の車輛に入った。こっちの車輛もやはり空《から》で、いちばん前に達したとき、エリジャン・フィールズ大通りの最後の街灯が後方へ飛び去り、列車はさらに深い闇のなかへ突き進んだ。

次の車輛へ移動しながら、通りで見たときに通過した客車の台数を思い出そうとした。五台？　六台？　ゆっくりと順番に一台ずつ確かめながら進み、最後の車輛でようやく見つけた。最前列に、漆黒の闇のなかでほとんど見分けのつかない人影があった。

「ボーデ！」ルカはどなった。

ボーデが振り向いてルカを見つめた。闇のなかできらめく目。線路に響く列車の轟音。ボーデはしばしルカを観察していたが、そのうち目を窓外へ向け、その先の沼地を見すえた。ルカは躊躇《ちゅうちょ》したのち、震える手で銃を握って、ゆっくりと通路を進んだ。

車輛のなかほどに達すると、ボーデが前方のドアを開け、そのままなめらかな動きで闇のなかへと飛んだ。

強い風を受けたコートが巨大な一対の翼のように広がった。嵐の音が車内に入り込み、ルカが放った銃弾は開かれたドアの脇の壁板にめり込んだ。鼓動が速まるなか、ルカは間近のドアを開け、ボーデにならって車外のなにもない空間へと飛んだ。

凍てつくような風が濡れた服を通して皮膚を刺したかと思うや、水中に飛び込んでいた。たちまち、すべてが静まり返って静寂と平安が訪れた。嵐も雨もなく、美しい静謐《せいひつ》に包まれた。

体が浮き上がるのを感じた次の瞬間、水面を割り、音のとどろく世界が戻ってきた。周囲を見まわすと、遠くへ走り去る蒸気機関車が見えた。車輛後尾の光も遠ざかった。夜空に月はなく、ただ嵐が頭上を通過していた。飛び込んだ先はおそろしい漆黒の闇だった。徐々に目が慣れると、自分のいる場所が見えはじめた——暗い水中だ。少し離れたところに木の幹が見える。そこまで泳ぎ、その幹に寄りかかって体を水中から引き上げて、しばらく呼吸を整えた。

とっさに列車から飛び降りた自分をののしった。嵐の真ったただ中、こんな暗い沼地でなにができると思った？　絶望と不安が心に忍び入り、バイユーで男に襲われたときに感じたのと同じ不可解な感情を覚えた。無の境地に赴こうとする説明のつかない衝動を。闇を通して押し寄せる洪水の音、風のうなり、無数の雨粒の打ちつける音に耳を傾けた。この世の果てのようなバイユーの水だらけの世界にひとりきりだ。

いつまでこうして木の幹にもたれて雨風に打たれているのだろう。時間が経ち、首《こうべ》をめぐらせると、遠くに揺らめく黄色い小さな点が見えた。光のなかにランプが浮かんで見えた。ルカは体を押し出すようにして木の幹から離れ、光に向かって進んだ。転んで水につかり、木の根に足をとられて進むうち、切り傷やあざが増えた。光が徐々に大きくなり、いくつかに区切られた光が行く手を照らしはじめると、それが、ある小屋の窓から漏れているオイルランプの光だということがわかった。

あと一メートルたらずというところで足を止めてひと息ついた。小屋は深い藪《やぶ》の真ん中に隠れるように立っている。木の枝や葦《あし》で作られた小屋の支柱は、押し寄せる洪水の水面から一メートルほど顔を出しているだけだ。軒下には動物の頭蓋骨《ずがいこつ》が飾られ、ランプの明かりを受けて鈍い光を放っている。小屋の周囲の木々には、皮をはがれて朽ちかけた動物の体が糸で吊され、嵐のなかで激しく揺れて木の幹や枝にぶつかっている。この雨風にもかかわらず、腐敗し崩れかけた死骸《しがい》のにおいを感じる気がした。と、小屋の周囲の木々の幹に縛りつけられた人形が目に入った。三十センチほどの高さの奇妙なそれは、葦で作られ、人間に見えるようにぼろ布をまとい、顔には吊り上がった目と悲鳴をあげている口が描かれていた。

ルカは、まだ発射できることを祈りながらポケットから拳銃を取り出した。銃を構えて数歩前へ出た瞬間、ボーデの姿が見えた。彼はずっとそこにいた。ランプの光が落とす影にうずくまっていたのだ。足を止めたルカを、ボーデは唇に笑みをたたえて見つめた。立ち上がって近づいてくる。手には、太く重そうな枝、両端を切り落として棍棒《こんぼう》にした枝を持っている。拳銃が使いものにならなければ死ぬことになる。

ボーデが一メートルほど手前で立ち止まり、枝を握る手に力をこめた。雨に打たれて気力を奪われたふたりは雨のなかでにらみ合った。ルカは、目の前に立っている男を、シモーンの小屋で見た写真の男と比べてみた。この男はいまも背筋がぴんと伸び、肩が広く、体格がよくて堂々としている。だがいまは、顔じゅうに傷痕や皺《しわ》があり、髪も半分ほどが白い。最大のちがいは顔つき——こわばった顎、細めた目だ。明確な意思をたたえた表情は、決意が強すぎて人間味を欠いている。この男は周到であると同時に常軌を逸した行動をとることができる人間だ、とルカは思った。戦争の英雄にして殺人鬼。沈着冷静に警察の目をあやまった方向へ導き、両親の復讐を果たすべくみずから悪魔となった男。

気づいたときには、ボーデがさらに近づいて棍棒を振り下ろしていた。棍棒が頬に命中し、ルカの体が回転した。どさりと地面に倒れ、拳銃が手から飛び出して闇のなかに消えた。視界がぼやけ、足もとの大地がなくなり、目に血が流れ込んだとき、のしかかる長身の人影がなにかを振り下ろすのが見えた。そのままバイユーの柔らかく冷たい泥のなかへと沈み、降り注ぐ雨のなか、嵐の奏でる音楽も聞こえなくなった。

第六部

《タイムズ・ピカユーン》

一九一九年五月二十一日　水曜日

地元ニュース

かたづけの進むなか、市長は変化を約束

昨日、マーティン・ベールマン市長は市役所で記者会見を開き、先週の水曜日にこの街を襲った嵐がもたらした被害のあとかたづけに対する市の取り組みについて報告した。

そのなかで市長は、大半の地区で送電線と電話線は復旧したものの、破壊された市の排水ポンプシステムおよび堤防の修理はまだ着手したばかりだ、と述べた。また、今回の嵐により三百隻以上もの石炭艀《はしけ》が水没したのを受けて、住民が必要としている燃料を輸送するために郡外の石炭艀を借り受ける計画の概要についても語った。

再建計画の大綱には、家を失った多くの市民が新たな住宅を手に入れる際の資金援助を連邦政府に要請することも含まれる。堤防再建については、一九一七年洪水防御法を適用した資金援助を連邦議会に諮《はか》るという。また、鉄道線路の復旧、および市内の倒壊した重要建造物、とりわけラファイエット通りの長老派教会とエスプラネード大通りの聖アンナ聖公会教会を再建するための費用に充てるべく地方債を複数回発行することを協議するとも述べた。

市長はこの報告の最後を、ニューオーリンズ市は二度とこのような大災害に見舞われることはないと市民に約束して締めくくった。

市長の報告に続いて、ニューオーリンズ市上下水道委員会のジョージ・アール委員長が今回の洪水の考えうる原因について説明した。市内上下水道の被害について確認を行なった水道委員たちによると、今回の嵐によりポンチャートレイン湖の湖水があふれて市の排水路に逆流し、それと局部的な停電が重なった結果、市中心部の排水ポンプシステムが機能しなくなったと考えられるという。ただし、これはあくまでも仮説であり、委員会の正式な報告書の公表を待ってほしいとアール委員長は急ぎ申し添えた。

市長は、この試練のときに市民が見せた不屈の精神をたたえてこの記者会見を終えた。

陳述書

陳述：ミス・アイダ・デイヴィス
日付：一九一九年五月十四日　水曜日
場所：ニューオーリンズ市ラファイエット通りD・F・ウェブ弁護士事務所

以下の陳述はわたし自身の手によって書かれたものであり、書面作成の協力者ドナルド・ウェブ弁護士に預けるものである。万一わたしが死亡した場合、この陳述書およびその複製をニューオーリンズ市警と地元新聞社各社に送付し適切な行動をとってもらうべく、ウェブ弁護士に指示した。

わたしの推測は以下のとおりである――

1　ここ数カ月ニューオーリンズ市内で起きている〝アックスマン〟による連続殺人事件はジョン・モーヴァルが画策したものであり、ジョン・モーヴァル自身もマーティン・ベールマン市長の指示を受けて動いていた。

2　これら殺人事件の目的は、犯罪組織マトランガ・ファミリーの長カルロ・マトランガを揺さぶり、サム・〝シルヴェストロ〟・カローラがあとを引き継ぐことである。

3　この計画の種は、ストーリーヴィル歓楽街の閉鎖命令に至る以前および以後に、カルロ・マトランガとマーティン・ベールマン市長によってまかれたものである。

4　ジョン・モーヴァルはロバートスン通り一五〇三におけるカルメリタ・スミス殺害にも個人的に関与している。

誤解を避けるために――

わたしアイダ・デイヴィスはピンカートン探偵社に勤務し、この数週間、アックスマン事件について調査を行なっていた。現在のところ状況証拠しかないが、ある関係者から話を聞いたあと、前記内容が事実であることを確信するものである。ストーリーヴィルが閉鎖される以前、マトランガ・ファミリーが市長のあと押しを受けて当該地区の大半を管理していたことは周知の事実である。ストーリーヴィルが非合法化されたのちもマトランガ・ファミリーは同地区にて商売を続け、それにより市長は戦争委員会から圧力を受けていた。マトランガ・ファミリーに同地区での商売をやめさせることは不可能であるが、それができなければ連邦政府から非難を受けるため、ベールマン市長はジョン・モーヴァルを利用してカルロ・マトランガを排除し、そのナンバーツーであるサム・カローラをファミリーのボスに据えようとした。カローラはストーリーヴィルにおけるファミリーの商売をたたむ見返りとして、市長のあと押しを受けてファミリーのボスにしてもらうことを了承した。

ジョン・モーヴァルは元兵士を雇って、マトランガ・ファミリーに保護料を支払っている人たちを殺害させ、それによってカルロ・マトランガが引退を余儀なくされるような状況を作り出した。市北部の田舎に住む殺人者とは、モーヴァルが沼地で生活している罠猟師たちから毛皮を買いつけていたころに知り合った。その男が軍務に就いているあいだに接点がとだえていたため、捜し出すためにはサミュエル・クライン・ジュニア元准将——過去の軽率な行為に対してモーヴァルが脅迫していた相手——の運営する軍人会の協力を得る必要があった。そこで、わたしと同じくピンカートン探偵社に勤務するジョン・ルフェーヴルをあいだに立て、この計画に荷担するようにクライン元准将に強要した。

モーヴァルは、一枚嚙《か》む見返りとして、ストーリーヴィルが最終的に閉鎖される際、市内の別の地区に売春宿を移転することに対して市長の保護を約束されていた。その目的で、モーヴァルは市内各所で土地を購入しはじめている。

以上のことに関して直接的な証拠が必要であれば、サミュエル・クライン・ジュニアが真実の一部を証言できる。先だって当人と話をしたので、この陳述の正確さに関して彼が進んで証言してくれるものと確信している。加えて、ジョン・モーヴァルが雇っているダニエル・ジョンスンなる男を探し出してもらいたい。彼は被害者たちとマトランガ・ファミリーとのつながりを示す証拠品を犯行現場から消し去る任務を負っていた。最後に、カルメリタ・スミスが殺害された夜にジョン・モーヴァルがどこにいたかについても調査してもらいたい。

一九一九年五月十四日 水曜日

アイダ・デイヴィス

ミセス・ジョージ・キャンベル
ミズーリ州
セントルイス郡
ケンウッド・スプリングス
サロメ大通り三五二〇

ケリー・ベハン巡査
ニューオーリンズ市
チューレーン大通りとサラトガ通り
第一分署

一九一九年五月八日

ケリーへ

元気で過ごしていることと思います。言うまでもなく、あなたからの手紙は大きな驚きと喜びをもたらしてくれました。あなたがこんなに近くにいること、手を尽くしてわたしを捜し出してくれたことを知り、これにまさる喜びはありません。わが家はいつでも大歓迎です。どうか、できるだけ早く来てください——すぐにあなたの部屋を用意します。

あなたが警察に職を得たことも、警察で手に入る情報を使ってわたしたちの引っ越し先の住所をつきとめてくれたことも、うれしく思っています。ミズーリ州へ移ってもう二年になるけれど、ニューオーリンズよりもはるかに住みよいです。だけど、わたしたちの引っ越し先を見つけるのにどうしてそんなに苦労したのかしら——万が一のために、前の家に転送先の住所をことづけておいたのに。あなたがこちらへ来るまでに、あの家の所有者が何人か変わったのかもしれませんね。

家族といっしょに撮った写真と、家の写真を同封します。セントルイスからケンウッド・スプリングスへ来るには、どの列車に乗ってもいいのでウェルストンあるいはサバーバン庭園で降りて、〝ファーガスン〟行きの列車に乗り換えてください。サバーバン庭園から三分でわが家に着きます。

来る前に連絡くださいね。週末はいつでも大丈夫です。

永遠にあなたを愛する母

ミセス・ジョージ・キャンベル

59

マイクルはその手紙をケリーの身のまわり品のなかに見つけた。ケリーの死後、夜勤担当の警部が地下室のロッカーから取り出して渡してくれた緑色のキャンバス袋に、彼が生きていた名残の品々のひとつとして入っていた。マイクルは一読したあと、その手紙を置いて、こめかみを揉《も》んだ。ケリーの日記の記述と考え合わせれば、事情は察しがついた。彼の母親はある種の醜聞から家族を守るためにケリーを児童養護施設に預けた。数年後、母親はアメリカに渡る。そして、ケリーの十八歳の誕生日に手紙を送り、こっちで暮らしたければ新しい家へ歓迎すると伝える。ケリーは母親の引っ越し先をつきとめようとして、空いた時間は記録保管室にこもっていたのだ。

マイクルは指先でデスクを打ちながら、ケリーはなぜ事情を打ち明けてくれなかったのだろうかと考えた。できるかぎり父親のように接していたのに、ケリーが嘘をついていたことがわかって友情の記憶に影が差した。もっとも、自分自身の家族の状況に関してケリーに正直に話さなかったことを思い返し、無理からぬ理由があって話せなかったのはおたがいさまだと思い直した。シカゴへ向かう途中、セントルイスで列車を乗り換えなければならない。乗り継ぎ時間が二時間ある。それだけあれば、ケリーの身のまわり品をこの手で届けることができるだろうか。なにがあったかを話したときに母親がどれほど悲嘆に暮れるかと考え、首を振った。手紙をケリーの身のまわり品といっしょにキャンバス袋にしまい、キャンバス袋をデスクの段ボール箱に収めると、箱を紐《ひも》で縛った。

マイクルは自宅が襲撃された翌日に辞表を提出し、

離職までの期間は、報告書をまとめたり証拠品を照合したりというデスク仕事をこなした。ヘイトナーの葬儀に参列して弔辞を求められたので、職務を超えて命を救ってくれたと称えておいた。ルカが参列しなかったのは意外だった。尾行につけていた刑事たちが嵐の前夜に彼を見失ったというので、その機をとらえてこの街を出たのだろうと思った。

あっけなく日々が過ぎたが、そのあいだはケリーの身のまわり品をあらためる勇気が出なかった。今日、デスクのかたづけをしなければならない離職当日になってようやく、無理やり目を通したのだ。

マイクルの退職は刑事局内でマクファースンから発表された。刑事たちが集まって見計らったように形式的な拍手をし、マイクルは餞別《せんべつ》として旅行用の時計をもらった。マイクルが笑みを浮かべ、マクファースンが父親のように助言を与え、刑事たちが送別のケーキを腹に詰め込みながら少しばかりマイクルをからかった。数カ月後には法廷審問のためにニューオーリンズに戻るが、それははるかに先のことだし、そのころにはもうニューオーリンズ市民ではなく、この街を訪れた人間のひとりにすぎなくなっていることだろう。

嵐のあとの数日間、マイクルとグレグスンとジョーンズの三人はことの顚末《てんまつ》を報告書にまとめ、これ以上ないほど見えすいた言葉を並べて説明した。カローラがアックスマン事件の黒幕だったこと、カローラが嵐の夜にマイクルを待ち伏せて襲ったこと、その後の銃撃戦でマイクルがカローラを射殺したこと、その銃撃戦でジェイク・ヘイトナー刑事が命を落とし、その夜亡くなった五人目の警察官となったことを。地区検事は彼らの報告書を読み、彼らの説明に熱心に耳を傾けたあと、理由はわからないが市長は今回のできごとすべてにただちに終止符を打ちたがっているのだとほのめかして、カローラがアックスマン事件に関与していたという説明をすべて無視した。カローラがアックスマン事件の糸を引いていたのであれば、本人が死んだいま、そのことを公表してマフィア戦争を引き起こしても意味はない、とマクファースン警部がマイクルに説明した。そのとおりだとは思うが、マイクルとて、この街のしくみも、この街がどれほど腐敗しているかも承知している。時間ができると、その腐敗はどれだけ上層部に及んでいるのだろうかと考えた。マクファースンも、市行政当局の大物どもも、みずから認めている以上に事情を知っているのは明らかだが、マイクルは自分の勘にしたがって探ることはしなかった。まもなくこの街を離れるのだから、この街の支配者層の陰謀など、これまで以上にどうでもよく思えた。

あのハリケーン以後、だれもアックスマンを目撃したり噂を聞いたりしなくなった。あの嵐による犠牲者の数をかぞえたり、復興に向けて努力したりと、市民は目の前のことに追われている。カローラが死に、市上層部が事件に幕を引きたがっているということは、アックスマンは二度と現われないということだろう。アックスマンは消え失せた。その他のがらくたともども、あの洪水によってニューオーリンズから押し流されたのだ。

退職の発表が終わると、マイクルは別れの挨拶《あいさつ》をし、私物を収めた段ボール箱を持って分署を出た。イリノイ・セントラル鉄道の発車時刻が迫っている。シカゴでなにをするつもりなのかは自分でもよくわからない――これまでカンザスシティより北へ行ったことがない――が、だれも彼の名前を知らない土地で暮らすのだと考えるとうれしくなる。運が良ければ、ピンカートン探偵社でなんらかの管理職の仕事に就けるかもしれない。仕事のことはさほど心配していない。家族がいて、シカゴでならニューオーリンズよりも安全に暮らせるにちがいないのだから。

口もとに笑みを浮かべて分署の正面出入口前の階段を駆け下りた。夏季が近づき、穏やかな空から太陽が通りに照りつけている。振り向いて、最後にもう一度、背後にそびえ立つ第一分署の建物を見上げた。日差しを受けて石造りの壁が光っている。のっぺりした正面の壁、幾列にも並んだ明かりのついていない窓を眺めた。警察を離れることにまったく悲しみはない。なにか感じているとすれば、重しがはずれるような気持ちだろうか。ひとり笑みを浮かべたが、ケリーが息を引き取った場所を通りかかると、不意に自分の幸福に気がとがめた。どういうわけか、新たな旅立ちを楽しみにするのはケリーを見捨てることのような気がした。銃弾を浴びて欠けた階段を見つめるうち、喪失感が胸に込み上げた。段ボール箱を持ちかえ、十字を切った。ケリーがどこかで見ていて、気持ちをわかってくれることを願った。

少し時間を置いてから通りに足を踏み出した瞬間、反対方向へ急いでいるぽっちゃりした黒人の若者にぶつかった。マイクルが持っていた段ボール箱も、若者が持っていたプレゼント包装をした本も、地面に落ちた。

「申しわけありません」

「気にするな。こっちが悪いんだ」マイクルが前を見ていなかったのだ。「ちょっと考えごとをしていたものでね」ぼそりと言った。

ふたりは笑みを交わし、それぞれかがんで自分の持ちものを拾った。まだ膝をついているあいだに、マイクルはアネットと子どもたちが通りの反対側からやって来るのを目に留めた。よそ行きの服を着て旅行鞄《かばん》を持っている。アネットがほほ笑みかけ、マイクルは立ち上がった。黒人の若者がマイクルからアネットに視線を移し、またマイクルを見たので、なにを考えているのか想像がついた。すぐに若者は笑みを浮かべ、帽子を傾けて挨拶《あいさつ》すると、通りの雑踏にまぎれた。

60

病棟に響く足音を聞きつけて目を上げたアイダは、ベッドを囲む青いカーテンが引き開けられ、看護師に案内されたルイスが入ってくるのを見た。

「調子はどうだい？」笑顔でたずねるので、アイダは顔をしかめた。読んでいた《タイムズ・ピカユーン》紙を持ち上げてルイスに見せた。連邦政府から復興資金を獲得しようという市長の試みが一面の大見出しだ。

ルイスはおずおずとうなずいてベッド脇の椅子に腰を下ろした。その表情を見て、彼はまだこの話をしたくないのだとアイダは察した。アイダが快方に向かうあいだ、ふたりは起きたことについて、このあと取りうる行動について、話し合った。ルイスはこのまま放っておきたがったが、アイダは最後までやり遂げたかった。考えうる角度からあれこれ検討し、チェスでも指すように選択肢を並べ替えて、市長に法の裁きを受けさせる結末に至る筋書きを見出そうとした。だが結局、どの選択肢も手づまりだとわかり、ルイスの意見に賛成するようになった。沼地まで殺人者を探しに行こうにも人手がなく、ふたりにできることはなにもない。モーヴァルが死に、彼を一連の殺人に結びつける具体的な証拠がなにもない以上、市長の罪を立証することはほぼ不可能だ。そう考えるとアイダは無力感を覚え、今回の調査のすべてがむなしく感じられた。達成感などまるでなく、世を正してもいない。自分がやったのは、この街では権力が厳重に守られていること、権力者たちの力が強大だということの証明にほかならない、という気持ちにさせられた。

気がつくと、ルイスが彼女の頬を包む包帯を見つめている。

「うんときれいになった」彼が言った。

アイダは彼に口をゆがめてみせた。まだあざが残り、腫《は》れているのは自分でもわかっている。それに、睡眠不足とモルヒネの投与により顔色も悪く、目も落ちくぼんで、見場がますます悪くなっていることも。毎晩、あの嵐の夜を、モーヴァルの工場を夢で見る。頭のなかであの夜のできごとを繰り返し味わっている。手のなかのナイフの重み、あの男を刺すときの手ごたえ、あの男の体に刃がすんなり入っていく感触、あの男の目に浮かんだ表情。静寂に支配された時間や、意識を現在にとどめておくものがないとき、あの夜の記憶が脳裏に浮上して思考に立ち入り、鼓動を速める。さらに悪いことに、そうやって思い出すできごとは実際に起きたこととは異なっている。アイダはナイフを拾うことができず、手首を縛られたロープを切ることができずに、モーヴァルは好きなだけ彼女を切りつけつづけるのだ。そこで悲鳴をあげて目が覚め、それきり眠れなくなる。ふたたび眠りにつけるようにと看護師がまたモルヒネを投与する。

「モーヴァルのことはなにか書いてあるか？」ルイスが新聞を顎で指してたずねた。アイダは首を振った。毎日、新聞に目を通しているが、モーヴァルのことはなにも出ない。モーヴァルの工場を含め、あの嵐で波止場の建物の多くが倒壊したので、おそらく彼は行方不明者のひとりとされているのだろう。いずれ当局が工場の瓦礫《がれき》をかたづけ、モーヴァルの死体を発見するだろうが、それはまだ先の話だ。

ふたりはしばらく無言で座っていた。そのうちアイダが眉間に皺《しわ》を刻んでルイスを見た。「すべて無駄だった」と言い、市長に関する記事を身ぶりで指した。

「それはどうかな」ルイスが言った。「モーヴァルを止めた。それだけでも世の中はよくなったはずだよ」

アイダは肩をすくめた。ルイスは前にもそう言ったし、そのとおりだろうとは思う。それでも、アイダの気分は少しも晴れない。

「偶然が運んでくる奇妙で一風変わった事件は」ルイスがにんまりとした顔で引用した。「解決すること自体が報酬だ」

アイダは顔を輝かせ、にんまりとほほ笑み返した。

「うん。ホームズ・シリーズを読んだのね」

「うん。クラレンスに聞かせてやる話を作りつづけることなんてできないと思って、本屋に行ったんだ」

アイダはうなずいた。「みごとな引用だけど、あれが〝一風変わった事件〟だったとは断言できない」

「うん、おれもだ」ルイスは首を振りながら言った。

「本屋で、きみにプレゼントを買おうと思ったんだ」

プレゼント包装をした本をポケットから出して差し出した。

アイダはにこやかな笑みを浮かべて包みを受け取り、包装を解いてハードカバーの本を取り出した――『シャーロック・ホームズ最後の挨拶』。

「最新刊だよ」ルイスが言った。「先月出たばかりだ」

「ありがとう、ルイス」アイダは笑顔で言った。体の向きを変えてベッドから身をのりだし、彼を抱きしめたあと、本を膝に置いた。

「それで、ほかにはどんなことが起きてるの？」とたずねると、ルイスは一瞬の間を置いて、はにかんだ顔を見せた。

「マラブルの誘いを受けることにした」

「よかった」アイダは誇らしげだった。「あなたは正しい決断をすると思ってた」

ルイスは肩をすくめた。

「本当言うと、ちょっと怖いんだ。一度もニューオーリンズを出たことがないし、留守のあいだクラレンスのそばにいてやれない」

アイダは彼を横目で見た。「あなたはお金を稼ぐのよ、ルイス。医者に払うお金を」

ルイスがまたしても肩をすくめた。「きみはどうするんだい?」とたずねるので、アイダはしばし考えた。あの嵐の日以来、その質問を自分に向けつづけている。おそろしい夢と記憶のさなかにも、アイダは別のなにかを感じていた――新たな夜明けが訪れる可能性を。

「まだわからない」と答えた。「転勤を願い出ようかって考えてたの。北部の大きな支社へ。ルフェーヴルがモーヴァルからお金を受け取っていたことをつかんでるから、紹介状を書いてもらえると思う」

ルイスがにっと笑った。「その顔。すっかり探偵っぽいよ」

アイダが照れくさそうな笑みを浮かべたあと、ふたりはしばらく黙り込んだ。アイダは膝の上の本を見下ろし、表紙に型押しされた文字を親指でなぞった。

「ねえ、覚えてる?」顔を上げてたずねた。「ずいぶん前に〝いかなるできごとの組み合わせも、人知で説明できないものはない〟ってせりふを引用したでしょう?」

ルイスは怪《け》訝《げん》な顔をした。「覚えてる気がする」漠然と答えた。

「どんなに難解な問題でもかならず解決方法がある、という意味だと思ってたの。だけど、いまはそうだと言い切れない。だって、一応はすべてが収まるところに収まったって感じ。そうでしょう? でも、なにか別のことが起きてたんじゃないかって気がするの」

「たとえばどんなことが?」ルイスがたずねたが、アイダは首を振るだけだった。それがなにか確信はないが、自分たちの行為は真実を明らかにするものではなかったという漠然とした考えが脳裏を去らない。自分たちがやっていたのは別のなにか、真実を見つけ出すための調査ではなく、なんらかの解決を生み出す作業だったのではないか、という考えが。

「わからない」ようやく、自分に言い聞かせるかのように答えた。「わたしたちは真相をつきとめてないのかもしれない、真相のほうがわたしたちを見つけたのかもしれないって考えてたの」

ルイスがよく理解できずに怪訝顔を向けると、アイダは肩をすくめてその話を終わりにした。

「今日はこのあと、なにも用事がないんだ」そのうちにルイスが言った。「ここにいてもかまわないよ」

「ありがとう、ルイス。でも、ここではなんにもやることがないの。退屈するわよ」

「じゃあ、きみはなにをするつもり?」ルイスが笑顔でたずねた。

アイダは膝の上の本を顎先で指した。「読書かしら」

「じゃあ、声に出して読んで」ルイスはまだ笑みを浮かべたまま言った。

ポケットから煙草《たばこ》のパックを取り出して一本くわえ、アイダにも勧めた。彼女も一本取り、それぞれ火をつけたあと、ルイスは椅子の背にもたれかかった。アイダはにこやかな顔で本を手に取り、ページを繰って最初の短篇『ウィスタリア荘』の冒頭を開いた。

読みはじめる前に煙草を一服し、淡青色のカーテンの前で無限の曲線を描く紫煙を見つめた。ふたりの上方、高い位置にある窓から穏やかな川音が聞こえてくる。ミシシッピ川はまもなくルイスを北へと運ぶ。そしてアイダも、その川音に誘《いざな》われ、ルイスのあとを追うように北部へ向かうだろう。絶えることのない川の流れは、目の前の本のページに記された言葉の流れと同じく揺るぎなく、心を自由にしてくれる。

殺人事件報告書
警察
ニューオーリンズ市警察第一分署
一九一九年五月二十三日　金曜日
被害者氏名　ジョン・ライリー
同　住所　ロワーライン通り五五二
同　職業　新聞記者
被疑者氏名　不詳
同　住所　不詳
同　職業　不詳
殺害場所　不詳
犯行日時　五月十二日　月曜日から五月十六日金曜日のあいだ（監察医助手による当初の見立て、詳細は以下に）
届出人　マーク・ブレナン
チャパトゥーラス通り七五〇
届出受付者　デイヴィッド・ホール巡査長
届出時刻　五月二十三日　金曜日　午前八時
逮捕の有無と
逮捕行使者　いまだ逮捕に至らず
逮捕場所　なし
逃亡の有無と
逃亡方法　なし
証言者　マーク・ブレナン
チャパトゥーラス通り七五〇

詳細報告

ポール・コマン警部は、本日五月二十三日金曜日午前八時、#チャパトゥーラス通り七五〇に居住する倉庫の所有者マーク・ブレナンが当分署を訪れ、同人がノース・ピーターズ通りとマリニー通りの交わる場所で運営している川岸の倉庫の中庭にて死体が発見された旨《むね》をデイヴィッド・ホール巡査長に届け出たことを報告する。ホール巡査長はただちに当該現場へ向かい、到着しだい、雨水排水溝の底に押し込まれた死体を発見した。

ジェイムズ・フォークス巡査とレジナルド・スティーヴンス巡査の到着後、ホール巡査長は雨水排水溝より死体を引き上げた。その際、死体の腐敗が進んでいること、頭部に広範なあざと裂傷があることに気づいた。死体の上着のポケットより財布が見つかり、そのなかにニューオーリンズ《タイムズ・ピカユーン》紙の記者ジョン・ライリーなる男の名刺が入っていた。

ホール巡査長は午前九時十五分、電話にて市警察本部および監察医事務所のポール・ソロモン監察医助手に通知した。それを受けて、ジョン・ハンター監察医助手が午前十時に当該現場に到着した。

ハンター監察医助手の指示により、死体は御者《ぎょしゃ》のウィリアム・ゴッドフリーとジェイムズ・フォークス巡査の責任において第一分署の馬車によりチャリティ病院の死体安置室へと運ばれた。

ハンター監察医助手の予備検死報告書（前記添付書類を参照のこと）によれば、腐敗の進行度から判断して被害者は死後少なくとも一週間は経っているとのことである。

被害者の着衣（黒のタキシード・ジャケット、ズボン、木綿のシャツ、カマーバンド、蝶ネクタイ、下着類）は監察医事務所へ運ばれた。所持品――手帳と鉛筆（ジャケットの胸ポケットより発見）および少量のアヘンの入った箱、〈ヘイマーケット・キャバレー〉のブックマッチ（ジャケットの右側の内ポケットより発見）、名刺三枚と一ドル紙幣二枚と未知の女性の写真が入っていた財布（ズボンの右側のうしろポケットより発見）――も同じく監察医事務所へ運ばれた。

当報告書のカーボン紙による写しは証言者報告書および予備検死報告書を添付のうえ、第一分署の刑事局へ送付済みである。

敬白

第一分署署長
ポール・コマン警部
J・ドイル事務官

エピローグ

一九一九年十二月一日　シカゴ

シカゴは摩天楼と雪の街だ。どちらも、アイダはこれまで写真でしか見たことがなかった。寝台列車に乗って今朝《けさ》五時に着いた。目がしょぼしょぼし、頭が少しぼうっとしている。指示書はハンドバッグのなかだ。手荷物は駅のロッカーに預けて、コンコースの簡易食堂でコーヒーを飲みながらしばらく過ごした。約束の時刻より一時間早く、駅を出て歩いてピンカートン探偵社へ向かった。北部の凍てついた空に向かって崖のようにそびえ立つ左右の高層ビルの美しさに驚嘆して、道中、ほとんど首を伸ばしっぱなしだった。道路に積もった雪は足首までの深さがあり、ピンカートン探偵社の受付に腰かけて新しいボスを待つあいだも、足はまだ凍えるほど冷えきっていた。

シカゴ支社は高層ビルの二階分を占め、人があわただしく出入りしている。受付ホールに受付係が四人並び、ガラスの間仕切りの奥に何列にも並べられたデスクのあいだを動きまわる男女の流れがとだえることはない。入口のドアが開き、ベージュのレインコートを着た長身の男が出てくると、受付係が男の注意を引いた。笑みを浮かべて、身ぶりでアイダを指し示した。

「あなたの新しい部下です」と告げた。

男はうなずき、アイダに向き直った。

「ミス・デイヴィス？」とたずねた。

「はい、そうです」アイダは立ち上がりながら答えた。

男が手を差し出すので、アイダは握手に応じた。

「きつい職場へようこそ」男がにこやかに言った。

「ありがとうございます」

「さっ、コートを着なさい。きみを呼びに来たんだ」にっと笑って背を向け、ドアへ向かった。アイダは椅子に置いたコートをつかみ、小走りで男を追って通路に出て、階段を下りた。

「ここは犯罪多発都市でね、ミス・デイヴィス。禁酒法のせいでますます犯罪が増えている」ふたりは階段を下りきって、音の響く大理石のホールへ出た。「だから、じっと座ってる時間はない」

「わかりました」アイダが答えたときには、男は回転ドアを押し通っていた。これもまた、アイダが慣れなければならない新たな発明技術だ。二秒後、ふたりは凍えるような風のなかに出て、それぞれコートのボタンを留めていた。

「それで充分暖かいのか？」男がアイダの南部仕様の薄手のコートを指さしてたずねた。

「はい」アイダは笑顔で答えた。男も笑みを返し、雪に覆《おお》われたシカゴの通りに目を転じた。アイダは男の顔の瘢痕《はんこん》をちらりと見た。彼は思っていた以上に幸せそうだし、評判を聞いて想像していたよりも思いやりがありそうなので、彼の部下として働くのは楽しそうだという印象を受けた。

「どこへ行くんですか？」アイダはたずねた。

「失踪事件の調査中でね。話を聞いてこいと言われたんだ……」彼がポケットから紙切れを取り出して読んだ。「アルフォンス・カポネという男に」

紙切れをポケットに戻し入れて、ほほ笑みかけた。

「履歴書を読んだが、私と同じニューオーリンズの出身なんだな」

「そうです」アイダは答えた。

「敬語は不要だ。マイクルと呼んでくれ」

「わたしはアイダと」

「では、アイダ、お手並み拝見といこう」

謝辞

以下のかたがたに感謝する――シェム・バルジン、ナナ・ウィルスン、デイヴ・ブラーガ、ロバート・ロング、マリアム・ポーショーシュタリ、トニー・マルホランド、ウィリアム・カレトン、ダイスケ・ツボカワ、ロバート・デュポン、ショーン・マコーリフ、ジェイン・フィニガン、スザンナ・ゴッドマン、ジュリエット・マホーニー、ラチェンズ&ルビンスタイン書店のみなさま、ソフィー・オーム、マリア・レイト、マクミラン社のマントル・レーベルのみなさま。

訳者あとがき

本書『アックスマンのジャズ』は、ロンドン在住の作家レイ・セレスティンの処女長篇であり、二〇一四年のCWA（英国推理作家協会）賞のジョン・クリーシー賞（最優秀新人賞）を獲得している。

一九一九年四月のある日、アイルランド系白人のマイクル・タルボット警部補はニューオーリンズ市のリトル・イタリー地区で起きた殺人事件の現場に立っていた。被害者は食料雑貨店を営むシチリア移民の夫婦で、数カ月前から街じゅうを震撼《しんかん》させている〝斧男《アックスマン》〟と呼ばれる殺人鬼による四件目の犯行だと思われた。犯人が夜半に侵入して被害者たちを殺害したあと現場に凶器の斧のほかにタロットカードを残していくことから、ブードゥー教の信仰を持つ黒人の犯行だと考える市民もいたが、タルボットは、被害者がリトル・イタリー地区の住民であることから、彼らとなんらかのトラブルを抱えたマフィアの犯行だとにらんでいた。だがアックスマンの正体は依然としてつかめず、人種差別の強い街で、黒人の妻がいることをやむなく隠しているタルボットに、上層部から事件解決に向けて圧力がかかっていた。そんな逆風のなか、ダブリンから渡ってきたばかりのケリーという若い巡査を助手に得て、タルボットは捜査を進めていく。

同じころ、ルカ・ダンドレアが刑務所から釈放された。刑事だったダンドレアは部下のタルボットにマフィアとの癒着《ゆちゃく》を告発されて失職し、州刑務所で五年のあいだ服役していた。出所したところで職も金もない彼は、故郷のイタリアへ帰る旅費を得るためにマフィアのドン、カルロ・マトランガを頼った。そして、アックスマン事件の捜査を名目に警察がマフィアの活動を封じようとしていることを苦々しく思っていたマトランガからアックスマンの正体をつきとめることを依頼され、調査を引き受けることになる。

そしてまた、十九歳のアイダ・デイヴィスもアックスマン事件の調査に取りかかろうとしていた。子どものころから探偵小説などを読みあさり、警察に入りたいと思っていたが、女であることに加えて、皮膚の色は白いが黒人の血を引いているために、その夢を果たすことができなかった。ならば私立探偵になろうと、ピンカートン探偵社に職を得たものの、いまだ受付事務の仕事しかさせてもらえないことに不満をつのらせ、世間の注目を集めている事件を解決して探偵として認めてもらおうと考えたのだ。そこで彼女は、友人のコルネット奏者ルイス・アームストロングの手を借りながら、独自に調査を進めることにする。

三者三様の捜査や調査が進むなか、アックスマンからの手紙が新聞に掲載され、ニューオーリンズの街は恐怖と混迷の度を深めていく。

本書は、一九一八年から一九一九年にかけて実際に起きた未解決の〝ニューオーリンズのアックスマン事件〟に材を取っている。ただし、本書で四番目の被害者とされるマッジオ夫妻は、実際の事件では最初の犠牲者だった。その他の被害者についても、実際の事件の犠牲者と同じ名前を使うことはあっても、職業や殺害の状況などを変えることによってフィクションに仕上げている。また、作中に引用されたアックスマンを名乗る人物からの手紙についても、作者が断わっているとおり、現物の複製を転載しているのだが、ストーリーに合わせて日付は変えているようだ。ちなみに、この手紙のなかで〝ジャズを奏でていない者は斧をくらう〟と予告していたことから、実際に『アックスマンのジャズ』という曲が作られ、さかんに演奏されたという。

一九一九年のニューオーリンズは、第一次世界大戦が終わって帰国したものの職もなく、戦争神経症に陥った帰還兵があふれ、人種間の差別も根強く残っていた。戦争末期に売春産業が非合法化され、禁酒法の発効も間近に迫っていた。市民はさまざまな不安と軋轢《あつれき》のなかにいた。そんなときにアックスマンによる殺人事件がたてつづけに起き、異人種間に不信が蔓延《まんえん》していく。ニューオーリンズの街は、いつ爆発してもおかしくない火種をいくつも抱えていた。

また、ニューオーリンズは言わずと知れたジャズの聖地だ。一九〇〇年ごろには市内の売春地区ストーリーヴィルを中心にさかんに演奏されていたという。本書でも、実在した名演奏家《プレイヤー》たちの名前やエピソードがいくつも出てきて楽しませてくれる。とくに、アイダ・デイヴィスの友人として登場するコルネット奏者のルイス（Lewis）・アームストロングは、かのルイ（Louis）・アームストロングをモデルにしており、アックスマン事件の調査とのかかわりは別として、私生活面では彼の人生をほぼそのまま歩んでいる。彼を登場させたことについて、作者はあるウェブサイトのインタビューのなかで、アームストロングがアックスマン事件の起きた当時ニューオーリンズに住んでいたことを理由として挙げ、若かりし日の彼を描きたかったからだと述べている。彼の人なつこい笑顔と、苦難のなかにあっても明るさを失わない性格は、この陰惨な事件を綴った物語のなかで一服の清涼剤となっている。

活気と危険に満ちた街の描写はすばらしい魅力を放ち、読むとわくわくしてくる。

——《ガーディアン》

ニューオーリンズのマーチングバンドが奏でる威勢のいいリズムにのって恐るべき結末へ向かう最高のクライム・ノヴェル。鮮やかなデビューであり、これからもすばらしい作品を生み出してくれるだろう。

——《タイムズ》

創生期のジャズの音色を喚起させ、時代を活写している。

作者レイ・セレスティンはこの処女作において、独特の魅力を持つ街の虚しい喧噪と、その街で起きた伝説的な奇怪な事件を巧みな筆致で描き出している……また、三人の探偵役を配することによって、そこで起こるできごとを複数の視点から見せてくれる。

——《ニューヨーク・タイムズ》

以上は、この作品に寄せられた海外の書評の一部だ。このように高い評価を受け、《ガーディアン》をはじめ複数の新聞において年間最優秀作のひとつに挙げられた。

うれしいことに、この作品を、『英国王のスピーチ』や『マクベス』などの映画を手がけたことで知られるシーソー・フィルムズがTVシリーズ化する話があるという。

さらに、舞台を一九二〇年代のシカゴに移した続篇 ***Dead Man's Blues*** が刊行される予定だ。本書で活躍した人物たちの一部に加え、新しい顔が登場するようだ。はたして作者はどんな物語を紡いでくれるのだろうか。映像化と合わせて、続篇も楽しみにしたい。

二〇一六年三月

ハヤカワ・ミステリ〈話題作〉

1898 街への鍵 ルース・レンデル 山本やよい訳
骨髄の提供相手の男性に惹かれるメアリ。しかし、それが悲劇のはじまりだった——そのころ、街では路上生活者を狙った殺人が……

1899 カルニヴィア3 密謀 ジョナサン・ホルト 奥村章子訳
喉を切られ舌を抜かれた遺体の謎。世界的SNSの運営問題。軍人を陥れた陰謀の真相。三つの闘いの末に待つのは？ 三部作最終巻

1900 アルファベット・ハウス ユッシ・エーズラ・オールスン 鈴木 恵訳
【ポケミス1900番記念作品】撃墜された英国軍パイロットの二人が搬送された先。そこは人体実験を施す〈アルファベット・ハウス〉。

1901 特捜部Q —吊された少女— ユッシ・エーズラ・オールスン 吉田奈保子訳
未解決事件の専門部署に舞いこんだのは、十七年前の轢き逃げ事件。少女は撥ね飛ばされ、木に逆さ吊りで絶命し……シリーズ第六弾。

1902 世界の終わりの七日間 ベン・H・ウィンタース 上野元美訳
小惑星が地球に衝突するとされる日まであと一週間。元刑事パレスは、地下活動グループと行動をともにする妹を捜す。三部作完結篇

HAYAKAWA POCKET MYSTERY BOOKS No. 1907

北《きた》 野《の》 寿《す》 美《み》 枝《え》

神戸市外国語大学英米学科卒,
英米文学翻訳家

訳書
『拮抗』『矜持』
ディック・フランシス&フェリックス・フランシス
『ブラック・フライデー』『秘密資産』マイクル・シアーズ
『氷雪のマンハント』シュテフェン・ヤコブセン
『喪失』『人形』モー・ヘイダー
(以上早川書房刊) 他多数

この本の型は，縦18.4センチ，横10.6センチのポケット・ブック判です．

〔アックスマンのジャズ〕

2016年5月10日印刷　2016年5月15日発行

著者	レイ・セレスティン
訳者	北野寿美枝
発行者	早川浩
印刷所	星野精版印刷株式会社
表紙印刷	株式会社文化カラー印刷
製本所	株式会社川島製本所

発行所 株式会社 **早川書房**
東京都千代田区神田多町2-2
電話 03-3252-3111(大代表)
振替 00160-3-47799
http://www.hayakawa-online.co.jp

(乱丁・落丁本は小社制作部宛お送り下さい
送料小社負担にてお取りかえいたします)

ISBN978-4-15-001907-5 C0297
Printed and bound in Japan